DIE HONEYS

Ryan La Sala

Ins Deutsche übertragen
von Katrin Aust

cross cult

Die deutsche Ausgabe von DIE HONEYS
wird herausgegeben von der Cross Cult Entertainment GmbH & Co. Publishing KG | CROSS CULT;
Verlagsleitung: Andreas Mergenthaler und Luciana Bawidamann;
Teinacher Straße 72, 71634 Ludwigsburg.
Übersetzung: Katrin Aust; Programmleitung Romane/Sachbücher: Markus Rohde;
Lektorat: Karen Eifler; Korrektorat: Peter Schild; Satz: Rowan Rüster; Layout: Sina Keller, Kerstin Jans;
Lizenzmanagement: Ruijing Qiu; Herstellung: Hannah Düser; Leitung Vertrieb: Peter Sowade; Leitung Marketing: Cécile Béran; Druck: Printausgabe gedruckt von CPI Books GmbH, Leck.
Printed in the EU.

Titel der Originalausgabe:
THE HONEYS
First published by PUSH, an imprint of Scholastic Inc.
Original Book Design: Maeve Norton
Original Jacket Art: Shane Rebenschied

ISBN Paperback-Ausgabe: 978-3-98666-650-7
E-Book ISBN: 978-3-98666-651-4
Oktober 2024

WWW.CROSS-CULT.DE

FÜR DIE MÄDCHEN, DIE MICH AUFNAHMEN,
ALS DIE JUNGS MICH RAUSWARFEN

Wir kamen als Einzelne und gingen als viele.
Wir kamen mit nichts und gingen mit allem.

– ANONYMER CAMPER,
ASPEN-SOMMERAKADEMIE, 1923

I

KAPITEL 1

Meine Schwester weckt mich mit einem Flüstern.

»Ich liebe dich, Mars.« Ihre Stimme kratzt in ihrer Kehle. Im Mondlicht, das durch mein Fenster hereinfällt, sehe ich an ihrem Kinn eine Tränenspur glitzern. Sie ist mir so nahe, dass ich sie riechen kann. Nicht ihr übliches Shampoo, sondern ein Geruch, der nicht richtig ist. Die schwere Süße der Verwesung, wie verrottende Blumen.

»Caroline? Du bist zurück?« Ich bin verwirrt. Die Sommernacht ist erfüllt von Grillenzirpen und die Vorhänge streifen ihre zusammengekauerte Gestalt, als wollte die Welt draußen sie zurückholen. Als wir noch auf den Balkon hinausschlichen, der unsere Zimmer verbindet, ließ ich dieses Fenster immer offen. In Nächten wie dieser wartete ich auf Carolines Klopfen an der Scheibe, ein Buch und eine Taschenlampe lagen bereit. Doch Caroline und ich haben uns schon sehr lange nicht mehr auf unserem Balkon getroffen.

Aber sie ist es. Nur Caroline würde wissen, dass ich das Fenster für den Fall der Fälle nie verriegele.

»Caroline?«, frage ich den Schatten. Den überreifen Gestank.

Keine Antwort.

»Warum bist du zu Hause?« Ich bin zu schläfrig, um die Hoffnung in meiner Stimme zu verbergen. Trotz allem, was im vergangenen Jahr passiert ist, bin ich froh, meine Schwester zu sehen. Ich habe so lange darauf gewartet, dass sie zu mir zurückkommt.

Sie hebt etwas über ihren Kopf. Ich erkenne die Form, das Aufblitzen des sanften Mondlichts auf dem groben Metall. Es ist meine schmiedeeiserne Sonnenuhr. Sie muss sie aus meinem Bücherregal genommen haben. Ich benutze sie als Buchstütze, weil sie so schwer ist.

Sie unterdrückt ein Schluchzen und stemmt die Sonnenuhr höher. Ich greife nach meinem Handy auf dem Nachttisch.

»Caroline, was ist denn los ...?«

»Vergib mir«, schluchzt sie.

Caroline rammt die Sonnenuhr auf meine Hand, Nägel und Knochen treffen auf Metall und Glas. Als sie sie erneut anhebt, will ich aufschreien, doch diesmal zielt sie auf meinen Kopf.

Pinke Lichter.

Pinke Wände.

Das Blut in meinen Augen verwandelt die helle Sauberkeit des oberen Flurs in einen rosigen Albtraum. Ich fliehe aus meinem Zimmer. Vor den Schlägen und dem Chaos.

Ich bin langsam und stolpere. Mit einer Hand schütze ich die andere und spüre, dass sich meine vertraute Haut in ein unvertrautes Blutbad verwandelt hat. Die Knöchel meiner Hände passen nicht mehr zusammen, ihre Zwillingsexistenz hat ihre Einheit verloren. Wie bei Caroline und mir.

Sie stürmt hinter mir her. Sie ist so nahe, dass ihr Gestank mich überwältigt. Ich kann nur noch ihre Schreie hören.

Mars. Mars. Geh nicht. Geh nicht.

Das ist nicht ihre Stimme. Das ist nicht meine Schwester. Es ist etwas, das ihre Haut trägt, ihren zuckenden Körper ausfüllt wie einen unter Druck stehenden Gartenschlauch. Sie holt mich ein, bevor ich die Treppe erreicht habe, und als wir zu Boden gehen, dreht sich die pinke Welt. Die Tür zum Schlafzimmer unserer Eltern steht auf dem Kopf, ich sehe, wie Mom in ihrem Nachthemd erstarrt. Um Atem ringt. Schreit. Dad ruft von unten herauf.

Ich kann dem nächsten Schlag nur knapp ausweichen, die schmiedeeiserne Sonnenuhr schlägt neben meinem Kopf in die Holzdielen ein. Blind reiße ich eine Hand hoch und erwische einen glitschigen Kiefer. Die Sonnenuhr rollt davon und mit Schlägen wie Gewehrschüsse die Treppe hinunter. Meine Sicht ist getrübt, aber im grellen Licht des Flurs kann ich Caroline jetzt erkennen. Sie ist dreckig, in ihrem braunen Haar hängen Staub und Äste. Ihre Kleider kleben vor Schlamm schwarz an ihr, doch das Akademielogo aus Plastik glänzt noch immer an ihrem Uniformärmel. Sie zieht etwas aus ihrem Bund und hält es über uns.

Ein Messer. Meine Schwester hat ein Messer mit nach Hause gebracht.

Doch was mir mehr Angst macht, sind ihre Augen. Später werde ich versuchen, mir einzureden, dass in diesem wilden Starren keine Spur meiner Schwester lag. Aber in meinen Träumen spielt sich dieser Moment in brutaler Klarheit ab. Ich bin in ihnen gefangen wie ein Käfer in Bernstein. Ich will glauben, dass ich von einem Monster getötet werde, im Starren meiner Angreiferin erkenne ich indessen keine Monstrosität. Ich sehe meine Caroline. Klar. Sie selbst. So vertraut, dass sich mein Schmerz – und sogar mein Schrecken – in Erleichterung verwandelt. Es ist das erste Mal in diesem grauenhaften Jahr, dass ich ihr in die Augen sehe und sie – wirklich *sie* – diesen Blick erwidert.

Caroline zuckt, die einzige Warnung, ehe sie das Messer auf mein Gesicht herabsausen lässt. Ich winde mich, doch an meinem Ohr tut sich ein lodernder Riss auf. Jetzt schreie ich, aber ich kann es nicht hören, kann durch den weiß glühenden Schmerz gar nichts hören. Als Dad das obere Ende der Treppe erreicht, spüre ich, wie das Haus unter meinem Rücken erbebt.

Ich spüre, wie Caroline weggezerrt wird. Ich rolle mich auf die Seite und benutze meine gute Hand, um mich am Geländer hochzuziehen. Ich starre den Kronleuchter an, der über dem weiten Abgrund des offenen Eingangsbereichs hängt. Die Lichter sind immer noch pink, die Welt verschwommen. Das ganze Haus dreht sich um mich, als stünde ich im Zentrum eines aus dem Gleichgewicht geratenen Karussells.

Machtlos sehe ich zu, wie Caroline nach unserem Dad tritt und beißt. Nicht Caroline. Nicht unser Dad. Fremde. Schauspieler. Unechte Figuren, die für diesen improvisierten Horror in mein Leben eingedrungen sind. Mom steht im Türrahmen ihres Zimmers, noch eine künstliche Figur. Sie hat beide Hände vor den Mund geschlagen und ist erstarrt. Ich will sie anschreien. Will, dass sie hilft. Dass sie das wieder in Ordnung bringt.

Caroline schlägt ihre Zähne in Dads Hand. Er ist ein großer Mann. Angewidert schleudert er sie brutal von sich und in den Spiegel am Ende der Treppe. Die Glassplitter regnen auf sie herab, doch sie gibt einfach nicht auf. Nicht eine Sekunde lang. Sie taumelt auf mich zu und der Teppich verrutscht unter ihren Schuhen, während sie um ihr Gleichgewicht ringt. Aber sie ist zu nahe, zu sehr außer Kontrolle. Ich weiß, was passieren wird, ehe es tatsächlich passiert.

Caroline strauchelt. Sie fällt auf mich, die Arme fest um meine Schultern geschlungen. Das Geländer bricht und wir stürzen nach hinten. Dann nach unten. Die Decke erfüllt mein Sichtfeld. Wir fallen durch den Kronleuchter, dann fällt der Kronleuchter mit uns. Wie Tänzer drehen wir uns in der kurzen Ewigkeit des Sturzes, ein Wirbelsturm aus Licht, Kristall und Blut.

Als wir auf dem Boden aufschlagen, liegt Caroline unten.

Mein Gewicht zerschmettert sie. Ich bin nahe genug, um das Knacken der Knochen zu hören, zu spüren, wie sie erstarrt, und zu erkennen, dass sie zu still liegt. Ich bin gefangen in ihren Armen, ihrem Haar, dem süßen Gestank, den sie mit nach Hause gebracht hat. Die Stille und die Reglosigkeit ängstigen mich mehr als alles andere.

Ich befreie mich. Kristallsplitter bohren sich in meine nackten Oberschenkel, meine Knie. Inmitten der Trümmer stehe ich auf.

Ich sehe meine Schwester an.

Sie ist in mein Blut gebadet. Ihr Körper rollt sich zusammen. Ihr Gesicht ist das Letzte, was aufhört zu zucken. Das eine Auge ist halb geschlossen, das andere weit aufgerissen wie bei einer Puppe.

Caroline sieht mich an, während sie stirbt. Und sie lächelt.

KAPITEL 2

Als wir fünf waren, hat mir Caroline einen kleinen pinken Taschenrechner geschenkt.

Er hatte die Form einer Katze und bonbonfarbene Tasten. Sie mochte ihn, aber ich liebte ihn, und da sie mich liebte, wurde er meiner. Als Kind war sie immer so. Großzügig und manchmal etwas zu einfühlsam mit dem, was andere Leute wollten. Ich spielte endlos mit diesem Taschenrechner, und als ich ihn verlor, überraschte sie mich mit einem neuen. Es war der Buchhaltungstaschenrechner unseres Dads, den sie von seinem Schreibtisch stibitzt hatte, und weil sie Caroline war, hatte sie die Tasten mit klebrigem pinken Nagellack überzogen. Nur für mich.

Caroline bekam Ärger und ich ein Hobby. Danach schenkte sie mir viele seltsame Geräte und ich kaufte ihr jede Nagellackfarbe, die ich finden konnte. Es war ein Scherz zwischen uns beiden. In einem Jahr war es ein altmodischer Abakus im Tausch gegen Neonlacke. Dann die Sonnenuhr gegen auf Temperatur reagierende Metallictöne. Und schließlich mein Lieblingsteil: ein Taschenrechner von Mayfair Sound Products aus dem Jahr 1987, hergestellt in Japan. Es war ein klobiges Gerät größer als meine Hand. Er war angenehm schwer und hatte laute Tasten. Ich schenkte ihr bloß royalblauen Lack. Schrecklich unangemessen, aber sie trug diese Farbe ständig, selbst nachdem wir nicht mehr miteinander sprachen.

Nach Carolines Angriff finde ich den Mayfair ganz unten im Chaos meines Zimmers. Er ist völlig zertrümmert. Zerstört.

Doch was mich fertigmacht – was mich endlich aus meiner Schockstarre reißt –, ist ein perfekter blutiger Fingerabdruck auf der einen unversehrten Ecke des Geräts. Sie muss es aufgehoben, in Betracht gezogen und dann wieder zurückgelegt haben, bevor sie nach der Sonnenuhr gegriffen und mich geweckt hat.

Ich verstehe nicht, warum. Ich muss nicht verstehen, warum. Ich schluchze, als ich in dem Chaos wühle, und während ich nach den Bruchstücken suche, erkenne ich etwas.

Der Tod ist nicht das Ende des Lebens, sondern seine Aufspaltung. Wenn jemand stirbt, verteilt sich seine Seele auf all die Dinge, die andere von ihm erhalten haben. Liebe. Blutergüsse. Geschenke. Man bemüht sich, zusammenzutragen, was übrig geblieben ist – sogar die Dinge, die schmerzhaft sind –, nur um sich dann zu quälen.

Die Sonne geht bereits auf, bis ich alle Bruchstücke des Mayfair-Taschenrechners gefunden habe. Im Haus ist es inzwischen still, Mom und Dad sind mit der Leiche im Krankenhaus. Ich stehe den Teilen allein gegenüber, die in der schwachen Morgendämmerung ausgebreitet auf meinem Schreibtisch liegen. Da wären der gebürstete Metallrahmen, die herausgesprungenen Tasten, die smaragdgrünen, von Kupfer durchzogenen Eingeweide der Schaltkreise. Den Dreck herunterzuputzen, war der einfache Teil. Jetzt versuche ich herauszufinden, wie alles wieder zusammengehört. Falls man es überhaupt wieder zusammensetzen kann.

Ich habe keine Ahnung, wie man irgendwas, das in so viele Teile zersprungen ist, je wieder zusammensetzen soll.

Caroline ist tot.

Meine Schwester ist tot.

Es gibt keine Teile, keine Bruchstücke, die man wieder zusammensetzen könnte, um in der Abwesenheit meiner Schwester einen Sinn zu erkennen. Da ist nur eine plötzliche, schockierende Leere, wo einst ihr Leben war.

Ich versuche, die Leerstellen zu zählen. Ihre Formen nachzuzeichnen. Wenn jemand stirbt, macht man das. Man versucht zu erfassen, was verloren ist. Einige Dinge, die fehlen, sind sofort offensichtlich. Der fehlende Klang seiner Stimme, die To-do-Listen, die er nie abarbeiten wird, oder die Leere auf seinem Platz am Frühstückstisch. Auf diese Dinge bin ich vorbereitet.

Aber so viel schlimmer sind die kleinen, die schrecklich winzigen Lücken – eigentlich nicht mehr als Nadelstiche –, die Caroline überall sonst hinterlässt. Leerstellen, die meine Erinnerungen durchlöchern wie Schrotkugeln, so verstreut, dass ich nicht erfassen kann, was fehlt. Ich kann es nicht zählen. Ich kann es nicht bemessen.

Meine Schwester wird zu einer Konstellation aus Leerstellen.

Und wie der kaputte Taschenrechner komme ich zu keinem Ergebnis, bin unfähig, dem Ganzen irgendeinen Sinn abzuringen. Also sitze ich tagelang an meinem Schreibtisch und starre die Teile an, die im gedämpften Licht eines jeden Sonnenaufgangs zu schweben scheinen. Verbogenes Metall, Plastiktasten, smaragdgrüne Innereien, kupferne Adern. Bruchstücke, Teile eines früheren Ganzen.

Doch jetzt sehe ich nur noch die neue Leere, die sie voneinander trennt.

Wenn ich vor etwas Angst habe, studiere ich es. Caroline würde es wegtanzen oder vielleicht ein Gedicht schreiben. Etwas Verträumtes und Kreatives. Aber ich bin unsere logische Hälfte. Eine Spaßbremse, doch klug. Unser notwendiges Übel – wie wir als Kinder scherzten –, als unsere gemeinsamen Ängste Caroline in die Kunst trieben und mich in die Forschung. Zu Daten und Wissenschaft. Vielleicht sogar zu anekdotischen Aussagen einer Primärquelle, wenn ich verzweifelt war.

Niemand will mit mir über das reden, was passiert ist. Ich verzweifle.

Also recherchiere ich über den Tod.

Ich lese von Himmelsbestattungen und Wasserbestattungen. Ich sehe Videos von Tänzen und Paraden und sogar von Asche, die in wunderschöne blaugrüne Perlen verwandelt wird. Ich lese von dem jüdischen Brauch, die Spiegel zu verhängen, damit die Trauernden ihre Gedanken nach innen richten, nicht nach außen.

Auch ich verhänge meine Spiegel, aber nur weil ich jedes Mal, wenn ich mich sehe, sie sehe. Ich erblicke ihr letztes, zuckendes Grinsen, das wie ein transparenter Film über meinem eigenen Gesicht liegt. Unserem Gesicht. Wir sind Zwillinge. Keine eineiigen, aber ähnlich genug.

Wir sind Zwillinge.

Wir *waren* Zwillinge, schätze ich.

Auch das passiert laut meinen Recherchen. Wenn jemand stirbt, wird die Vergangenheitsform zum Feind, obwohl die Vergangenheitsform alles ist, was einem bleibt, und es fühlt sich so an, als wüsste sie das ebenfalls.

Tja. Scheiß auf die Vergangenheitsform, schätze ich.

Ach, und außerdem: Scheiß auf das obere Treppengeländer. Nach dieser Nacht habe ich es vermieden, die gesplitterte Bruchstelle überhaupt nur anzusehen, an der Caroline und ich abgestürzt sind. Dann bin ich eines Morgens aufgewacht, weil Männer in Stiefeln die Treppe rauf- und runterpolterten, und plötzlich war es repariert. Das machte es irgendwie nur schlimmer. Ein hässliches Gefühl loderte in mir, als ich meine Hände auf das neue Holz legte, ein Gefühl von Verrat. Ich verstand nicht, warum, aber es ist dasselbe hässliche Gefühl, das ich jetzt habe, eine Woche später, nur acht Tage nachdem

Caroline in unserem Zuhause in den Tod gestürzt ist, als ich zusehe, wie ein Laster in der Einfahrt hält und einen brandneuen Kronleuchter liefert.

Ich beobachte, wie die Männer die Kristallkonstruktion an ihren Platz hieven. Und während ich sie aufsteigen sehe, denke ich: *Als Todesritual hätte Caroline das hier geliebt. Allein das Drama.*

Nicht den Kronleuchter an sich, sondern die Tatsache, dass unsere Eltern trotz des Todes ihrer Tochter keine zwei Wochen warten konnten, ihn zu ersetzen. Das Gleiche gilt für das Geländer. Ich sollte ihnen anrechnen, dass sie es überhaupt einen Tag ausgehalten haben, doch dann suche ich im Internet nach Kronleuchtern. Der hier ist eine Spezialanfertigung. Bei dem Scheiß muss man schon ein paar Beziehungen haben, um ihn in weniger als sechs Wochen zu bekommen. Als das Installationsteam ihn schließlich einschaltet, zwinge ich mich, direkt in seine kalten, grellen Innereien zu blicken.

War ihre Tochter überhaupt schon offiziell für tot erklärt, als unsere Eltern ihren neuen Kronleuchter bestellt haben?

Mein Kopf antwortet in Carolines säuselnder Stimme.

Wahrscheinlich nicht, Mars, lacht sie.

Die Trauerfeier findet bei uns zu Hause statt, einen Tag nachdem der neue Kronleuchter aufgehängt wurde.

Wie alles in meiner Familie ist die Trauerfeier eine sorgsame Inszenierung der Verschleierung. So hält es die Familie Matthias nun mal. Mom ist schließlich eine New Yorker Senatorin, wir alle haben also die Aufgabe, den Schein zu wahren. Unser Leben findet im Licht der Öffentlichkeit statt und das gilt wohl auch für unseren Tod.

Freunde und Familie treten ein und nichts verrät, was hier geschehen ist. Das Kristall wurde zusammengefegt, die

Trümmer weggesaugt, das Blut aus den Fugen geschrubbt. Insgeheim denke ich, dass Mom und Dad die Trauerfeier nach der Lieferung des Kronleuchters ausgerichtet haben, nicht andersherum. Er verströmt eine fröhliche Wärme und verkündet, dass es hier nichts zu verstecken gibt, und falls doch, dass man es hier nirgendwo verstecken könnte. Das Licht erfüllt jeden Winkel unserer weitläufigen Kolonialstilvilla, die überladen ist mit Callas, postergroßen Fotos meiner Schwester, frisch von Staples geliefert, und dem süßen Duft der Bienenwachskerzen, die Caroline so gern angezündet hat.

Welcher versuchte Mord? Welcher versehentliche Selbstmord? Doch nicht in diesem *reizenden amerikanischen Zuhause. Hier, warum nehmen Sie nicht noch ein Kanapee?*

»Mars, Liebling?«, ruft Mom aus dem Haus, doch draußen auf meinem Balkon erreicht es mich kaum. Derselbe Balkon, über den Caroline geschlichen ist, um durch mein Fenster zu klettern. Ich verstecke mich hier draußen und spiele mit dem nach wie vor kaputten Mayfair-Taschenrechner. »Mars? Bist du wach?«

Ich klettere nach drinnen. Ich soll bei den Vorbereitungen helfen, das Cateringteam einzuweisen, und später muss ich an der Haustür Begrüßungskomitee spielen. *Willkommen! Treten Sie ein. Drinks gibt es da drüben, die Leiche meiner Schwester liegt dort. Die Nachstellung der Ereignisse beginnt um vier, kommen Sie nicht zu spät!*

Offiziell ist Caroline nicht in unserem Haus gestorben. Sie ist zwei Tage später im Krankenhaus gestorben, als klar wurde, dass sie nicht wieder aufwachen würde. Als die Ärzte sie durchleuchtet haben, fanden sie eine Verschattung in ihrem Gehirn und wir alle lernten ein neues Wort: *Glioblastom.* Der Tumor sei für ihr »untypisches Verhalten« verantwortlich, sagten die Ärzte. Ihr Tod sei unausweichlich gewesen, sie war ihm so oder so ausgeliefert, nachdem das Ding sich eingenistet hatte. In gewisser Weise könne man ihren schnellen Tod als Segen betrachten.

Das sagten sie. Aber sie wussten nichts von dem Angriff. Niemand tut das und es wird auch niemand erfahren, es sei denn, ich erzähle es. Dad brachte mich in ein rund um die Uhr geöffnetes Notfallzentrum irgendwo draußen in Westchester County, während Mom mit Caroline im Krankenwagen mitfuhr. Dad beantwortete die Fragen für mich, als sie meine Hand untersuchten und aus meinem Haar Blut wischten.

Offiziell wurde ich unter einem Bücherregal begraben. Dad hatte diese Lüge parat, als die medizinische Assistenz danach fragte. Als sie mich unter vier Augen erneut fragte, antwortete ich: »Ich weiß, ich seh schlimm aus, aber Sie sollten das Bücherregal sehen.«

Wie gesagt: eine Inszenierung der Verschleierung. Und ohne Caroline fällt mir nun zweifellos die Hauptrolle zu. Ich hasse das. Aus unserem Duo ist mein Solo geworden. Trotz all meiner sarkastischen Theatralik wollte ich diese Bühne nie für mich allein. So wird es den Rest meines Lebens sein. Ich frage mich, ob es sich je nicht so anfühlen wird wie meine eigene Version des Todes.

Heute fühlt es sich definitiv wie der Tod an.

Bei den Vorbereitungen halte ich eine Million Mal inne, um zwischen den Angestellten, die unser Haus mit Tischen und Stühlen ausstaffieren und die Tische mit Gebäck und geschnittenen Früchten eindecken, nach ihr zu suchen. Eine Million Mal kann ich sie nicht entdecken und ich schaudere, wenn mir wieder einfällt, dass sie in dem einen Zimmer liegt, das ich mich weigere zu betreten: im Salon, völlig verwandelt mit zugezogenen Jalousien, gedimmtem Licht und einer ganzen Wand, an der sich von überall Trauersträuße drängen – von der Schule, vom Krankenhaus, sogar aus Aspen. Und mitten in diesem Arrangement ein Sarg aus poliertem Kirschholz.

»Sie hätte das geliebt.« Das hat Mom tatsächlich gesagt, als der Sarg durch den Wintergarten hereingeschleppt wurde. Derselbe Gedanke, der mir kam, als ich zusah, wie der Kronleuchter emporstieg wie eine eisige Sonne. Ich meinte es sarkastisch, die Sprache, die Caroline und ich hinter dem Rücken unserer Eltern sprachen. Mom meinte es ernst.

Sie hätte das geliebt.

Als hätte Caroline endlose Stunden damit zugebracht, ihren großen Tag zu planen. Die »Feier ihres Lebens«, wie es in großen, geschwungenen Buchstaben auf die Programmhefte gedruckt steht.

Caroline hätte das alles gehasst – das Theater, die Programmhefte, aber vor allem die Formulierung *Feier ihres Lebens.* Caroline war siebzehn gewesen, hatte viel erreicht, war aber doch nur siebzehn gewesen. Es gibt nur eine sehr kurze Lebensspanne zu feiern, sicher nicht genug, dass alle ein Stück abbekommen könnten. In Gedanken scherze ich mit ihr, dass nichts mehr goth ist als eine Feier, die darauf beruht, dass der Ehrengast tot ist, und sie antwortet: *Mars, bring mich bitte nicht zum Lachen.*

Und dann erinnere ich mich an ihr Lachen.

Danach höre ich auf, mit ihr zu reden.

KAPITEL 3

Nach den Vorbereitungen und ehe die Gäste eintreffen, werde ich nach oben geschickt, um mich fertig zu machen. Mom, oder wahrscheinlich eher einer ihrer Handlanger, hat einen Kleidersack auf mein Bett gelegt. Darin finde ich einen schlichten schwarzen Anzug. Ich liege in ein feuchtes Badetuch gewickelt daneben, starre die Decke an und drücke Carolines Messer an meine Brust. Hätten wir die Polizei gerufen, wäre es als Beweisstück konfisziert worden, doch stattdessen habe ich es einfach aus dem Chaos geborgen und sauber gemacht. Ich musste feststellen, dass es gar kein Messer ist. Es sieht nur so aus. Es ist ein flaches Stück Metall, das eine Ende rechteckig und scharf, das andere gebogen. Es ist ein Stockmeißel, dafür gedacht, das Wachs von den Waben zu brechen. Ich drücke es gegen meinen Körper, bis es die Wärme meiner Haut angenommen hat. So bleibe ich liegen, bis ich trocken bin.

Ausnahmsweise hat Mom mir erlaubt, Make-up zu tragen. Sonst fleht sie mich immer an, »es schlicht zu halten«, wenn ich in der Öffentlichkeit bin, aber nicht heute. Allerdings nicht weil sie sich langsam mit meiner Genderfluidität anfreundet. Sondern weil all die anderen Anzeichen für das, was passiert ist – das Geländer, der Kronleuchter –, zusammengefegt, repariert und versteckt wurden. Ich bin der letzte verbliebene Beweis. An die Erlaubnis meiner Mutter ist die Forderung geknüpft, dass ich meine Pflicht als Matthias erfülle und mich ebenfalls verstecke.

Ich sitze an meinem Schminktisch und starre in mein Gesicht. Unser Gesicht. Unser breiter Kiefer und die hohen

Wangenknochen, die Lippen mit dem ausgeprägten Amorbogen und die Hakennase. Unser Haar ist braun. Caroline trug ihrs lang und ins Gesicht hängend. Ich trage meins normalerweise lang und zurückgebunden. Heute aber lasse ich es nach vorn fallen. Offen verdeckt es mehr.

Ich bin ein Experte in Sachen Make-up, aber lasst euch gesagt sein, selbst ein Contouring auf Drag-Queen-Niveau könnte nicht verbergen, dass ich ganz klar so einiges hinter mir habe. Brav decke ich meine blauen Flecken ab und stecke mein Haar so, dass es mein bandagiertes Ohr verdeckt. Ich stecke mir mein Septum-Piercing in die Nase. An der Plastikschiene, die meine Hand zusammenhält, kann ich nichts ändern, außer sie vielleicht mit Strasssteinen zu bekleben, aber das wäre sogar für den exzentrischen Matthias-Zwilling ein bisschen viel des Guten.

Meine Schiene bleibt am Ärmel hängen, als ich das Jackett anziehe, und vor Schmerz stöhne ich auf. Sogar die kleinste Bewegung tut weh und meine Nagelbetten brennen wie Feuer, wo die Sonnenuhr die Nägel zertrümmert hat. Aber ich kann nur warten, bis meine Knöchel geheilt und meine zersplitterten Nägel nachgewachsen sind.

Und wer weiß, ob ich je wieder hören werde? Ich wache immer noch jeden Morgen mit Blut im Ohr auf. Selbst jetzt, da ich einen neuen Verband anlege, spüre ich, wie es in den Mull sickert.

Als ich fertig bin, nehme ich meinen Posten im Foyer ein, wo ich die Gäste in ihren dunklen Anzügen und Kleidern höflich begrüße.

Mein herzliches Beileid.

Ich fühle mit euch.

Wir schließen euch in unsere Gebete ein.

Ich nehme die traurigen Worte hin. Schüttele hundert Hände, dankbar, dass Caroline meine linke Hand zertrümmert hat, nicht die rechte. Mehr als einmal erwische ich mich dabei, wie ich gewisse Beobachtungen abspeichere, damit ich sie später mit ihr teilen kann, wie wir es immer nach Moms Spendengalas machten. Ich zittere, als mich erneut die Trauer überkommt, und will mich schon entschuldigen, als drei Mädchen auf mich zukommen und eine von ihnen sagt: »Mars, oder? Scheiße, du siehst aus wie sie.«

Das Mädchen, das gesprochen hat, schüttelt nicht meine Hand, sondern zieht mich in eine Umarmung und ich bin überwältigt von der Vertrautheit dieser vollkommen Fremden.

»Wahrscheinlich erinnerst du dich nicht an uns. Wir sind Carolines Freundinnen aus dem Camp. Ich bin Bria.«

»Ich bin Sierra.«

»Mimi.«

Jede von ihnen umarmt mich. Es sind die hübschesten Mädchen, die ich je gesehen habe. Mimi ist klein, rund und blass und trägt ein Kleid mit Schößchen. Sierra ist groß und sonnengebräunt und wirkt in ihrem schwarzen Jumpsuit elegant. Und Bria trägt trotz der Hitze ein dunkelrotes Strickkleid. Allerdings scheint ihre braune, marmorglatte Haut keinerlei Poren aufzuweisen. Sie sind vollkommen unterschiedlich, doch gemeinsam verströmen sie eine harmonische Schönheit. Ihre Freundlichkeit lässt mich wachsam werden, genauso wie die Tatsache, dass sie aus dem Camp sind. Mit Camp meinen sie Aspen. Die Sommerakademie der Aspen-Naturstätte, wo Caroline war, als der Tumor anfing, ihren Verstand aufzufressen.

Angeblich.

Wenn sie sind, wer sie behaupten zu sein, hat das, was in dieser Eingangshalle sein Ende fand – genau hier, wo wir stehen –, bei ihnen in Aspen seinen Anfang genommen.

»Das ist …« Bria betrachtet den weitläufigen Eingangsbereich, die Gäste in ihrer schicken, teuren Trauerkleidung, die Lilien und Hochganzfotos und schließlich den neuen Kronleuchter. »... so seltsam. Einfach zu viel. Sie wäre so sauer. Oh, Mars, es muss so schwer sein, mit alldem ohne sie fertigzuwerden.«

»Ich ...«

Ein Schluchzen entringt sich meiner Kehle und überrascht mich. Es ist das erste Mal heute, dass ich ein Gefühl zeige. Bria nimmt meine Hand und drückt sie, um mir Kraft zu spenden. Ich fange mich wieder.

»Hör zu, Mars«, sagt sie. »Ich weiß, das klingt wie leere Worte, aber es tut uns so furchtbar leid. Alle in Aspen haben Caroline geliebt. Wir waren besorgt, als sie so plötzlich verschwunden ist. Und dann haben wir gehört, was passiert ist, und ...« Bria drückt meine Hand noch fester, als wären sie nur aus dem Grund zwei Stunden aus den Catskills hergefahren (oder wurden wohl eher von einem der vielen Chauffeure gefahren, die in unserer Auffahrt rauchen und die Nachrichtenübertragungswagen in Schach halten).

Ich reiße mich los. Ihre hypnotische Schönheit verblasst. Endlich empfinde ich, was ich empfinden sollte. Wut. Den beißenden Groll, den ich Sommer für Sommer gehegt habe, wenn Caroline ohne mich, aber mit *ihnen* nach Aspen floh. Sie – diese reichen, geleckten Püppchen – waren ihr wichtiger als ich, als *wir*, und ich habe sie jahrelang aus der Ferne gehasst. Aber jetzt, da sie hier sind, schmilzt mein Hass in ihrer Wärme. Sie geben mir dasselbe Gefühl wie meine Schwester. Ich will sie umarmen, wie ich Caroline nicht umarmen konnte.

Mein Atem stockt. Ich habe jede Menge Fragen an sie.

»Caroline hat Aspen geliebt«, sage ich. »Sie meinte, es wäre ihr liebster Ort auf der ganzen Welt.«

Hinter Bria, deren Miene neutral und nachdenklich bleibt, tauschen Sierra und Mimi einen Blick. Ich spreche weiter. Plötzlich giere ich danach zu wissen, was sie wissen.

»Sie hat sich in den letzten Wochen vielleicht nicht ganz normal verhalten. Sie sagen, der Tumor hätte großen Druck auf ihr Gehirn ausgeübt. Sie könnte ziemlich verwirrt gewesen sein?«

Ich formuliere es als Frage, doch Bria nickt nur mitfühlend. Es ist Mimi, die mir gibt, wonach ich lechze.

»Das erklärt so einiges. Sie war *so* anders. Paranoid. Sogar uns gegenüber. Normalerweise erzählt sie uns alles – na ja, zumindest *mir* –, aber dann, letzte Woche, hat sie …«

»Entschuldige«, fällt ihr Bria ins Wort. »Mars, du willst das wahrscheinlich gar nicht hören. Nicht heute.«

Ich merke mir diesen Augenblick, um ihn später von allen Seiten zu betrachten. Caroline war immer vollkommen unbeschwert, für alles offen. Sie hat sich jedes Jahr auf Aspen gefreut, doch im letzten Jahr hatte sich etwas verändert. Sie wurde nervös und es wurde nur schlimmer, je näher der Sommer rückte. Caroline hatte das Gefühl, dass er etwas Schlimmes mit sich bringen würde. Sie sah Zeichen, die kein anderer von uns wahrnehmen konnte. Vielleicht hat sie dieses Ding gespürt, das in ihrem Kopf wuchs.

»Du warst früher auch in Aspen, oder?«, fragt Bria.

Ich erstarre. Wie viel wissen sie über meinen katastrophalen Abgang aus Aspen? Ausweichend antworte ich: »Ja, vor Ewigkeiten.«

»Warum bist du ausgestiegen?«

Das ist eine gute Frage. Es ist ungewöhnlich, dass man nicht mehr an der Sommerakademie teilnimmt, wenn man einmal drin ist, vorausgesetzt, die Familie zuckt bei der fünfstelligen Schulgebühr (plus den verpflichtenden Kosten für Privatdozenten, Ausflüge und Transport) für die acht Wochen nicht zusammen. Doch die Art, wie sie fragt, verrät mir, dass sie die Wahrheit kennt. Vielleicht nicht die ganze, aber genug, um zu wissen, dass mein Abgang nichts mit Geld zu tun hatte.

»Ich hatte einfach nicht mehr das Gefühl, dort richtig zu sein«, antworte ich und deute auf meinen Körper. In dem Anzug, den meine Eltern ausgewählt haben, wirke ich überwiegend männlich, doch wenn Caroline ihnen irgendwas über mich erzählt hat, verstehen sie, was ich meine.

Sie nicken einhellig.

»Ja, manche Leute können solche Arschlöcher sein«, ergreift Sierra zum ersten Mal das Wort.

»Jetzt, wo wir älter sind, ist es nicht mehr so schlimm«, beteuert Mimi. »Sie haben den Kampf der Geschlechter in Duell der Dörfer umbenannt. Es ist immer noch der gleiche Geschlechterkrieg-Schwachsinn, aber immerhin.«

»Du könntest uns besuchen kommen«, schlägt Sierra vor. »Eine Art Neustart. Und du könntest ihre restlichen Sachen abholen.«

Mimi guckt Sierra mit großen Augen an. Schnell und geschmeidig fragt Bria: »Hast du je drüber nachgedacht zurückzukommen?«

Das tue ich ständig. Und ich könnte zurückgehen, wenn ich wollte. Aber nicht an der Sommerakademie teilzunehmen, ist inzwischen zu einem Protest geworden, und ich weigere mich, den aufzugeben. Trotzdem fehlt es mir jedes Jahr, wenn Caroline im Juni aufbricht, und jedes Jahr hasse ich sie, wenn sie im August zurückkommt, sonnengeküsst und übersprudelnd vor von der heißen Sommerluft goldbraun gebackenen Erinnerungen, die nur ihr gehören.

Sie warten auf meine Antwort. Sie blinzeln, und zwar in einer Welle von links nach rechts, als wären sie eine einzige riesige Spinne.

»Nicht wirklich«, sage ich, unsicher, was ich da gerade beobachtet habe.

»Verständlich«, erwidert Bria. »Wir haben dir was mitgebracht. Sierra?«

Sierra öffnet ihre Tasche und zieht einen schweren, in Papier eingeschlagenen Zylinder heraus. Ich weiß auf Anhieb, was es ist. Eine Kerze wie die, die wir überall im Haus angezündet haben. Ich kann die Süße des Wachses durch das Papier riechen.

»Wir haben es in ihrem Bett gefunden, mit deinem Namen drauf.«

Ich starre auf Carolines Handschrift. *Für Mars.* Ich beiße mir auf die Wange, um die Tränen zurückzuhalten. Die Mädchen drücken mich noch ein letztes Mal, dann verschwinden sie in der Menge und die nächsten Trauergäste nehmen ihren Platz ein.

Erst eine Stunde später, als mir eine Pause vergönnt ist, wickle ich die Kerze aus, ganz vorsichtig, um das Papier nicht zu zerreißen, auf das Caroline meinen Namen geschrieben hat. Das Wachs hat einen satten Gelbton und ist mit einem Honigwabenmuster geprägt. Mit einem Metallstempel hat Caroline meinen Namen auch in das Wachs gestanzt. Die Abstände zwischen den Buchstaben sind ungleichmäßig. Es ist niedlich. Und schrecklich.

Vorsichtig drehe ich sie um, wohl wissend, dass in die Seite eine Wachsbiene eingelassen ist.

Mir stockt der Atem und fast lasse ich die Kerze fallen.

Ja, da ist eine Biene, aber ihr Körper ist von Schnitten überzogen, wie von einem glühend heißen Messer.

KAPITEL 4

Für die Zeremonie – die *Feier* – wird Carolines Sarg geöffnet, damit die Leute sich einreihen und der Verstorbenen und ihren Angehörigen ihren Respekt zollen können. Ich kann sie nicht ansehen, aus Angst, dass dieser halb geöffnete Blick, dieses Lächeln in ihrer Miene erstarrt sind. Ich muss immer wieder an die Kerze denken, die sie mir hinterlassen hat. Sie war noch keine Woche im Camp gewesen, sie kann sie also gerade erst gemacht haben. Was hat sie sich dabei gedacht? Wer war sie zu diesem Zeitpunkt, da der Tumor wuchs?

Die Zeremonie endet. Wie ein sich windender Tausendfüßler reihen sich die Gäste in eine Prozession mit tausend Händen ein, von denen mich jede berührt, während die Leute weitere gute Wünsche, Gebete und Beileidsbekundungen flüstern. Als Politikerkind habe ich mein Leben lang gelernt, eine höfliche Fassade aufzusetzen, und ich wahre sie, bis die Hände endlich – endlich – verschwunden sind. Das Personal hat im Esszimmer Kaffee und ein Mittagsbüffet aufgebaut. Der Salon leert sich.

In der Küche winkt meine Mutter mich zu sich. Sie sitzt mit meinen Tanten an der Kücheninsel aus Granit.

»Oh, Marshall, Schätzchen, es tut mir so leid«, säuselt Tante Michelle und zieht mich in eine Umarmung. Dann korrigiert sie sich selbst. »Oh, ich meine Mars. Du nennst dich jetzt *Mars*, stimmt's? Entschuldige, mein Lieber, alte Gewohnheiten kann man nur schwer ablegen.«

Ich erinnere Tante Michelle nicht daran, dass die Familie mich schon immer Mars genannt hat, selbst in unseren

Babyvideos, weil Oma meinte, nur so könne sie uns auseinanderhalten, mich und ihren runzeligen kleinen Ehemann, meinen Opa. Marshall Matthias der Zweite. Offenbar bin ich der dritte Versuch.

Ich war schon immer Mars. Tante Michelle stellt sich einfach nur dumm.

»Mir ist beides recht«, behaupte ich und sie entspannt sich, als hätte ich gerade ihr Leben verschont. Ich verkneife mir ein Augenrollen. Ich bin genderfluid, keine Granate.

»Mars, Schätzchen, hör zu«, sagt Mom und reibt meine Arme. »Du musst nicht hier unten bleiben, wenn du nicht willst. Ich weiß, du wolltest nicht, dass die Zeremonie im Haus stattfindet, nur ...«

»Es ist Tradition, ich weiß.«

»Ja. Aber Traditionen sind was für alte Leute. Und der wichtige Teil ist vorbei. Warum holst du dir nicht ein Eis oder so?«

Ich zucke mit den Schultern. »Aber Dad ...«

Auch Mom zuckt mit den Schultern. »Ich kümmere mich um Dad.«

»Aber du ...«

Moms Augen sind gerötet, ihre Haut ist papierdünn, als würde die Trauer sie von innen heraus auffressen. Und doch lächelt sie angesichts meiner Sorge. Sie drückt mich und streichelt durch das gestärkte weiße Hemd meinen Rücken. Mir sind die Blicke nur allzu bewusst, die beobachten, wie die Senatorin ihr Kind umarmt. Jetzt ihr einziges Kind. Auch ich beobachte die Menge und mein Blick landet auf Bria, Sierra und Mimi.

Caroline nannte sie »die Honeys«.

Ich entziehe mich der Umarmung.

»Ich bleibe«, sage ich. Ich suche im Gesicht meiner Mom nach Anzeichen von Erleichterung, kann aber keine entdecken. Ich kapiere zu spät, dass sie gehofft hatte, ich würde gehen. Verschwinden, wie sonst immer.

»Wenn du das willst«, entgegnet sie und ihr Schauspiel ist perfekt. Caroline würde mich tadeln, dass ich zu hart zu ihr bin, und vielleicht bin ich das. Ich kann nicht anders. In den letzten Tagen hat sich mein Verstand in einen Wirbelsturm aus Zweifeln und Zynismus verwandelt. Meine Schutzmechanismen gegen meine natürliche Paranoia sind momentan kaum noch vorhanden.

Vielleicht sollte ich doch verschwinden.

Ich verlasse die Küche. Überall sind Leute, außer im Salon. Ich schleiche mich hinein, gehe zu den breiten Glastüren, ohne zum Sarg zu blicken, und schlüpfe in den Wintergarten. Es war meine Aufgabe, mich um die Pflanzen zu kümmern, solang Caroline den Sommer über weg war, und bis zu ihrem Tod habe ich sie nicht allzu ernst genommen. Jetzt bin ich besessen davon. Ich lasse mir Zeit, um die Feuchtigkeit der Erde zu prüfen, zu gießen und tote Blätter wegzuschneiden. Der Pak Choi versucht immer wieder zu blühen, doch ich breche die Triebe ab, wie Caroline es mir gesagt hat. Ich sammele die zerdrückten Knospen und Schnittabfälle in einen zerbeulten Eimer, der bereits halb voll ist. Die Arbeit beruhigt mich und ich will gerade in den Salon zurück, als ich erstarre.

Durch das verzerrende Glas der Fenstertüren sehe ich Leute, die sich über den offenen Sarg beugen. Es sind Bria, Sierra und Mimi. Die Honeys. Etwas in ihrer Haltung macht mich nervös. Ich glaube, es ist die Art, wie sie sich vorbeugen, wie Leute, die ein Büffet inspizieren und überlegen, an welchen Leckereien sie sich bedienen wollen.

Sierra und Mimi wenden sich ab und decken Bria, die ihre Hände in ihren schwarzen Locken vergräbt und ihre Ohrringe abnimmt. Dann beugt sie sich in den Sarg und legt die Ohrringe Caroline an. Mit ruhigen Händen dreht sie Carolines erstarrten Kiefer, als hätte sie das schon oft gemacht. Die Bewegung ist so schnell – so seltsam und übergriffig in der friedlichen, stillen Atmosphäre des Salons –, dass ich fast meine, mich getäuscht zu haben.

Die Mädchen gehen. Sie haben die kleinen Finger untergehakt und ihre Hände schwingen zwischen ihnen. In der warmen Luft des Wintergartens ist meine Ruhe dahin. Schweiß steht mir auf der Oberlippe. Ich schleiche mich wieder in den Salon und nähere mich dem Sarg. Während ich zuvor nur die Berge von Blumen um ihn herum angesehen habe, richte ich meinen Blick nun endlich auf das blasse Ding in seinem Inneren. Caroline. Sie ist in Pink und Weiß gehüllt. Alles an ihr wirkt falsch – ihr Kiefer verkrampft und ihre Haut zu rosig, ihre Lippen leicht geöffnet. Meine Gedanken zucken zwischen diesem auf weiche Kissen gebetteten abscheulichen hübschen Ding und dem unheimlichen Lächeln, mit dem sie mich inmitten des zerbrochenen Kristalls und des schwankenden Lichts bedacht hat.

Ich beuge mich vor. Kurz rieche ich diese schreckliche süße Verwesung. Den Geruch jener Nacht, der unauslöschlich in meine Laken eingesickert ist. Ich halte den Atem an und gehe noch näher ran. Ich bin nur Zentimeter von Carolines Gesicht entfernt. Ihr Make-up wirkt pelzig, wie Pollen. An Carolines Kiefer erkenne ich Brias Fingerabdrücke. Ich greife in den Sarg und streiche Carolines Haar zurück, erschaudere, als meine Knöchel die kalte, tote Haut ihrer Wange streifen.

Ein kleiner Ohrring funkelt zwischen ihren mausbraunen Locken. Er ist durch Carolines Ohrläppchen gesteckt. Es ist eine goldene Biene, so detailliert, dass ich fast eine Bewegung erwarte. War sie vorher schon da oder hat Bria sie dort platziert? Ich weiß, ich muss aufhören, aber ich fahre mit dem Finger über das Gold. Es ist noch warm. Die Wärme des Körpers einer anderen.

Und dann kriecht etwas aus Carolines Ohr.

Ich reiße die Hand zurück. Dabei stoße ich gegen Carolines Kopf und aus dem Sarg schwirren drei schwarze Punkte. Sie halten auf mich zu. Panisch schlage ich sie weg und verliere sie daraufhin vor dem bunten Hintergrund der Blumen aus den Augen. Ich kann hören, wie sie mich umkreisen. Dann spüre ich etwas Winziges, Schnelles am Rand meines *eigenen* Ohrs entlangkrabbeln, als würde es versuchen, unter den Verband zu gelangen.

Ich schreie auf und schlage mir die Hände auf die Ohren, um es zu zerquetschen. Schmerz flammt hinter meinen Augen auf und ich weiß, ich habe die Wunde wieder geöffnet. Arme fangen mich auf. Ich schlage um mich, bis das Summen weg ist. Im schwachen Licht über dem Sarg erkenne ich die dunklen Schemen der Bienen. Sie landen auf Carolines Kehle, auf ihren Lippen und einem Augenlid.

Und auch wenn Leute mich wegziehen, bin ich nahe genug um zu sehen, wie die Insekten über die Wölbung ihres Wangenknochens huschen und sich zurück in ihren Kopf stehlen.

KAPITEL 5

Die Honeys.

So nennen alle in Aspen die Mädchen aus Hütte H. So ist es schon seit Jahrzehnten, hat Caroline erzählt. Sie hasste den Begriff – sie fand, er sei entwürdigend –, aber sie hasste auch die Mädchen, weil sie ihn so bereitwillig akzeptierten. Sie verspottete ihre seltsam übertriebene Mädchenhaftigkeit. Meinte, es sei widerlich, wie sie ihre kleinen Finger unterhakten. Doch als Caroline in dieser glorreichen Hütte untergebracht wurde, nahm sie es widerstandslos hin.

Weil jeder weiß, dass es eine Ehre ist, Zutritt zu Hütte H zu erlangen.

Alle Hütten in Aspen haben ihre eigene Geschichte, wie es sich für alle Spielplätze der Reichen gehört. Geschichtlich gesehen galt Hütte H als Armenhaus. Sie war weit draußen in der Nähe der Sümpfe, wo Aspen eine Bienenwiese mit mehreren Stöcken unterhält, und die Mädchen mit einem Stipendium waren gezwungen, dort zu leben und für ihre Mahlzeiten und andere Aktivitäten den weiten Weg ins Camp auf sich zu nehmen.

Man nannte sie die Honeys, weil sie als Arbeiterbienen angesehen wurden, mit anderen Worten als Arbeiterklasse. Es war als Beleidigung gemeint. Dann wurden diese Mädchen erwachsen und nutzten ihre Verbindungen untereinander, um reich zu werden. Ihre Kinder gingen ebenfalls nach Aspen. Und dann die Kinder ihrer Kinder. Gehüllt in den goldenen Glanz der Nostalgie und ohne den Hauch der Armut wurde

Hütte H zu einem Symbol für Fleiß und rustikale Eleganz. Jede neue Generation baute auf der elitären Denke der letzten auf und kultivierte eine durchtriebene Macht so süß und unwiderstehlich wie der Honig, nach dem sie benannt waren. Gleichzeitig kümmerten sich die Honeys Jahr für Jahr um diese Bienen, pflanzten Blumen, die die Bienen bevorzugten, und ernteten ihre klebrige Belohnung.

Aber auf Macht folgt Ausgrenzung. Rituale. Initiationen und Treuetests, zumindest heißt es so. Das alles soll ein Geheimnis sein, aber die Art Geheimnis, über die alle tuscheln sollen, während die Mädchen sich ahnungslos geben und sich hinter ihrer äußeren Schönheit verstecken. Die Kosenamen und die untergehakten kleinen Finger – das ist alles nur eine Fassade. Die Fassade eines Raubtiers. Wie ein stechendes Insekt, das sich in der sanften Blüte einer Blume verbirgt.

Niemand würde sie je hinterfragen. Zumindest habe ich es nie erlebt. Und das ergibt auch absolut Sinn. Wer diese Fassade charmant findet, hat keinen Grund dahinterzublicken. Wer sie dagegen problematisch findet, verurteilt die Mädchen in seiner Rechtschaffenheit schnell. Und die Erwachsenen in Aspen verehren sie. Die Honeys verkörpern die Tugend glorifizierter Widerstandsfähigkeit, die das Camp reichen Eltern verkauft, die ihre verwöhnten Gören abhärten wollen, während sie gleichzeitig sicherstellen, dass sie von den *richtigen* Leuten umgeben sind. Die Honeys *sind* die richtigen Leute.

Caroline hasste die Honeys, bis sie selbst eine von ihnen wurde. Und eine Zeit lang hasste ich Caroline, weil sie besaß, was ich mir am meisten wünschte, und es sie nicht mal interessierte.

Sie verurteilte diese Mädchen so leichthin. Aber das war ihre Art. Caroline trug ihre Distanziertheit wie einen schicken Mantel, wie die Wasser abweisende Haut eines Seehunds. Die Realität perlte daran ab, sodass sie angesichts der wilden, chaotischen Welt immer gelassen und unbeeindruckt wirkte. Ich bin nicht wie sie – ich beiße mich an allem fest. Jede kleine Sehnsucht wächst aus mir heraus wie Dornen, sodass man mich unmöglich umarmen kann. Ich wirke tough, aber eigentlich bin ich armselig. Anders als Caroline. Sie war in ihrer Isoliertheit unverwundbar. Sie brauchte nichts und niemanden.

Dinge zu brauchen, hat sie mir mal erklärt, *bedeutet, dass man kontrolliert werden kann. Und das will ich nicht. Kontrolliert zu werden. Dinge zu brauchen. Jemand anders als mich selbst zu brauchen.*

Das war ihre Art. Sie war stark und doch nie allein. Ich hasste sie dafür.

Ich wollte – habe stets gewollt –, was die Honeys hatten. Es war ein augenblicklicher, unbewusster Wunsch, wann immer ich wunderschöne Mädchen sah. Ich sehnte mich nicht nur nach ihrer Schönheit, sondern nach ihrer Freiheit, Schönheit verkörpern zu können. Auch nach ihrer schwesterlichen Nähe und der Macht, die sie ihnen verlieh. Ich wollte Teil dieses schönen Scheins sein und ich bin nicht sicher, ob Caroline je verstanden hat, warum. Wann immer ich über dieses unverständliche Verlangen oder das verzweifelte, heftige Rauschen, das sich unter meiner Haut regte – wenn ich Mädchen sah und den Unterschied zwischen ihnen und mir –, zu reden versuchte, zuckte sie nur wenig hilfreich mit den Schultern. Als würde nur ich dieses Verlangen kennen. Seltsam. Fremd. Und ich fing an, mich wie ein fremdartiges Wesen zu fühlen.

Ich denke, an genau diesem Punkt haben wir uns auseinanderentwickelt. Unsere Körper veränderten sich, meiner brach in eine Richtung aus, die mich weiter und weiter von meiner Schwester und Mädchen wie den Honeys entfernte. Schließlich fühlte sich die Binärität der Hütten in Aspen unerträglich an. Wie eine permanente Frage, die ich nicht beantworten konnte.

Wer bin ich?

Was bin ich?

Und dann ... na ja. Und dann musste ich Aspen verlassen. Zum Wohle aller, wurde mir gesagt.

Und Caroline blieb.

Nein, es war schlimmer als das. Sie *flehte* darum, bleiben zu dürfen. Und unsere Eltern, die Aspen von Anfang an skeptisch gegenübergestanden hatten, erlaubten es. Ich denke, das war der Punkt, an dem ich sie verlor. Als ich sie in Aspen allein zurückließ und sie Monate später als frisch gekrönte Honey heimkehrte.

Mein Körper hinterging mich. Und schließlich auch meine Schwester, schätze ich.

Unterdessen verbrachte ich den Sommer zu Hause, sehnsüchtig und wütend, und tat so, als hätte mich das alles ohnehin nie interessiert. Ich versuchte, mir Carolines legendäre Gleichgültigkeit anzueignen. Ich schwor der großen Weite der Natur ab und widmete mich den inneren Mechanismen von Computern. Logik. Mathe. Ich machte mich über Carolines kleine Camp-Projekte lustig – die Freundschaftsbändchen, das Kerzentauchen –, als wäre das nicht genau, was ich wollte. Caroline ließ mich gewähren. Sie spielte bei meinem ganzen *Aspen ist eine sexistische, kapitalistische Sekte*-Protest mit, doch ich konnte erkennen, dass sie diese Mädchen mehr liebte als sonst irgendwas. Beim Abendessen explodierte ihr Handy vor Nachrichten aus ihrem Gruppenchat. Sie redeten die ganze Nacht. Und in den Wintermonaten schickten sie einander diese widerlich süßen »Aspen-Vorbereitungspakete«.

Glaubt mir, wenn ich euch sage, es gibt nichts Beängstigenderes, als wenn der Mensch, den ihr liebt, langsam eingewickelt wird von kitschigen Scrapbooking-Tutorials und handbemalten Bilderrahmen.

Ich wollte, dass Caroline hasste, was ihr da widerfuhr, aber zwischen diesen Mädchen war kein Raum für Hass. Nur eine Schwesternschaft, die ich verabscheute, beneidete, liebte und verachtete, alles gleichzeitig.

Doch etwas ging schief. Im Wald. In der Hütte. Ich weiß, dass etwas schrecklich schiefging.

Als Caroline letzten August nach Hause kam, hatte sich etwas verändert. Ihre unbeschwerte Freude schwankte wie der Ton einer verzogenen Platte. Sie wollte nicht mit mir übers Camp reden und ich hatte den Eindruck, dass sie auch nicht zurückwollte. Das bestätigte sich, als die Monate vergingen und Caroline bei jeder Erwähnung der Aspen-Naturstätte stottern musste. Etwas am Camp stieß sie ab oder vielleicht waren es auch die Mädchen selbst. Die Aspen-Vorbereitungspakete fand ich ungeöffnet auf ihrem Schreibtisch. Sie hörte mit dem Scrapbooking auf, keine Gruppenchats mehr, keine nächtlichen Anrufe. Sie erzählte nie, warum.

Und es wird mich bis zu meinem Tod verfolgen, warum ich sie nie gefragt habe, *was* passiert war.

Was immer es war, Caroline hatte Angst. So große Angst, dass sie sie bis zum Frühling völlig vereinnahmte. Sie lief in ihrer Haut herum, eine Todesangst verkleidet als meine Schwester. Irgendeine Saat der Furcht, die vor langer Zeit gepflanzt worden war, erblühte nun in ihrem Körper.

Dann kam der Juni und Caroline fuhr nach Aspen.

Und Tage später kehrte sie zurück und brach in mein Zimmer ein.

Und dann starb Caroline.

Und dann standen die Honeys vor meiner Tür.

Und dann …

Ich weiß immer noch nicht, was ich am Tag der Beerdigung gesehen habe. Ich habe Angst, auch nur darüber nachzudenken. Jedes Mal wenn ich meine Erinnerung genauer betrachten will, verschwimmt sie. Am klarsten ist sie, wenn ich nicht zu angestrengt darüber nachdenke und mich am Rand meines Bewusstseins von ihr leiten lasse wie von einem Instinkt.

Und mein Instinkt sorgt dafür, dass ich zwei Tage nach der Beerdigung meine Tasche packe und beim Sonntagsbrunch erkläre: »Ich gehe zurück nach Aspen.«

Mom legt ihr Handy neben ihren Teller. Dad sieht von seinem Laptop auf.

»Was? Warum?«, fragt er.

Ich atme tief ein. Für diese erste Phase meines Plans muss ich die Ruhe bewahren.

»Die Mädchen aus Carolines Hütte haben mir angeboten, sie zu besuchen. Und es war Carolines Lieblingsort. Ich will hin und mir alles noch mal ansehen und ...«

Meine Stimme bricht. Ich dachte, ich würde lügen, aber ich muss mir eingestehen, es ist wahr. Ja, ich habe einen Verdacht und natürlich einen Grad der Paranoia erreicht, in den nur ich, Mars Matthias, mich steigern könnte, nur ...

Nur stimmt es. Ich will wirklich Carolines letzten Tagen an dem Ort nachspüren, an dem sie am glücklichsten war, um zu sehen, ob ich sie *daraus* statt aus unseren grauenvollen letzten Augenblicken wieder zusammensetzen kann. Wenn ich ihren Tod überleben will, brauche ich eine letzte Version von ihr, mit der ich leben kann.

Dad seufzt und legt seine Hand auf meine. Moms Miene lässt sich nicht deuten, was heißt, wie ich weiß, dass sie nach einer Möglichkeit sucht, es mir auszureden.

»Ich denke, ein Besuch im Camp könnte nett sein«, sagt sie schließlich. »Wir können zusammen fahren.«

»Ich will aber dort bleiben. Allein.«

»Wie lange?«

So lange es dauert herauszufinden, was diese Mädchen getan haben, denke ich insgeheim. Jedoch sage ich: »Ihr habt

Carolines Schulgebühren und die Unterkunft bereits für den ganzen Sommer bezahlt, das Camp wird mich also wohl eher bleiben lassen, wenn sie dafür das Geld behalten können.«

Meine Eltern mustern mich, als würde ich vollkommenen Unfug reden. Ihr Zögern tut weh. Sie waren nie in Aspen, aber in ihrer Jugend jeden Sommer in ähnlichen Camps. Es ist ihnen immer leichtergefallen, Carolines Begeisterung zu verstehen als meinen Protest. Sogar nach allem, was mir passiert war, drängten sie mich zurückzugehen. Stärke zu zeigen, wie es sich für einen Matthias gehört. Aber die Zeit der Stärke ist vorbei, schätze ich. Dass Carolines Tod nötig sein würde, damit meine Family endlich Zweifel gegenüber Aspen entwickelt … facht meine Entschlossenheit nur weiter an.

»Und die Leute da schulden es mir«, sage ich schließlich. »Wisst ihr noch, wie sie gefleht haben?«

Ich weiß, meine Eltern wollen nicht darüber reden, wer wem was schuldet, doch genau aus dem Grund spreche ich es an. Es zu erwähnen zwingt sie, vom *Wie* zum *Warum* meines Aufenthalts überzugehen.

Mom schenkt mir ein versöhnliches Lächeln. »Mars, worum geht es hier wirklich?«

Ich schiele zum Salon. Er sieht wieder genauso aus wie früher, aber wann immer ich mich ihm nähere, spüre ich das Phantomkitzeln der Biene, die über meine Haut kriecht.

»Ich kann nicht hierbleiben«, beende ich meine Argumentation. »Ich kann den Sommer nicht in diesem Haus verbringen.«

Mom seufzt. Wir alle erinnern uns an die Szene, die ich bei der Feier des Lebens gemacht habe. Jetzt setze ich sie als Drohung ein. Wenn es eins gibt, was Mom um jeden Preis verhindern will, dann eine Szene.

»Heather«, schaltet sich Dad ein und wirft ihr einen langen Blick zu. Sie kommunizieren in ihrer wortlosen Elternsprache.

Moms Gesicht glättet sich, wird unlesbar. Gleichzeitig drehen sich beide zu mir.

»Wir reden darüber.«

Großartig. Phase eins abgeschlossen. Beim Fechten nennt man das eine Finte. Eine Bewegung, die den Gegner zu einem Angriff verleiten soll, auf den man vorbereitet ist. Den Rest des Tages igele ich mich im oberen Stockwerk ein, lese über Aspen und bereite meinen Gegenangriff vor. Diese Familie ist von Trauer geschwächt und zutiefst bedacht auf den äußeren Schein. Deshalb besteht Phase zwei meines Plans daraus, vor meinem Badezimmerspiegel zu stehen und mit der Küchenschere meine Haare abzuschneiden.

»Mars? Können wir mit dir reden?«

Beide Eltern stehen vor meiner Tür. Ich genieße ihren Schock zu sehen, was ich meinem Haar angetan habe. Mom schluckt. Dad sieht aus, als würde er gleich losfluchen, doch er tritt einfach nur in den Flur hinaus.

Mom setzt sich auf mein Bett, hält meine Hand und starrt mich an.

»Warum, Schätzchen?«

»Aspen hat strikte Regeln für die äußere Erscheinung«, erkläre ich und bemühe mich um einen ruhigen Tonfall. Emotionslos. »Sie werden mich in eine Hütte der Jungs stecken. Jungs müssen kurze Haare haben.«

In der Stille kann ich meine Mom schwer schlucken hören. Sie sucht nach den richtigen Worten, um mir zu sagen, dass ich nicht fahren darf, kann es aber nicht. Ich habe sie überrumpelt. Meine Riposte funktioniert.

»Habt ihr mit den Leuten in Aspen gesprochen?«, frage ich.

»Allerdings, ja.« Sie fängt sich ein wenig, als würde sie von einem Traum erzählen, an den sie sich gerade erinnert hat. »Sie freuen sich auf deinen Besuch.«

»Nur als Gast oder um teilzunehmen?«

»Das haben wir offengelassen«, sagt sie langsam. »Mars, hör zu, Schätzchen. Du hast recht. Die Campregeln gestatten nur, dass sie dich in eine Hütte stecken mit anderen …«

Mit anderen Jungs, auch wenn sie es nicht ausspricht. Ich wäre nicht verletzt, wenn sie es täte. Meine abgeschnittenen Haare sollen das beweisen – dass ich genauso viel Junge wie Mädchen bin, dass ich mich wandele, wie es mir gefällt, dass Haare nichts damit zu tun haben. Das Zögern meiner Mom zeigt, dass ihr brillanter Verstand immer noch nicht begreift, dass meine Fluidität ein Vorteil ist, kein Hindernis.

»Schon gut«, versichere ich ihr. »Das dachte ich mir schon. Es macht mir wirklich nichts aus. Ich trag sogar die Uniform der Jungs.«

Moms Augenbrauen schießen nach oben. »Sogar die Cargoshorts?«

»Nichts, was übers Knie geht, aber ja, sogar die Cargoshorts.«

Damit ernte ich ein trauriges Lächeln. »Mars, Schätzchen, Aspen ist zwei Stunden entfernt und du wirst ganz allein sein«, sagt sie. »Nach dem, was das letzte Mal passiert ist …«

»Das wird nicht wieder passieren«, versichere ich.

Sie bezweifelt es. Ich bezweifle es auch. »Es wäre ein PR-Albtraum, wenn Aspen noch mal zulassen würde, dass mir was passiert, *vor allem* jetzt«, füge ich hinzu. »Mir passiert nichts. Versprochen.«

Dad hat sich an der Tür postiert. Er beobachtet uns, mahlt mit den Kiefern. Er und Mom tauschen einen langen Blick aus, eine stumme Unterredung nur mit den Augen.

Ich übergehe ihr Zögern.

»Also, wann fahren wir los?«

Wieder seufzt Mom. Ich wünschte, ihre Resignation würde aus Liebe entspringen, aber das tut sie nicht. Es geht nur um die Optik.

»Morgen«, sagt Mom. Dad schnaubt. Mom steht auf, meine Hand gleitet aus ihrer und dann ist sie weg. Dad mustert mich ein paar Sekunden zu lang, als wäre ich eine seltsame Vase in einem Museum.

»Sie macht sich Sorgen um dich, Mars.«

»Ich weiß.«

»Denkst du wirklich, deine Schwester hätte das gewollt?«

Caroline hätte leben wollen. Die Antwort brennt mir auf der Zunge, doch ich schlucke sie hinunter. Stattdessen sage ich schlicht: »*Ich* will das.«

Endlich betritt mein Vater mein Zimmer und fährt mit seiner großen Hand über das Schlachtfeld auf meinem Kopf. Er sieht sich um und sein Blick landet auf dem Bücherregal, auf der Sonnenuhr, die hoch oben außer Reichweite steht.

»Ich kann's dir nicht verdenken. Aber können wir deinen Haarschnitt morgen früh in Ordnung bringen lassen? Selbst draußen in den Wäldern bist du immer noch ein Matthias.«

Ich lächele und nicke. Dad verlässt das Zimmer.

Ich atme ein und aus, bis mein Herz sich beruhigt. Ich krieche unter meine Decke, dann greife ich unter mein Kissen. Ich ziehe die Kerze heraus und betrachte die Schnitte im Wachs. Ich halte sie an meine Nase und könnte schwören, unter der Süße einen Hauch von Verwesung wahrzunehmen. Etwas, das nicht richtig ist.

Offiziell starb Caroline an einem Tumor. Inoffiziell starb sie bei einem Gewaltakt, den dieser Tumor ausgelöst hat. Ein Unfall. Die grausame Vereinigung von Wahnsinn und Schwerkraft und mir, dem schweren Ding, das sie erschlagen hat.

Aber ich kenne meine Schwester.

Sie war nicht verrückt, aber sie *war* verängstigt. Sie hatte das gesamte Jahr vor der Sommerakademie Angst und war trotzdem hingefahren. Und in jenem Moment im Flur, als sie mich auf den Boden gedrückt hat, war ihr Geist klar.

Das Chaos jener Nacht rauscht in meinem Kopf. Ich höre ihre Schreie, während ich den Flur hinunterstolpere. Erneut sehe ich die erschreckende Helligkeit unseres Zuhauses, pink gefärbt durch das Blut in meinen Augen. Wir fallen. Sie wird zerschmettert.

Mars. Mars. Geh nicht. Geh nicht.

Es war ein Befehl. Oder eine Drohung. Zumindest dachte ich das. Jetzt denke ich, es steckt mehr dahinter. Eine Warnung, so wichtig, dass sie Caroline an den Rand des Wahnsinns getrieben hat und geradewegs hinein in was auch immer dahinterliegt.

Geh nicht. Geh nicht.

»Es tut mir leid, Caroline«, flüsterte ich in mein leeres Zimmer. »Aber ich muss zurück.«

KAPITEL 6

Auf Dads Bitte hin öffnet der Friseurladen vor der Zeit und das Schlachtfeld auf meinem Kopf wird in einen jungenhaften Haarschnitt verwandelt. Um mein Ohr herum ist man besonders vorsichtig. Während die Schere meinen Schädel entlangratscht, beobachte ich, wie das Haar auf meinen Schoß fällt, und versuche, mir selbst einzureden, dass es nichts ändert. Ich bin immer noch ich.

Na ja, eine irgendwie angeschlagene Version meiner selbst. Am Ende weigere ich mich, mich zu betrachten, aber Dads schiefes aufmunterndes Lächeln verrät mir auch so, wie traurig das Endergebnis aussieht. Mom seufzt. Das tut sie noch sehr oft, während wir das Auto beladen und in die Catskills aufbrechen.

Meine Eltern kommen beide mit, was sonst selten vorkommt, aber ich kann spüren, dass auch sie Aspen einen Besuch abstatten wollen. Vielleicht haben sie genau wie ich Fragen, die sie persönlich klären wollen. Dad fährt, Mom steckt in Telefonkonferenzen und ich liege auf dem Rücksitz und chatte mit ein paar Freunden darüber, was bei mir los ist. Ich poste auch ein paar Updates auf meinen Kanälen, um alle wissen zu lassen, dass ich eine Weile offline sein werde. Schnell werde ich mit Herzchen und Nachrichten bombardiert, die sagen: *Nimm dir so viel Zeit, wie du brauchst.* Ich lege mir das Handy mit dem Display auf die Brust und lasse mich vom Rauschen des Highways in den Schlaf lullen.

Meilen später setze ich mich mit steifem Nacken auf. Durch das Schiebedach fällt ein greller Lichtschein. Mein Traum von gerade eben verblasst im getönten Licht, und als ich mich strecke, knackt meine Wirbelsäule. Auf meinem Handy erwartet mich ein endloses Sperrfeuer von Mitleidsbekundungen und ich lösche alle Benachrichtigungen, ohne sie zu lesen.

Wir werden langsamer. Das hat mich geweckt. Jetzt halten wir auf einem schimmernden Platz voller in der Sonne brutzelnder Autos.

»Was meinst du? Wird das gehen, Mars?«

Ich glaube, Dad erwartet irgendeine Reaktion zu dem Laden, an dem wir fürs Mittagessen angehalten haben. Es ist ein Applebee's. Ich wüsste nicht, wie ich eine Meinung zu Applebee's haben könnte.

»Schon okay.«

Ich will mir mit der Hand durch die Haare fahren, aber natürlich sind sie nicht mehr da. Ich staune über das stachlige Gefühl auf meinem Kopf. Als wir reingehen, betrachte ich mein Spiegelbild, das über das Chrom der geparkten Autos tanzt und hüpft. Dann liegt mein Spiegelbild auf dem dunklen Glas der Eingangstür und mustert mich wie ein unbeteiligter Schatten. Schließlich steckt es in einem WC-Spiegel und ich bin gezwungen, mich zum ersten Mal seit Langem zu betrachten.

Die Platzwunde an meiner Stirn glänzt. Der Verband über meinem Ohr ist jetzt aus allen Winkeln sichtbar. Ich fahre mit den Fingerspitzen über das chirurgische Klebeband und suche nach der kleinsten Öffnung. Irgendwas, durch das ein Insekt hineinkrabbeln könnte. Als Nächstes untersuche ich meine Hand. Ich muss im Schlaf irgendwas gemacht haben, denn unter einem Nagel hat sich ein roter Fleck gebildet. Ich tupfe ihn mit einem Papierhandtuch weg und zucke zusammen, da sich einer der Nagelsplitter bewegt. Meine Augen tränen. Jemand versucht, die Tür zu öffnen.

»Eine Minute«, rufe ich.

Im Spiegel sehe ich ein Wrack. Ein stachelhaariges, monströses Ding, das sich im gelben Licht zusammenkauert. Meine Haut ist von alten blauen Flecken überzogen, mein Blick tränenverschleiert und oh, na super, jetzt blute ich auch noch ins Waschbecken. Ich weiß, die Leute denken, dass Queersein superglamourös und voller schlagfertiger Retourkutschen und so ist, aber manchmal bedeutet es auch einfach nur, auf dem Klo eines Applebee's irgendwo in der Nähe von Margaretville, New York, zu heulen, während für die frühen Mittagsgäste Rihannas *S&M* aus den Lautsprechern dröhnt.

Ein Wrack. Und ein hässliches noch dazu.

Was mir gar nicht ähnlichsieht. Ich habe mich in meinem ganzen Leben noch nie gehen lassen. Wenn ich die Kontrolle verliere, hat jemand anders Kontrolle über mich – das schärfte uns Mom immer ein. Sie meinte damit, wenn wir die Kontrolle über eine Situation verlieren, ist das eine Gelegenheit für jemand anders, uns auszunutzen. Ich habe es allerdings nicht so verstanden. Für mich bedeutet es: Es liegt bei dir, von den Leuten einzufordern, als du *selbst* wahrgenommen zu werden, sonst werden sie fast immer entscheiden, dass du jemand anders bist. Vielleicht jemand, der schwach ist oder verletzlich oder den man übergehen kann.

Ich kann es mir nicht leisten, irgendwas davon zu sein. Ich darf kein Wrack sein, nicht wenn mein erster Aufenthalt in Aspen mir ganz genau gezeigt hat, wie hässlich die Dinge werden können, wenn andere meine Geschichte bestimmen.

Und doch stehe ich jetzt hier, ein Wrack. Aus gutem Grund, ja, aber ich kann es mir nicht erlauben, ein Wrack zu sein. Und was noch schlimmer ist, ich habe *Angst.*

Aspen ist nur noch ein paar Meilen entfernt. Minuten. Augenblicke. Und das nach Jahren des Grübelns in der Ferne. Ich kann mir nicht mal vorstellen, jetzt zu essen. Kein 2-für-20-$-Menü für Mars Matthias.

Ich spüle das Blut aus dem Waschbecken und werfe mir selbst einen strengen Blick zu. Ich starre, bis das Wrack beseitigt ist und nur Mars mir entgegenblickt.

Wieder im Auto lese ich erneut die letzten paar Nachrichten zwischen Caroline und mir. Unser Chat ist unter Bergen von Beileidsbekundungen von Familie und Klassenkameraden begraben, die meisten ungelesen, alle unbeantwortet. Carolines Nachricht ist ein Foto unserer Eltern, die vor dem Aspen-Schild posieren, an das ich mich nur vage erinnern kann.

Pass gut auf die beiden auf! Wir sehen uns auf der anderen Seite!

Wir kommen an Bauernständen vorbei, die Mais und Feuerholz anpreisen. Riesige Laster stehen reglos auf ungemähten Wiesen. Die Häuser ziehen sich in die Landschaft zurück, manchmal mit großen, klobig wirkenden Scheunen an ihrer Seite. Wir fahren schneller und plötzlich weichen die ordentlichen Felder Meeren von Wildblumen, dann dichter werdendem Gestrüpp und schließlich dem Wald, der sich wie ein Tsunami erhebt. Ich beobachte, wie der Himmel zwischen den Baumkronen hindurchblitzt. Je weiter wir fahren, desto mehr scheinen wir in der Erde zu versinken. Der Wald ist jetzt dicht, ein grünes Chaos, das gegen unser Auto drängt, während wir uns über die Serpentinen den Berg hinaufwinden. Manchmal am Scheitelpunkt der Kurve weicht die Baumlinie zurück und offenbart einen grünen Abgrund und ich muss an Carolines Nachricht denken.

Wir sehen uns auf der anderen Seite.

Ich weiß, das meinte sie nicht, aber während wir uns durch den Wald schlängeln, habe ich das Gefühl, als würde die andere Seite auf mich zurasen. Über der schmaler werdenden Straße schließen sich die Kiefer des Waldes.

Mom hat keinen Empfang mehr und ihr Telefonat wird unterbrochen. Dad stellt das Radio an, doch es kommt nur Rauschen. Wir verlassen die geteerten Straßen und fahren über Waldwege, bis wir schließlich an dem elegant gemalten Schild vorbeikommen, auf dem steht:

Willkommen in der
SOMMERAKADEMIE DER ASPEN-NATURSTÄTTE
Gegr. 1923

Oh Scheiße, denke ich beinahe laut. Mom seufzt.

Ich dachte, ich wäre für die plötzliche Vertrautheit dieses Schilds bereit, aber das bin ich nicht. Es fühlt sich schmerzhaft nostalgisch an. Und alles andere danach verströmt dieselbe Unheimlichkeit. Die drei Felsen in der Kurve, dann die hölzernen Schilder, die Besucher an die Werte von Aspen erinnern:

TRADITION
CHARAKTER
GEIST

Jeder neue Anblick ist ein Skalpell, das brüchige Narben aufreißt. Die Risse in mir werden größer und ich spüre die Welle der Erwartung – die Sorge, die Aufregung, die Hoffnung, die Angst –, die ich bisher unterdrückt habe, über mich hereinbrechen. Ich atme so tief ein, dass Mom mir über den Rückspiegel einen eisigen Blick zuwirft. Wie schon die ganze Zeit sucht sie nach einer Ausrede, um umzukehren und nach Hause zu fahren.

Ich lächele und zeige ein *riesiges* Daumenhoch. *So* aufgeregt! Ich ernte ein weiteres Seufzen.

Ich gucke wieder aus dem Fenster.

Neben all der seltsamen Vertrautheit empfinde ich eine unerwartete Nähe zu Caroline. Kurz fühlt sie sich so nahe an, dass ich erwarte, sie zwischen den Bäumen zu sehen, glühend und umgeben von leuchtend grünen Farnen. Sie beobachtet mich, wie ich die Welt betrete, vor der sie vor wenigen Tagen geflohen ist.

Ich frage mich: Wie *ist* Caroline entwischt? Wie ist sie bis nach Hause gekommen? Hat sie den Bus genommen? Ist sie per Anhalter gefahren? Wir wissen es nicht. Meine Eltern wollen es nicht wissen, aber die Antwort darauf und auf all die Ungewissheiten, die ich geerbt habe, muss ich erfahren. Es fühlt sich fast wie eine Verpflichtung an, Zeuge dessen zu werden, was ihr widerfahren ist. Ein letzter verzweifelter Versuch, am Ende bei meiner Schwester zu sein.

Wir erreichen die Haarnadelkurven, die sich ins Tal winden, und erhaschen erste Blicke auf die Espenhaine, nach denen die Naturstätte benannt ist. Der See, glatt und strahlend, blitzt wie ein Versprechen in der Ferne auf. Dann folgt das offen stehende Tor und danach das Begrüßungszentrum. Wie viele der Gebäude des Camps handelt es sich um eine rustikale Hütte, die aus den Kiefernnadeln zu wachsen scheint. Sie ist schäbig und hübsch, aber auf eine gewollte Art und zu groß, um als urig gelten zu können. Das gilt für den Großteil von Aspen, der angelegt ist, um dieselbe heruntergekommene, waldartige Illusion zu erzeugen.

Wendy, eine der Direktorinnen von Aspen, überrascht uns am Eingang. Ich schreie fast auf, als ich sie erblicke, fast unsichtbar im schummrigen Inneren. Sie steht so reglos, als hätte sie sich keinen Zentimeter bewegt, seit ich sie zuletzt gesehen habe, genau an diesem Punkt, während sie mir zum Abschied gewunken hat. Der Kreis dieser beiden Momente – meiner Abreise und meiner Rückkehr – schließt sich, als sie meine Hand ergreift und sagt: »Ich hab dir doch gesagt, wir sehen uns wieder, Mars.«

Sie zwinkert mir freundschaftlich zu und zuckt leicht mit den Schultern, wie um zu sagen: *Ist das Leben nicht seltsam?*

Wendy wirkt viel, viel älter. Die strenge Autorität, die immer schon direkt unter ihrer Fröhlichkeit gelauert hat, ist jetzt deutlicher zu erkennen. Ich schaue genau hin und ja, da unter dem dünnen Haar an ihrer Schläfe ist immer noch das kleine Muttermal. Caroline hat immer behauptet, es würde wandern.

Wendy hält mit meinen Eltern Small Talk über die Fahrt, während sie uns durch einen Empfangsbereich, vorbei an einer Küche mit milchigen Fliesen und in einen Wohnbereich führt, der nur durch eine Wand aus Fenstertüren von einer mit Pollen überzogenen Terrasse getrennt ist. Im ganzen Haus brennt nicht ein Licht, aber die helle Sonne dringt in jede Ecke wie ein aufdringlicher Gast. Allerdings ist es der Geruch, der mir am vertrautesten ist: modriges Holz, von der Sonne aufgeheizt, mit einem Spritzer Citronella und einem Hauch Sonnencreme. Unter all das schleicht sich eine Süße. Etwas Überreifes, Stinkendes.

Es wird vom Geruch des Kaffees übertüncht, den Wendy in drei Tassen einschenkt. Der Dampf hängt zu lange im Licht, als wäre die Luft träge. Ich erkenne, dass die Dinge anders sind hier draußen im Wald. Sogar die Physik.

Die Erwachsenen verschwinden in einem Büro. Ich bin sicher, seit Carolines Tod gab es tonnenweise Kommunikation zwischen Aspen und meinen Eltern, aber dies ist Wendys Gelegenheit, ihr Beileid persönlich zu bekunden. Ich habe genug davon gehört.

Ich nutze die Gelegenheit und sehe mich im Raum um. Spitzendeckchen überziehen die alten Holzmöbel wie zuckersüße Pilze. Eine Vase mit (echten) herabhängenden Lilien steht auf einem Büffet, das mit gerahmten Fotos ehemaliger Camper und Direktoren überladen ist. Ich betrachte jede Szene und sehe in all den sonnenverbrannten Lächeln Caroline – sogar auf den uralten Sepiafotos, die laut der Plakette vor fast hundert Jahren aufgenommen wurden. Dann starre ich hinauf zu einem gerahmten Gemälde, das eine gesamte Wand einnimmt. Es ist eine von Hand gezeichnete Karte von Aspen.

Das Begrüßungszentrum ist ein leeres Rechteck in der unteren linken Ecke. Die Straße schlängelt sich weiter und verbindet sich mit einem Netzwerk aus Wegen und Gebäuden, die den zentralen Campus um die Große Lodge bilden, in der die ursprünglichen Besitzer gelebt haben. Dort liegen auch alle Hauptgebäude wie der Speisepavillon und das Freizeitzentrum. Den Berg hinauf befinden sich die Sportfelder, der Pool und die Tennisplätze; den Berg hinab, am Ufer des Sees entlang das Bootshaus, die Anleger und der Strand.

Wenn man an der Großen Lodge links abbiegt, liegt hinter dem Wald das Jägerdorf, wo die älteren Jungs untergebracht sind. Es ist eine in die Hügel versetzte Miniaturversion von Aspen, ein Holzhaus und zwei klobige Hütten – die Bärenhütte und das Adlerhaus, berüchtigt und Anlass für endloses Gemunkel unter den jüngeren Campern. Die Hütten stehen auf baumstammdicken Stelzen, die das Gefälle des Geländes ausgleichen. Ich bin gegangen, ehe ich dort hingeschleppt werden konnte, aber dort werde ich wohnen für … ich weiß nicht. Solange es gut geht, schätze ich.

Mein Blick wandert zurück durch die Wälder, vorbei an der Großen Lodge und zur anderen Seite des Camps. In der Nähe des Bootshauses entdecke ich das Amazonendorf, wo die älteren Mädchen untergebracht sind, eine ebenerdige Kopie dessen, was die Jungs von Anfang an hatten.

Aspen hält die beiden Dörfer strikt voneinander getrennt. Das gilt allerdings nur für die Älteren. Die jüngeren Camper sind in nebeneinanderliegenden Lichtungen in der Nähe der Großen Lodge in neueren, freundlicheren Hütten untergebracht, die vor rund dreißig Jahren erbaut wurden. Hütten, die nur Buchstaben als Bezeichnung haben und keine mythischen Titel. Die jüngeren Camper werden Banditen genannt. Die nächste Altersgruppe sind die Späher. Banditen und Späher dürfen zusammen Dinge unternehmen. Sie werden nur zum Schwimmen und Schlafen getrennt. Aber dann, über vierzehn, tut sich die Kluft zwischen den Geschlechtergemeinschaften auf. Jungs werden Jäger, Mädchen Amazonen. Und die dazwischen?

Auf der Karte liegen meilenweite unheimliche, undurchdringliche Wälder dazwischen.

»Wie passend«, murmele ich.

Ich trete von der Karte zurück, um sie ganz betrachten zu können. Seit ich beschlossen habe zurückzukommen, habe ich alles über Aspen gelesen. Wie die anderen großen Camps wurde Aspen von einer einzigen Familie mit einer Armee von Bediensteten aufgebaut und geleitet. Das Gelände war autark und für jeden Raum, den man in einem Haus finden würde, wurde ein ganzes Gebäude errichtet. Ein Freizeitzentrum zum Spielen, Hütten zum Schlafen und ein ganzer Pavillon zum Essen. Als es zu einem eigenen privaten Dorf heranwuchs, wurden weitere Annehmlichkeiten errichtet. Es gibt eine Mühle für den Bäcker und einen Schuppen für den Verwalter. Eine Lederwerkstatt. Eine Töpferscheune (eine echte Scheune, die in eine Töpferwerkstatt umgebaut wurde), einen Stall mit Pferden und ein Reitrondell und daneben eine kleine Schmiede. Letztere ist nicht auf der Karte verzeichnet, doch ich weiß, dass sie da ist. Würde ich die aufgemalten Bäume wegkratzen, würde ich sie darunter entdecken. Und würde ich das Dach abnehmen, würde sich dort Mars mit elf Jahren verstecken. Caroline und ich trafen uns immer dort, wenn sie sich davor drückte, den Stall auszumisten, und ich mich vor den Jungs, den Betreuern, den Schwimmstunden oder irgendeiner anderen der vielen Torturen Aspens drückte.

Mein Blick gleitet zur anderen Seite des Sees, auf der es seltsamerweise an Details mangelt. Aber dort ist Hütte H. Jenseits des Sees und auf einem sonnenbeschienenen Hügel voller Wildblumen. Ich stand immer am Anleger, beobachtete diese Wiese und tat so, als könnte ich die Honigbienen sehen, die die Luft erfüllen, oder ein gebräuntes Bein, das sich über die hintere Veranda streckt. Manchmal konnte ich sie tatsächlich hören. Immer wenn sie lachten. Aus irgendeinem Grund erreichte dieses Geräusch mich immer über das von Seerosen überwucherte Wasser.

Die Karte zeigt eine Blumenwiese, aber die Hütte selbst wurde weggelassen. Was geschieht dort, wo niemand sie sieht? Worüber lachen die Mädchen aus Hütte H so laut?

Über allem thront auf einem geschwungenen Spruchband Aspens Slogan. Ich lese ihn laut vor.

»Wir kamen als Einzelne und gingen als viele. Wir kamen mit nichts und gingen mit allem.«

Das Zitat ist niemandem zugeschrieben. Es fühlt sich an, als wäre es die Stimme des Camps selbst oder die von allen Campern der Vergangenheit und Gegenwart, die sich im Einklang erheben. Viele als eins.

Etwas poltert im Haus.

Ich verliere das Gleichgewicht – mir war gar nicht bewusst, dass ich auf Zehenspitzen gestanden habe, um die Karte zu betrachten – und stolpere gegen die Fotos, die wie Dominosteine umfallen. Mit schweren, selbstgefälligen Schritten betritt ein Junge in meinem Alter das Wohnzimmer.

»Mars! Kumpel! Da bist du ja!«

Als Erstes bemerke ich Zähne – perfekt, weiß und viel zu viele – und dann ist da ein Junge, der auf mich herablächelt. Ein dunkelgrünes Shirt und ein Lanyard, an dem Schlüssel klirren. Ein Betreuer. Er stellt sich mit einem Handschlag vor, der mich kräftig durchschüttelt. »Wyatt. Schön, dich kennenzulernen. Ich und die anderen Jungs freuen uns schon drauf, dich in der Bärenhütte zu haben. Bist du grad erst angekommen?«

Mann. Andere Jungs.

Es geht los.

Die Bürotür öffnet sich und heraus kommen Wendy und meine Eltern. Wyatt nimmt Haltung an – offensichtlich weiß er, wer ich bin, also weiß er auch, wer meine Mom ist. Seine

Zähne blitzen auf, als er sich vorstellt und fachmännisch mit den Erwachsenen plaudert, während wir vom Begrüßungszentrum zum Auto gehen. Dann nimmt Wendy ihn beiseite, damit wir uns als Familie verabschieden können.

Wir umarmen uns. Mom schnieft nur ein kleines bisschen, als ich sie loslasse, und das Geräusch hüllt mich ein, dringt in all die alten Risse, die die Schuldgefühle hinterlassen haben. Nur einen Augenblick lang hinterfrage ich alles, was ich hier vorhabe.

Mom streicht mir über den Arm. »Wenn du heimkommen willst, sag einfach Wendy Bescheid. Du musst nichts erklären. Wir kommen sofort.«

»Okay.«

Sie schluckt die Tränen hinunter. Ihre gefasste Fassade baut sich wieder rings um sie auf, eine Gefühlskälte, die die schwüle Luft zurückdrängt.

Dad legt mir eine Hand auf die Schulter. »Viel Spaß. Finde neue Freunde. Und ...«

»Wir vor dir«, beende ich den Satz. Ein Matthias-Mantra. Im Grunde bedeutet es: *Deine Taten fallen auf uns alle zurück.* Ich nicke. »Natürlich.«

»Sehr gut.« Dad macht diese Sache, bei der er in die Hände klatscht, die zeremonielle Ankündigung eines jeden Dads, dass die Sache damit erledigt ist. »Tja, das war's dann wohl?«

Das war's. Wyatt und Wendy erscheinen in einem Golfwagen und Wyatt wuchtet meine Taschen neben Wendy. Meine Eltern steigen ins Auto. Der Motor übertönt das Summen der Insekten, die sich bei unserem betretenen Abschied versammelt haben. Und dann sind sie weg.

Wyatt und Wendy gucken mich an, vielleicht erwarten sie, ein, zwei Tränchen zu sehen, aber ich lächele, um zu zeigen, dass es mir gut geht. Sie wirken nicht überzeugt. Ich auch nicht.

»Ich bring das hier mal zur Hütte«, sagt Wendy. »Ist es okay, wenn ihr Jungs ins Camp lauft?«

Wir nicken. Wendy rumpelt davon und wir folgen ihr, betreten die goldene Wolke aus Staub, Pollen und Licht. Aspens Licht, dicht und greifbar, ist wie eine aufgezwungene Umarmung.

II

KAPITEL 7

Wir laufen langsam, aber nicht langsam genug.

Aspen verfolgt uns durch den dichten Wald. Verschlagen. Raubtierartig. Durch die Bäume erspähe ich leuchtende Wiesen, efeubewachsene Steinmauern und rot gestrichene Gebäude, die in der Nachmittagssonne leuchten. Die unsichtbaren Insekten hüllen uns mit ihrem Gesang ein. All die Jahre, die ich nicht da war, hat sich Aspen so für mich angefühlt, wie der Geist des Sommers selbst, eine Wärme, an die man sich erinnern, die man indessen nicht spüren kann.

Jetzt greift er nach mir. Ich bin nicht bereit, doch das ist egal. Der Wald weicht zurück und all die aufblitzenden Details – die flüchtig erhaschten Gebäude, Wände und Wiesen – prallen aufeinander und drängen das Gestrüpp auseinander, sodass der Himmel hereinbricht, so weit und blau, dass ich daran ersticken könnte.

Das Camp umschließt uns und ich spanne den Kiefer an. Die Hitze des Waldes war erdrückend, aber diese Hitze in der direkten Sonne ist durchdringend. Ich spüre, wie die letzten Partikel kühler Luft – aus dem Auto, aus dem Restaurant – aus meinen Lungen gebrannt werden und der Sommer mich von innen heraus verschlingt. Ich werde vereinnahmt. Die unheimliche Vertrautheit ist jetzt in mir. Es gibt kein Zurück.

Wyatt redet, und zwar schon die ganze Zeit. Er ist ein Jahr älter als ich und Leiter in Ausbildung. Ein Leizubi, deshalb das dunkelgrüne Shirt. Er erinnert sich von damals an mich, als wir beide noch Banditen waren. Er wird mich begleiten und ich werde bei ihm bleiben, bis wir meinen Tagesplan ausgearbeitet haben. Wenn mir irgendjemand Ärger macht, steht er mir zur Seite. Er versteht total, was ich durchmache. Er …

»Du bist Wendys Neffe«, erinnere ich mich plötzlich.

Im gleißenden Licht der Gegenwart verbindet Wyatt kaum noch etwas mit dem fröhlichen Jungen mit dem runden Gesicht aus meiner Erinnerung. Aber die Augen verraten ihn. Eins braun, das andere blaubraun. Während die Gegenwart die Vergangenheit überschattet, mustere ich ihn aus zusammengekniffenen Augen.

Wyatts entspanntes Lächeln wird unsicher. Ich habe ins Schwarze getroffen.

»Du erinnerst dich also. Super! Hätte ich nicht gedacht. Du siehst auch total anders aus. Hast du trainiert? Beeindruckende Muskeln.«

Da ist sie wieder, sein nerviger Übereifer. Ich erkenne die Falschheit. Es macht mich wütend, dass ich so lange gebraucht habe, um zu erkennen, dass man mir Aspens besten Verkäufer aufs Auge gedrückt hat. Ein Mustercamper, seit seiner Geburt gedrillt in den Kodizes und Parolen von Aspen. Ich muss vorsichtig sein, was ich vor Wyatt preisgebe.

»Sie haben den Bauernmarkt abgebaut, kurz bevor du angekommen bist. Nächsten Sonntag findet er wieder statt. Und … An das meiste erinnerst du dich wahrscheinlich, also unterbrich mich, wenn ich dich langweile«, sagt Wyatt, als wir die Große Lodge erreichen. Das Gebäude ist ein überwuchertes Durcheinander aus moosüberzogenen Stämmen und schiefen, milchigen Fenstern, rundum eine niedrige, schattige Veranda. Es ist monströs. Es bricht durch die Baumwipfel und doch wirkt es in sich zusammengekauert, als könnte es jeden Moment aufwachen und zurück in den See trotten. Es ist umgeben von ähnlichen kleineren Gebäuden, wie von einem Wurf Jungtiere. Mit überwucherten

Pfaden tasten sie nacheinander. Wyatt deutet auf das Freizeitzentrum, den Speisepavillon, das Kulinarikzentrum und das Umweltlabor.

»Da lebe ich praktisch, wenn ich nicht in der Bärenhütte bin. Das Umweltlabor war früher eine Bibliothek, aber wegen eines Zuschusses von der State University New York konnten wir sie in ein Umweltstudienzentrum umbauen.«

Ich starre die Große Lodge an. Die Reglosigkeit des Gebäudes vor den sich beständig wiegenden Bäumen ist verstörend. Genauso wie die Schatten. Ich hatte vergessen, dass Schatten so aussehen können. Hier unter freiem Himmel sind die Schatten tiefschwarz. Undurchdringlich. Klare Prismen der Dunkelheit eingeklemmt unter den Dachvorsprüngen, den Säulen, den niedrigen Decken der Veranda.

Ich will mich in diesen Schatten flüchten. Die Luft hat kein Recht, so *heiß* zu sein. Aber im Schatten wäre es nicht sicher. Ich spähe in die kühlen Prismen, suche nach ihnen. In einem offenen Fenster entdecke ich zwei Gesichter, dann den Glanz eines eingeölten Beins, das sich von einem Geländer ausstreckt. Ich höre das Quietschen eines Schaukelstuhls. Jemand Unsichtbares ruft nach Wyatt und er winkt.

Dann sehe ich sie. Die anderen Camper in ihren weißen Uniformen, die sich im Schatten wie nicht schmelzende Flecken Schnee versammelt haben. Ihre Gesichter sind grinsende Flecken. Sie beobachten uns, als wir vorbeigehen, und ich ertrinke in Unsicherheit. Ich spüre, wie jeder Tropfen Schweiß durch mein schwarzes Tanktop sickert, spüre ihre Blicke auf meinen Schultern, meinem Kinn, meinen Händen, meiner Größe. Sie versuchen, meinem Körper aus der Ferne all meine Geheimnisse zu entreißen.

Ich weiß, wie ich aussehe. Ich weiß, wie die Leute mich sehen. Früher habe ich Sport gemacht, um meiner Feminität entgegenzuwirken, aber die Folge ist eine muskulöse Statur, die meine feminine Art nur umso seltsamer macht. Und jetzt mit dem rasierten Schädel bin ich sicher, dass die Leute noch verwirrter sind.

Oder nicht? Bria meinte, Aspen wäre besser geworden. Vielleicht sind es auch meine inneren Dämonen, die die ausdrucklosen Blicke mit Bedeutung füllen.

Dann kommen wir an einer Gruppe kleiner Kinder vorbei, die auf einem großen Banner liegen, das sie bemalen. Ich erkenne die Neugier, die sie verstummen lässt, während sie darauf warten, dass ich vorbeigehe, damit sie die Köpfe zusammenstecken und über das Rätsel, das ich für sie darstelle, kichern können. Als wir ein paar Schritte weitergegangen sind, fangen sie an zu lachen.

Ich schwitze jetzt am ganzen Körper. Ich will in die Schatten abtauchen und mich verstecken.

Wyatt muss es bemerkt haben, denn er spricht lauter und geht schneller.

»Wendy wird sichergehen wollen, dass dein Bett vorbereitet ist, wir müssen also noch ein bisschen Zeit totschlagen. Willst du sehen, was die anderen Jäger so treiben? Bereit, ein paar Freundschaften fürs Leben zu schließen?«

Fast hätte ich *Nein danke* gesagt. Aber das ist das Wrack von zuvor, das da aus mir spricht. Die Angst. Dieser Mars wird hier nicht bestehen. Er wird zerbrechen. Das weiß ich aus Erfahrung. Also sage ich: »Klar.«

Wir lassen die Große Lodge hinter uns und nehmen einen Umweg durch den Wald. Wyatt erinnert mich, dass die Hauptkurse – das ist das individuelle Programm eines Campers – morgens stattfinden, aber die Nachmittage Gruppenaktivitäten vorbehalten sind. Wildnis-Workshops. Dorfwettkämpfe in allem von Völkerball bis hin zum Bau von Wasserfahrzeugen. Hüttenwanderungen. Dorfputzen. Und wenn nichts geplant ist, freies Schwimmen bis zum Abendessen.

»Hoffentlich hast du deine Schwimmflügel dabei«, scherzt Wyatt mit einem Blick auf meine Arme.

»Eigentlich bin ich allergisch gegen Wasser.«

»Ernsthaft?«

»Ja. Wusstest du das nicht? Queere Leute lösen sich im Wasser auf. Deswegen spritzt es so wenig, wenn die Turmspringer bei Olympia eintauchen.«

»Ich ... Ah, du machst einen Witz.« Wyatt klingt, als würde er einem Kleinkind sagen: *Diese potthässliche Zeichnung eines Hundes ist dir echt gut gelungen.*

Ich beschließe, keine weiteren Witze zu reißen.

Zum Glück führt die Wanderung bergauf zu einer atemlosen Stille und ich gebe die Hoffnung auf, in den nächsten fünf plus Wochen irgendwann mal nicht total verschwitzt zu sein. Die Steigung lässt nach und plötzlich stehen wir in einem Labyrinth blasser Stangen – Bäume, dünn und schwankend. Sie haben knochenweiße Rinde mit schwarzen, halb geschlossenen Augen.

»Mars, darf ich dir die Espe vorstellen?«, sagt Wyatt mit ausladender Geste auf die Bäume. »Den ältesten Organismus der Welt.«

»Wirklich?«

»Ja, man schätzt, dass Espenkolonien Abertausende Jahre leben.«

Ich betrachte die Bäume. Die Art, wie sie meinen Blick zu erwidern scheinen, erschreckt mich. Ich warte die ganze Zeit darauf, dass einer von ihnen blinzelt.

»Welche ist die älteste?«, frage ich.

Wyatt grinst. »Keine von ihnen.«

Ich verschränke die Arme. Wyatt will ganz offensichtlich ein paar frische, brandheiße Naturfakten loswerden.

»Ich sagte Espe, stimmt's? Nicht *Espen.*« Sein Grinsen wird noch breiter. »Und zwar weil das alles Klone sind. Ein riesiger

Organismus, der an den Wurzeln verbunden ist. Ziemlich cool, was?«

Ich muss zugeben, da hat er nicht unrecht. Ich bin mir allerdings immer noch nicht sicher wegen der Augen. Wir gehen weiter durch den Hain und nach einer Minute sagt Wyatt: »Erzähl das nicht weiter.«

»Lügst du, um mich zu beeindrucken?«

»Nein. Espen wachsen wirklich so, aber wir können nicht offiziell behaupten, dass diese Klone der älteste Organismus der Welt sind. Das ist höchst umstritten.«

»Bei *wem*? Der Gesellschaft der scheißalten Bäume?«

»Ha, nahe dran. Anderen Waldreservaten. Ökologen. Solchen Leuten. Es stimmt möglicherweise, aber technisch gesehen ist es eine Vermutung, weil die Klone nicht so lange leben. Nur das Wurzelsystem, deswegen wissen wir es nicht mit Sicherheit.«

»Klar«, sage ich. »Und es wäre unhöflich, Miss Espe hier nach ihrem Geburtstag zu fragen.«

Wyatt lacht. Diesmal hat er den Witz verstanden.

»Dein Geheimnis«, ich zwinkere, »ist bei mir gut aufgehoben.«

Wir betreten einen dichteren Bereich des Waldes, wo sich die Helligkeit des Nachmittags auf golden weiße Säulen beschränkt, die sich vor den düsteren Höhen abzeichnen. Die Temperatur fällt. Schließlich treffen wir auf eine Gruppe, die auf Felsen und umgestürzten Bäumen verstreut ist. Sie tragen Helme und Harnische und verrenken sich die Hälse, um einen Jungen zu beobachten, der über eine Brücke in fünfzehn Metern Höhe balanciert. Seine braunen Arme rudern, während die Gruppe ihn träge anfeuert: »Los, Mitch, los, du schaffst das.«

»Jäger, aufgepasst! Das ist Mars Matthias. Mars, ich präsentiere dir die Männer der Bärenhütte. Und das da an den Seilen ist Brayden. Er ist unser Hüttenleiter.«

Ein gut aussehender Typ im Collegealter mit einem ungleichmäßigen Schnurrbart nickt mir zu. Dabei lässt er Mitch kaum eine Sekunde aus den Augen. Leise Begrüßungen prasseln auf mich ein, bis der Typ in der Luft einen falschen Schritt macht und damit die Aufmerksamkeit aller wieder sich lenkt.

»Du hast doch Sneaker dabei, oder?«, fragt mich Wyatt. »Die Sandalen sind zwar cool, aber ohne Sneaker kannst du nicht klettern. Wenn du willst, kann ich Wendy anfunken, dass sie sie aus deiner Tasche holen soll.«

»Nein!«, kreische ich fast. Wendy darf nicht an meine Tasche. »Schon gut. Ich seh einfach nur zu.«

»Warte, ich hab 'ne Idee.«

Im Nu schnürt Wyatt seine eigenen Sneaker auf, aber ich halte ihn auf.

»Ist schon okay«, beharre ich und halte meine geschiente Hand hoch. »Außerdem kann ich sowieso nicht.«

»Oh.« Wyatt richtet sich auf. Sein falscher Übereifer ist einem verzweifelten Streben nach Anerkennung gewichen. Ist er nervös? Es macht mich nervös, dass ich ihn nervös mache. So rum läuft das bei mir normalerweise nicht mit Jungs.

»'tschuldige, ganz vergessen«, sagt er. »Aber wenn die Hand geheilt ist, musst du an die Seile. Es sei denn natürlich, gegen die bist du auch allergisch.«

Ich lächele und antworte: »Nein, ich bin geimpft«, woraufhin Wyatt ebenfalls lächelt. Zufrieden wendet er sich Mitch in der Luft zu und klatscht kräftig in seine großen Hände, was bei den Jungs einen Jubelschrei auslöst. Ich setze mich hin und sehe zu, denke aber immer wieder daran, wie Wyatt sich beinahe überschlagen hat, um mir seine Schuhe zu geben. Ich weiß nicht, weshalb mich das mit einer prickelnden Wärme erfüllen sollte, doch das tut es. Als Wyatt an den Seilen ist, wirft er mir ein eifriges Grinsen zu und ich wende mich ab.

Die Geräusche hier sind alt und neu, so anders als zu Hause. Unablässig zirpen die Insekten, ein sanfter, hektischer Bass, der die hohen Stimmen der Vögel und des Windes untermalt. Überlagert wird das Ganze vom trällernden Echo der Rufe, Schreie und Lacher, die über den See herangetragen werden. Ich stehe auf, strecke mich und wandere ein bisschen durch den Wald. Niemand bemerkt es. Ich folge den Rufen in Richtung See, wie ich vermute. Wir sind hoch oben, ich sollte über ihn hinwegsehen können. Ich kann auch noch etwas anderes hören. Ein dumpfes, schmerzhaftes Grollen, als hätte der Himmel Hunger. Donner, glaube ich.

Als ich durch den Wald stapfe, wird es lauter. Ich vergesse die Hitze und den Schweiß und konzentriere mich nur auf dieses Grollen. Ich stelle es mir vor wie gewaltige statische Entladungen in der Ferne, graublaue Wolken, die sich zusammenballen, während sie über den Horizont treiben.

Nein, keine Statik. Ein Summen? Ein Summen. Es kommt aus der Luft. Leise, pulsierend, sanft.

ERDE

Von meinem Ohr wedele ich einen Käfer weg.

Ich stehe jetzt oben auf dem Hügel und blicke aus großer Höhe auf Aspen hinunter. Es sind keine Wolken zu sehen. Das ist kein Donner. Donner brodelt, aber dieses Summen köchelt. Ich drehe mich um meine eigene Achse, um die Quelle zu finden. Ich schließe die Augen, um besser lauschen zu können, doch in der Dunkelheit meiner Gedanken sehe ich nur mich selbst, wie ich mich allein im Wald drehe. Als würde ich durch die starren Augen in den weißen Stämmen der Espen blicken.

Ich beobachte, wie ich stolpere, mich abfange und einen großen Hügel hinaufrenne. Sehe zu, wie ich auf eine kahle Felsfläche stürme, die über einen Abgrund hinausragt, wie ich mich nach dem See in der Ferne strecke, nach dem Summen, das von seiner metallisch glänzenden Oberfläche widerhallt.

»Hallo?«, rufe ich.

M A R S E R D E A N

Es hängen Worte in der Luft, und in diesen Worten liegt eine Warnung, aber das Summen übertönt sie. Innerhalb des Summens erkenne ich endlich, wonach ich gesucht habe. Lachen. Ich höre sie lachen. Sie ...

M A R S E R D E A N M A R S

Ich erkenne, dass die Worte unabhängig von dem Summen sind. Mit ihm konkurrieren. Ein für sich stehender, betäubender Ton, der in meine Hypnose eindringt und meinen Blick nach unten wandern lässt. Ich starre auf meine Füße, die am Rand der Klippe stehen. Ich starre durch eine Lücke in den Baumkronen unter mir, die gerade breit genug ist, dass ein Körper zwischen ihnen hindurchfallen könnte.

Und da sehe ich sie, ausgestreckt auf dem Waldboden, beinahe unsichtbar, wäre da nicht das schwache Funkeln der Kronleuchterkristalle, die rings um sie verteilt sind. Sie funkeln wie Sternenlicht. Es ist Caroline, ihr gebrochener Körper, ihre Augen zwei schwarze Löcher, die mich anziehen, so nahe, dass ich direkt über ihr bin, als sie schreit:

ERDE AN MARS!

Ich schrecke auf, weil ich vorwärtsfalle. Der Himmel verschluckt mich und meine Füße treten ins Leere. Dann streckt sich eine Hand in die blaue Leere und zieht mich zurück auf den rauen Felsen. In die Sicherheit am Rand der Klippe.

»Wow, das war knapp!« Ein rotes Gesicht füllt mein Sichtfeld aus. Wyatt! Er drückt meinen Unterarm, lässt aber jäh los, als würde ich ihn verbrennen.

»Hast du das gesagt?«, frage ich.

»Was gesagt?«

Ich weiß es nicht. Ich weiß nicht, was ich da frage. Mein Name, jemand hat meinen Namen gerufen. Ich bin gelaufen, habe gelauscht, drohte zu fallen und jemand hat meinen

Namen gerufen. Ich kneife die Augen zusammen. Das Nachbild auf meinen Augenlidern, das pulsierende Negativ vor dem Sonnenlicht, zeigt ein Mädchen.

Caroline. Ich habe Caroline gesehen, ihr Körper genau in der Pose ihres Sturzes, auf dem Waldboden fünfzehn Meter unter mir.

Unmöglich.

Aber wenn ich mir so sicher bin, dass es unmöglich ist, warum habe ich dann Angst, wieder hinzusehen?

»Mars?« Wyatts Hand landet auf meiner Schulter. Ich zucke zusammen. Er ebenfalls. Ich sollte Angst empfinden, doch stattdessen spüre ich eine rauschende Leere, wo zuvor dieses Summen war. Und dann empfinde ich Wut auf mich selbst. Sengende, rasende Scham. Dass mir Caroline genommen wurde, ist schlimm genug, aber dass ich es auch noch in meinen Albträumen durchleben muss? Sogar in meinen Tagträumen? Wenn sich irgendwas unmöglich anfühlt, dann für den Rest meines Lebens so zu leben.

»Tut mir leid«, sage ich und merke, dass ich den Tränen nahe bin. »Ich dachte, jemand hätte meinen Namen gerufen.«

»Ja, ich bin dir die letzten dreißig Meter hinterhergerannt und hab nach dir gerufen. Du bist verdammt schnell, Matthias. Haben diese Sandalen Turboantrieb?«

Meine Sandalen sind schlammverkrustet. Meine Hände sind dreckig, als wäre ich auf allen vieren gekrochen. Ich drehe mich zu den Bäumen um und erwarte, die dicken Stämme des Seilparcours zu erblicken. Stattdessen ist da nur eine weiße Wand. Der Espenhain flimmert in der Hitze. Die Tränen kommen nicht, weil sich in diesem Moment endlich die Angst Bahn bricht.

»Tut mir leid«, flüstere ich.

»Du musst dich nicht entschuldigen«, versichert mir Wyatt und zieht mich von der Klippe weg. »Hauptsache, du bist in Sicherheit.«

KAPITEL 8

Der Weg zurück zum Seilparcours ist verwirrend, länger, als er sein sollte, und führt einen Hügel hinab, der von umgestürzten Bäumen übersät ist, zwischen denen ich mich hindurchgeschlängelt haben muss. Wyatt und ich schweigen, während wir uns durch die abgebrochenen Spitzen der trockenen Zweige kämpfen. Ich bin dankbar dafür. So habe ich die Gelegenheit, zu einem Ergebnis zu kommen, was gerade passiert ist. Es gibt ein paar Erklärungen für meinen plötzlichen, Übelkeit erregenden Tagtraum – Trauer, habe ich gelernt, zerbricht uns in Teile, die alle möglichen seltsamen, beängstigenden Formen annehmen können –, aber ich lege mich auf einen Hitzschlag fest. Hier draußen kann man der Sonne nicht entkommen. Die Luft ist so dick, dass man hineinbeißen könnte. Wahrscheinlich hat auch der Besuch bei Applebee's nicht geholfen.

Als wir den weißen Hain hinter uns lassen, fragt sich allerdings ein Teil von mir, ob ein Fragment dessen, was Caroline in ihre Wahnvorstellung getrieben hat, auch in mich eingedrungen ist. Doch dann sind wir wieder unter den hohen Kiefern und der Schatten schützt mich lange genug vor der Sonne, dass die rationalen Gedanken die Oberhand zurückgewinnen. Aspen ist nur ein Ort, wenn man nicht mehr daraus macht. Ich muss mich zusammenreißen.

Bevor wir die Jungs der Bärenhütte erreichen, wird Wyatt ganz ernst.

»Hör mal, ich bin quasi dafür verantwortlich, dass es dir gut geht«, gesteht er endlich. Schuldbewusst. »Ich will dir nicht auf die Pelle rücken oder so. Hauptsächlich ist es eine Sicherheitsfrage, weil du die Einführung verpasst hast. Ich weiß nicht, wie viel du noch weißt, aber wir bleiben im Wald aus einem bestimmten Grund auf den Wegen. Es gibt lauter Schluchten und Spalten. Und Klippen wie die eben. Es ist leicht abzustürzen, vor allem bei Nacht. Letzte Woche ist einer der Gärtner … er …«

Wyatt spricht nicht zu Ende. Das muss er auch nicht. Ich erinnere mich an die Geschichten über Jäger und Wanderer, die diese Wälder unterschätzt haben. Die grausame Topografie Aspens hat sie verschlungen. In den Bergen verschwinden viel zu oft Leute.

»Ich werd vorsichtiger sein. Tut mir leid, wenn ich dich erschreckt hab.«

»Hast du ’ne Uhr?«, fragt Wyatt.

»Was? Warum?«

Wyatt hält sein Handgelenk hoch und zeigt mir eine erschreckend riesige Uhr. Sie ist klobig und hat lauter Knöpfe und Rädchen.

»Gab’s letztes Jahr zu Weihnachten«, erklärt er. »Vollkommen wasserdicht. Die Strapazierfähigkeit entspricht Militärstandards. Und sie hat einen Kompass. Wir sind hier viel in den Wäldern und man verliert schnell die Orientierung, aber ich verlaufe mich nie. Hier, willst du mal anprobieren?«

Er nimmt sie eifrig ab und hält sie mir hin. Unwillkürlich muss ich lachen. Wyatt scheint fest entschlossen zu sein, mich einzukleiden. Auch er muss lächeln. Die Spannung zwischen uns löst sich.

»Tut mir echt leid, Wyatt, aber dagegen bin ich *todsicher* allergisch.«

»Was denn? Zu hetero?«

Ich packe sie mit zwei Fingern. »Ist das *Camouflage*?«

Wyatt nimmt sie zurück und gibt sich beleidigt. »Mich überrascht, dass du sie überhaupt sehen kannst. Muss kaputt sein.«

Wieder lache ich und Wyatt strahlt, als hätte er für heute den ersten Punkt erzielt.

Zurück bei der Gruppe legt sich eine Hand auf meine Schulter und erschreckt mich. Ich hatte vergessen, wie sehr Kerle es lieben, einander anzufassen.

»Hey, Mars, toll, dich kennenzulernen!«

Es ist Brayden, unser Betreuer. Oder Leiter, wie man in Aspen sagt. Er nimmt seinen Helm ab und umfängt meine Hand in seinem heißen, kreidestaubigen Griff. »Bist du gut hergekommen? Hältst du Wyatt auf Trab?«

»Na klar.« Ich lächele sonnig.

»Cool, cool. Willkommen in Aspen, Mann. Du bist jetzt ein Mitglied der Bärenhütte, der besten Hütte überhaupt. Hast du die Jungs schon getroffen? Gut. Du wirst alle schon bald kennenlernen, mein Alter. Keine Sorge. Dafür ist noch jede Menge Zeit. Gehst du ein Stück mit mir?« Brayden gibt Wyatt irgendein Zeichen, bevor er mich den Weg hinabführt. Er will allein mit mir sprechen. Ich wappne mich innerlich.

Es fängt mit Small Talk an. Wie ist es, wieder hier zu sein? An welche Aktivitäten erinnere ich mich? Worauf freue ich mich? Dann verstummt er und ich denke schon, er will Caroline ansprechen, tut es aber nicht. Die unangenehme Stille dehnt sich aus, bis Brayden sagt: »Wenn du irgendwas brauchst, sag Wyatt oder mir Bescheid, okay? Wir wollen, dass du hier eine tolle Zeit hast.«

Toll. Ich überlege, eine Allergie gegen Toll vorzutäuschen.

Brayden führt mich bis zum Jägerdorf.

»Ich wette, es ist seltsam, wieder hier zu sein. Wobei du nie im Jägerdorf gewohnt hast, oder?«

»Ich war zuletzt Späher«, erwidere ich. Seit Minuten tue ich zum ersten Mal meinen Mund auf.

»Schön, schön. Wahrscheinlich hat sich viel verändert. Wir haben einen neuen Sportkomplex und endlich ist der

Innenpool fertig. Außerdem gibt es auch ein neues Theater. Modernste Technik.« Brayden deutet vage in Richtung Große Lodge. Wir sind so tief im Wald, dass sie von hier aus nicht zu sehen ist. Stattdessen säumen viel näher kleine Hütten den Weg. Brayden erwähnt sie nicht, aber ich weiß, was es für welche sind. Heilhütten aus der Zeit, als Espen vorübergehend ein Sanatorium war. Die Leute kamen her, um ihre Tuberkulose zu kurieren, weil sie glaubten, die Luft in den Bergen habe magische Kräfte. Jetzt lebt dort das Personal.

»Du hast dir für deine Ankunft einen guten Tag ausgesucht«, erklärt Brayden, der vielleicht auch über die Hitze nachdenkt. »Das Wetter wechselt ständig.«

Ich erinnere mich, dass diese Form der Hitze die Kühle des Morgens aufzusaugen scheint, am späten Nachmittag Gewitter erzeugt, die den Wald mit Starkregen überziehen, was dann in einen klebrigen, tropfnassen Abend übergeht. Erneut lausche ich auf Donner, höre aber keinen. Ich höre gar nichts – keine Vögel, keine Insekten, keinen Wind. Das Leben scheint auszusterben, als wir den Schatten der Jägerlodge betreten. Über die Veranda erreichen wir das dunkle, kühle Innere, in dem sich ein riesiger Versammlungsraum erstreckt. Es riecht nach Zeder und Tiermoschus, wahrscheinlich weil überall an den Wänden und über den Regalen Tierköpfe hängen. Während Brayden mich kurz herumführt, verfolgen sie uns mit glasigen schwarzen Augen.

»Wir nutzen die Lodge für die Dorfmahlzeiten und für Aktivitäten, wenn das Wetter beschissen ist. Das ist der Speisesaal, das das Aktivitätenzentrum und oben sind die Zimmer für Donovan, unseren Dorfleiter, und Jagdgesellschaften, die hier vorbeikommen. Der Freizeitraum ist jeden Abend nach dem Essen geöffnet und viele der Jungs hängen da ab. Spielst du Poker?«

»Ich mag alle Po-Spielchen.«

»Was?«

»Nicht so wichtig. Ja, ich kann pokern.«

»Cool. Machst du Sport? Du siehst aus wie ein Ringer.«

»Ne, kein Sport«, lüge ich. In irgend so einen kleinen Männlichkeitswettkampf hineingezogen zu werden, kann ich als Allerletztes gebrauchen. Ich würd sterben, wenn ich versehentlich einen gewinnen würde.

»Schade. Die Gruppe dieses Jahr liebt Wettkämpfe.«

Na bitte. Mein Instinkt ist ungetrübt.

Wir gehen zur Vordertür raus und eine abfallende Wiese hinunter, die bis zum Ufer des Sees reicht. Zwei Hütten grenzen an die Wiese. Brayden führt uns zur weiter entfernten und verkündet: »Willkommen in der Bärenhütte!« Neben der Fliegengittertür steht aufrecht auf seinen Hinterbeinen ein geschnitzter Bär. Jemand hat ihm einen Bucket Hat aufgesetzt. Brayden versetzt ihm einen freundschaftlichen Klaps auf den Hintern.

»Das ist Bernard, unser Maskottchen. Er redet nicht viel, beschützt uns aber«, erklärt Brayden.

Alles in der Bärenhütte ist aus Holz. Der Boden, die Wände, die Decke, die Möbel. Alles Holz. Abgesehen von einem riesigen, verrußten Kamin, der an der hintersten Wand aufragt. Der ist aus Ziegelstein, aber darin? Holz. Und nichts an der Bärenhütte hat wirklich was von einer Hütte. Sie ist größer als die Häuser der meisten Leute und viele der Innenwände wurden eingerissen, um einen Gemeinschaftsbereich zu schaffen. Ein Kronleuchter aus Geweihen hängt über uns. Deckenventilatoren wälzen die stickige Luft um.

Der Geruch. Ein dichter, feuchter Muff. Der Geruch von Sommer, Zedern und Jungenschweiß hängt in den dunklen Ecken der Hütte und die Hitze verwandelt ihn in einen schimmeligen Gestank. Bei den Erinnerungen, die er hervorruft, flammen Phantomblutergüsse unter meiner Haut und ich beiße die Zähne zusammen.

»Diesen Bereich nennen wir die Höhle«, sagt Brayden und bezieht sich damit auf die Sofas und Sessel um den Kamin. »Die Küche ist da drüben, aber keiner benutzt sie. Das Bad und die Duschen sind da lang. Wyatt und ich schlafen dort durch und du im ersten Stock mit den anderen ...«

Brayden verzieht das Gesicht.

Mit den anderen Jungs, wollte er sagen.

»Angeblich hast du kein Problem mit den Schlafarrangements.« Er mustert mich besorgt.

»Angeblich ...«, ich ziehe meine Antwort in die Länge und genieße die Panik in seinem Gesicht, »weil es *stimmt.*«

Brayden lacht nervös auf und führt mich schnell die Treppe hinauf in ein riesiges Loft, das von Stockbetten gesäumt ist. Dazwischen stehen Kommoden und kleine Sofas. Alles aus Holz. In den Ecken türmen sich Schuhe und Klamotten und ich kann schimmelige Handtücher riechen. Außerdem hängt über dem Eingang ein Schild, auf dem steht: LASS DIE AUSSENWELT REIN.

Brayden führt mich zum letzten Bett, wo auf der Plastikmatratze bereits meine Taschen auf mich warten. Seine Freundlichkeit verblasst.

»Also, ein paar schnelle Grundregeln. Aufstehen ist jeden Tag um sieben und Licht-aus um elf. Jungs aus dem Jägerdorf dürfen sich bis Sonnenuntergang im Schlafraum aufhalten, aber sonst niemand. Soll heißen, keine Mädchen.«

Den letzten Teil murmelt Brayden. Ich muss ein Grinsen unterdrücken. Ich glaube, er hat gerade meinen Po-Spielchen-Witz verstanden.

»Wie du wahrscheinlich weißt, haben wir ziemlich strenge Regeln, was ins Camp mitgebracht werden darf. Kein Essen von draußen, keine Elektrogeräte und wir haben eine Nulltoleranzpolitik gegenüber Alkohol und Drogen. Medikamente werden auf der Krankenstation ausgegeben. Den ganzen Sommer über gibt es ab und an Taschenkontrollen. Aspen ist eine Zuflucht vor dem Rest der Welt und wir wollen, dass alle mit ihren Gedanken ganz hier sind. Und sich sicher fühlen. Also, Mars, sag mir ehrlich: Ist irgendwas in deiner Tasche, das verhindern könnte, dass du hier sicher bist, oder das die Sicherheit eines anderen bedrohen könnte?«

»Nein«, lüge ich.

»Darf ich nachsehen?«

»Klar.«

Die Taschenkontrollen auszutricksen ist eine uralte Kunst, die seit Generationen von den Campern in Aspen weitergegeben wird. Mal sehen, ob ich sie immer noch beherrsche.

Brayden macht den Reißverschluss meiner Tasche auf und zieht die Kleidung zur Seite, als könnte sich etwas zwischen den Falten verbergen, das ihn stechen könnte. Er findet ein Bündel, sieht mich nervös an und wickelt es auseinander – nur um einen Sport-BH in den Händen zu halten.

Er stopft ihn zurück in die Tasche und zieht sogar den Reißverschluss zu, ohne mir dabei in die Augen sehen zu können.

»Alles sauber«, erklärt er.

Mein Plan ist aufgegangen.

Brayden bringt schnell seine anderen offiziellen Betreueraufgaben hinter sich. Er nimmt mein Handy, steckt es in einen Beutel mit meinem Namen und lässt mich wissen, dass ich es nur im Notfall benutzen darf oder wenn ich mit der hiesigen Fantasiewährung, den Bärenpiepen, dafür bezahle. Bärenpiepen bekomme ich, wenn ich Haushaltaufgaben erledige. Es gibt einen Haushaltsplan. Es gibt eine Sperrstunde, ein *Aspen-Handbuch* und so weiter.

Dann öffnet Brayden eine Schublade mit einem frischen Label, auf dem mein Name steht. Mein voller Name. Marshall. Noch dazu ein dämlicher kleiner Smiley.

»Die Uniformen sind hier. Alle drei Tage wird die Wäsche abgeholt. An Wochentagen muss tagsüber täglich eine frische

Uniform getragen werden, aber nach dem Abendessen kannst du deine eigenen Sachen tragen, soweit sie dem Dresscode entsprechen.« Das sagt er nach einem nachdrücklichen Blick auf mein zerrissenes Tanktop, das nicht den Regeln entspricht, weswegen ich es angezogen habe. »Also, zieh dich um und lass mich wissen, falls du eine andere Größe brauchst. Laken sind in der untersten Schublade. Dein Bett musst du jetzt nicht beziehen. Nach der Glut kommen wir wieder her und hängen ab.«

Die Glut. Jeder Tag in Aspen endet mit einer rückblickenden Versammlung am Lagerfeuer, bekannt als die Glut. Manchmal trifft sich das ganze Camp im großen Amphitheater, manchmal treffen sich die Hütten einzeln. Ich erinnere mich an ein qualmendes Feuer, eine Akustikgitarre und genug Lagerfeuerlieder, um einen Chor in den Wahnsinn zu treiben.

Ich schaudere.

»Noch Fragen?«, erkundigt sich Brayden.

»Nö.«

»Cool. Zieh dich um. Die Jungs sollten bald zurück sein. Und willkommen in der Bärenhütte, Mann.«

Bevor Brayden das Loft verlässt, dreht er sich noch einmal um und ich erkenne, dass die kameradschaftliche Wärme vollkommen erloschen ist.

»Eine Sache noch«, sagt er. »Du bist jetzt ein Jäger, Mars. Du bist kein Kind mehr und wir erwarten von unseren älteren Campern Reife, Verantwortungsbewusstsein und Unabhängigkeit. Das bedeutet, du hast auf dein eigenes und das Verhalten der anderen zu achten. Ich werde dich nicht auf Schritt und Tritt im Auge behalten. Das Gleiche gilt für die anderen Jungs. Wir haben einen Ehrenkodex hier in Aspen und wir erwarten, dass die Camper sich bemühen, Streitereien untereinander zu klären, bevor sie Probleme vor die Hüttenleiter oder die Direktoren tragen.«

Ich greife nach dem Pfosten des nächsten Stockbetts und nicke. Ich erinnere mich nur zu gut an Aspens Ansatz, sich nicht in die Lösung von Konflikten einzumischen. Eigenverantwortung, wird argumentiert, stärkt den Charakter. Aber warum betont Brayden das so?

»Wendy hat mich über deinen letzten Sommer hier informiert«, fügt er hinzu. »Deine Seite der Geschichte, meine ich. Die der Jungs kenne ich. Sie sind gute Kerle. Es ist eine Schande, dass das nicht geklärt werden konnte, bevor man Wendy eingeschaltet hat und Leute rausgeschmissen wurden.«

Der modrige Geruch der Hütte ist plötzlich erdrückend und ich muss um jeden Atemzug ringen. Brayden hat keine Frage gestellt, aber er wartet, als würde er eine Antwort erwarten. Nein, ich kenne den Ausdruck in seinen Augen. Leer. Lauernd. Gefährlich. Er erwartet eine Entschuldigung.

Ich schweige.

»Ich will nicht sehen, dass einer meiner Jungs diesen Sommer rausgeschmissen wird«, erklärt Brayden schließlich. Er mustert mich von oben bis unten und ich frage mich, ob ich zu seinen Jungs gehöre. Ausgehend von dem, was er als Nächstes sagt, wohl nicht.

»Wendy hat erwähnt, du wärst ... du bist ...«

»Genderfluid.«

»Das ist cool, Mann.« Und einfach so schlüpft Brayden wieder in seine kumpelhafte, gelassene Persönlichkeit. Jetzt, da ich ihn ohne seine Maske gesehen habe, scheint sie nicht so recht zu sitzen. Ich kann das dunkle Ding erkennen, das darunter lauert. »Erwarte keine Extrawurst«, fährt er fort, »dann macht dir auch keiner Schwierigkeiten. Wenn doch, lass es mich wissen. Aber halt Wendy raus.«

Ich nicke.

»Und Wyatt. Er ist ihr Neffe. Das weißt du, oder?«

»Ja.«

»Gut. Geh davon aus, dass sie weiß, was er weiß. Hab ich mich klar ausgedrückt?«

Brayden mustert mich einen langen Augenblick, bevor ich hervorbringe: »Ja, glasklar.« Und damit geht er.

Ich sitze auf dem nicht bezogenen Bett und denke über die Flut der versteckten Drohungen in seiner kleinen Einführung nach: Muck nicht auf, kümmer dich um deinen eigenen Scheiß, sag's nicht Wendy und halt dich von Wyatt fern.

Ich will nicht sehen, dass einer meiner Jungs diesen Sommer rausgeschmissen wird. Als wäre ich eine Gefahr für ihren kleinen Klub.

Vielleicht bin ich doch eine Granate.

Niemand beobachtet mich und doch zwinge ich mich, jede meiner Bewegungen ganz ruhig auszuführen, als ich mich aus meinen verschwitzten Klamotten schäle. Ich schnappe mir eine Uniform und lege sie vor mich, denke über das nach, was vor mir liegt. Wer ich sein muss, um hier zu überleben.

Als ich damals in Aspen gewesen bin, war ich klein und unsicher. Ich habe die Rituale des Camps gelassen hingenommen, mich treiben lassen wie ein Zweig, der von der Strömung eines Flusses hin und her geworfen wird. Wie als Caroline und ich für das Banditenmusical als Ding eins und Ding zwei gecastet wurden und man dafür sorgte, dass ich eine Fliege und sie eine Haarschleife trug. Oder als ich mich fürs Tanzen einschreiben wollte und alle lachten, bis ich meinte, das sei nur ein Witz gewesen. Oder das ganze Debakel beim Kampf der Geschlechter. Ich wusste es damals nicht besser, als all diese Zugeständnisse zu machen.

Durch meine Identität jetzt, die das Camp zwingt, sich um mich herum zu verbiegen, fühle ich mich diesmal bedeutungsvoll. Ich bin nicht mehr dieses spindeldürre kleine Kind. Das ist gut und schlecht. Ich bin jetzt stärker, aber das macht es auch schwerer, mich zu akzeptieren.

Ich reiße die Plastikhülle der Uniform auf und ziehe mich, ohne noch länger zu fackeln, an.

Ich weiß, ich muss mich verändern, wenn ich hier bestehen will. Und wenn ich aufdecken will, was unter der Oberfläche der Naturstätte lauert, muss ich mich integrieren. Ich kann nicht jedes Mal alles hinterfragen.

Und außerdem, würde Caroline anmerken, *veränderst du dich ständig.*

Und sie hätte recht. Vor langer Zeit musste ich lernen, dass mein Körper nicht definiert, wer ich bin. Ich bin, wie ich mich fühle. Ein gebügeltes Poloshirt ändert gar nichts. Trotzdem hasse ich, wie ich aussehe, nachdem ich mich angezogen habe. Das bisschen Androgynität, das ich mir bewahren konnte, verschwindet, als die klaren weißen Linien der Uniform meine breiten Schultern, meine flache Brust und meine schmalen Hüften offenbaren. Wenigstens habe ich extrakurze Shorts mitgebracht. Trotzdem, sogar eine Beinlänge von zwölf Zentimetern wird mir nicht helfen, die Binären zu verwirren.

Na ja. Ich sehe es einfach als Verkleidung. Mars Matthias' neueste Rolle als *Kerl*, ein goldener Bärenjunge in Braydens Ensemble.

Allein und mit geschlossenen Augen hebe ich meine Arme in einer Ballerinapose. Ich durfte nicht tanzen, aber Caroline hat mir trotzdem alles beigebracht, was sie gelernt hat. Wahrscheinlich habe ich sogar mehr geübt als sie. Ich springe und drehe mich auf meinen Socken und achte darauf, den Zeh so auszustrecken, wie sie es mir gezeigt hat. Dann lasse ich mich aufs Bett fallen. Ich betrachte meine Schuhe – außerhalb der Hütten muss man geschlossene Schuhe tragen. Dad hat mich gezwungen, Sneaker und sogar Wanderstiefel einzupacken.

Trotzdem ziehe ich meine Gladiatorensandalen an. Ich strecke die Beine aus und bewundere, wie die schwarzen Lederriemen über den weißen Socken liegen. Ich werde nicht rennen können, aber wenn ich meine Karten richtig ausspiele, werde ich das auch nicht müssen.

KAPITEL 9

Die Jungs kehren vom Seilparcours zurück, und während sie vor dem Essen duschen, bebt die Hütte unter ihrem Geschrei. Als sie frische Uniformen über ihre feuchten Körper ziehen, verschwindet im Dampf der Geruch nach Schweiß und weicht dem von Kräuterseife und Waschmittel. Ich räume solang meine Klamotten zu den Uniformen, die bereits in den Schubladen liegen, und verstecke Carolines Stockmeißel zwischen den Stoffschichten, neben dem Mayfair-Taschenrechner. Ich weiß nicht, warum ich ihn mitgenommen habe, abgesehen von dem einsamen Fingerabdruck, den Caroline darauf hinterlassen hat, ehe sie sich für die Sonnenuhr entschieden hat. Ich kann die Hoffnung nicht abschütteln, dass das alles eine tiefere Bedeutung hat – dass das alles irgendwie wichtig ist. Bestimmt ist es nur ein weiteres Puzzleteil auf meiner Suche nach ihr.

Ich habe auch die Kerze mitgebracht, aber die muss ich nicht verstecken. Ich stelle sie in das Regalfach neben meinem Kopfkissen und halte inne, um meinen Daumen auf die Biene im Wachs zu legen und den Schnitt zu verbergen, der sie zweiteilt.

»Die darfst du nicht anzünden«, warnt Wyatt mich, als hätte ich gerade ein Streichholz angezündet. Er erlaubt mir allerdings, sie zu behalten.

Wir versammeln uns draußen und zählen durch. Man sagt mir, meine Nummer sei zwölf, und als wir den Weg zur Großen Lodge hinuntergehen, treffe ich die anderen elf. Da ist

Mitch, der Junge, der zuvor geklettert ist, und Andrea, der aus Italien kommt. Ray ist laut und charmant. Brian hat eisblaue Augen und eine sanfte Stimme. Trent nennt nur seinen Namen und weigert sich, mir die Hand zu schütteln, und Xavier stutzt angesichts meiner lackierten Nägel. Drei Namen bekomme ich nicht mit und dann stellen sich zwei andere Jungs als Charlie vor. Der zweite wird von den Hüttenbewohnern übertönt, die erklären, er sei der *Chuckster*. Er widerspricht halbherzig, aber hinter dem Witz spüre ich echten Hass und vermute, das quält ihn schon eine ganze Weile.

»Sonntagabend wird draußen gegrillt«, erklärt Wyatt mir, doch ich kann das Grillfleisch bereits riechen und sehe den Rauch, der das Licht der vom See reflektierten Abendsonne verschleiert. Wir gehen am Speisepavillon vorbei zu einer gepflasterten Terrasse, auf der es von Leuten wimmelt. Unsere Hütte bildet eine unordentliche Schlange und schon bald stehen wir vor einem dampfenden Büffet, an dem das schwitzende Küchenpersonal uns mit strahlendem, müdem Lächeln bedient. Ich nehme einen Burger und einen Maiskolben, der noch in seine angesengten Blätter gehüllt ist. Die Schlange zieht an Aquarien voller Limonade vorbei. Geschnittene Früchte schwimmen hinter dem gekühlten Glas. Dann werde ich zu einem Tisch mit Soßen geschoben, eine ganze Flut von Flaschen und Schüsseln mit laminierten Schildchen, die ihren Inhalt anpreisen. Es gibt nicht einfach Ketchup, sondern organischen Ketchup der Geschenk-des-Himmels-Farm. Die Mayonnaise ist beschrieben als »aus kleiner Produktion«. Ich wage gar nicht erst, den ganzen Paragrafen zu lesen, der das Relish beschreibt.

Der Rasen ist übersät von bunten Picknickdecken, die miteinander verschmelzen und sich überlappen wie ein eingefallenes Zirkuszelt, überall sitzen Camper im Schneidersitz. Ich sehe mich auf der Suche nach irgendeiner Spur von Bria oder den anderen Honeys um. Es ist allseits bekannt, dass die Honeys nicht immer zur Großen Lodge zum Essen kommen, aber dann sehe ich eine Gruppe älterer Mädchen, die sich in der Nähe der Fahnenstange ausgebreitet haben. Als ich ihre Decke betrete, schwindet mein Selbstvertrauen.

»Äh, hi«, sagt eins der Mädchen und beißt bedrohlich in seinen Hotdog.

Aus allen Gesichtern starrt mir die gleiche Ablehnung entgegen.

»Hi«, antworte ich. Ich erkenne keine von ihnen. Ich verspüre den permanenten Drang, mich für meine Existenz zu entschuldigen. Auch sie scheinen das zu erwarten.

»'tschuldigung«, sage ich. »Ich such bloß einen Platz zum Sitzen.«

»Such weiter. Jungs sind hier nicht erlaubt«, entgegnet eine.

»Okay, tut mir leid«, erwidere ich und will gehen.

»Warte«, sagt eine andere. »Du bist neu, oder?«

Die Puzzleteile fügen sich in ihrem Kopf zusammen und ihre Augen weiten sich. Dann, als würde ich nicht direkt vor ihnen stehen, flüstert das Mädchen seinen Freundinnen zu: »Das ist *ihr* Bruder.«

Sie hören auf zu kauen. Ihre Ablehnung verwandelt sich in etwas anderes. Mitleid und Neugier. Sie wissen nicht, was sie tun oder sagen sollen. Ich erspare ihnen die Entscheidung und haste davon. Ihr Flüstern geht in dem Lärm unter, der rings um mich immer lauter wird. Die Leute kauen, starren, lachen. Mein Sichtfeld verengt sich zu einem Tunnel, ich suche nur noch nach einem Ausweg. Dann fängt mich eine winkende Hand ab. Wyatt zieht mich zu der Stelle, an der sich die Jäger niedergelassen haben.

Ich halte den Kopf erhoben, breche aber innerlich zusammen. Ich frage mich: Welche Gerüchte über Caroline habe ich bestätigt, indem ich hier mit Wunden und blauen Flecken übersät aufgetaucht bin? Zu wem wird sie für diese Leute, jetzt, da sie die Spuren gesehen haben, die sie an mir hinterlassen hat?

Ich schäme mich, als hätte ich sie erneut enttäuscht.

Ich erreiche die Jungs. Worüber auch immer sie geredet haben, meine Ankunft lässt sie verstummen. Dann, sobald ich in meinen Burger gebissen habe, geht das Löchern los. Einstiegsfragen, würde mein Dad sagen. *Zum Warmlaufen*, würde Mom hinzufügen. Ich erzähle den Jungs, dass ich aus Westchester bin. Mein vollständiger Name ist Marshall Matthias der Dritte, aber ihr könnt mich Mars nennen. Ich mache keinen Sport, habe früher aber Tennis gespielt und gefochten, außerdem hatte ich eine Boulder-Phase. Ich sehe mir Colleges im Nordosten an, werde aber wahrscheinlich in Cornell enden, wie meine Eltern. Ich will Mathe oder Physik studieren. Mein Dad ist Arzt, meine Mutter arbeitet für die Regierung.

Sie sind sehr bemüht, keine Fragen zu stellen, bei denen Caroline zur Sprache kommen könnte. Es ist, als könnten sie die Leerstellen in meinem Leben sehen, die Teile, die durch ihren Tod herausgeschlagen wurden, und vermeiden sie in ihren Fragen.

Oder vielleicht bin ich auch einfach nur wieder paranoid. Gezielt vager Small Talk ist eine Kunstform unter den Reichen, ein Test, wie wenig man darüber sagen kann, wie viel man hat. Das Ergebnis ist ein durchtriebener, sinnloser Tanz wie dieser, bei dem man den eigenen Status durch geschickte Andeutungen in die Unterhaltung einfließen lässt.

Zum Beispiel zeigt Mitch uns eine Reibungsverbrennung von einem Zügel an seiner Hand und merkt dann beiläufig an, dass *seine* Pferde nicht solche Macken haben. Der Chuckster imitiert seine Tante, die Grillpartys wie diese veranstaltet und dabei erschreckend unhöflich zu den Caterern ist. Das erinnert

Charlie an eine Geschichte über die Afterparty seiner Bar Mitzwa. Augenscheinlich erzählt er die Geschichte, um sich über eine Kellnerin zu beschweren, die sich geweigert hat, ihm einen runterzuholen – bis er aber an dieser Stelle ankommt, haben wir ganz nebenbei erfahren, dass die Party auf der Jacht seiner Familie stattfand.

Wohlüberlegte Andeutungen und genau kalkulierte Einschübe, Samen, die beiläufig ausgestreut werden, in der Hoffnung, dass daraus Status erwächst. Das alles ist sinnlos. Aspen ist eins der ältesten und exklusivsten Camps des Landes. Das Camp selbst gilt als nationales Kulturdenkmal, so wertvoll für die Geschichte unseres Landes, dass es gesetzlich geschützt ist und von einem Konsortium verwaltet werden muss, was immer das ist. Und hier sitzen wir nun inmitten all dieser wilden Erhabenheit, dieses imposanten Erbes, essen Nudelsalat und täuschen Bescheidenheit vor.

Zum Glück ertönt das Horn, das verkündet, dass das Essen vorbei ist. Wir werden für eine Abendaktivität zum Seeufer getrieben: eine Eiscremeparty inmitten eines Dschungels aus Tiki-Fackeln, die im auffrischenden Wind flackern. Wyatt zieht los, um ein Sacklochturnier zu organisieren, und sobald ich allein bin, ruft jemand meinen Namen.

Da sitzt eine Gruppe Kerle um eine Feuerstelle am Strand. Einige erkenne ich aus meiner Hütte, aber der, der mich gerufen hat, schlaksig und attraktiv, ist ein Fremder. Er grinst, doch als ich mich nähere, unterdrückt er sein Lachen, um höfliche Ernsthaftigkeit vorzutäuschen. Ich wappne mich.

»Hey, die Jungs und ich haben uns gefragt«, sagt er, »was dein Ding ist.«

»Was ... mein *Ding* ist?«

»Ja, na ja, worauf stehst du?«

Die Typen wahren alle dieselbe stoische Maske, an den Rändern blitzt indessen ihr Lachen durch. Meine Finger wollen mit meinem Haar spielen, aber es ist nicht mehr da, also balle ich sie zur Faust.

»Fragst du, ob ich schwul bin?«

Der Junge zuckt mit den Schultern. »Hetero, schwul, Junge ... Mädchen.«

Bei Mädchen platzt einem der Typen ein Lachen heraus. Ein anderer boxt ihm gegen die Schulter, doch sie fangen alle an zu glucksen. Ich atme tief ein, recke das Kinn und ignoriere sie, beuge mich zu ihrem Anführer und spiele sein Spielchen kindischer Neugier mit.

»Entschuldige, wie heißt du?«, frage ich.

»Äh. Callum?«

»Also, Callum, ich weiß die Frage wirklich zu schätzen, aber ...« Ich senke meine Stimme, so weit es nur geht. »Ich werde nicht mit dir schlafen. Du siehst aus, als wärst du mies im Bett.«

Das angestrengte Schweigen am Tisch explodiert. Alle lachen, außer Callum. Übertrieben angewidert schüttelt er den Kopf, aber ich habe den Spieß umgedreht. Seine Leute lachen über ihn, nicht über mich. Als ihm das bewusst wird, habe ich sie längst hinter mir gelassen.

Nicht zum ersten Mal – wahrscheinlich eher zum hundertsten – frage ich mich, wie Caroline diesen Ort ertragen konnte. Diese Leute. Ich weiß, dass unser Zuhause kalt sein konnte. Unsere Eltern haben uns permanent durch eine perfekt durchchoreografierte, für alle sichtbare, von Erfolgen geprägte Kindheit manövriert. Caroline hat immer davon gesprochen, dem allen zu entkommen und irgendwo tief in den Wäldern zu verschwinden. Aber wie konnte sie das hier gemeint haben? Wie konnte das besser als zu Hause sein?

Ich finde einen Stein, der am Ufer aufragt, setze mich und starre auf den dunklen See. Ich habe mich richtig in meinen Zorn hineingesteigert, als Wyatt mich findet.

»Mars, ich will dir jemanden vorstellen.« Er tritt beiseite und ein Junge kommt zum Vorschein, der so umwerfend attraktiv ist, dass ich augenblicklich wieder in höchster Alarmbereitschaft bin.

»Mars, das ist Tyler. Er wohnt im Adlerhaus. Tyler ist super. Ihr zwei werdet sicher *fantastisch* miteinander auskommen.«

Tyler und ich schütteln einander flüchtig die Hand. Ein angespanntes Hallo. Doch für alle anderen unsichtbar ist der Moment, in dem wir beide zu der düsteren Erkenntnis kommen, warum wir einander vorgestellt werden. Wir sind beide schwul. Für die meisten Heten ist das ein unumstößlicher, entscheidender Faktor für eine Freundschaft, als würden queere Leute magnetisch voneinander angezogen. Wenn Callum und seine Schergen zusehen – und dessen bin ich mir sicher –, hat Wyatt ihnen gerade jede Menge Stoff zum Lachen gegeben.

Tylers Blick zuckt von meinen lackierten Nägeln über meine nackten Oberschenkel zu meinen Sandalen, ohne zu meinem Gesicht zurückzukehren. Ich bin auch nicht besser. Er trägt nicht nur ein geflochtenes Armband, sondern mehrere. Und eine superschicke Uhr. Wyatt kann unmöglich wissen, was er da angerichtet hat, aber da ist eine Kluft zwischen Tyler und mir, die gerade unter Spannung gesetzt wurde. Im Nu ist die Situation unangenehm.

»Seht ihr? Ich lass euch dann mal allein.« Wyatt schleicht sich davon, damit wir weiterhin fantastisch miteinander auskommen können. Tyler stellt mich höflich ein paar Leuten vor und erwähnt ganz bewusst mehrfach, dass er einen Freund hat und sie eines Tages zusammen nach Syracuse ziehen werden. Wir schließen uns einer Runde Sackloch an. Und obwohl Tyler und ich gewinnen, schlägt er vor, dass wir die Partner tauschen.

Ich überlege, mich in den See zu werfen, beschließe aber, mit den dramatischen Akten zu warten, bis ein Rettungsschwimmer Dienst hat. Tyler fragt, ob ich einen Blick auf die

Dessertbar werfen will, und als ich »Klar« antworte, seufzt er bloß, offensichtlich genervt, dass ich den Wink mit dem Zaunpfahl immer noch nicht verstehe. Während ich meine klebrige Eiscreme mit Streuseln eindecke, muss ich mir seine Beschwerden anhören, dass nichts hier »Keto« ist.

»Ketose ist ein Stoffwechselzustand«, klärt mich Tyler auf, »der schwer zu erreichen ist.«

»Vielleicht ist bei der Ketose der Weg das Ziel«, sage ich.

Doch Tyler hört mir gar nicht zu. Er wie alle anderen drehen sich zu einem Geräusch um, das über den Lärm kaum zu hören ist. Ein Lachen, hell und überschäumend.

Ihr Lachen.

Eine Welle der Erkenntnis brandet durch die Menge am Strand und zieht die Aufmerksamkeit auf die Gruppe Mädchen, die plötzlich auf der Wiese aufgetaucht ist und im Sonnenuntergang Krocket spielt. Sie sind zu weit weg, um ihre Gesichter zu erkennen, aber ich weiß, dass sie es sind. Die Art, wie der Rest von Aspen – die Leute, die lang gezogenen Schatten, die flackernden Flammen der Tiki-Fackeln – zu ihnen hingezogen wird, verrät es mir.

Niemand sieht direkt hin, aber alle beobachten die Honeys.

»Kennst du diese Mädchen?«, frage ich.

»Hütte H«, höhnt Tyler. »Ja. Das sind totale Bitches.«

»War meine Schwester auch eine?«

Tylers Mund klappt auf, als würde ihm gerade erst wieder einfallen, wer ich bin. Er bekommt allerdings keine Gelegenheit mehr zu antworten, da ich genug von ihm habe.

»Genieß die Ketose«, sage ich und breche in ihre Richtung auf.

Ein paar Minuten lang drücke ich mich in der Nähe der Mädchen herum, und als sie ihr Krocketspiel beenden, folge ich ihnen zu einem gut beleuchteten Picknickbereich unter einer Pergola mit hängendem Blauregen oben auf dem Hügel.

Die meisten älteren Mädchen hängen hier rum, zusammengerottet an Picknicktischen und Gartensesseln. Eine Feuerstelle versprüht ihre Funken. Die Honeys sitzen zusammen am anderen Ende, arrangiert wie ein Renaissancegemälde nackter Beine und lässig hochgesteckter Haare. Ich will direkt zu ihnen gehen, doch dann spüre ich ihn – den Grund, warum niemand mit ihnen redet. Ein nahezu physischer Druck, der den Körper abstößt, aber den Blick anzieht.

Geh einfach hin und sag: »Hi, Mars.« Diese Mädchen waren noch vor ein paar Tagen bei dir zu Hause. *Bria ist gleich da vorne. Sierra rechts von ihr, Mimi links. Sie haben dich hierher eingeladen*, rufe ich mir in Erinnerung.

Aber jetzt habe ich das Gefühl, mir das alles nur eingebildet zu haben.

Ich trete unter die Pergola und schlängele mich um die Feuerstelle. Schließlich stehe ich vor Bria, in der Hand meine Schüssel mit Eismatsch, und suche nach einer Möglichkeit, das Wort Hallo zu sagen, als sie das plötzlich für mich übernimmt.

»Na, hallo, Schätzchen.«

Ich bin so erschrocken darüber, dass sie mich angesprochen hat, dass ich keine Antwort herausbringe. Aber dann erkenne ich, dass sie gar nicht mit mir redet. Bria sieht ein Mädchen an, das sich ihnen von der anderen Seite genähert hat.

»Hi«, sagt diese. Sie ist nervös. Sie hat zwei Freundinnen mitgebracht und die schieben sie nach vorn.

»Ich hab mich gefragt ... na ja, meine Hütte hat sich gefragt, ob wir montags ins Tanzstudio dürfen.«

Bria hält immer noch ihren Krocketschläger. Sie rollt ihn auf ihrem Schoß, sodass der Kopf herumwirbelt. »Warum?«

»Zum Üben. Wir hatten gehofft, beim Bergfest aufzutreten.«

»Aber wir treten beim Bergfest auf«, entgegnet Bria.

»Ja, bloß ...« Das Mädchen dreht sich zu seinen Freundinnen, doch die nicken ihr nur ermutigend zu. »Uns ist aufgefallen, dass Hütte H zwar auf dem Plan steht, aber gar nicht reingeht, also dachten wir ... wir hatten *gehofft*, es macht euch vielleicht nichts aus.«

Bria blickt zu Sierra, die sich an den Rest der Gruppe wendet und fragt: »Was meint ihr?«

Plötzlich reden alle durcheinander.

»Aber wo üben *wir* dann?«

»Lya, du brauchst nicht zu üben, du bist quasi ein Genie.«

»Im Jazztanz! Aber beim Bergfest machen wir Modern Dance.«

»Ich weiß, wir haben schon geschnipst, aber ich dachte, wir könnten Hip-Hop machen.«

»Schnipser sind bindend.«

»Und was ist mit den *Montagen*?«

»Vielleicht an jedem zweiten?«

»Das gefällt mir. Jeder zweite Montag.«

»Okay, jeder zweite also?«

Ein Gewirr aus »Okay!«, »Ist gut« und »Schnipsen wir endlich drauf« wird laut. Bria hebt die Hand und schnipst mit den Fingern, der Rest stimmt schnell ein. Dann wenden sie sich erwartungsvoll dem Mädchentrio zu, das die Diskussion gespannt verfolgt hat.

Die drei zögern, dann schnipsen auch sie.

»Super!«, sagt Bria. »Schnipser sind bindend. Das Studio gehört morgen euch. Und an jedem zweiten Montag.«

Die drei jüngeren Mädchen umarmen einander, als sie an mir vorbeigehen, und flüstern aufgeregt: »Ich kann nicht glauben, dass sie uns haben schnipsen lassen«, und: »Das ist super gelaufen.«

»Und was willst du?«

Ich brauche einen Moment, um zu erkennen, dass mit »du« ich gemeint bin. Augenblicklich vergesse ich all mein Englisch, sogar die Schimpfwörter. Bria richtet ihre Aufmerksamkeit auf mich, als hätte ich gewartet, bis ich an der Reihe bin. Zwei Mädchen, die hinter Bria auf dem Tisch sitzen, rollen einen Krocketball hin und her, ohne hinzusehen. Sie starren mich an. Alle Honeys starren mich mit demselben wissenden Desinteresse an, ihre Ausstrahlung ist total entspannt, anders als bei den Mädchen zuvor.

Es passiert wieder. Ich will mich für meine eigene Existenz entschuldigen, denke aber stattdessen: *Nein, sie haben dich hierher eingeladen. Du brauchst bloß Hi sagen.*

»Hi.«

»Hi«, sagt Bria. Inzwischen haben alle Mädchen unter der Pergola ihre Aufmerksamkeit auf uns gerichtet. Aus einem Reflex heraus greife ich nach meinem Haar, nur um festzustellen, dass es nicht mehr da ist.

»Hab mir die Haare schneiden lassen«, platze ich heraus.

»Glückwunsch. Ich bin immer noch lesbisch«, kontert Bria und kehrt mir den Rücken zu.

»Nein, ich meine, ihr erkennt mich wahrscheinlich nicht. Ich bin's ...«

Bria kreischt auf. Ich zucke zurück. Plötzlich lächeln alle Honeys.

»Oh mein Gott, Mars? Mars *Matthias*?«

Bria wirft den Kopf in den Nacken und erfüllt die Nacht mit ihrem Lachen. Eine Sekunde lang denke ich, dass ich vor Scham einfach vergehen werde, doch dann springt sie auf und umarmt mich.

»Oh, du siehst so anders aus! Ich dachte, du wärst nur irgendeiner von den Jäger-Jungs. Die versuchen schon den ganzen Sommer, mich umzudrehen. Das bringt mich noch um. Gott, das war unangebracht. Entschuldige.« Sie wendet sich den vielen Schaulustigen zu und wie von einem Insektenspray verscheucht huschen die neugierigen Blicke davon.

Bria lächelt unschuldig, aber ich bemerke, dass die Mädchen aus Hütte H hinter ihr unsichere Blicke austauschen. Ich kann sie durch ihr Grinsen flüstern sehen.

»Willkommen in Aspen«, sagt Bria. »Ich meine, willkommen *zurück.*«

Aus irgendeinem Grund habe ich das Gefühl, dass viel mehr als nur ein Dutzend Mädchen aus Hütte H mich beobachten, als stünde ich im Fokus Hunderter weiterer Augen. Ich fühle mich nervös und aufgekratzt und – was mir gar nicht ähnlichsieht – schüchtern.

»Bloß was machst du hier?«, fragt Bria.

»Ich ...« Mein Verstand wird träge ... in der langen Pause, die auf Brias Frage folgt, tröpfeln die Gedanken einer nach dem anderen herein. »Du hast mich eingeladen.«

»Ach, echt?«

»Na ja, Sierra. Bei der ›Feier ihres Lebens‹. Für Caroline.«

»Ach, ja. *Richtig.*«

Ich bin ziemlich sicher, der Blick, den Bria Sierra zuwirft, ist die Version der Honeys eines vernichtenden Blicks. Sierra zuckt kaum merklich mit den Schultern. Ich versteinere. Oder würde es gern. Ich würde meinen zur Statue erstarrten Körper in den See werfen und dort unten am Grund bleiben, bis alle, die diese Unterredung mit angesehen haben, seit Jahrhunderten tot wären. Erst dann würde ich wieder hochkommen.

Das Horn erklingt. Bria eilt zum Tisch zurück, alle brechen auf. Es ist Zeit für die Glut.

»Willkommen zurück«, sagt sie mit einem verkrampften Lächeln und dann schweben sie davon.

Ich glühe vor Scham. Erst Callum, dann Tyler und jetzt das. Eine Sekunde lang habe ich sogar das Gefühl, in Tränen auszubrechen, genau hier neben den Picknicktischen, während der Rest des Camps an mir vorbeiströmt. Was hatte ich denn erwartet? Es gab so viele Gründe, warum ich Aspen verlassen habe. Warum überrascht es mich, dass sie alle immer noch hier sind und auf mich gewartet haben?

Ich beschließe, dass ich nicht weinen werde, und folge den Campern zur anderen Seite des Sees, wo ein Steg ein kurzes Stück über das Wasser zu einer Insel mit Edelkiefern führt. Sie ist nicht groß und beherbergt nur ein Amphitheater aus Holzbänken und eine niedrige Bühne. Die Bäume auf der anderen Seite der Insel wurden gerodet und geben den Blick frei auf die flüssige Schwärze des Sees unter den letzten Spuren des violetten Sonnenuntergangs.

Ich sitze am Rand der Bank neben den anderen aus der Bärenhütte und tue genau wie sie so, als wäre ich gar nicht da.

Aus meinen Erinnerungen an das Glut-Ritual weiß ich, dass es einen kurzen Rückblick auf die Aktivitäten des Tages, Ankündigungen und ein Gebet umfasst. Immer ein Gebet. Allerdings nennen sie es nicht so. Sie nennen es Glut, wie die letzten glühenden Spuren des Lichts, bevor der Tag erlischt.

Als jemand die Bühne betritt, verstummen die Camper. Ich spähe durch die vom Feuerschein beleuchteten Reihen. Nach einer Minute Suchen entdecke ich Brias dunkle Zöpfe. Sie hält den Kopf gesenkt, damit ein anderes Mädchen ihr etwas ins Ohr flüstern kann. Hütte H sitzt seltsam dicht beisammen, eigenartig miteinander verwoben durch verschlungene Hände und verhakte Beine. Es ist schwer zu erkennen, wo ein Mädchen endet und das andere beginnt.

Und dann hebt Bria den Kopf. Sie sieht mich an. Unsere Blicke begegnen sich, und als sie lächelt, streicht ein Schauder über meine nackte Haut. Es ist ein wildes Lächeln, als wäre sie kurz davor, lauthals loszulachen. Dann drehen sich auch alle anderen Mädchen aus Hütte H um, in einer einzigen Bewegung, geschmeidig und schnell, wie eine Gruppe Eulen.

Die Welle breitet sich aus und innerhalb von Sekunden starrt mich das gesamte Camp an. Sie schweigen. Warten. Lächeln. Grillenzirpen erfüllt die Luft.

»Mars? Würdest du bitte aufstehen und Hallo sagen?«

Wendy. Co-Direktorin Wendy. Sie steht auf der Bühne. Sie sagt meinen Namen, als hätte sie das bereits wiederholt getan, und deutet auf mich. Mir geht auf, dass sie mich vorgestellt haben muss und mich deswegen alle ansehen. Doch als ich zu den Honeys linse, erfüllt Belustigung ihre Züge.

Totale Bitches, hat Tyler gesagt.

Ich stehe auf. Atme ein. Ich winke den zweihundert Gesichtern zu, die mich beobachten. Bemühe mich, meine zerfaserten Gedanken zu etwas wie Selbstbewusstsein zu bündeln.

»Hi, ich heiße Mars. Meine Pronomen sind er, xier oder sie. Ist eigentlich egal.«

Ich halte inne, warte auf einen Anflug von Raunen oder schlimmer noch ein verirrtes *Yas, Queen!*, doch Aspen hat nichts davon zu bieten.

»Ich bin in Hütte ... der Bärenhütte.«

Mehr, ich muss noch mehr sagen.

»Ich ... freu mich echt, hier zu sein, und kann's kaum erwarten, euch alle kennenzulernen.«

Das Camp antwortet mit einem verschmolzenen *WILLKOMMENHALLOHIMARS.* Ich will mich schon wieder hinsetzen, aber Wendy bedeutet mir, mich ihr in der Mitte des Amphitheaters zwischen den Bänken anzuschließen. Ich beiße die Zähne zusammen und schwebe auf sie zu, wobei ich dem Drang widerstehe, zu überprüfen, ob mein Nasenring versteckt ist. Die Hitze jedes menschlichen Blicks im Umkreis von zehn Meilen gräbt sich in meine Haut. Dann stehe ich dem Camp gegenüber, sehe aber keine Gesichter. Nur ein Meer aus goldenen Augen, die in der Dunkelheit leuchten, und den Feuerschein, der in ihnen flackert.

Wendy ergreift meine taube Hand und ich zucke zusammen. »Hier in Aspen sind wir eine Familie. Ein Verlust des Einzelnen ist ein Verlust für alle. Wir waren geschockt von Carolines Tod und ich möchte, dass wir gemeinsam eine Schweigeminute einlegen. Würdet ihr euch mir bitte alle anschließen?«

Wendy legt mir jetzt eine Hand auf die Schulter. Die andere streckt sie dem Meer der Gesichter entgegen. Andere Hände strecken sich ihr entgegen, ergreifen ihre. Ergreifen mich. Sie kriechen über meine Schultern, legen sich übereinander, Fingerknöchel auf Handfläche auf Handgelenk, sodass ich in eine monströse, schwere Umarmung eingeschlossen werde. Es passiert so schnell, dass mir nicht mal der Gedanke kommt zu fliehen. Und dann wird alles still. Alle Augen schließen sich. Alle Geräusche außer dem Knistern des Feuers und dem Geschrei der Seetaucher auf dem Wasser verstummen. Mich überkommt der Drang zu schreien. Ich will nicht, dass Caroline noch mehr Stille umgibt. Sie wird mich erdrücken, genau wie diese Hände mit ihrem pulsierenden Griff. Ich will schreien, aber das Problem am Schreien ist, dass man sich zuerst gestatten muss zu atmen. Und das werde ich nicht. Die Luft würde nur schmecken wie warme Haut.

Und dann wird es noch schlimmer.

Wendy drückt meine Hand. »Wir haben eine Überraschung für dich, Mars.« Nachdem die Stille gebrochen ist, ziehen sich die hundert Hände zurück. Plötzlich bin ich leicht genug, dass ich abheben könnte, aber Wendy hält mich am Boden. Auf ihr Zeichen hin tauchen vier Camper auf. Hinten auf der Bühne entrollen sie ein langes Papierbanner.

WIR LIEBEN DICH, CAROLINE, steht da in großen, schiefen Buchstaben. Und es ist von Handabdrücken übersät. Blutigen Handabdrücken, als würden Geister von der anderen Seite dagegendrücken. Ich kneife die Augen zu, und als ich sie öffne, erkenne ich, dass es nur Farbe ist. Handabdrücke aus billiger Acrylfarbe, die vom Feuerschein in ein rostiges Rot verwandelt werden. Es ist das Banner, das die Kleinen am Nachmittag gemalt haben, daran ist nichts Unheimliches. Jeder Handabdruck ist signiert und viele haben zusätzlich noch lange handschriftliche Botschaften.

Es tut mir leid. Du fehlst mir. Du warst wunderschön. Ruhe in Frieden. Mach's gut. Es tut mir leid. Mach's gut. Es tut mir leid.

Jetzt wünsche ich mir die Stille zurück. Alles, nur das nicht. Das Knistern des Papiers, das mir von der Brise entgegengeweht wird, und die Kakofonie der totenstillen, leeren Trauerbekundungen. Krumme Buchstaben. Blutige Fingerabdrücke. Ich hasse es. Ich hasse sie. Ich will, dass ihre Stille verschwindet. Ich will meine Schwester zurück. Ich will ihren blutigen, befleckten Händen die Erinnerung an sie entreißen.

»Caroline hat bei so vielen von uns Spuren hinterlassen«, sagt Wendy ans Camp gewandt. »Wir werden uns immer an sie erinnern. Wie ein Handabdruck auf unseren Leben wird sie in uns weiterleben. Und auch wenn ihr Verlust ein Loch im Herzen von Aspen hinterlässt, freuen wir uns doch, ihren Bruder Mars willkommen zu heißen. Ich bin ganz sicher, dass Caroline gewollt hätte, dass wir alle zusammen sind, als Familie.«

Ich bin zu gehemmt, um zu weinen oder auch nur zu reagieren. Die betonte Sanftheit von Wendys Rede macht ihre Erwartung deutlich, dass ich mich ihrem Tenor anpasse und meine Trauer für sie offenlege. Wieder habe ich das Gefühl, außerhalb meines Körpers zu schweben und mich selbst mit den Augen aller anderen zu beobachten, die darauf warten, dass ich mich rühre oder reagiere oder auch nur atme.

Ich bringe ein gequältes Lächeln zustande. »Danke.« Es kommt als Flüstern heraus, nicht weil die Trauer mich gebeugt hat, sondern weil ich vor Wut brodele. Diese Leute waren nicht ihre Familie. *Ich* war ihre Familie. Sie haben kein Recht, ihr Andenken zu benutzen, um sich einander näher zu fühlen. Mich anzufassen, als könnte irgendein anderer meine Trauer begreifen.

Vielleicht bin ich unfair. Vielleicht kannten sie sie letztlich genauso gut wie ich. Oder vielleicht kannte sie auch keiner von uns und wir erschaffen sie hier gerade erst. Ein Mädchen, das sich aus unserer Schuld zusammensetzt.

Das Banner knistert, als eine weitere Brise daran zerrt. Wendy drückt meine Hand, dann wendet sich sie wieder an die Menge: »Diese Woche soll jeder seinen Teil dazu beitragen, dass Mars sich hier zu Hause fühlt, angefangen mit einem GROSSEN Aspen-Willkommen. Alle zusammen: Willkommen zu Hause, Mars.«

Sie reißt unsere verschränkten Hände hoch und wie eine Kirchengemeinde erhebt sich das Camp. Ich zwinge mich, nicht wegzulaufen, weil ich davon ausgehe, dass diese weiß gekleideten hundert Kinder mich allesamt verfolgen und sich wie ein Knäuel mondweißer Maden in den See stürzen würden.

Sie beginnen aufzustampfen und zu klatschen, ein grober Rhythmus, der in etwas wie einen Singsang übergeht. Wendy hält mich fest. Ich bin gefangen zwischen den Campern und der Papierwand ihres blutroten Gedenkens. Dann überflutet mich der Aspen-Schlachtruf. Halb gesungen, halb gebrüllt hallt er über den See.

Wir kamen als Einzelne!
Wir gingen als viele!
Wir kamen mit nichts!
Wir gingen mit allem!
Aspen dereinst und immerdar!
Aspen dereinst und immerdar!

KAPITEL 10

Ich erwache durch ein klirrendes Geräusch, es klingt wie Kristalle, die auf einen Steinboden fallen. Sobald ich die Augen öffne, verstummt es. Ich bin in einem fremden Zimmer, seltsames Licht fällt auf die Balken einer fremden Decke. Ich setze mich auf und starre auf das Chaos der Wirbel und Astlöcher in den Holzwänden, die mich wie starre Augen im Schlaf beobachten. Einen Moment hängt mir mein Traum noch nach, die Augen treten hervor und schließen sich. Dann bin ich wach.

Ich hatte erwartet, desorientiert zu sein, wenn ich aufwache – die unbekannte Decke, diese fremden Wände –, aber im Licht des Morgens fühlt sich Aspen vertrauter denn je an. Wie ein Gemälde seiner selbst. Und ich bin erleichtert, in einem Bett aufzuwachen, das nicht mein eigenes zu Hause ist, in dem noch immer der Gestank meines eigenen Bluts hängt.

Das ist besser, denke ich, während ich mir den Schlaf aus den Augen reibe. *Es ist neu, also ist es besser.*

Um mich herum schläft die Hütte noch. Steppdecken über anonymen Gestalten, Strähnen wirren Haars gebettet auf schlafzerrütteten Kissen. Sie wirken wie sanfte Hügel.

Ich bahne mir meinen Weg durch das Chaos der Schuhe, die Treppe hinunter und in die Küche. Ich ziehe eine Keramiktasse aus einem offenen Regal, spüle den Staub ab und fülle sie dann in dem tiefen, milchigen Becken. Das Wasser sollte metallisch oder mineralisch schmecken, wie die Wände des Brunnens, aus dem es wahrscheinlich stammt, doch stattdessen ist es süß. Gefiltert. Wie alle Naturgewalten wurde auch diese vom Reichtum Aspens aufgewertet.

Als ich so am Wasserhahn stehe, überkommt mich Schwindel. Er ist nicht körperlich. Es ist das verwirrende Gefühl, durch die Zeit zu fallen, hervorgerufen durch den Geschmack des Wassers. Mein Körper erinnert sich an etwas, an einen Augenblick, der in diesem süßen Wasser verankert ist. Ich trinke noch einen Schluck. Um mehr davon zu fühlen.

Die Erinnerung ist nicht vollständig. Ich rieche Staub und Leder und spüre Hitze auf meinen Lidern. Ich liege im Gras, habe die Augen zusammengekniffen und lache dem Himmel entgegen. Wenn ich lache, bin ich wohl nicht allein, und wenn ich nicht allein bin, ist Caroline bei mir.

Mehr kriege ich nicht zusammen. Das, die Wärme auf meiner Haut und einen traurigen Nachgeschmack. Dieser neue blaue Schleier, der all meine Erinnerungen an Caroline umgibt.

Ich lasse die Tasse in der Spüle stehen, gehe ins Bad und dusche. Beim Zähneputzen betrachte ich im angelaufenen Spiegel mein verschwommenes Spiegelbild und gehe die Erinnerungen an letzte Nacht noch einmal durch. Der Gesang, der Feuerschein, das Banner, aber vor allem, wie Bria und die Honeys sich als Erste zu mir umgedreht und mich in der Menge entdeckt haben, bevor Wendy mich gebeten hat aufzustehen. Die Art, wie diese Mädchen mich angesehen haben, lässt mich schaudern. Ein einziger Blick, aufgespalten auf viele Augen.

Ich trete in die Stille der Hütte, in der noch alle schlafen, und frage mich, wie früh es eigentlich ist. Da kehrt der Schwindel zurück, diesmal ausgelöst durch die Kälte der Hütte, die meine geschundene Haut einhüllt. Die Kombination schleudert mich erneut zurück in die Vergangenheit.

Ich liege auf dem Hügel, im Gras. Eine Hand halte ich hoch, um Carolines Augen vor der Sonne abzuschirmen. Sie tut dasselbe für mich. Es ist ein Spiel, das wir immer gespielt haben, ein Treuetest. Wir sind zusammen und sie fühlt sich so real an, als könnte ich in die Erinnerung greifen, sie in meine Arme schließen und sie mit mir herausziehen.

Ihre Augen beobachten mich aus dem Schatten in Form meiner Hand. Es ist, als wäre sie direkt vor mir.

Ich beiße mir auf die Wange, um das Schluchzen zu unterdrücken, das sich plötzlich in meiner Brust zusammenballt, doch es funktioniert nicht. Ich ersticke daran, renne die Treppe hinunter, aus der Hintertür der Hütte und auf die dem Wald zugewandte Veranda. Die Übelkeit, gleichzeitig in der Gegenwart und Vergangenheit zu sein, zerreißt mich und mir kommen glühend heiße Tränen. Geräuschlos und aufbrandend. Hässlich. Sie lassen mich so heftig erbeben, dass ich das Gefühl habe, die Veranda könnte zusammenbrechen. Also halte ich mich am Geländer fest und warte darauf, dass die Welle ihren Scheitelpunkt erreicht, dass sie über mir bricht und sich dann zurückzieht.

Irgendwann tut sie es. Aber nicht ohne Widerstand. Und als die Trauer verebbt, spüre ich, wie sie Teile von mir mit sich nimmt.

Endlich erkenne ich, worauf ich die ganze Zeit gestarrt habe, hier draußen auf der Veranda. Der Wald ist knochenweiß. Alles Espen. Sie beobachten mich mit denselben Augen, die ich beim Aufwachen gesehen habe. In Rinde eingebettete blinde schwarze Augen. Das schräg einfallende Licht des Sonnenaufgangs verleiht ihnen schattige Lider und in ihren Augenwinkeln glitzert Tau. Wie Tränen. Als würden sie mit mir weinen. Ich schäme mich ein bisschen. Zweimal schon haben diese Bäume beobachtet, wie ich in meiner Trauer versinke. Das erste Mal, als ich fast von der Klippe gestürzt wäre, und jetzt das. Ich trage immer noch bloß ein Handtuch.

Ich wische mir über die Wangen. Kann noch immer das übermäßig süße Wasser schmecken. Ich spucke wiederholt aus, dann gehe ich hinein. Auf halbem Weg die Treppe hinauf erstarre ich. Alle um mich herum schlafen noch, aber ich spüre, dass etwas an meinem Bett anders ist.

Ich sehe es.

In den blassen Pastelltönen des Morgens wirkt die kleine Flamme erschreckend hell.

Jemand hat Carolines Kerze angezündet. Sie flackert, als könnte sie den Schauder spüren, der über meine nackte Haut kriecht.

Ich sehe mich erneut um, aber niemand regt sich. Alles andere in der Hütte ist unverändert.

Ich ersticke die Flamme mit den Fingern, nur um sicherzugehen, dass sie echt ist. Das ist sie, obwohl das Wachs kaum geschmolzen ist. Sie hat nicht lange gebrannt. Und ganz sicher habe ich sie nicht angezündet. Ich krieche wieder unter die Decke. Jemand muss mir einen Streich gespielt haben, beschließe ich, während ich die Wirbel im Holz betrachte. Sie erwidern meinen Blick.

Dann blinzelt einer von ihnen.

Ich setze mich auf.

Atme nicht.

Erst denke ich, ich hätte es mir eingebildet, aber nein, das Astloch blinzelt erneut. Diesmal kann ich sogar hören, wie das sich bewegende Holz knarrt. Ich schreie, aber wie bei meinem Schluchzen kommt kein Ton heraus. Nur ein knisterndes Zischen tief aus meinem Inneren und dann brechen aus meinen Lungen die fröhlichen Töne einer Trompete hervor. Aus den uralten Lautsprechern der Hütte dröhnt das Morgenhorn.

Es reißt mich aus dem Schlaf und ich schrecke hoch. Beinahe schlage ich mir den Kopf am Bett über mir an. Die Jungs regen sich. Ich habe einen süßen, kupferartigen Geschmack im Mund. Mein Hirn treibt durch den Nebel eines verblassenden Traums.

Ich reibe mir die Augen und muss feststellen, dass sie feucht sind, als hätte ich wieder im Schlaf geweint. Fetzen des Traums hängen mir noch nach. Die Erinnerung an Caroline, ihre Augen und …

Als ich zur Kerze blicke, ist der Docht schwarz. Ich berühre das Wachs und es ist noch warm. Ich fange an zu zittern. Als Nächstes betrachte ich die Wände. Die Astlöcher erwidern meinen Blick, aber jetzt sind sie leblos und verraten nichts von dem, was sie von ihrem hölzernen Wachposten aus beobachtet haben.

Frühstück gibt es in der Jägerlodge. French Toast. Das Küchenpersonal trägt sogar gestreifte Shirts und schwarze Baskenmützen. Der Chefkoch hat sich einen gezwirbelten Schnurrbart aufgemalt. Das alles trägt nur zusätzlich zur Surrealität des Morgens bei, auch wenn alle so tun, als wäre alles völlig normal. Und ich schätze, das ist es auch. Aspen hat ein berühmtes Theaterprogramm und einen großen Kostümfundus. Es ist nicht ungewöhnlich, dass sich die Leiter für den campweiten Goldrausch als Cowboys verkleiden oder dass die Jüngeren in *Herr der Ringe*-Umhängen umherstreifen, ihr Leiter verkleidet als Gandalf. Das gehört wohl einfach zur Theatralik des Camps dazu.

Ich sitze am Ende eines langen Tischs und stochere in meinem Essen, versuche, das beunruhigende Gefühl, beobachtet zu werden, mit dem ich aufgewacht bin, abzuschütteln. Dabei ist nicht gerade hilfreich, dass Callum mich jedes Mal, wenn ich denn mal aufsehe, anfunkelt.

»Mars! Erde an Mars!«

Ich wirbele herum und pralle gegen Wyatt. Er reißt die Hände in gespielter Ergebenheit hoch.

»Hab ich dich erschreckt? Mann, du scheinst noch halb zu schlafen.«

»Erde an Mars«, wiederhole ich. »Meine Schwester sagt das immer. Ich meine, sie hat das immer gesagt.«

Ich mache die Situation noch unangenehmer. Als es mir schließlich gelingt aufzublicken, sieht Wyatt mich nicht mitleidig, sondern kritisch an.

»Trägst du Lippenstift?«

»Lipgloss«, korrigiere ich ihn. »Warum?«

Er legt den Kopf schräg.

»Hab mich nur gewundert. Aber egal. Ich hab eine wichtige Frage: Wie stehst du zu Bäumen?«

»Ich liebe Bäume. Bin ein großer Fan ihres zweiten Albums.«

»Freut mich, weil du heute mit mir ins Umweltlabor kommst. Vielleicht morgen auch. Kommt drauf an, wann du dich für einen Hauptkurs entscheidest. Schon eine Idee?«

Es gibt Hunderte, wortwörtlich Hunderte andere Dinge, die ich lieber tun würde, als mit Aspens Musterschüler Bäume zu betrachten, aber ich zucke nur gleichgültig mit den Schultern und sage: »Bäume sind ziemlich cool.«

»Finde ich auch.«

Wyatt rauscht davon und schließt sich Brayden am Kopf unseres Tischs an. Die Jägerlodge verstummt für die morgendliche Durchsage von Donovan, Wendys Ehemann und der andere Co-Direktor. Er beaufsichtigt das Jägerdorf. Und dafür bringt er die besten Voraussetzungen mit. Er ist riesig, bärtig und passt kaum in sein grünes XXL-Shirt.

»Also schön, Jäger, aufgepasst«, bellt Donovan. »Heute beginnt eine neue Woche, ihr müsst euch also alle für einen neuen Wahlkurs eintragen, wenn ihr einen Nachmittagsslot frei habt. Redet mit euren Leizubis, bevor ihr zu euren Hauptkursen geht, damit wir eure erste Wahl an Derrick weiterleiten können. Beim Mittagessen teilen wir euch mit, wo ihr diese Woche eure Nachmittage verbringen werdet. Außerdem gehen heute die Jägerdorfwettkämpfe weiter …«

Die Jungs brechen in konkurrierenden Jubel aus. Mit einer Geste bringt Donovan sie zum Schweigen und fährt fort: »Die Verliererhütte muss sich bei unserer kommenden Wanderung ums Abendessen kümmern. Was mich zu meiner nächsten Ankündigung bringt: Die Wanderung beginnt am Donnerstag und wir werden bis Samstagmorgen nicht zurück auf den Campus kommen, sagt also euren Klinikbetreuern Bescheid. Und bitte, Jungs, gebt eure Wäsche ab. Und zwar *heute.* Wir brechen in die Wildnis auf und ein paar von euch haben noch nicht einmal ihre Uniform gewechselt. Ich kann das Adlerhaus vom See aus riechen.«

Weiteres Grölen wird laut.

»Und zu guter Letzt«, bellt Donovan, »falls ihr es noch nicht getan habt, nutzt die Gelegenheit, euch unserem neuesten Jäger vorzustellen: Mars. Mars wurde noch nicht für den Haushaltsplan eingeteilt, kann ich also einen freiwilligen Jäger bitten, ihm alles zu zeigen?«

Keiner rührt sich. Als sich die Stille lange genug ausgedehnt hat, bemerkt Donovan: »Sieht so aus, als hätte der neue Rekrut die Jungs eingeschüchtert. Also dann, Mars, irgendwelche Vorlieben?«

Ich suche verzweifelt nach irgendwas, das mich auch nur im Entferntesten interessiert. Als Einziges fällt mir ein, dieses Banner von gestern Abend zu finden und es zu verbrennen, aber ich kann wohl schlecht Brandstiftung vorschlagen. Und doch ...

Wyatt hebt die Hand.

»Mars kommt mit mir. Wir brechen früh zum Umweltlabor auf. Wir würden ja wirklich gern bei der Hausarbeit helfen, aber, na ja, die Natur ruft!«

In diesem Bruchteil einer Sekunde des Schweigens sehe ich, wie sich Braydens Miene verfinstert. Doch Donovan wirkt erleichtert, genauso wie die am Tisch versammelten schweigenden Jungs. Meine Wangen glühen vor Scham. Was hat Donovan denn erwartet, was passieren würde? Eine hitzige Debatte darüber, wer mich rekrutieren darf, um die Klos zu schrubben? Was an dieser Lippenfarbe deutet an, dass ich bei irgendwas im Haushalt nützlich sein könnte?

Also bin ich wieder bei Wyatt gestrandet. Bekomme eine Extrawurst. Braydens Hass hat sich gerade noch vertieft.

Mit einem lautstarken Klatschen beendet Donovan das Frühstück.

»Großartig. Also schön, dann mal an die Arbeit!«

Da ich nichts zu tun habe, halte ich mich im Hintergrund, während die Jungs die Teller abräumen und die Tische abwischen. Kurz begegnet mein Blick Tylers, aber er wendet sich schnell ab. Ich komme nicht umhin zu beobachten, wie mühelos er sich unter die anderen Jungs mischt, und erkenne, dass er vielleicht deshalb nichts mit mir zu tun haben will. Ich bin eine Farbe, die sich nur schwer mischen lässt, und vielleicht hat er Angst, ich könnte auf ihn abfärben.

Ich presse die Lippen zusammen. Der Lipgloss schien kein großes Ding zu sein, als ich ihn aufgetragen habe. Genau wie die Sandalen. Jetzt bin ich mir nicht mehr so sicher.

Ich gehe zurück zur Bärenhütte. Zuerst sehe ich nach der Kerze. Gott sei Dank, sie hat sich nicht magisch entzündet. Dann stehe ich vor dem Spiegel im oberen Bad, ein feuchtes Tuch vor den gespitzten Lippen.

Ich fühle mich noch immer von diesen Augen in den Wänden beobachtet. Es sind nicht mal vierundzwanzig Stunden vergangen und schon spielt ein unsichtbarer Jäger mit mir. Doch ich habe kein Recht, mich selbst zu bemitleiden. Ich habe mir das selbst eingebrockt.

Bloß was ist dieses *Das*? Ein Labyrinth, an dem ich schon einmal gescheitert bin, das ich aber ja freiwillig erneut betreten habe. Und diesmal bin ich entschlossen, das Zentrum zu erreichen. Nur welchen Weg soll ich einschlagen? Passe ich mich an oder leiste ich Widerstand?

Welchen Weg ich auch wähle, ich kann es mir nicht leisten, mich jetzt schon einschüchtern zu lassen.

Ich lasse den Lipgloss drauf. In der Natur sind leuchtend bunte Dinge oft giftig. Also soll das meine Verteidigung sein. Soll Aspen mich nur beobachten, sollen die Jäger mich umkreisen und all die wartenden Mäuler sich weiter aufreißen.

Ich werde schwer zu verdauen sein.

KAPITEL 11

Während wir zum Camp hinuntergehen, erzählt mir Wyatt alles über die Bäume.

»Dieses Zeug ist wie Magie«, sagt er und reißt einen silbrigen Streifen Rinde von einer Birke. »Es brennt auch, wenn es feucht ist, wenn du also im Regen ein Feuer entzünden willst, nimm das als Zunder.«

»Hast du das je wirklich gebraucht?«

»Oh Mann, ständig. Als Kinder haben wir oft in dieser Gegend gecampt.« Wyatt reicht mir einen Streifen Rinde und rast weiter.

»Ihr habt im Regen gecampt?« Ich schnaufe. Irgendwie hat uns seine spontane Baumtour vom Weg abgebracht und ich habe Mühe, mit ihm mitzuhalten.

»Wir waren *draußen* campen, Mars. Draußen regnet es. Und schneit.«

»Wow! Und ich dachte, schlechtes Wetter sei nur eine Verschwörung, um die Leute zu Hamsterkäufen zu verleiten.«

Wyatt blickt zu mir zurück. »Echt jetzt?«

»Was? Nein, natürlich nicht. Ich bin nicht *so* weltfremd.«

Der Blick, den Wyatt mir und besonders meinen Gladiatorensandalen zuwirft, deutet an, dass ich wahrscheinlich das Weltfremdeste bin, was er je gesehen hat. Ich drehe die Birkenrinde zwischen meinen Fingern. Sie ist wachsartig, biegsam und ihre Farbe wechselt zwischen Silber, Braun und Silber, wie die Haut einer Mumie.

»Geht ihr wirklich im *Winter* campen?«

»In jedem Familienurlaub.«

»Deine Familie ist krank.«

Wyatt lacht. »Oh nein. Die meisten sind Stadtmenschen. Sie halten *mich* für krank. Manchmal kommen meine Brüder mit, aber normalerweise bleiben sie einfach in den Hütten hier, also bin ich allein. Wyatt in der Wildnis.«

Ich bleibe stehen, als würde ich mich weigern, mit dem selbst ernannten Geisteskranken auch nur einen Schritt weiterzugehen.

Wyatt grinst einfach nur und springt über eine Matschpfütze. Die Schlüssel an seinem Lanyard klirren. Ich gehe drum herum.

Im Hauptcamp ist es still, als wir eintreffen, alle sind noch mit ihren Haushaltsaufgaben beschäftigt. Wir gehen zum Umweltlabor. Wyatt erklärt, dass er, obwohl er kaum älter ist als ich, quasi als Vollzeitangestellter im Umwelthauptkurs aushilft. Als er mit einem Chip das Labor entriegelt, pfeife ich und sage: »Bist du der Schlüsselmeister?«, aber ich glaube nicht, dass er den Witz versteht.

Im Inneren erwartet uns ein kühler Raum mit abgenutzten Fliesen und niedrigen Tischen, die mit Ausrüstung überladen sind. Die Wände sind mit Tierpostern dekoriert. An der hinteren Wand prangt ein Gemälde von einem Adler mit ausgebreiteten Schwingen und ein X auf dem Boden markiert die Stelle, an der man stehen muss, um die eigene Armlänge mit seiner Flügelspanne zu vergleichen.

»Du bist also quasi ein Betreuer«, hake ich mit einem Blick auf die Schlüssel um seinen Hals nach.

»Leiter in Ausbildung«, korrigiert Wyatt. »Leizubis besuchen selbst Hauptkurse, aber man erwartet von uns, dass wir den Kursleitern helfen und Vorbilder sind. Nächstes Jahr bin ich ein vollwertiger Leiter und nach meinem Abschluss kann ich als Kursleiter zurückkommen. Mein Hauptkurs in Aspen ist Ökologie, aber das will ich auch im echten Leben machen, wenn ich älter bin.«

»Versteh mich nicht falsch, bloß hat Aspen nicht grad viel mit dem echten Leben zu tun.«

»Vielleicht nicht die Sommerakademie, aber Aspen hat das ganze Jahr über Studienprogramme. Dieser Wald ist die Heimat von Tausenden Spezies der Flora und Fauna und einiger echt cooler Ökosysteme. Ohne die Naturstätte wär inzwischen alles zugebaut. Versteh mich nicht falsch, nur was immer dein *echtes Leben* auch beinhaltet, das hier ist mir lieber.«

»Schlagendes Argument«, sage ich.

»Was ist mit dir? Welchen Hauptkurs wählst du, wenn du den Sommer über bleibst?«

Ich antworte nicht sofort. Bis vor einer Sekunde habe ich mich durch Wyatts unbeugsame Begeisterung für alles, was mit Aspen zu tun hat, belästigt gefühlt, doch nachdem ich gesehen habe, wie er diesen Chip benutzt hat, muss ich das wohl noch mal überdenken. Wahrscheinlich weiß er Dinge, die niemand sonst weiß. Ich muss ihn nur umdrehen, falls das überhaupt möglich ist.

»Vielleicht Ökologie«, sage ich. Ich fühle mich wie eine falsche Schlange, weil mir die Lüge so leicht über die Lippen kommt, aber es stimmt irgendwie. Immerhin bin ich fest entschlossen, alles zu tun, was mich näher an die Infos bringt, die ich suche.

»Im Ernst?« Wyatt strahlt. »Wir könnten Hilfe gebrauchen. Heute nehmen wir Proben.« Mit dem Fuß legt er einen Überspannungsschutzschalter um und eine Reihe alter Computermonitore fährt hoch. Dann holt er aus einem Schrank Plastikdosen. Ich habe noch keine Aufgabe, also betrachte ich die Poster an den Wänden. Es sind Illustrationen, die Hunderte Arten von Pilzen, Käfern und Schmetterlingen zeigen. Auf den Arbeitsflächen stehen Schraubgläser mit echten

Exemplaren: Spinnen, Käfer und Frösche erstarrt in ewigen Yogaposen.

Das Horn erklingt und kurz darauf strömen die Camper herein. Als sie sich auf die Stühle fallen lassen, liegen meine Nerven blank, aber die Mädchen von gestern Abend sind nicht dabei. Dann trifft die Kursleiterin ein – Wyatt stellt sie als eine Art Wissenschaftlerin von einem nahe gelegenen Ableger der State University New York vor – und schickt uns gleich darauf wieder raus in den Wald, um Proben zu sammeln.

Eine Weile betet Wyatt einfach weiteres Naturwissen herunter, hauptsächlich über Pflanzen. Bis er mich zurückhält, um mir ein Spinnennetz zu zeigen, das in seinen Worten *scheißperfekt* ist.

»Pass auf, wie du redest, SpongeBob«, tadele ich.

»Guck doch.« Er deutet auf die Spinne am Rand des Netzes. »Eine Radnetzspinne. Das erkennt man am Muster des Netzes. Es sieht cool aus, aber sobald sie ihre Beute gefangen hat, spinnt sie sie ein und saugt ihre Innereien aus.«

Wyatt macht ein widerliches Schlürfgeräusch und erschreckt mich damit so sehr, dass ich fast ins Netz taumele.

»Die Natur ist so böse«, sage ich und wedele Phantomspinnweben weg.

»Am Fressen ist nichts Böses«, widerspricht Wyatt. »Alles in der Natur will nur überleben. Daran ist nichts Böses.«

»Was bist du, ihr Anwalt?«, witzele ich.

Beim Weitergehen fängt Wyatt an, Fakten über Spinnen herunterzubeten. Die giftigsten Arten, auf die wir aufpassen müssen, sind die Schwarze Witwe und die Braune Einsiedlerspinne.

»Ich hab gehört, Weberknechte sind auch giftig«, sage ich.

»Das sind nicht mal Spinnen.«

»Weil sie nicht auf Bondage stehen?«

Wyatt läuft bis über beide Ohren rot an. Ich schlendere ihm hinterher.

»Na schön, Naturbursche, Frage: Wenn eine Spinne zwinkern könnte«, frage ich, »würde sie eins oder vier ihrer acht Augen benutzen?«

»Spinnen können nicht zwinkern«, erwidert Wyatt angespannt. »Sie haben keine Augenlider.«

»Ich sagte ja auch *wenn.*«

Wyatt seufzt tief, doch er lächelt. Mir gefällt, dass ich seine aufgesetzte Betreuertour aushebeln und eine echte Reaktion hervorrufen konnte.

»Meinetwegen«, sagt er. »Antwort: ein Auge.«

»Warum?«

»Man zwinkert zum Beispiel, wenn man jemanden in ein Geheimnis einweiht, und ein Auge ist unauffälliger als vier. Wobei, vermutlich kommt es drauf an, welches Auge. Spinnen haben in der Regel unterschiedlich große Augen, die Augengröße könnte also ein Zeichen für den Grad der Vertraulichkeit sein.«

»Wie der Unterschied zwischen einer Notlüge und einem Staatsgeheimnis?«, überlege ich.

»Na ja, ich weiß nicht.« Wyatt denkt darüber nach, reibt sich mit den Daumen die Nase. »Ich glaube nicht, dass eine Spinne je eine *nationale* Sicherheitsfreigabe bekommen würde. Sie sind ziemlich gebietsgebunden.«

»Spider-Man hat eine Sicherheitsfreigabe.«

»Spider-Man hat ja auch Augenlider.«

Darüber muss ich tatsächlich lachen. Wyatt wirkt genauso überrascht wie ich. Außerdem sieht er erleichtert aus, als wäre er sich bis zu diesem Zeitpunkt nicht sicher gewesen, ob ich dazu in der Lage bin. Im Weitergehen späht er zu den Baumkronen und sagt: »Du bist dran.«

»Ich bin dran?«

»Ja. Ich versprühe hier reine Naturfakten. Erzähl mir was über dein Ding, was auch immer es ist.«

»Mein *Ding*? Versprühen? Reine Natur*fakten*?«

»Ich mein's ernst«, sagt er mit einem Grinsen. »Was interessiert dich so?«

»Weiß nicht. Mathe, schätze ich. Physik. Psychologie.«

Wyatt verzieht das Gesicht, als hätte ich mich gerade als Kannibale geoutet. Meine Antwort ist so seltsam, dass ich schon fast denke, ich hätte das Gespräch abgewürgt, und suche verzweifelt nach irgendeinem faszinierenden Fakt aus meiner Welt, den ich teilen kann. Etwas, das Wyatt staunen lässt.

»Oh!« Ich klatsche in die Hände. »Okay. Hör zu. Francis Galton, das ist ein berühmter Statistiker, klar?«

»Ich wusste nicht, dass Statistiker berühmt sein können, aber red weiter.«

»Okay, also. 1800 war er auf einem Viehmarkt. Ich nehme an, du warst auch schon mal bei so was.«

Wyatt hebt einen Stock auf. Er schwingt ihn durch die Luft und schneidet durch einen Mückenschwarm. »Öfter als in der Kirche«, sagt er düster.

»Okay, super. Also. Auf dem Viehmarkt gab es einen Wettbewerb, bei dem man das Gewicht eines Ochsen erraten sollte. Galton analysierte die Antworten und stellte fest, obwohl alle falsch waren, dass der Durchschnitt der Antworten das richtige Gewicht ergab. Und zwar haargenau.«

Ich warte einen Moment. Wyatt stößt einen halb ernst gemeinten, halb sarkastischen Pfiff aus. Ich ignoriere den sarkastischen Teil.

»So denken wir einfach nicht über große Gruppen, stimmt's? Große Gruppen gelten generell als nicht vertrauenswürdig, aber in diesem Fall übertraf die zusammengenommene Intelligenz der Masse die individuelle Expertise. Ein ähnliches Phänomen wurde genutzt, um alles Mögliche vorherzusagen. Einmal hat zum Beispiel ein Haufen Leute ein U-Boot gefunden. Und an der Börse …«

»Mal langsam, Rechengenie.« Wyatt unterbricht mich mit einer erhobenen Hand. »Die haben ein U-Boot gefunden? Ein gesunkenes?«

»Ja, sie haben es am Meeresgrund aufgespürt.«

»Du willst mir also sagen, dass eine Menschenmenge einfach so ... Dinge vorhersagen kann?«

»Bestimmte Menschenmengen. Bestimmte Dinge. Unter den richtigen Bedingungen können Menschen wie Supercomputer agieren und alles Mögliche vorhersagen.«

»Ist es nicht eher andersrum?«, Wyatt mustert mich aus zusammengekniffenen Augen. »Menschen gibt es schon deutlich länger als Computer. Wer agiert also wie wer?«

»Error«, krächze ich und bewege mich steif wie ein Roboter. »Error.«

Eine Weile streifen wir umher, bis Wyatt seine Safaritour an einem Bach beendet, der ihm zufolge perfekt ist, um Proben zu nehmen. Ich lehne mich an einen Baum und sehe zu, wie er sich auf die rutschigen Felsen kniet.

»Deiner Familie«, sage ich, »gehört Aspen schon sehr lange, oder?«

»Ja, damals, als es erbaut wurde, war mein Ururgroßvater ursprünglich der Verwalter. Dann hat er es den Besitzern für einen Spottpreis abgekauft, als die ihr Vermögen verloren haben. Anschließend hat meine Familie das Land und die Gebäude technisch gesehen dem Konsortium verkauft, aber wir betreiben es weiter. Ich bin quasi hier aufgewachsen.«

»Und du hast gesagt, du kommst jeden Winter her?«

Wyatt hockt sich auf die Fersen und hält ein Röhrchen mit trübem Wasser hoch. »In den Ferien. Und um Wendy mit der Winterakademie zu helfen. Hier, warum nimmst du nicht die nächste Probe?«

Ich hocke mich neben ihn und tauche ein Röhrchen in die Brühe. Er beobachtet mich, als würde er erwarten, dass ich mich beschwere oder würge oder so. Ich konzentriere mich aufs Wasser und frage: »Es gibt eine Winterakademie?«

»Ja. Hat Caroline dir nie davon erzählt?«

»Sie ist nur im Sommer hergekommen. Im Winter war sie Ski fahren in ...«

»Windham? Ja, das ist ganz in der Nähe. Viele Leute kommen auch zur Winterakademie. Es ist eine inoffizielle Tradition, nur ein paar lange Wochenenden, ausschließlich für Aspen-Familien. Man kann Schlittschuh laufen und wandern gehen, aber die meisten von uns gehen einfach Ski fahren.«

Je mehr wir darüber reden, desto sicherer bin ich, dass er recht hat. Caroline hat mich nie auf ihre Skitrips eingeladen. Ich dachte, das wäre nur ein weiterer Punkt, in dem wir uns auseinandergelebt hätten, bin aber nicht überrascht, dass auch an dieser Bruchstelle Aspen der Ausgangspunkt ist. Ich wette, wenn ich weit genug in Brias oder Mimis Social-Media-Timelines zurückscrolle, finde ich ein paar kuschlige Fotos von ihnen, wie sie vor einem gemauerten Kamin wie dem in der Bärenhütte posieren, in identischen Skiunterhosen und Mützen mit Fellbommel.

»Mars?«

Wyatt reicht mir ein weiteres Röhrchen. Eine Weile wandern wir am Bach entlang und ich bin so in Gedanken versunken, dass ich von einem Felsen abrutsche und mit dem Bein im Uferschlamm lande. Die Röhrchen fallen ins Wasser, aber Wyatt sammelt sie wieder ein.

»Du weißt, du solltest diese Sandalen nicht tragen, oder? Ich hol dir ein Paar Sneaker. Ich wette ...«

»Schon gut. Ich werd vorsichtiger sein.«

Ich schweige, denke darüber nach, was es bedeutet, dass Caroline zwischendurch unter dem Deckmantel von Skitrips nach Aspen zurückgekehrt ist. Gab es noch andere Ausreden? Ich finde es schrecklich, dass wir im letzten Jahr so wenig miteinander gesprochen haben, dass mir nicht wirklich aufgefallen ist, ob sie am Wochenende da war oder nicht.

Wyatt lässt mich vor mich hin brüten. Keine Naturfakten oder Zwinkernde-Spinnen-Szenarios mehr. Dann piept seine (scheußliche) Uhr und wir machen uns auf den Rückweg.

»Wie hat dir das Umweltlabor gefallen?«, fragt er.

»Sammelt ihr immer Proben?«

»Nein, wir machen viele Dinge. Nachdem wir die Proben gesammelt haben, analysieren wir sie im Labor, dokumentieren die Daten, betreiben Feldforschung und so weiter. Alle Hauptkurse in Aspen versuchen, die vielen natürlichen Ressourcen und von Menschen geschaffenen Verbesserungen zu nutzen.«

»Was ist mit der Bienenwiese?«

Wyatt wird langsamer. »Was soll damit sein?«

Ich spüre, dass ich mit Fragen über die Bienenstöcke bei Hütte H vorsichtig sein sollte. Doch ohne den Grund zu kennen, ist es schwierig, meine Fragen anzupassen. Also stelle ich mich dumm.

»Ich hab mir auf der Aspen-Website die Hauptkurse angesehen, aber ich hab keine Imkerei gesehen. Ich hätte gedacht, dass das Teil der Ökologie ist.«

Wyatt konzentriert sich plötzlich sehr auf eine Rasenfläche, die vor uns durch den Wald blitzt. Er wird noch langsamer, als wollte er diese Unterhaltung nicht hier draußen führen.

»Es ist nicht sicher«, sagt er schließlich. »Es ist nicht sicher, mit Bienen zu arbeiten, wenn man keine spezielle Ausbildung hat.«

»Ach, ist ja seltsam. Caroline meinte, sie hätte sich dauernd um sie gekümmert. Bei ihr klang es, als gäbe es einen ganzen Imkereihauptkurs hier. Aber vielleicht hab ich sie falsch verstanden?«

Ich bleibe stehen und Wyatt auch. Er ist gereizt, bloß warum? Ich kann mich entweder weiter dumm stellen oder ganz direkt sein. Oder es gibt noch eine dritte Option. Ich schlage einen übertrieben geschockten Tonfall an, als wäre das alles nur ein Witz.

»Ist das ein Geheimnis oder so was? Würde eine Spinne deswegen zwinkern? Und wenn ja, mit welchem Auge?«

»Nein, nein, nichts dergleichen«, schnaubt Wyatt. Er lacht nicht über meinen Witz. Auf dem Weg kommen uns ein paar andere Camper entgegen. Wyatt beobachtet sie. »Imkerei steht nicht auf der Website, weil der Kurs immer voll ist. Jedes Jahr. Die Stöcke sind gleich neben Hütte H und die Mädchen machen immer ein Riesentheater, wenn Wendy versucht, jemand Neues in ihre Hütte oder in den Hauptkurs zu stecken. Ist ein gewaltiges Ding. Was kümmert's dich überhaupt? Interessierst du dich auf einmal für Bienen?«

Leicht enttäuscht zucke ich mit den Schultern. »Die Honeys waren Carolines Freundinnen.«

»Die *Honeys*?« Wyatt schüttelt den Kopf. »Wenn du deswegen hier bist, sag ich dir gleich: Lass es. Die sind deine Zeit nicht wert, Mars.«

Ich trete einen Schritt zurück, weil Wyatt zum ersten Mal, seit ich ihn kennengelernt habe, echten Ärger zeigt.

»Was haben sie dir getan?«, frage ich.

»Nichts. Sie ignorieren mich, so wie alle Kerle«, erwidert Wyatt. Wie ein kleines Kind scharrt er mit dem Fuß im Dreck. »Ich glaube, denen ist nicht mal klar, dass sie Teil der Sommerakademie sind. Ich mein, es geht hier darum, Freunde zu finden und in der Natur zu sein und neue Dinge auszuprobieren, aber diese Mädchen tun einfach so, als wär das hier ein Sommerurlaub.«

Ich erkenne, dass ich mehr in Erfahrung bringe, wenn ich Wyatt einfach reden lasse, also lege ich mir paar nichtssagende Worte zurecht und stimme ihm zu.

»Ja, sie waren ... gestern bei der Party superabweisend, obwohl sie mir extra noch gesagt haben, ich soll zurückkommen.«

»Genau, siehst du? Die spielen bloß mit den Leuten.« Wir gehen weiter und Wyatt richtet den Kanister mit den Teströhrchen. »Sie machen sich nicht mal was aus Bienen. Leena macht die ganze Arbeit und die Mädchen liegen nur rum, aber sobald Wendy ihnen sagt, dass sie für Aktivitäten und so was ins Camp kommen sollen, heißt es immer: ›Aber die Bienen!‹, und Wendy gibt nach. Und dann tun sie immer so, als wär's 'ne Strafe, so weit draußen in Hütte H zu sein, bloß wollen die da unbedingt jedes Jahr hin. Und wenn wir versuchen, sie aufzuteilen, werden die Eltern eingeschaltet. Das macht Wendy *wahnsinnig.*«

Wyatt regt sich wirklich auf. Vorsichtig werfe ich ihm einen Köder hin.

»Sie erinnern mich an einen Geheimbund oder so was.«

Da lacht Wyatt düster. »Das hätten sie wohl gern. Aber eigentlich sind sie bloß eine Clique gelangweilter, hübscher Mädels. Und ich weiß, deine Schwester war in dieser Hütte, nur glaub mir, Mars, sie war nicht wie die. Ich hab nie verstanden, warum sie mit denen abgehangen hat. Sie hatte echt Köpfchen.«

Bei der Erwähnung von Caroline und ihrem Verstand stockt mir der Atem. Wyatt muss es gemerkt haben, denn sein Tonfall wird sanfter. Wir bleiben vor dem Umweltlabor stehen.

»Tut mir leid. Ich schätze, ich wollte nur sagen, dass die Sommerakademie so viel mehr zu bieten hat als eine Möchtegernschwesternschaft.«

»Wie Röhrchen mit Schlamm?«

»Wie echte Freunde«, entgegnet Wyatt. »Hör zu, Mars. Wendy hat ihre Zweifel, aber ich glaube, hier zu sein könnte echt gut für dich sein. Wir haben eine super Hütte dieses Jahr. Ich wette, du wirst die Jungs echt mögen, wenn du ihnen wenigstens 'ne Chance gibst. Vielleicht konzentrierst du dich darauf?«

Ich denke an Callums verächtlichen Blick, nachdem ich ihn blamiert habe. Und die angezündete Kerze und dass niemand meine Hilfe bei der Hausarbeit wollte und wie Tyler mich gestern Abend hat abblitzen lassen.

»Ja«, sage ich. »Klar.«

Wyatt geht rein und ich grübele über das nach, was er gesagt hat. Ich beobachte einen schwarzen geflügelten Schatten, der zwischen den Streben über der Markise vorbeihuscht.

»Hast du mir auch was zu sagen?«, frage ich den Vogel.

Er mustert mich und verschwindet dann in einem verborgenen Nest. Sicher in einem Zuhause aus Abfällen.

Mittagessen gibt es im Speisepavillon neben der Großen Lodge und es ist das totale Chaos. Wobei es eigentlich ein malerisches Chaos ist. Die Fenster des Saals stehen weit offen und bieten einen Panoramablick über den See. Grüppchen sonnengeküsster Camper stolpern herein und drängen zwischen den langen Eichentischen hindurch. Sie rufen sich Dinge zu, während in einem Durcheinander aus Händen Platten mit Mac 'n' Cheese, Barbecue und gemischtem Salat herumgereicht werden. Eine Hütte jüngerer Jungs fängt einen Wassertrinkwettbewerb an und ihre Rufe vermischen sich mit dem Lärm von einem anderen Tisch, an dem heftig diskutiert wird, ich weiß nicht worüber.

Nach dem Mittagessen gehen Wyatt und ich zu seinem Wahlkurs diese Woche: Segeln. Ich darf nicht auf die Boote, weil ich kein Erste-Hilfe-Kurs-Zertifikat habe. Wyatt bietet an, mit mir am Anleger zu bleiben, aber ich lehne ab. Ich muss an Braydens Warnung in puncto Extrawurst denken. Als er sicher auf dem Wasser ist, schlendere ich zur Terrasse des Bootshauses, wo ich einen besseren Blick auf die andere Seite des Sees habe.

»Hey«, sagt ein Mädchen aus dem Dunkelblau des Schuppens, in dem die Kajaks aufbewahrt werden. Sie hat ein Klemmbrett in der Hand. Ich denke, sie ist die Leiterin, die die Ausrüstung ausgibt.

»Hey?«

»Mars, stimmt's?«

»Stimmt.«

»Ich bin Sylv.«

Sylv hält inne, vielleicht fragt sie sich, wie sie die große Aspen-Begrüßung formulieren soll, zu der Wendy gestern alle ermutigt hat. Ich wappne mich, aber sie sagt nur: »Wir haben keine Kajaks mehr.«

»Schon okay. Ich genieß nur die Aussicht.«

Sylv blickt über den See. Auf sie muss er langweilig wirken, wenngleich ich mich frage, ob ich mir die Sehnsucht in ihren Augen einbilde, als diese über die ferne Wiese schweifen.

Ich beobachte die andere Seeseite noch ein paar Minuten lang, bevor ich zurück zur Großen Lodge gehe, unserem Treffpunkt. Ich entdecke einen Raum nach dem anderen mit schweren Polstermöbeln, die vor Hitze kleben. Staub erstickt das spärliche Licht, das durch die dicken Vorhänge der Bibliothek hereinfällt. In diesem Raum lasse ich mir mit meiner Erkundung am meisten Zeit.

Ich entdecke Bücher, die so alt sind, dass sie in Stoff gebunden sind und die Titel nur noch ein Hauch von Folie auf den Buchrücken. Ich suche nach Hinweisen. Versteckten Notizen. Eingekringelten Worten, die verdächtige Sätze ergeben. Ich strande im Gemeinschaftsraum, wo ich einen Stapel welliger *National Geographic*-Ausgaben durchblättere, um dem Blick des ausgestopften Elchs zu entgehen. Irgendwann ertönt das Horn und ein paar Minuten später stürmen die Jungs der Bärenhütte auf die Veranda. Es ist Zeit für den Jägerdorfwettkampf, was auch immer das ist.

Wir werden an den Sportfeldern vorbei zu einem alten Stall geführt. Er hat schon ewig keine Pferde mehr beherbergt, vermute ich, denn die Wände sind mit Klettergriffen übersät und der Boden ist mit Turnmatten ausgelegt. Durch die Mitte führt ein erhöhter Laufsteg und daneben bilden wir einen Kreis.

»Hört zu, Jungs!« Brayden und Quinn, der Adler-Anführer, bringen uns zur Ruhe. »Heute findet der ultimative Dorfwettkampf statt. Ein Wettkampf, um den tapfersten Jäger unter euch zu finden. Ein *Fechttournier.*«

Ich vermute, einige der Jungs haben das erwartet, denn sie geben selbstzufriedene Jubelrufe von sich. Andere, wie ich, schielen nervös zum Ausgang.

Die Betreuer stellen uns einen kleinen, schlanken Mann vor, der Aspens Fechtlehrer ist. Sein Name ist Rudi. Er geht die Regeln und Sicherheitsmaßnahmen eines Fechtkampfs durch, wobei Brayden die Ganzkörperschutzausrüstung anzieht und auf jedes Teil hinweist. Sie besteht aus einem Anzug aus steifem weißen Stoff und einer Maske mit einem Gesichtsvisier aus schwarzem Netzstoff. Das Ganze erinnert mich an einen Imkeranzug, ist allerdings enger. Brayden sieht albern darin aus, aber ganz offensichtlich fühlt er sich fantastisch. Dann legen die beiden tatsächlich einen Demokampf hin, den Rudi binnen Sekunden beendet. Nur ein schneller Hieb von Rudis Florett und schon erklingt ein Melder über uns.

»Also gut«, sagt Brayden und nimmt die Maske ab. »Wir machen das nach dem Sudden-Death-Prinzip. Ihr seid drin, bis ihr besiegt werdet, der letzte Verbliebene trägt den Sieg für seine Hütte davon. Wer will anfangen?«

Hände schießen nach oben. Meine nicht. Aus Erfahrung weiß ich, diese Fechtjacken sind warm und diese Halle ist nicht klimatisiert. Wenn sie wirklich alle Matches durchbekommen, was sie nicht werden, kann ich immer noch meine

Hand vorschieben. Ich schleiche mich unbemerkt davon und halte erst bei den Stalltoren an. Am Fuß des Hügels sehe ich das Tanzstudio. Einige Mädchen machen sich da unten warm oder proben vielleicht auch schon. Sie haben darauf geschnipst und Schnipser sind bindend.

Im breiten Rahmen des Tors fühle ich mich hin- und hergerissen. Löwenzahnschirmchen tanzen auf einer herrlichen Brise wie eine Prophezeiung oder eine Verführung. Wyatt meinte, ich sollte den Jungs eine Chance geben, wenigstens so tun, als sei ich nicht nur hier, um die Honeys unter die Lupe zu nehmen. Vielleicht hat er recht.

Ich beschließe zu bleiben.

Zwei Jungs stecken in den Anzügen. Der Rest von uns feuert sie vom Rand der erhöhten Fechtbahn an. Wyatt ist natürlich am lautesten. Ich bemerke, dass ich ihn beobachte – wieder einmal seine Hände –, und wende mich ab. Ich konzentriere mich auf die aufblitzenden Klingen, die schlurfenden Schritte und das Heulen des Melders.

Ich bin froh, dass ich geblieben bin. Die Kämpfe verraten mir eine Menge über die Jungs. Sie sind anders als die Fechttourniere, an denen ich früher teilgenommen habe. Sie sind nicht würdevoll oder elegant. Die Unbeschwertheit des Ganzen bannt mich. Das Tempo. Die Prahlerei. Unter ihren Masken verwandelt sich Lachen so schnell in Knurren, als hätten Sportlichkeit und Blutdurst eine subtile gemeinsame Grenze. Die Jungs stürzen sich aufeinander, prallen zusammen und trennen sich wieder, als wären sie unverwundbar, und ich frage mich, wie es wohl ist, im Glauben, unzerstörbar zu sein, durchs Leben zu gehen.

Das Tournier schreitet schnell voran. Anfangs führen die Bären, dann setzen die Adler ihre Geheimwaffe ein: Callum, der eindeutig weiß, was er tut. Callum bringt sie auf ein Unentschieden heran und die spielerischen Jubelrufe werden bissiger. Der Spaß ist für die Jungs vorbei, erkenne ich. Jetzt sind alle angespannt. Ernst und verbittert auf eine Art, die mir Angst macht. Dann besiegt Callum unseren besten Fechter, den Chuckster, und die Adler stoßen einen höhnischen Jubelschrei aus. Jemand – ich höre nicht wer – bringt sie zum Schweigen, indem er darauf hinweist, dass es noch nicht vorbei ist, solange Mars nicht auch verloren hat.

Oh, ganz toll.

Die Jungs lassen ihre dummen Sprüche und blicken mit einer ganz und gar nicht amüsierten Ungläubigkeit stumm zu mir. Als ich meine geschienten Finger hochhalte, rollen sie mit den Augen, als wollten sie sagen: *War ja klar.*

»Aber«, höre ich mich selbst sagen, »ich mach's. Bin eh Rechtshänder.«

»Du trägst Sandalen«, merkt einer der Adler-Jungs an.

»*Gladiatoren*sandalen«, berichtige ich, was mir ein Glucksen der Bären einbringt.

Ein Funke dunkler Freude glimmt in mir auf. Boshaftigkeit. Sie bringt mich dazu, die schwere Stoffrüstung anzulegen. Ich ziehe die Jacke und die metallische Weste an. Sie ist feucht vom Schweiß der anderen. Das Innere des Handschuhs klebt. Der Netzstoff der Maske ist vom Atem angewärmt. Es ist ekelhaft, doch das ist mir egal.

Zeig's ihnen, flüstere ich mir zu.

Callum grinst seinen Hüttenkameraden zu. Dafür wird er mich noch mehr hassen, aber na ja. In einem Ökosystem männlicher Egos muss es immer ein Opfer geben, jemanden, der am Ende der Hackordnung steht. Alle Jungs hier unterschätzen mich, doch Callum hat das Pech, derjenige zu sein, der dafür bezahlen wird. Wenn Wyatt will, dass ich mich an den Spielen der Jungs beteilige, kann er das haben.

Callum zieht seine Maske auf und spiegelt meine Bewegungen auf der Fechtbahn.

»Ich halt mich deinetwegen nicht zurück«, sagt er nur für meine Ohren bestimmt.

»Witzig«, kontere ich verschwörerisch. »Dein Dad wollte auch hart rangenommen werden.«

Rudi startet den Kampf.

»Allez!«

Callum greift an, ich pariere. Er versucht es erneut, wieder pariere ich. Rudi lacht, aber ich nehme den Blick nicht von Callum. Er ist wütend und wird immer wütender. Zum Glück kenne ich die Schwachstelle in seiner Verteidigung. Ich habe ihn jetzt in mehreren Runden beobachtet. Er ist leicht zu durchschauen, stolz und, was das Schlimmste ist, nachlässig.

Callum verlagert sein Gewicht. Er wird angreifen, doch ich täusche nach vorn an. Callum verlagert sein Gewicht nach hinten – ein Fehler. Er ist nicht gut im Zurückweichen. Er hebt sein Florett, um meinen Hieb zu parieren, ist allerdings schrecklich langsam. Ich drehe das Handgelenk und treibe mein Florett in eine Oktavbindung.

Callums Florett kracht gegen meine Glocke und wird gestoppt, die Spitze wackelt wirkungslos neben meinem Ohr. Meine Klinge bohrt sich in seine Schulter. Das ist höher, als ich beabsichtigt hatte, aber der Melder bestätigt, dass der Punkt an mich geht.

Callum reibt sich die Stelle, an der ich ihn getroffen habe. Er überspielt es, indessen kann ich sehen, dass er geschockt ist.

»Alter«, lachte er. »Das ist nur ein Spiel. Chill mal, Bro.«

Das macht mich wütend.

»Allez!«, ruft Rudi und startet damit die zweite Runde.

Ich versuche keinen weiteren Angriff, Callum allerdings auch nicht. Auf der Suche nach einer Öffnung in der Deckung stechen und schlagen wir nacheinander. Mein Puls hämmert, wütend und stechend. Diesmal bleiben meine Augen nicht auf

Callum fokussiert, stattdessen schweift mein Blick zu all den winzigen Bewegungen hinter ihm. Ich sehe die Mienen seiner Freunde, die so selbstgefällig und sicher sind zu wissen, wie das hier ausgehen wird.

Callum greift an und füllt mein Gesichtsfeld aus. Es ist zu nahe. Ich kann seinen Hieb unmöglich abwehren, also versuche ich es gar nicht erst. Es bedarf nur ein klein wenig Drucks meines linken Beins und mein Körper bewegt sich nach rechts. Callums Klinge durchstößt den Leerraum zwischen meinen Rippen und meinem erhobenen Arm. Er hat mich verfehlt und sein Schwung trägt ihn vorwärts, sodass wir fast zusammenstoßen. Er fängt sich und hechtet zurück. Genau in Angriffsdistanz.

Ich schlage und mache einen Schritt vor, schlage wieder und mache einen Schritt vor, sodass ich ihn auf die Jungs zutreibe, für die er antritt. Callum rudert auf sie zu und das Adlerhaus weicht von der Fechtbahn zurück. Als er die Kante erreicht, passe ich mit meinem letzten Hieb den Moment ab und er fällt rückwärts.

Es ist die einfachste Sache der Welt, hinunterzuspringen und ihn ganz sanft ins Herz zu piksen. Der Melder heult auf.

»Ich bin nicht dein Bro«, erkläre ich ihm.

Callum schielt auf die Stelle, an der ich ihn getroffen habe, dann sieht er mich an. Er wirft sein Florett weg, reißt sich die Maske runter und funkelt mich verächtlich an.

»Du kleine Bitch«, knurrt er.

»Eigentlich«, kontere ich, »bin ich eine große Bitch.«

Die Bärenhütte gewinnt, und als ich mich umdrehe, bietet sich mir ein höchst seltsamer Anblick. Lachende, stampfende Jungs, die die Arme ausstrecken, um mich in ihren herumspringenden Kreis zu ziehen. Während wir auf und ab hüpfen, denke ich, es könnte so einfach sein. Aber natürlich fordert es immer einen Preis, wenn man sich zwingt, jemand zu sein, der man nicht ist. Ich kann spüren, dass meine linke Hand unter dem Handschuh blutgetränkt ist. Ich war nicht vorsichtig genug. Ich werde darauf achten, den Handschuh erst auszuziehen, wenn niemand zusieht.

Ich entdecke Wyatt, der vom Rand unserer Moshpit aus zusieht. In seinem Gesicht steht ein Ausdruck vollkommener Fassungslosigkeit.

Gut, denke ich und werfe ihm mein spinnenartigstes Zwinkern zu.

KAPITEL 12

Es ist erstaunlich, was einem so eine kleine völlige Vernichtung einbringen kann. Nachdem ich Callum besiegt habe, ist es, als würden mich die anderen Jungs aus meiner Hütte endlich wahrnehmen. Ich muss mich gar nicht groß fragen, *was* diesen Wandel verursacht hat, denn wie sie mir immer wieder sagen, fanden sie mich bei meiner Ankunft total seltsam, aber *wow*, Matthias, was für eine Überraschung. Und natürlich machen sie Callum total nieder.

Sie denken, das wäre schmeichelhaft. Ist es nicht, doch ich tue so. Und als wir wieder in der Hütte sind, sorge ich dafür, dass jeder Einzelne von ihnen mitkriegt, dass ich vor dem Abendessen nicht eine Schicht, nicht zwei Schichten, sondern drei Schichten Lipgloss auftrage. Dafür ernte ich ein paar schockierte Blicke. Und das unsichere Schweigen, das auf meine Frage, wie ich aussehe, folgt, ist der Klang einer beschränkten Welt, die gerade etwas größer geworden ist.

Gottes Werk, rede ich mir ein. *Du tust Gottes Werk, Mars.*

Abendessen gibt es im Speisepavillon bei der Großen Lodge. Der Tisch von Hütte H ist leer, aber dann spüre ich dieses vertraute, spannungsgeladene Beben über den Tisch fegen und muss nur den Blicken zur Terrasse des Pavillons folgen. Dort draußen sitzen die Honeys und halten ihre eigene kleine Versammlung ab, unabhängig vom Rest des Camps. Sie kommen nicht mal für die Ankündigungen rein und bei Sonnenuntergang sind sie verschwunden.

Später liege ich im Bett, beobachte die hölzernen Augen, die mich verfolgen, und bin eingeschlafen, lange bevor das Licht ausgemacht wird.

»Mars.«

Carolines Stimme. Sie durchbricht, was auch immer ich gerade träume.

»Mars, wach auf.«

Ich will meine Augen nicht öffnen. Ihre Stimme ist belegt, jede Silbe ein schmatzendes Ploppen, als würde sich etwas hinten in ihrer Kehle sammeln. Es muss Blut sein, denn ich kann es über den Mief der Hütte riechen. Ich rieche auch die Süße der Verwesung.

»Mars«, fleht sie. »Wach auf.«

Ich öffne die Augen.

Zunächst kann ich sie nicht entdecken. Ich sehe nur den weiten schwarzen Himmel und einen Haufen Sterne. Ich höre sie allerdings atmen. Feucht. Klebrig. Ungleichmäßig. Meine Augen passen sich an. Ich blicke nicht in den Himmel, sondern in die matte Dunkelheit der Hüttendecke, wo überall zerbrochenes Glas funkelt. Zerbrochenes Kristall. Es blitzt und schimmert. Ich setze mich auf und versuche zu sehen, was ich nicht sehen will: die Silhouette eines Mädchens im Zentrum des vermeintlichen Nachthimmels. Das Mondlicht erreicht sie nicht. Zeigt ihr zerschnittenes Gesicht nicht. Aber ich kann sie über mir atmen hören. Oder zumindest die Versuche. Jedes Einatmen geht in ein zähes Gurgeln über. Sie hustet und es klingt klebrig.

Ich schlucke.

»Caroline?«

Das Husten verstummt.

Etwas trifft meinen Oberschenkel. Ein Stück Kristall. Weitere Fragmente klirren auf meine Decke. Dann höre ich, wie sich etwas über mir löst, und spüre einen feinen Strahl über meine Schulter und Wange rinnen. Ein zäher Faden Honig wie die Seide einer Spinne tropft von der Decke.

Caroline fällt.

Ich reiße meine Hände hoch, aber zu spät, sie verheddern sich mit ihren Armen.

»Scheiß, chill mal, Mann. Ich bin's, Tyler«, sagt Tyler. Nicht Caroline. Ich setze mich auf und schiebe ihn zum Fuß meines Betts. Vom Mondlicht ist die Hütte hell erleuchtet und kurz sehe ich Carolines Geist in den Balken über mir, doch dann ist er weg. Der Traum ist mit ihr verschwunden. Aber ich kann nicht aufhören, die Stelle zu kratzen, auf die der Honig getropft ist.

»Verfolgungsjagd«, sagt Tyler tonlos. »Bist du dabei?«

Ich schlucke. Lasse den Traum ziehen. Ich konzentriere mich auf Tyler und seine Worte. Verfolgungsjagd. Eine weitere Aspen-Tradition. Der inoffizielle Sport, an dem sich alle Camper beteiligen, normalerweise nach Sonnenuntergang, wenn die Wälder gerade dunkel genug sind, um sich darin zu verstecken. Doch inzwischen muss es mitten in der Nacht sein.

»Was ist los?«, frage ich. Ich komme mir albern vor, wie ich so im Bett sitze und er neben mir kniet wie ein Elternteil, das nach seinem weinenden Kind sehen will.

Tyler seufzt. »Die Jungs meinten, du würdest nicht mitkommen, aber ich fand, wir sollten wenigstens fragen. Also?«

Was er sagt, reißt mich aus meiner Benommenheit. Jetzt versteh ich's. Die Jäger schleichen sich für ein nächtliches Spiel raus. In diesem Augenblick überrascht mich, dass Tyler derjenige ist, der mich weckt. Vielleicht hat mir mein Duell mit Callum auch bei ihm Punkte eingebracht.

»Bin dabei«, sage ich. »Danke fürs Wecken. Das war echt nett von dir.«

»Jaja. Wie auch immer. Weißt du noch, wie's geht?«

»Mehr oder weniger.«

»Gut. Du solltest dich beeilen«, erklärt Tyler und zum ersten Mal sehe ich, dass echter Humor seine hübschen Gesichtszüge entspannt. »Wirf dir was Schwarzes über«, weist er mich an. »Und nimm 'ne Taschenlampe mit, schalt sie aber nicht ein.«

Ich ziehe eine schwarze Athleisure-Kombi an. Außerdem gebe ich mich geschlagen und schnüre meine albernen weißen Sneaker. Dann schließe ich mich dem Rest der Jungs an und wir schleichen zur Hintertür raus, unter dem Fenster der Betreuer vorbei und in den Wald. Als wir außer Sichtweite des Dorfs sind, knipsen wir unsere Taschenlampen an. In der Tiefe der Nacht sehe ich gelegentliche Lichtblitze – ein Rinnsal Saft an einer Baumrinde, der schleimige Rücken einer Schnecke oder eine Handvoll Sterne, die durch die Baumkronen funkeln. Das alles erinnert mich an die funkelnden Kristalle aus meinem Traum, aber ich habe keine Angst mehr. Ich fühle mich … geerdet. Wie ich selbst. Ich glaube, es liegt am nächtlichen Wald. Die Wälder sind im Dunkeln anders. Drückend, massiv, nah. Das sanfte Chaos des Tages ist verschwunden, die ganze Welt hat sich zu einer flachen Leere zusammengezogen, die von allen Seiten auf uns eindringt. Es fühlt sich an wie eine Umarmung.

Vielleicht spüren es die Jungs auch. Wir bewegen uns als stilles Rudel, die Schritte des Einzelnen sind nicht auszumachen. Das an- und abschwellende Zirpen der Grillen überdeckt unsere Atmung. Wir bleiben dicht zusammen, wie eine riesige, schleichende Kreatur, und nur einmal streift Tylers Hand meine.

Wir erreichen die Wiese schneller, als ich erwartet hätte. Das Adlerhaus ist da, zusammen mit einer Gruppe Amazonen. Wir wollen gerade anfangen, als etwas die Aufmerksamkeit aller an den Rand der Wiese zieht, die das Mondlicht nicht erreicht.

Es sind weitere Mädchen. Die Honeys, eingekuschelt in übergroße Sweater, halten sich beim Gehen am kleinen Finger. Nachts und ohne ihre Uniformen ist etwas von ihrer illusionären Macht verloren gegangen. Als sie näher kommen, reagieren wir dennoch nervös. Als wären wir ertappt worden. Irgendwie wird durch ihre Ankunft aus dem geheimen Spiel etwas Offizielles.

Ray erklärt die Regeln. Das Spiel ist im Grunde eine Mischung aus Taschenlampenfangen und Verstecken und wird in zwei Teams gespielt. Ein Team versteckt sich, das andere jagt und fängt es mit seinen Taschenlampen, bis alle bis auf einen gefunden sind. Der Letzte, der versteckt bleibt, hat gewonnen.

Es gibt keine Diskussion über die Teams. Es heißt Jungs gegen Mädchen. Bria und Ray scheinen die Teamkapitäne zu sein und entscheiden mit Stein-Schere-Papier, wer jagt und wer gejagt wird. Bria gewinnt zweimal und damit ist entschieden, dass die Jungs, einschließlich mir, die Gejagten sind. Bria fängt sofort an zu zählen und verscheucht uns von der Wiese. Im Rennen blicke ich zurück, kann aber nur erkennen, wie sie im Licht der Fahnenstange steht und uns mit einer koketten Geste in die Nacht scheucht.

Ich entferne mich so weit wie möglich von der Wiese und lasse mich von der Dunkelheit verschlucken. Das Zählen endet und in der Ferne kann ich hören, wie die Jagd beginnt. Taschenlampenstrahlen zucken zwischen den Bäumen hindurch. Dann wird es still.

Am Ende klettere ich auf ein paar Felsen am Ufer des Sees, wo sich der Wald ausdünnt. Ich warte eine Weile, bis mich ein Lärm tiefer im Wald aus meinem Versteck treibt. Und so lande ich schließlich wieder am Bootshaus.

Auf der Terrasse höre ich es flüstern. Ein kicherndes Mädchen, dann ein Junge, der es zum Schweigen bringt. Ich warte in der Dunkelheit, während sie davonstolpern und spielerisch aneinander ziehen, bis er sie zu einem Kuss festhält. Ich wende mich von ihnen ab, weil mir der Anblick peinlich ist. Ich husche vom Bootshaus weg und in das hohe Gras am verwilderten Ufer des Sees.

Alle in Aspen wissen, wie man Verfolgungsjagd spielt, sowohl das Jagen als auch das Gejagtwerden. Verfolgungsjagd ist der inoffizielle Sport des Camps, aber es ist mehr als das. Es ist ein Schwarzmarkt, ein regelloser Raum – eine Arena für alles, was nicht am helllichten Tag passieren darf. Rechnungen werden beglichen, Freundschaften beendet und neu geknüpft. Zumindest war es so, als ich jünger war.

Jetzt, nehme ich an, ist es auch die perfekte Gelegenheit, um jemanden an sich zu ziehen und ihm die Zunge in den Hals zu schieben.

Die Ochsenfrösche und Grillen sind am Seeufer besonders laut, trotzdem kann ich aus dem Unterholz weiteres Gelächter ausmachen. Vielleicht ein anderes Pärchen. Ich fange an, mich zu fragen, ob eigentlich wirklich jemand spielt oder ob Jäger und Gejagte es einander leicht gemacht haben und nun ihre gemeinsame Zeit genießen, sodass nur ich noch im Dunkeln durch die Gegend renne.

Ich mache mich auf den Weg zurück zur Wiese und weiche dem Licht aus, fühle mich dabei aber jetzt lächerlich. Ich nehme das alles so ernst, dabei sind es bloß ein paar Teenies, die im Wald herumalbern. Ich muss wieder daran denken, wie Wyatt meine Vermutungen über die Honeys einfach abgetan hat. Ich glaube weiterhin, dass sie etwas mit der nackten Angst zu tun hatten, die ich in jener Nacht in Carolines Augen gesehen habe, doch was, wenn das nur meine eigene Paranoia ist? Wyatt hat sie als gelangweilte, hübsche Mädels bezeichnet. Ich war mir sicher, die Nacht würde etwas anderes preisgeben.

Was mich beunruhigt, ist die schleichende Erkenntnis, dass ich mich irre. In allem. Wer Caroline wirklich war. Vielleicht war das doch alles, was sie wollte. Eiscremepartys und Sacklochturniere und nächtliche Fangenspiele, die mit schweißnassen Händen, heißem Atem und keinen Zeugen außer der herablinsenden Mondsichel enden.

Links von mir zerbricht ein Ast.

Ich bleibe stehen und lausche. Ich warte, dass der Schein einer Taschenlampe auf mich fällt und ein Mädchen ruft: *Du bist raus!*

Indessen höre ich Schritte, die auf mich zueilen, und bevor ich etwas erkennen kann, werde ich zu Boden geworfen. Ich lande unsanft, meine Schulter verfängt sich in Dornengestrüpp. Ich komme stolpernd hoch, werde aber erneut angegriffen und diesmal gegen einen Baum geschubst. Als ich mich befreie, zerkratzen mich die niedrigen Äste. Ich wirbele herum, bis ich eine vage Gestalt über mir ausmachen kann.

»Callum?«, stutze ich.

Der nächste Schlag zielt auf meinen Kopf. Auf mein verletztes Ohr. Ich blocke ihn und schaffe es zurückzuweichen. Ich kriege meine Füße nicht unter mich und lande wieder auf dem Hintern. Ich bin jetzt sicher, dass es Callum ist. Ein dünner Lichtstrahl von der Wiese bricht durch die Bäume und trifft sein höhnisch grinsendes Gesicht.

»Hab dich, *Bro*«, sagt er. Dann richtet er die Taschenlampe auf mein Gesicht, schaltet sie indessen nicht ein.

»Wir sind im selben Team«, erinnere ich ihn, weiß jedoch, dass es sinnlos ist. Es geht hier nicht um Teams.

»Wohl kaum«, entgegnet Callum. »Vielleicht willst du noch ein bisschen rumrennen und es rausfinden.«

Er meint es todernst. Wenn ich mich behaupte, wird er mich erneut schlagen. Wenn ich wegrenne, wird er mich verfolgen und jede Sekunde genießen, aber vielleicht schaffe ich es auf die offene Wiese.

Ich versuche auszubrechen, doch Callum packt mit einer Hand meinen Nacken und schleudert mich seitwärts gegen eine dicke Eiche. Ich pralle mit meiner verletzten Hand dagegen und die kaum verheilten Gelenke werden zurückgebogen. Ich schreie, aber der Laut wird von einer Hand über meinem Mund gedämpft. Ich schmecke Dreck und Blut. Aus einer Wunde in meinem Gesicht sickert Blut durch Callums dreckige Finger.

»Das machen wir hier«, raunt er, »mit kleinen Bitches wie dir.«

In diesem Moment nehme ich nur noch Callum und die Gewalt wahr, die er mir androht. Er ist alles, was ich höre, rieche und fühle. Sein Gewicht ersetzt die Umarmung der Nacht und er drückt mich in die unnachgiebigen Wurzeln.

Dann ist er weg.

Ich höre ein Knacken und Callum ruft: »Wer ist da?«

Er hat von mir abgelassen. Er schaltet seine Taschenlampe ein und schwenkt sie über die Bäume um uns. Er ist außer sich.

»Wer war das?«, fragt er. Er fährt sich mit der Hand durch die Haare. Als er sie wegnimmt, ist sie schwarz von Blut. Callum funkelt mich an, als hätte ich ihn irgendwie geschlagen. Er macht einen Schritt auf mich zu, da ertönt ein weiteres Knacken. Diesmal sinkt er auf ein Knie. Rote Schlieren laufen über sein Gesicht.

»Wer ist da?«, knurrt er, doch in seine Wut hat sich nun Angst gemischt. Vielleicht ist es nur eine Täuschung durch das tanzende Licht, aber ich sehe neue Schatten, die sich zwischen den Bäumen bewegen. Sie dehnen sich aus, ziehen sich zusammen und pulsieren, während sie näher herandriften. Dann halten sie inne und ich erkenne den vagen Schemen eines Mädchens in der Dunkelheit. Sein Haar schwebt um seinen Kopf, als wäre es unter Wasser.

Callum sieht sie auch. Er richtet seine Taschenlampe auf sie, aber der Lichtstrahl fällt nur auf leere Luft. Ich weiß nicht, was ich sehe. Die Schatten schmelzen einfach, um sich dann in der Dunkelheit neu zu bilden, näher als zuvor.

Ein weiteres Knacken und aus Callums Nase tropft Blut. Die Schatten streifen um uns, und auch wenn sie nur Negative im schwachen Licht sind, habe ich den Eindruck, dass sie lächeln. Callums Taschenlampe wird schwächer und geht dann ganz aus. *Knack. Knack.* Callums nächster Schrei wird abgewürgt und dann ist nur noch das feuchte Schmatzen von Haut zu hören, die unter Schlägen aufplatzt.

Ich krieche rückwärts und finde endlich die Puste, um nach Hilfe zu schreien, doch dann blendet mich ein Lichtstrahl.

»Alles okay?«

Es ist Bria. Hinter dem grellen Licht kann ich sie nicht ausmachen, doch ich erkenne ihre Stimme. Es ist derselbe einstudierte betroffene Tonfall wie damals in unserer Eingangshalle.

»Ja«, sage ich. »Aber Callum ...«

»Der ist so nervig.«

Die Stimme hinter mir lässt mich zusammenzucken. Bria richtet ihre Taschenlampe auf den Boden, wo Callum als zitterndes Bündel zusammengekauert daliegt. Über ihm stehen zwei weitere Mädchen. Aus irgendeinem Grund kann ich ihre Gesichter nicht erkennen. Als ich versuche, genauer hinzusehen, verschwimmen sie, als würden sie so schnell vibrieren, dass mein Auge nicht mithalten kann.

»Ich finde ihn niedlich«, sagt eine. Ihre Stimme ist unmöglich zu deuten. Sie klingt wie ein Summen. »Auf eine irgendwie mürrische, gebrochene Art. Der perfekte Ex-Freund.«

Bria räuspert sich.

Die Mädchen blicken uns an. Ihre Gesichtszüge sind nur fleckige Löcher in den sich ständig bewegenden Schemen ihrer Köpfe.

»Töten oder bloß verstümmeln?«, erkundigt sich eine.

»Weder noch, Mimi, oh mein Gott. Du kennst die Regeln. Erst mal nur löschen«, entgegnet der andere Schemen.

Sind das Mimi und Sierra? Ich will sie wieder ansehen, doch hinter meinen Augen baut sich ein Druck auf, als würde ich versuchen, die Flügel eines schwebenden Kolibris zu erkennen.

»Aber er wollte Mars wehtun«, widerspricht Vielleicht-Mimi.

Alle drei Mädchen wenden sich mir zu.

»Mir geht's gut«, versichere ich schnell. »Aber ...«

»Löscht auch Mars«, sagt Bria.

»Aber die Sonne scheint nicht ...«, wendet ein Mädchen ein.

»Wir haben keine Wahl. Wir geben einfach unser Bestes.«

Bria hebt die Finger wie zu einem Schnipsen. Vielleicht liegt es am grellen Schein der Taschenlampe, doch ihre Züge fangen an zu beben und zu vibrieren, bis ihr ganzes Gesicht verschwimmt. Widerwillig tun die Mädchen es ihr gleich und schnipsen einträchtig. Sie erzeugen ein einzelnes Krachen, wie ein zu naher Donner, und ich kann mich nicht mal schreien hören, als die Nacht von Helligkeit zerrissen wird. Im Nachklang höre ich dieses Summen, das ich gehört habe, als ich in Aspen angekommen bin. Ich bin sicher, dass es dieses Summen ist, das vibrierend und heiß die Luft erfüllt. Allerdings ist es nun *laut.* Mit einem Mal ist es in mir und kriecht über meine Augäpfel.

Ich blicke in den Strahl einer Taschenlampe.

»Alles okay?«

Es ist Bria. Hinter dem grellen Licht kann ich sie nicht ausmachen, doch ich erkenne ihre Stimme. Es ist derselbe einstudierte betroffene Tonfall wie damals in unserer Eingangshalle.

Ich drehe mich im Kreis. Wir sind allein im Wald und ihre Taschenlampe offenbart einen knorrigen Wurzelhaufen und eine Gruppe rubinroter Pilze, die unter meinen schlammigen Schuhen zertreten wurden.

»Wir spielen Verfolgungsjagd. Und du bist raus«, sagt Bria. Sie macht ihre Taschenlampe aus und rennt davon. Ich bleibe verdutzt zurück. Ich stelle fest, dass sie recht hat. Wir spielen *wirklich* Verfolgungsjagd und ich *bin* raus. Ich umrunde die kleine Lichtung. Etwas an dieser Leere ist plötzlich seltsam. Hat mich nicht jemand verfolgt? Bin ich nicht hingefallen? Ich bin dreckig und auf meiner Haut jucken frische Kratzer. Da ist Blut in meinem Haar. Wann habe ich meinen Ohrverband verloren?

Weiter komme ich mit meinen Überlegungen nicht, denn ein Ruf von der Wiese lockt mich aus dem Wald. Ich erreiche den Hügel gerade rechtzeitig, um zu sehen, wie die Jungs allesamt von den Bäumen weg auf die offene Wiese getrieben werden. Sie rennen, so schnell sie können, nur um von den Mädchen, die sich aus den Schatten selbst zu materialisieren scheinen, mit ihrem Lichtstrahl eingefangen zu werden. Die Jungs fluchen und brechen atemlos von der Jagd zusammen, die Mädchen dagegen wirken nicht das kleinste bisschen erschöpft. Sie umarmen einander freudig und führen ihre Beute dann zur Fahnenstange. Ich erkenne Tyler, Ray und die anderen. Und Callum. Er lehnt an der Fahnenstange, hat das Shirt ausgezogen und zu einem behelfsmäßigen Verband zusammengeknüllt, den er sich gegen die Nase presst. Selbst aus dieser Entfernung kann ich sehen, dass an seinem Gesicht und Hals Blut hinabrinnt.

Ich gehe auf ihn zu, gefesselt vom Anblick von Callum und seinem leuchtend hellen Blut. Meine Augen schmerzen von der Erinnerung an einen Anblick, den ich irgendwie nicht vor mir sehen kann. Eins der Mädchen bemerkt mein Starren und sagt: »Callum ist gestürzt.«

»Callum ist gestürzt?«

Ich halte ihren Blick. Ich kenne ihren Namen nicht, aber sie ist aus Hütte H. Ich kann es daran erkennen, dass die Hitze ihr kaum etwas auszumachen scheint. Nur ein leichter Schimmer liegt auf ihrer Haut. Ich frage mich, wie es wohl ist, so mühelos schön zu sein. Wie es wohl ist, mit diesen Mädchen den ganzen Weg zur Wiese zurückzugehen, singend und lachend und herumalbernd, und am Morgen als Teil ihrer vertrauten Schwesternschaft aufzuwachen. Fast ergreife ich ihre Hände. Fast will ich sie anflehen, mich mitzunehmen, wenn sie gehen.

»Er ist gestürzt«, wiederholt das Mädchen und in ihrer Stimme höre ich einen silbrigen Unterton. Als würde der Ton wie eine Nadel direkt in meinen Schädel eindringen.

Ich schaudere. Ich weiß, dass sie recht hat. Callum ist gestürzt.

Oder?

Erde an Mars.

Ich weiß nicht, warum mir dieser mit Carolines Stimme gesprochene Satz jetzt in den Sinn kommt, doch ich höre ihn irgendwo weit hinter mir. Nicht räumlich, sondern zeitlich. Und ich bezweifle, was ich gehört habe. Ich weiß, dass Callum gestürzt ist, aber ich weiß, dass mehr dahintersteckt. Im einen Moment stand er höhnisch grinsend im Wald über mir, im nächsten kauerte er unter einem schattenhaften Schwarm und dann ...

Ich sehe immer noch die Honey an. Die Frequenz ihrer Stimme verklingt in meinem Kopf und ich erkenne, dass sie lügt. Es ist, als würde ich in einen verblassenden Traum greifen und nur eine Sekunde lang die Realität von etwas begreifen, das nur eingebildet ist. Doch ich habe es mir nicht eingebildet. Es ist passiert. Ich sehe es vor mir: Callum blutend am Boden kauernd und diese verschwommenen hellen Schatten, die durch die Dunkelheit brechen. Es gab einen Moment im Wald, in dem ich zugesehen habe, wie ein Junge getötet wurde, und ich war sicher, dass es die Honeys waren.

»Ja«, sage ich. »Callum ist gestürzt.«

Und damit geht sie davon, um es weiterzuerzählen.

Das Spiel ist vorbei. »Kommt raus, kommt raus, wo immer ihr seid«, wird gerufen – das Signal für alle, die noch jagen oder sich verstecken, sich zu zeigen. Ich gehe mit den Jungs zurück zu unserem Dorf. Ich beobachte sie. Beobachte Callum. Sogar blutüberströmt ist er noch bester Laune. Er gibt damit an, dass er im Wald mit einem Mädchen rumgemacht hat, das ich nicht kenne. »Erde an Mars«, flüstere ich mir selbst zu, wie ein Mantra. Ein Satz, der mit Erinnerungen aufgeladen ist und mich in dem Verdacht bestärkt, dass hier etwas nicht stimmt. Etwas wurde verändert, da bin ich sicher.

Ein Moskito summt an meinem Ohr. Ich wedele ihn weg.

Verändert oder verborgen?

Clever, denke ich.

Wyatt glaubt, was er über die Honeys gesagt hat. Sie sind unbedeutend. Sie sind hier, um alberne kleine Spiele zu spielen. Dass sie nicht mehr umgibt als der akzeptable gelangweilte Sadismus, den die Gesellschaft gern in die nicht zu entschlüsselnden Rituale von hyperfemininen Mädchen hineindeutet. Gott bewahre, dass sich hinter dem Puder, dem Parfüm und dem Theater mehr verbirgt.

Aber ich weiß es besser. Vielleicht weil ich mit einer Schwester aufgewachsen bin oder vielleicht weil ich mein Leben als Außenstehender verbracht habe, der sehnsüchtig aus der Ferne die Spiele der Mädchen beobachtet hat und sich jede Bewegung und jeden Kniff in der verzweifelten Hoffnung eingeprägt hat, eines Tages mitspielen zu dürfen. Also weiß ich es natürlich besser. Und natürlich erkennt ein Meister der Täuschung und Hinterlist wie ich, was hier vorgeht.

Tarnung.

Etwas verbirgt sich innerhalb des Bienenstocks und ich, Mars Matthias der Dritte, werde es höchstpersönlich herausschälen. Aber wenn meine Überzeugung ein Messer ist, ist die Klinge ein Spiegel, in dem ich mich mir selbst stellen muss, während ich es erhebe. Wer könnte ich sein, wenn ich eine von ihnen wäre? Wie schön? Wie böse?

Und wie sicher? Vielleicht könnte auch ich sicher sein, gehüllt in Schichten aus Frivolität, Langeweile und Schönheit.

Erde an Mars, denke ich. *Wach auf. Caroline muss genauso gedacht haben und sieh dir an, was passiert ist. Sie war nicht sicher. Ich werd's auch nicht sein.*

Ich lasse die Gruppe vorgehen, damit ich allein im Dunkeln stehen kann. Die Nacht hüllt mich ein. Sie hält mich zusammen. Ich bleibe so, bis ein Lichtstrahl sich von der Gruppe trennt und auf mich zuhüpft. Er wächst zu Tyler heran.

»Alles okay?«

»Mir geht's gut«, antworte ich und folge ihm.

Ich behaupte, dass es mir gut geht, bin aber nicht sicher, ob ich das selbst glaube.

III

KAPITEL 13

Am nächsten Morgen kommen wir nur langsam in die Gänge – die Aufregung der Nacht hängt uns als zähe Schläfrigkeit nach, die uns die Augen verklebt. Die Morgen in Aspen sind normalerweise chaotisch, doch nicht heute. Es ist still, als wäre eine große Überlegung unter uns aufgeteilt worden, damit wir darüber nachgrübeln. Das lässt mich an die Espen denken, dass sie über der Erde Individuen, tief darunter aber verbunden sind. Statt Wurzeln verbinden uns indessen die Geheimnisse der letzten Nacht.

Die Betreuer müssen unsere Trägheit bemerken, doch beim Frühstück sagen sie nichts. Durch meinen eigenen Tran beobachte ich Brayden und bemerke, wie er und ein anderer Betreuer einen amüsierten Blick austauschen, als einer der Jungs sich versehentlich Orangensaft eingießt, bis sein Glas überläuft. Sie wissen also wirklich Bescheid.

Ich rühre mein Essen kaum an. Stattdessen stochere ich in der Erinnerung an Callum, der am Boden liegt. Diese Erinnerung an mädchenhafte, verschwommene Phantome, die sich in Callums bebendes Fleisch graben, scheine nur ich zu besitzen. Ich denke, ich weiß, woher die blauen Flecke auf seiner Haut stammen. Callum dagegen hat keine Ahnung. Bei der Hausarbeit erzählt er die Geschichte von seinem Sturz und weder ich noch die Mädchen kommen darin vor. Er glaubt sie. Wie ich schon gestern Nacht vermutet habe, denke ich, dass etwas verändert wurde.

Nur um sicherzugehen, frage ich Tyler: »Ist Callum wirklich gestürzt?«

»Hast du ihn dir mal angesehen? Natürlich ist er gestürzt.«

Natürlich ist er gestürzt. Die Lüge kommt ihm ganz automatisch über die Lippen, aber Tyler scheint sie ernst zu meinen. Unwillkürlich denke ich: *Ja, er ist gestürzt, stimmt's?* Doch das helle Blut vor meinen Augen verblasst einfach nicht. Bria war bei mir, als es passiert ist. Bloß *was* ist passiert? Warum sollte ich meiner alleinigen Erinnerung glauben, wenn alle anderen es besser zu wissen scheinen?

Ich rede mir ein, dass sie die Antworten kennt und ich nur deshalb und aus keinem anderen Grund zu ihr gehen werde. Vielleicht heute. Wenn mich die dunstige Sonne und das Grillenzirpen nicht wieder in den Schlaf lullen.

Im Umweltlabor bekommen wir die Aufgabe, Bäume zu identifizieren. Wyatt bemerkt mein Gähnen und überrascht mich mit der Frage: »Wie war die Verfolgungsjagd?«

»Du weißt davon?«

»Hallo? Denkst du, wir würden nicht merken, wenn die ganze Hütte nachts rausschleicht? Die Hälfte der Leiter hat das in ihrer Zeit hier selbst gemacht. Das ist Tradition.«

Ich will schon fragen, warum sich dann überhaupt alle die Mühe machen, sich rauszuschleichen, aber dann erkenne ich es selbst. Es ist eine weitere kleine Inszenierung, ein Tanz der Verleugnung zwischen uns und den Älteren. Sie tun so, als würden sie nicht sehen, dass wir die Regeln brechen, solang wir ihnen die Möglichkeit lassen, später alles abzustreiten, wenn wir erwischt werden.

»Ich bin froh, dass du mitgemacht hast«, sagt Wyatt. »Hattest du Spaß?«

»Nicht wirklich«, gebe ich zu. »Im Wald ist was Seltsames passiert.«

Wyatts volle Aufmerksamkeit richtet sich auf mich, wie der Strahl von Brias Taschenlampe gestern Nacht, und ich verschließe mich. Was denke ich mir nur dabei, Wyatt davon zu erzählen? Ich verstehe ja selbst kaum die Erinnerungsfetzen, die in meinem Kopf rumoren, wie soll Wyatt da aus ihnen schlau werden? Er wird nur denken, dass ich lüge. Oder schlimmer noch erkennen, dass es nicht so ist, und Wendy davon erzählen. Das kann ich nicht gebrauchen. Ich habe meinen eigenen Plan.

»Ich hab Callums Nase gesehen«, fügt Wyatt hinzu. »Das warst doch nicht du, oder?«

Ich schüttele energisch den Kopf. »Nein, nein. Nichts dergleichen. Er ist gestürzt.«

»Das hab ich auch gehört.«

Wyatt presst die Lippen zusammen und scheint zu irgendeinem Entschluss zu gelangen. Vorsichtig fragt er: »Willst du mir sonst noch was erzählen?«

»Nein«, antworte ich. »Das war alles.«

Wyatt seufzt, hakt aber nicht weiter nach. Die Neugier, die ich in ihm geweckt habe, ist nichts im Vergleich zu der stumpfen Diskretion, zu der er erzogen wurde. Danach konzentriere ich mich besonders stark auf die Bäume, doch aus dem Augenwinkel sehe ich, wie er mich beobachtet. Ich bemerke, dass auch er gähnt, und frage mich: Was treiben die Betreuer, wenn die Camper sich nachts rausschleichen?

Nach dem Mittagessen geht Wyatt zum See, wo er segeln will, und weist mich an, zur Handwerkshütte zu gehen. Ich ignoriere seine Anweisung. Stattdessen begebe ich mich zum Bootshaus, wo ich Sylv begegne, der Leiterin, die für den Bootsverleih zuständig ist. Sie hat dunkle Ringe unter den Augen und gähnt. Ein weiterer Beweis für meine Theorie. Ich will ihr eine Geschichte auftischen, dass Wyatt mir gesagt hätte, ich solle mich dem Kajakwahlkurs anschließen, aber sie winkt mich einfach durch. Ich suche mir eine Schwimmweste und ein leuchtend rotes Kajak und rudere raus ins Schilf. Schon bald schlingere ich über den glatten See. Zum anderen Ufer, zur Bienenwiese und der schattigen Hütte dahinter.

Es ist weiter, als ich dachte. Während ich paddele, wird die Entfernung zwischen den Ufern immer weiter und verschlingt mich in einem schwarzen Loch, aus dem ich mich nur mit aller Kraft befreien kann. Die Nase des Kajaks bäumt sich auf und schlägt aus. Eine unsichtbare Strömung erfasst mich, doch ich halte meinen Blick auf die Wiese gerichtet. Sie ist ein strahlender goldener Einschnitt zwischen den aufragenden Wänden aus finsteren Bäumen. Sie wirkt fast geschmolzen, als würde das Gold jeden Moment hervorbrechen und sich wie ein angestochenes Eigelb über die Oberfläche des Sees ergießen.

Ich treibe in den flachen Uferbereich, Gräser und Schilfrohre streifen mein Kajak. Dann folgen die Seerosenblätter, erst nur ein paar, dann Hunderte, die wie die wachsartigen Schuppen einer unter der Oberfläche lauernden Bestie ineinandergreifen. Sie klatschen gegen mein Kajak und als ich mich durch die Blüten kämpfe, tauchen sie ins schwarze Wasser. Schließlich muss ich mein Paddel in den Schlick unter ihnen stoßen, um vorwärtszukommen.

Immer wenn ich zu lange nach unten sehe, fahre ich plötzlich in die falsche Richtung. Danach halte ich den Blick auf das verschwommene Gold der Wiese gerichtet. Lichtblitze zucken durch ihr Leuchten, glänzende Objekte, die auf der Wiese platziert sind. Metall oder Spiegel. Was immer es ist, es funkelt wie weiß glühende Augen.

Mein Paddel stößt im Wasser auf etwas Schweres und instinktiv schrecke ich zurück. Was immer es ist, es zieht sich saugend am Paddel hoch und windet sich um meinen Arm. Ich werfe das Paddel weg und das Ding löst sich mit einem Schmatzen. Kurz bevor es unter den Seerosen verschwindet, erkenne ich, dass es eine Aspen-Mädchenuniform ist. Nur das Oberteil, das vom rostbraunen Wasser zu einem kränklichen Beige verfärbt ist. Vorsichtig greife ich ins Wasser und hole mir mein Paddel zurück. Dabei erwarte ich beinahe, dass mich eine geisterhafte Hand packt.

Endlich laufe ich auf Grund, verborgen unter den Bäumen, die sich über den See neigen. Ich weiß nicht, was ich erwarte, als ich den Wald betrete, aber mir schlägt nur Stille entgegen. Sie und das beständige Singen meiner Nerven.

Vor mir bricht das Strahlen der Wiese durch die Bäume, so heiß, dass ich es jetzt spüren kann. Nach und nach wird mein Sichtfeld von den hohen goldenen Gräsern ausgefüllt, die von Wildblumen durchzogen sind, ein Meer aus Licht und Farben, das eine Miniaturstadt aus hölzernen Türmen umspült. Sie haben unterschiedliche Höhen, jeder besteht aus aufgestapelten Kisten, aber alle sind mit glänzenden Metallplatten abgedeckt. Sie fangen das Sonnenlicht ein, reflektieren es in den Wald und auf den See und ich erkenne, dass ich dieses Aufblitzen vom Wasser aus gesehen habe. Es wirkt wie eine Wiese, die von unten heraus leuchtet, als wollte sie die Sonne imitieren.

Insekten erfüllen die Luft wie ein Schwarm Sterne. Bienen. Die Kisten sind ihre Stöcke, die Wiese ihr Zuhause. Und das Summen, das ich gehört habe – jetzt kann ich es deutlich erkennen –, ist ihr Lied. Das Geräusch ist so unterschwellig, dass man es erst bemerkt, wenn man es längst im Kopf hat. Und ich erkenne es jetzt auch nur, weil ich mich an dasselbe Summen gestern Nacht erinnere, laut, verzaubernd und überall, und auch davor, als ich an meinem ersten Tag fast von der Klippe gestürzt wäre.

Ich habe keine Angst vor Bienen. Normalerweise. Eine Biene ist ein winziges Geschöpf, leicht zu töten. Aber bei diesem Anblick der einzelnen Pixel, die sich zu unfassbaren Dimensionen zusammensetzen, stellt mein Verstand unweigerlich die Rechnung auf: Töte eine und du wirst von Millionen getötet.

Also habe ich vielleicht doch ein wenig Angst. Nur ein klitzekleines bisschen.

Ich halte mich am Rand der Wiese, wo keine Sonne hinkommt, und klettere zur Kuppe des Hügels, wo, wie ich weiß, die Hütte steht. Ein paarmal schießt eine Biene dicht an meinem Ohr vorbei und ich bedecke es mit der Hand, da ich mich an das verschwommene Bild eines kleinen goldenen Insekts erinnere, das in Carolines Kopf krabbelt. Mein Kopf ist jetzt erfüllt von diesem Bild, wie sie reglos, seltsam still in ihrem Sarg liegt. Sie liegt zwischen den Blumen, auf dieser Wiese. So still, dass sich der Vorhang der Gräser über ihr schließt.

Ich versuche mir vorzustellen, dass sie am Leben ist, herumläuft und sich um diese Bienenstöcke kümmert, und muss feststellen, dass es mir nicht gelingt.

Aber deshalb bin ich hier, rufe ich mir in Erinnerung. Um Caroline neu kennenzulernen. Um zu entdecken, wer sie war, und mich selbst vor diesem letzten Bild von ihr zu retten. Das der falschen, wütenden Puppe, die mich angegriffen hat.

Bria wird die Wahrheit kennen, rede ich mir ein.

Als ich mich der Hütte nähere, schwächt sich das Dröhnen der Bienen zu einem tiefen, entfernten Surren ab, das vor dem Hintergrundgeräusch der Vögel, des Windes und der Insekten, das in der Hitze zunimmt, nur noch schwer auszumachen ist. Das Zirpen der Zikaden schwillt an, überlagert alles und verstummt dann. Vor mir liegt ein Garten, der in der Sonne pulsiert, ich sehe Pflanzkübel, die mit Minze, Basilikum und Rosmarin überwuchert sind. Andere Pflanzen wachsen in der Erde, ihre Kronen tragen riesige Blätter, um das Sonnenlicht aufzusaugen. Spaliere stützen ein Gewirr aus Ranken und dahinter entdecke ich grüne Tomaten so klein wie Augäpfel zwischen den Blättern.

Näher an der Hütte höre ich noch ein anderes Geräusch. Musik. Dann das fröhliche Plärren eines Werbespots. Irgendwo läuft ein Radio, aber das ist das einzige Geräusch von drinnen. Nirgendwo gibt es eine Spur von den Mädchen. Ich scanne die

Wiese von oben, um sicherzugehen, dass mir nichts entgangen ist, und betrete dann die Veranda der Hütte. Aus irgendeinem Grund ist der Funken Angst, den ich beim Anblick der Bienen empfunden habe, nur größer geworden, ist zu einer Furcht herangewachsen, die ich nur zurückdrängen kann, indem ich mich ermahne: *Mars, hör zu, diese Mädchen haben dich hierher eingeladen. Hierher. In Hütte H. Also los. Rein mit dir.*

Und doch bin ich außerstande, den Türknauf zu drehen, selbst als meine zitternde Hand ihn umklammert. Dann spüre ich eine Bewegung auf der anderen Seite der Tür und kann gerade noch beiseitetreten, ehe sie aufschwingt.

Ein Kopf wird herausgestreckt und sieht direkt zu mir, zu meinem Versteck hinter einem Korbsessel.

»Hier lang. Schnell«, sagt Sierra. Nicht die verschwommene Version von ihr. Nur die normale Sierra mit dem freundlichen Gesicht.

Sie zieht mich in die Hütte und meine Fragen – jede einzelne – verpuffen, als ich das gemütliche, schwindelerregende Innere betrete. Niedrige Sofas in sumpfgrünem Samt, Steppkissen in Pilzbeige und gehäkelte Decken, die wie pastellfarbene Netze über Sessel, Poufs und Hocker ausgeworfen sind. Auf Tabletts stehen Kristallkelche, in denen noch der Rest ihres Inhalts klebt, und Porzellanteller mit Blumendekor, von Krümeln übersät, ein großer, niedriger Couchtisch wurde für eine aufgegebene Partie Catan freigeräumt. Sierra manövriert mich geschickt durch das Chaos, als würde sie es gar nicht wahrnehmen, dann eine Wendeltreppe hinauf, die in der niedrigen Decke der Hütte verschwindet. Jetzt höre ich auch andere Stimmen und die Musik ist lauter, aber immer noch gedämpft. Leute sind draußen, in einem Garten, den ich noch nicht gesehen habe. Sierra zerrt mich einen schummrigen Flur entlang zu einem Schlafsaal, der dem in der Bärenhütte überraschend ähnlich ist. Dieselben rustikalen, gleichwohl maschinell gefertigten Bettgestelle, doch auf diesen türmen sich Felldecken und herzförmige Kissen. Lichterketten überziehen die Decke.

Ich weiß nicht, was ich erwartet hatte, was in Hütte H lauern könnte. Aber alles ist hell und bezaubernd. Ich bin gleichermaßen erleichtert und enttäuscht.

Sierra schließt die Tür hinter sich, ganz vorsichtig, bis der Schnapper einrastet. Ich will mich schon entschuldigen, doch sie dreht sich mit einem verschmitzten Lächeln um.

»Genau wie Caroline«, sagt sie.

»Was meinst du?«

»Sie hatte auch ein schreckliches Timing.«

Sierra bedeutet mir, still zu sein, und öffnet flüsternd einen großen, ramponierten Schrank.

»Jetzt ist Wahlkurszeit, oder? Du bist nicht über den Weg gekommen, sondern über die Wiese, stimmt's? Schnell, dreh dich für mich.« Ich mache es, ohne zu wissen, warum. »Gut, sehr gut. Ich wollte nur sichergehen, dass du keine ungebetenen Gäste mitgebracht hast. Und keine Sorge, ich bin froh, dass du hier bist. Wir haben es ernst gemeint, dass du uns besuchen kommen sollst. Wir sind es nur nicht gewohnt, dass Leute einfach so auftauchen. Vor allem Bria plant gern. Sie ist so eine Helikoptergastgeberin, wenn du verstehst? Es ist gut, dass du nicht den Weg gelaufen bist. Dich hätte eine böse Überraschung erwartet.«

Sierra deutet aufs Fenster und ich spähe auf den Rasen hinter der Hütte. Er ist mit Decken und Handtüchern übersät, auf denen Mädchen sich träge rekeln, ein Garten eingeölter Haut. Ich wende mich schnell ab, aber erst nachdem ich mittendrin Bria entdeckt habe, die in einen weißen Überwurf gehüllt ist und inmitten der überall verstreuten Reste eines Picknicks, die das Tohuwabohu im Wohnzimmer noch übertreffen, ein Buch liest. Ich glaube, ich habe Mimi bei ihr gesehen, die an einem tragbaren Lautsprecher herumgespielt hat, bin aber nicht sicher. Sierra hatte allerdings recht. Wäre ich hier aus dem Wald gekommen, wäre ich entweder beschämt weggerannt oder auf der Stelle gestorben.

Sierra wühlt sich durch die Tiefen des Schranks, gibt die Suche wonach auch immer auf und setzt sie in einer großen Kommode in der Ecke fort.

»Ist es okay, dass ich hier bin?«, frage ich.

»Natürlich! Wir haben dich doch eingeladen, oder nicht?«

»Ja, dachte ich auch, aber Bria ... ich weiß nicht ... Vielleicht hat sie's vergessen?«

Sierra rollt mit den Augen. »Sie gibt sich vor den Mädels nur cool. Vertrau mir, natürlich bist du in Aspen willkommen. Und hier. Normalerweise. Aber wir sind Überraschungen nicht gewohnt, und wenn die Mädels wüssten, dass du hier bist, gäbe es ein Riesentheater. Nächstes Mal kommen wir hier zusammen her, okay? Ich bring dich auch zurück.«

Sierra geht zum Schminktisch, der unter den achtlos hingeworfenen T-Shirts und Shorts kaum zu sehen ist. Perückenköpfe mit verschiedenen Frisuren reihen sich dort auf. Sie wackeln und fallen um, als Sierra die Schubladen aufzieht. Fast bringe ich den Mut auf, sie nach letzter Nacht im Wald zu fragen, doch dann richtet sie sich plötzlich auf und guckt mich mit ernster Miene an.

Sie hält Carolines Make-up-Koffer in der Hand. Meine Fragen lösen sich in nichts auf.

Ich weiß, dass es Carolines ist, weil ich ihn ihr letztes Jahr geschenkt habe. Er ist rechteckig und mit kleinen Cartoon-Zitronen bedruckt. Sie haben einen bösen Blick und Stricharme und kämpfen. Ich habe ihn ewig nicht gesehen. Bis eben hatte ich sogar vergessen, dass er existiert, aber mein erster Instinkt ist, ihn Sierra zu entreißen.

Sie setzt sich auf eins der Betten und ich tue es ihr gleich.

»Die Betreuer haben Carolines Schrank ausgeräumt, bloß haben sie den übersehen. Sie hatte ihn nicht weggepackt, damit wir ihre Cremes und Lotions benutzen können. Sie hat uns immer so tolle Sachen mitgebracht.«

Sierra reicht ihn mir und ich zittere, als ich ihn öffne. Der Inhalt ist perfekt geordnet, jedes Teil steckt in einem eigenen kleinen Fach. Es ist mir ebenso unmöglich, das anzusehen, wie mich abzuwenden. Der Atem entringt sich mir heiß und schmerzhaft. Das waren ihre Sachen. Aber da ist noch mehr. Diese Dinge hat sie getragen, um sich selbst zu erschaffen. Die Farben ihrer Schönheit, alle an einem Fleck.

Ich ziehe ein paar kleine Glasfläschchen heraus und genieße ihr Klackern und Klirren. Ich kenne fast alles beim Namen. Lotions, Öle und Puder. Mascaras. Dann, ganz unten, in eine Ecke gestopft, entdecke ich etwas, das ich nicht erwartet hatte.

Mein Herz setzt aus. Ich lehne mich zurück.

Es ist ihr Nagellack, das Saphirblau, das sie immer getragen hat. Der Deckel ist mit Nagellack verschmiert und ich kann eindeutig den Rand eines Fingerabdrucks ausmachen. Ihr Fingerabdruck. Sie hat dieses Fläschchen berührt. Sie hat das alles berührt, aber der Fingerabdruck ist etwas Besonderes. Er sieht aus, als wäre er gerade erst hineingedrückt worden, als könnte ich noch ihre Wärme spüren, wenn ich darüberfahre.

»Hier, lass mich«, sagt Sierra. Ich gebe ihr das Fläschchen, doch dann ergreift sie meine Hand und verschränkt unsere Finger, damit sie mir die Nägel mit schnellen, geübten Strichen lackieren kann. Ich muss mir eingestehen, wie groß meine Hand in ihrer wirkt, und ich bin mir überdeutlich der düsteren Schwere bewusst, die ich in diesen Raum trage, in diese Hütte, in diese außerweltliche Existenz auf der anderen Seite des Sees. Es ist so magisch, wie ich erwartet hatte. Noch magischer. Und ich werde das Gefühl nicht los, dass ich nicht hierhingehöre.

»Unsinn«, sagt Sierra. »Das steht dir super.«

»Was?«

»Das Blau. Carolines Blau. Es steht dir super.«

Ich schweige, während sie sich auf meine Nägel konzentriert.

»Wir haben das ständig gemacht. Nicht nur Caroline und ich. Wir alle. Wir haben hier eine Regel. Niemand lackiert sich selbst die Nägel. Wir machen es so. Zusammen.« Sierra ist mit der ersten Schicht fertig und trägt die zweite auf.

»Wir bitten einander nicht um Hilfe«, fährt sie fort. »Weil wir einander helfen, ohne dass wir fragen müssen. Verstehst du, was ich meine, Mars? Wir warten nicht darauf, dass die Leute um etwas bitten, wenn wir wissen, was sie brauchen. Wir geben es ihnen einfach.«

Ich glaube nicht, dass wir noch über Nagellack reden. Oder vielleicht ist das auch alles, worüber wir reden. Was Sierra sagt, erinnert mich an das, was all diese Leute nach Carolines Tod wieder und wieder gefragt haben: *Wie kann ich dir helfen?* Als ob ich ihnen das sagen könnte. Als wäre es meine Aufgabe, meine Verpflichtung, darum zu bitten. Ich denke darüber nach, während sie die zweite Schicht aufträgt. Ich bemerke, wie simpel diese Verschränkung unserer Finger ist. Wie schnell ich Hilfe akzeptiere, die ohne falsche Vortäuschungen angeboten wird.

»Caroline hat mir auch immer so die Nägel lackiert«, sage ich.

»In welcher Farbe?«

»Schwarz. Sie wollte immer, dass ich Blau ausprobiere, bloß hatte ich immer das Gefühl, das ist ihre Farbe.«

Sierra seufzt. »Sie hat es so oft getragen. Ich glaube, niemand hat es gewagt, sie darum zu bitten. Es *war* einfach ihre Farbe.«

Plötzlich holt Sierra tief Luft und beim Ausatmen stockt ihr der Atem. Ihre Schultern beben und Tränen verschleiern ihre Augen. Ihr Gefühlsausbruch überrascht mich und auch wieder nicht. Sie kannte Caroline seit Jahren. Sie sind zusammen aufgewachsen, hier in Aspen, die andere Seite von Carolines strahlendem Orbit, weit weg von mir. Es tut weh, sie weinen zu sehen, und es tut weh, diese hässliche Eifersucht zu empfinden, die um mein Herz schleicht. Sierra schüttelt ihr Schluchzen ab und lackiert weiter. Am Ende ist der Lack nicht an einer Stelle danebengegangen.

»Bitte sehr«, sagt sie und schraubt das Fläschchen zu. Dann ergreift sie erneut meine Hände, und während meine Nägel trocknen, sitzen wir schweigend da. Ich lausche den Geräuschen der Mädchen draußen. Sie lachen, immer lachen sie, und singen einen neuen Song mit. Sierra hält die Augen geschlossen. Die Spitzenvorhänge heben sich träge und werfen ihr Schattenmuster über uns, außerdem rieche ich das goldene Aroma von Bienenwachskerzen. Sie sind überall im Raum verstreut, nicht angezündet, aber doch duftend.

Plötzlich ist Caroline so nahe. Woran auch immer es liegt – am Ritual oder am Make-up-Koffer oder einfach nur daran, an einem Ort zu sein, der ihr so vertraut war –, nur einen winzigen Augenblick scheint es, als wäre sie wieder in dieser Welt. Gleich hinter der Tür oder unten auf dem niedrigen Sofa, wo sie ein Nickerchen hält, oder auf dem Rasen, wo sie träge mit der Hand wippt, umgeben von ihren singenden Schwestern. Sie ist draußen. Sie ist glücklich und ahnt nichts. Ich will sie suchen, doch ich werde kein Wort sagen, weil sie das vielleicht verscheucht. Ich werde nur einen Blick riskieren, damit ich weiß, dass es ihr endlich gut geht.

Die Tränen schießen mir in die Augen. Zur Abwechslung versuche ich nicht, sie zu verbergen. Könnte ich auch gar nicht, solange meine Hände in Sierras ruhen, aber das spielt keine Rolle, weil sie auch weint. Das Beben der Emotionen überträgt sich über unsere Hände hin und zurück, hin und zurück. Geteilt. Halbiert. Die Songs draußen wechseln mehrfach, bis die Tränen schließlich versiegen.

Endlich sind meine Nägel trocken. Ich blicke verstohlen zu Sierra und sie ist genauso ein Wrack wie ich. Wir stammeln gleichzeitig eine Entschuldigung und der Klang unserer Stimmen sprengt unsere Berührung. Dann lachen wir zusammen. Sie versucht, uns zu beruhigen, bloß ist es zu lustig. Nur wir beide, wie wir in der Stille sitzen und uns an den Händen halten.

»Hier«, sagt sie und drückt mir den Make-up-Koffer in die Hände. »Nimm den mit. Keiner von uns bringt es über sich, irgendwas davon zu nehmen, aber Caroline würde wollen, dass du es tust. Versprich es mir. Oder besser noch, komm doch mal irgendwann in der Nacht zu mir und wir schminken uns zusammen, okay? Du hast ihre Haut, weißt du?«

»Ich weiß.«

»Natürlich weißt du das. Also gut. Bist du bereit?«

Sierra führt mich durchs Haus und hält inne, um sicherzugehen, dass niemand in der Küche ist, als sie mich zur Vordertür rausschmuggelt.

»Mars ... Hat Caroline ... dir irgendwas über Aspen erzählt? Über uns?«

»Du meinst, dich, Bria und Mimi?«

»Die Honeys allgemein. Was hat sie dir anvertraut?«

»Nur dass ... dass ihr ihre Freundinnen wart. Ihre besten Freundinnen. Wie Schwestern.«

»Da ist noch mehr«, erwidert Sierra. »Mehr, als ich jetzt sagen kann. Mach weiter, ja? Was immer passiert, gib nicht auf. Okay?«

In ihrem Blick liegt ein Flehen. Ich habe das Bedürfnis, ihr zu versichern, dass ich nicht aufgeben werde, aber ich habe keine Ahnung, was sie meint. Oder vielleicht doch, wenn ich bedenke, dass ich extra allein hergekommen bin. Vielleicht weiß ich genau, was sie meint.

Sierra wirft mich aus der Hütte. Ich wandere die Wiese hinunter, durch den Wald und den quatschenden Matsch, bis ich mein rotes Kajak finde. Ich sehe mich erst wieder um, als ich jenseits der Seerosen bin. Schwach kann ich die in der Mittagssonne aufblitzenden Bienenstöcke ausmachen und über ihnen die Bienen, überall und doch unsichtbar, wie ein vorgestelltes Glitzern in der Luft.

KAPITEL 14

Als ich zum Bootshaus zurückkomme, ist es wie leer gefegt. Selbst die üblichen langsam vor sich hin brutzelnden Sonnenanbeter sind von der Terrasse verschwunden. Die Wahlkurszeit muss vorbei sein. Sollten die anderen denken, dass ich ertrunken bin, würden sie inzwischen den See absuchen, aber der ist ebenso verlassen. Das einzige Geräusch scheint das Schaben meines Kajaks zu sein, das ich über das Kieselufer ziehe, zurück zu seiner bonbonfarbenen Familie. Und natürlich das allgegenwärtige Surren der Zikaden. Doch dann höre ich ein Weinen.

Ich entdecke sie hinten im Bootshaus, zwischen den Reihen der Kanus. Es ist die Betreuerin, die sich um den Verleih der Boote kümmert. Sylv. Als ich fast über sie stolpere, erschrecken wir uns gegenseitig.

Sie wendet sich ab. »Das Bootshaus ist geschlossen.« Sie fährt sich mit den Handballen übers Gesicht, um den verschmierten Mascara wegzuwischen.

»Tut mir leid, ich hab die Zeit vergessen und wollte nur mein Kajak zurückbringen. Ich dachte, ich sollte jemandem Bescheid sagen.«

»Gott«, flüstert sie, als würde sie erst jetzt bemerken, dass ich nicht zurückgekommen bin. »Ich hab nicht … Tut mir leid. Du solltest gehen. Da war schon zum zweiten Mal das Horn.«

»Ich gehe«, verspreche ich ihr. »Aber bist du okay?«

Jetzt, da ich gefragt habe, hat sie keinen Grund mehr zu verbergen, dass sie geweint hat. Sie sieht mich an, sagt jedoch nichts. Das muss sie auch nicht. Hinter ihrem verheulten Blick verbirgt sich eine tiefere Niedergeschlagenheit. Eine Verzweiflung, die ich kenne. Sie ist nicht okay. Ganz und gar nicht. Das ist indessen nichts, worüber man mit einem Fremden reden könnte. Man kann nur hoffen, dass jemand anders, der es bemerkt, klug genug ist zu wissen, dass er einen besser nicht bitten sollte, es vor ihm auszubreiten.

Und ich weiß das.

»Es tut mir leid«, wiederhole ich. »Ich geh dann mal.«

Ihre Miene wird sanfter, etwas wie Dankbarkeit oder Erleichterung glättet die verhärteten Linien des Schmerzes. Ich warte nicht auf ein Danke. Ich wende mich ab und verlasse das Bootshaus, Carolines Make-up-Koffer fest an die Brust gedrückt. Aber ich denke noch lange an sie. Den Rest des Nachmittags und auch am nächsten Tag suche ich nach ihr. Ich suche auch nach den Honeys, die sich allerdings nicht im Camp blicken lassen. Am Mittwochabend gibt es eine Impro-Show im Amphitheater, aber die meisten Älteren lassen sie sausen, um an der Großen Lodge abzuhängen. Immer noch suchend, drifte ich von Raum zu Raum und ende wieder vor dem ausgestopften Elch. Ich spähe in seinen Mund, als Wyatt sich wie eine Fledermaus auf mich stürzt.

»Bereit für die Wanderung?«

»Was?«

»Die Jägerwanderung. Die dreitägige Rucksackwanderung. Wir reden die ganze Woche von nichts anderem. Hast du schon gepackt?«

Jetzt erinnere ich mich. Einer der vielen Ausflüge, die wir diesen Sommer als Dorf unternehmen. Die Jüngeren fahren üblicherweise mit dem Bus zu Zielen im Nordosten, sehen sich DC oder Boston an, übernachten in einem Hotel und kommen am nächsten Morgen zurück. Aber die Älteren machen Wanderungen. Oder Kanutrips. Oder Überlebenstraining.

Mir fällt auf, dass ich seit fast einer Woche hier sein werde, wenn wir zurück sind. Ein Teil von mir hätte nicht erwartet, dass ich es so lange aushalten würde.

»Noch nicht«, antworte ich.

»Dann halt dich besser ran. Bei Sonnenaufgang geht's los. Wenn du irgendwelche anderen Jäger siehst, kannst du sie auch dran erinnern?«

Ich gehe zur Hütte zurück. Wyatt oder jemand anders hat Rucksäcke mit dem Aspen-Logo für jeden von uns ans Bettende gestellt. Es gibt auch eine Liste, was wir alles einpacken sollen. Es ist nicht viel und nirgendwo steht was davon, dass man einen Stockmeißel mitnehmen soll, aber ich lasse ihn trotzdem in die Seitentasche gleiten.

Sonnenaufgang, ich bin bereit.

Wyatt lag falsch. Wir brechen auf, ehe die Sonne aufgegangen ist.

Im Jägerdorf wartet ein tuckernder Bus. Wir steigen ein und fahren dann gähnend und dösend durch den Sonnenaufgang unserem Startpunkt entgegen. Auf einem unbefestigten Parkplatz am Ende einer verlassenen Straße sitzen wir im graugrünen Licht der Dämmerung auf unseren Rucksäcken und frühstücken abgepackte Eiersandwiches. Die Ausrüstung muss verteilt werden – mir geben sie den Erste-Hilfe-Kasten – und erneut werden die Regeln und Abläufe durchgegangen, außerdem schärft man uns noch ein, dass wir zusammenbleiben sollen. Die Betreuer sind gut gelaunt. Zu gut gelaunt. Sie klatschen und singen wie seltsame Vögel, während sie Aspen-Stirnbänder und Aspen-Feldflaschen verteilen. Bis wir bereit zum Aufbruch sind, sehen wir aus wie eine Bande Maskottchen im Bootcamp.

»Aufstellen, Männer!«, bellt Brayden, als wir uns die Rucksäcke auf die Schultern wuchten. Schlagartig schneiden die

Riemen durch den dünnen Stoff meiner Uniform. Tapsend stellen wir uns in einer Reihe auf und stapfen durch eine farblose, überflutete Wiese, die an die Berge grenzt, die die nächsten drei Tage unser Zuhause sein werden.

Die Wanderung beginnt im Flachland. Ganz angenehm. Die Jungs schubsen und rempeln einander an, um zu testen, ob jemand durch das Gewicht des Rucksacks ins Straucheln gerät. Außerhalb von Aspen, jenseits des Campgeländes, sind die Jungs anders drauf. Ich spüre es auch, ein plötzliches Gefühl der Freiheit, dass jetzt, da wir weit weg sind von dem gepflegten Gelände und draußen in den Wäldern, eine Anspannung von uns abfällt. Den echten Wäldern. Es stimmt, dass Aspen mitten im Nirgendwo liegt, aber wenn man nur lange genug läuft, endet dieses Nirgendwo in der Vorstadt. Diese Wälder fühlen sich vollkommen entlegen an. Dieses Nirgendwo fühlt sich endlos an und das ist gleichzeitig beängstigend und befreiend.

Nach ein paar Stunden sind meine Schultern verkrampft und durch die aufsteigende Sonne strömt mir der Schweiß aus jeder einzelnen Pore. Rings um uns erheben sich die Hügel, langsam und angenehm weich durch die Kiefernnadeln, dann plötzlich steil und felsig. Wir konzentrieren uns darauf, wo wir hintreten, und darunter verstummt das Geplauder. Wenn jemand »Wurzel!« ruft, wird die Warnung weitergetragen, um sicherzugehen, dass sich niemand den Knöchel verstaucht.

»Felsen!«

»Wurzel!«

Der Rest des Morgens ist geprägt von einem schweigenden Marsch, unterbrochen nur von diesen kurzen, atemlosen Warnungen. Als wir zum Mittagessen anhalten und ich meinen Rucksack zu Boden gleiten lasse, bin ich außer Puste und schwebe fast in den Himmel hinauf. Die letzte Stunde über war ich hin- und hergerissen zwischen der Erkenntnis, dass ich diese Wanderung nicht packe – definitiv nicht noch zwei

Tage lang –, und meiner eigenen Entschlossenheit, vor den anderen keine einzige Sekunde lang Unsicherheit zu zeigen. Zum Glück ergeht es den Jungs nicht anders, was eine Erleichterung ist.

Beim Mittagessen herrscht Totenstille, abgesehen vom Knistern der Alufolie, den Kaugeräuschen und einem gelegentlichen Rülpsen. Wir dürfen unser Wasser auffüllen, dann geht es zurück auf den Pfad. Ich halte beim Laufen den Blick gesenkt und beschwöre die Steigung nachzulassen, was sie irgendwann tatsächlich tut. Als ich aufblicke, wandern wir durch einen Teil des Waldes, der sich sehr viel älter anfühlt. Die Bäume hier sind riesig und weit verstreut, auf den kleinen Hügeln dazwischen leuchtet sattgrün wogender Farn. Er streift meine bloßen Knie und kitzelt mich an den Knöcheln. Die Luft ist düster und süß.

Absurderweise genieße ich das. Ich genieße die *Natur.* Es erinnert mich an etwas, das ich gelesen habe, als ich über Trauer recherchierte. Aus der Sicht eines Physikers verschwindet niemand je wirklich. Er verändert nur seine Gestalt. Die Energie und die Partikel, aus denen er bestand, haben sich voneinander gelöst und sind wieder mit der Welt verschmolzen, wieder in einem ewigen Kreislauf mit der Natur vereint. Hier draußen ist das leicht zu glauben – in Wäldern, auf denen die Ewigkeit schwer lastet. Aber ich gestatte mir nicht, durch die Schatten zu spähen, um Spuren meiner Schwester zu entdecken. Ich fürchte, dass ich sie wie in meinen Träumen in einem Krater aus abgebrochenen Farnen sehen würde. Also halte ich meinen Blick auf das einzig Unnatürliche hier gesenkt: den Pfad, der sich durch den Wald schlängelt.

Dieser Pfad wird breiter. Die Jungs gehen nebeneinander und werden wieder lauter. Vielleicht ermutigt durch das fremde Terrain, fangen sie an, Aspen mit wissenschaftlicher Ernsthaftigkeit zu diskutieren. Hauptsächlich bedeutet das, dass sie die Mädchen, die sie heiß finden, in wunderlichen Vergleichen sezieren. Widerlicherweise beginnen sie, aus Teilen der bekannten Mädchen neue zu konstruieren. Brias Nase, Kyles Beine, Amandas Brüste. Die meisten, die sie erwähnen, kenne ich nicht. Das Mädchen, das vor meinem geistigen Auge entsteht, ist ein grausames Flickwerk und ich blende die Jungs aus.

Wir erreichen einen Gipfel, machen eine Pause und schießen ein Foto mit einem großen Aspen-Banner. Dann erklärt man uns, dass wir nur noch zwei Meilen vor uns haben und es von nun an bergab geht. Sogar ich jubele darüber, aber meine Begeisterung erlischt, sobald ich den ersten Schritt vom Berg mache. Meine Beine zittern und ich habe das Gefühl, jeden Moment vornüberzufallen und in einen der vielen schwarzen Schlunde zu purzeln, die neben dem gewundenen Pfad aufklaffen. Beim Gehen verfalle ich in absolute Konzentration und ignoriere die Jungs, die sich weiterhin an den wilden Fantasien von Mädchen aufgeilen, die aus anderen Mädchen bestehen.

Als wir mir nichts, dir nichts stehen bleiben, laufe ich direkt in Wyatt. Er packt mich am Arm und verhindert, dass ich auf der Nase lande.

»Wir haben's geschafft«, sagt er, und es stimmt. Auf einer Lichtung am Ufer eines breiten, langsam dahinfließenden Stroms, der unter der Nachmittagssonne funkelt, werfen die Jungs ihre Rucksäcke ab. Es ist befriedigend zu sehen, dass Wyatt genauso verschwitzt ist wie ich. Sein Blick folgt einem Schweißtropfen, der an meinem Kiefer und meinem Hals hinabrinnt. Seine Hand liegt immer noch auf meinem Arm. Ich bin vollkommen unvorbereitet und spüre ein Flattern im Bauch. Ich suche nach etwas, das ich sagen kann.

»Ich kann nicht glauben, dass Brayden die Jungs so reden lässt«, sage ich.

»Über die Mädchen? Darüber reden Jungs als Einziges.«

»Du nicht«, merke ich an.

»Vielleicht bin ich allergisch«, erwidert er.

Wyatt lässt los und plötzlich kribbelt meine Haut dort, wo er mich eben noch berührt hat. Zu müde, um es jetzt zu analysieren, speichere ich dieses seltsame Gefühl für später ab. Wir schließen uns den anderen an, die mit dem komplizierten Ritual des »Lageraufschlagens« begonnen haben. Für mich heißt das, aus den verdorrten Büschen rund um das Lager Anzündholz zu sammeln. Während sich das Adlerhaus ums Kochen kümmert, baden wir im Fluss. Die Jungs schwimmen in die Mitte raus und lassen sich nacheinander von der Strömung durch die glasklaren Windungen des Wassers tragen, das über glatte Felsen hinwegspült. Ich sitze im Flachen, reibe ein Stück Seife über meine sonnenverbrannte Haut und sehe zu, wie der Schaum davongetragen wird. Ich beobachte Wyatt und versuche, ihn zu beschwören, mich auch anzusehen. Er tut es nicht, aber später am Lagerfeuer sitzt er neben mir. Mir fährt ein Schauer über den Rücken.

Ah, denke ich bei mir. *Mars ist verknallt.*

Nein, bin ich nicht, beschließe ich, *aber trotzdem danke.*

Wir essen Rindfleischeintopf mit Graupen, dazu sonnengetrocknete Tomaten in dampfender Polenta. Es gibt sogar eine Basilikumgarnitur. Ich nehme nur den Nachgeschmack wahr, trinke lange Züge aus meiner Feldflasche und bin auf einmal todmüde. Wyatts Schulter ruht warm an meiner, während das Feuer langsam die letzte Glut der Sonne überdeckt. Dann ist über uns alles schwarzblau und unten orange.

Ich bin mal wieder von mir selbst überrascht, als ich feststelle, dass es mir hier draußen irgendwie gefällt. Das Wissen, wie leicht die Wunder der Natur meine übliche kratzbürstige Paranoia eingelullt haben, lässt mich misstrauisch werden. Vielleicht liegt es an den Wäldern oder an Wyatts ungebrochener Begeisterung für alles Grüne. Ich schüttele die

Schläfrigkeit ab und setze mich auf. Dabei achte ich peinlich genau darauf, dass nicht eine Naht meiner Kleidung Wyatts berührt. Natürlich bemerkt er es nicht mal.

Brayden und die Betreuer überraschen uns, indem sie die Zutaten für S'mores herumreichen, und als die Jungs um die besten Plätze ringen, um ihre Marshmallows zu rösten, bricht erneut Chaos aus. Ich beobachte, wie die weißen Zuckerbälle erst braun werden, dann schwarz und schließlich ins Feuer tropfen, wo sie auf den Kohlen brutzeln.

Natürlich kommen Geistergeschichten auf.

»Erinnert ihr euch an den Knochenweißen Mann?«, fragt der Chuckster und die Jungs rund ums Feuer stöhnen bei der Erinnerung. Selbst ich kenne den Knochenweißen Mann noch. Er ist die Spukgestalt Aspens, eine etwas grausame Legende, von der den Banditen traditionell erzählt wird, um sie ins Bett zu kriegen.

»Im Wald gibt es eine Hütte …«, beginnt Ray.

Andere mischen sich ein, um ihn zu verbessern.

»Im Forst gibt es einen See …«

»Es ist ein *Wald.*«

»Es ist ein Häuschen.«

Eine Diskussion über die Details bricht aus, die Wyatt beendet, indem er die offizielle Version erzählt.

»In den Wäldern gibt es einen See. Jenseits des Sees liegt eine Wiese. Auf dieser Wiese steht ein Haus, und vor diesem Haus steht der Knochenweiße Mann und klopft an die Fenster.«

Der Kreis der Jungs beruhigt sich. Wyatt fährt fort: »Der Knochenweiße Mann ist so alt wie Aspen. Niemand weiß, was er getan hat, um dieses Schicksal zu verdienen. Nicht mal er selbst erinnert sich. Aber es ist eine Tatsache, dass ein Verbrechen begangen wurde. Der Wald hat es beobachtet und der Wald richtet darüber. Eines Nachts, unter einem Mond, der so weiß und kalt ist, dass er eure Knochen direkt unter eurer Haut mit Eis überziehen könnte, lockte der Wald den Mann aus seiner warmen Hütte.«

»Aber wie?«, unterbricht Callum.

»Mit einem Weinen«, antwortet Wyatt. »Dem Weinen eines Kindes.«

»Es war ein Lied«, widerspricht Tyler und die anderen Jungs werfen »Rufe«, »heulende Wölfe«, »Lachen« und »Summen« ein.

Ich kriege nicht mit, wer Summen gesagt hat. Aber das war auch mein Gedanke. Ich erinnere mich, dass mir erzählt wurde, es sei ein summendes Mädchen gewesen. Ich hatte es bis eben vergessen, doch die Übereinstimmung lässt mich schaudern. Unter meiner Haut bildet sich buchstäblich Eis.

»Es war ein Weinen. In manchen Versionen hat er eine Tochter, die er im Stich gelassen hat, und es ist ihr Weinen, das ihn aus der Wärme seines Heims lockt«, erklärt Wyatt. »Na, jedenfalls geht er raus in den Wald und kommt nie zurück. Ihm wird so kalt, dass er nicht mal sterben kann. Und es heißt, dass er immer noch da draußen ist und nach Wärme sucht. Wenn man nachts zu lange zu einem dunklen Fenster blickt, geht er daran vorbei. Schneeweiß. Die Haare eisverkrustet. Die Augäpfel steif gefroren. Deshalb machen wir das Licht aus, damit er nie wieder den Weg zurück findet.«

Die Jungs schweigen und dann gehen die Kommentare weiter.

»So ’ne dämliche Geschichte.«

»Der Scheiß hat mir früher echt Angst gemacht.«

»Es ist keine Geschichte«, schaltet sich Wyatt wieder ein. »Ich hab ihn mal gehört. Seine gefrorenen Finger haben gegen mein Fenster geklopft. Ich hab das Licht ausgemacht und ihn gesehen, nur ein paar Meter entfernt. Dann ist er gegangen. Am Morgen war mein Fenster immer noch vereist.«

»Ach, halt doch die Klappe, Wyatt. Als ob du jemals nach der Schlafenszeit 'ne Lampe anmachen würdest. Du warst auf gar keinen Fall noch auf.«

»Man kann auch das Klappern seiner Zähne hören!« Wyatt atmet zitternd ein.

»Von der Geschichte hatte ich so viele Albträume«, sage ich. »Im Dunkeln kann ich immer noch nicht zu einem Fenster sehen, falls er doch da stehen sollte.«

»Bei mir ist es genau umgekehrt«, erwidert Ray. »Ich kann von draußen nicht in die Hütten gucken. Habt ihr je die Geschichte von den Hüttenleuten gehört?« Er setzt sich auf. »Sie fängt genauso an. In den Wäldern steht ein Haus und so weiter. Aber das ist in Aspen *wirklich* passiert. Und ich glaube, es fing mit einem Ausflug wie diesem an. Ein paar der Mädchen spielten in einem der Zelte mit ihren Taschenlampen, um Schattenspiele zu machen. Ihre Betreuer sagten ihnen immer wieder, sie sollten schlafen gehen, aber die Mädchen hörten nicht, also beschlossen die Betreuer, sie zu erschrecken, indem sie von außen Schatten auf ihr Zelt warfen.

Die Mädchen redeten auf dem gesamten Weg zurück zu ihrer Hütte darüber. Doch sogar als sie wieder im Camp waren, kehrten die Schatten immer wieder zurück. Es passierte überall, wo ein Licht angelassen worden war. Wie nachts in einem Badezimmer. Nur ein losgelöster Schatten, eine Hand oder ein Kopf. Es wurde so schlimm, dass die Mädchen eines Nachts rausrannten, wo kein Licht war. Die Betreuer versuchten sie zu beruhigen, indem sie ihnen versicherten, es sei nur ein Scherz gewesen, aber als sie zur Hütte blickten, waren die Schatten immer noch da. Nur dass es keine Schatten waren. Sie sahen sich selbst, Leute mit ihren Gesichtern, die winkend und lächelnd an den Fenstern standen.«

Niemand hat etwas zu Rays Geschichte beizutragen. Sie erhält stummen Beifall. Vielleicht stellen wir uns alle diese geisterhaften Hände vor, die sich an der Grenze von Licht und Schatten bewegen.

Schließlich bricht Brayden das Schweigen.

»Wisst ihr, warum es Aspen heißt?« Die Frage verändert die Atmosphäre der Nacht wie ein Tonartwechsel von Moll zu Dur.

»Aspen ist heiliger Boden«, beginnt Brayden. »Schon seit Tausenden von Jahren, lange bevor das Camp errichtet wurde. Es gibt zahllose Legenden, aber die erste und bedeutendste ist die der Espen selbst. Espen wachsen in Gruppen. Es heißt, dass sie alle verbunden sind, ein einzelner uralter Organismus unter der Erde, und die schwarzen Wirbel in der Rinde sind ihre Augen. Sie beobachten uns, um sicherzustellen, dass wir diesen Ort und einander respektieren. Es heißt, dass man vor den Augen der Espen keine Taten verbergen kann.«

»Wie der Knochenweiße Mann«, wirft jemand ein.

»Ganz genau.« Brayden nickt. »Deshalb wurde Aspen errichtet. Es ist ein Ort, an dem wir ehrlich zu uns selbst sein können und zum Wald. Ein Ort, der auf einer Tradition des Vertrauens erbaut wurde.«

Brayden sieht jeden von uns an und das Feuer rahmt seine Augen golden ein. »Bei diesem Wanderausflug geht es um Vertrauen. Ihr vertraut Quinn und mir, euren Leitern, dass wir euch durch diese Wälder führen. Wir vertrauen darauf, dass ihr uns folgt. Wir vertrauen einander wie Brüder, weil wir hier draußen in der Wildnis genau das sind. Brüder. Dieses Band wird noch bestehen, lange nachdem wir Aspen verlassen haben. Die Blicke des Waldes folgen uns.«

Als einer nach dem anderen den Kreis verlässt und in sein Zelt kriecht, spüre ich, dass Brayden recht hat. Ich spüre die Augen in der Rinde, die nie blinzeln, sich nie abwenden. Ihr unablässiger Druck verfolgt mich, als ich mir am Fluss die

Zähne putze und ins mondbeschienene Wasser ausspucke. Er folgt mir, als ich mein stickiges Zelt betrete und über die ruhelosen, anonymen Körper steige. Er folgt mir, als ich an den Rand der Träume drifte.

Und dann folgt er mir weiter.

KAPITEL 15

Als ich aufwache, bin ich einbettet in Schmerz, jeder Muskel ist unter schmerzender Haut versteinert. Es klingt, als wäre ich von allen als Erster auf. Meine Augen brennen, als hätte ich überhaupt nicht geschlafen. Ich erinnere mich vage an einen Traum über Caroline, auch wenn das wohl kaum was Neues ist. Diesmal konnte ich sie allerdings nicht sehen. Sie war in den Wäldern und hat geweint, gelacht, geweint, und als ich aus dem Feuerschein getreten bin, um sie zu suchen, hat ein Schatten meinen Platz übernommen.

Ich verlasse das Zelt und bleibe stehen, sobald ich die Lichtung klar erkennen kann. Um unser Zelt liegt ein Ring aus Müll. Fluchend wühlen sich Brayden und Wyatt hindurch.

»Bären hätten wir gehört«, sagt Wyatt. »Und Waschbären hätten die Rucksäcke nicht so zugerichtet.«

»Mag sein. Wer war dafür verantwortlich, die Müllsäcke zu sichern? Ich wette, Ray, er ist so verdammt faul«, grummelt Brayden. Wyatt bedeutet ihm, still zu sein, als er mich erblickt. Auch ein paar andere Jungs sind aufgestanden und starren blinzelnd auf das Chaos.

Nicht nur Müll ist überall verteilt. Was immer es war, es hat unsere Vorräte und Ausrüstung durchwühlt. Leere Rucksäcke liegen auf Bergen von aufgerissenen Verpackungen und Essensresten, die von Fliegen und Ameisen wimmeln. Mein Rucksack ist einer der wenigen, die unversehrt sind, und ich atme auf, als ich das kalte Metall des Stockmeißels darin ertaste.

»Das wird schon gehen«, versichert Wyatt Brayden. »Ravenskill ist in der Nähe unseres Lagerplatzes heute Nacht. Wir können einen Umweg machen, dort um Hilfe bitten und ...«

»Wir brauchen keine Hilfe«, beharrt Brayden durch zusammengepresste Zähne.

An diesem Morgen gibt es zum Frühstück kalten, zähen Haferbrei und eine Belehrung von Brayden über Campingetikette, Teamwork und das schwächste Glied. Wenn einer von uns was versaut, müssen alle leiden. Es erinnert mich an meinen Dad. *Wir vor dir.* Die Stimmung ist deutlich getrübt, als wir uns wieder auf den Weg machen. Wir humpeln auf steifen Beinen vor uns hin, doch Brayden schlägt ein brutales Tempo an. Selbst Wyatt strahlt unterdrückte Wut aus. Als die sengende Sonne den morgendlichen Nebel aufzehrt, überträgt sie sich auf uns alle.

Ich bin hungrig. Ich bin müde. Ich brauche all meine Energie, um aufrecht zu bleiben. Schließlich verfalle ich in einen stolpernden, ungleichmäßigen Rhythmus, den meine Füße vorgeben. Sie bahnen sich ihren Weg über Steine und Wurzeln, die ich nicht mal wahrnehme.

Ich träume von der Wiese und den strahlenden Juwelentönen von allem in Hütte H. Ich stelle mir vor, wie die Mädchen sich auf der Veranda versammeln, noch in ihre Decken gewickelt, um sich vor der Frische des Morgens zu schützen. Die Fenster stehen offen, um den Geruch von Speck und Bratkartoffeln zu vertreiben. Dann drängen sie sich in den Badezimmern, um vor dem Spiegel ihre Haare und Wimpern zurechtzuzupfen, bevor sie Socken und Sneaker in zarten Bonbonfarben anziehen. Sie gehen hinunter auf die Wiese – vielleicht singen sie dabei, vielleicht haken sie sich mit den kleinen Fingern unter –, um die Bienenstöcke zu öffnen und die Bienen im Inneren zu wecken.

Ich flirte mit der verschwommenen Halberinnerung an die Verfolgungsjagd. Callum, der in der Dunkelheit hockt und seine Hände unter seine bluttriefende Nase hält, aber es fühlt sich so seltsam an. Diese dunklen, satten Farben inmitten des ausgewaschenen Strahlens von Hütte H. Sie passen überhaupt nicht zusammen. Ich lasse Callum in seinem dunklen, kleinen Wald zurück und denke wieder über die Bienen nach.

Ich weiß ein paar Dinge über Bienen und Bienenzucht. Nicht viel. Nur was ich gelesen habe, als ich für Aspen gepackt habe. Die Bienenstöcke sind vollkommen gegen Sonnenlicht, Regen und Wind versiegelt, abgesehen von einem kleinen Vorbau, durch den die Bienen hineingelangen. Manchmal ist er von Leichen verstopft – Bienen sind sehr reinlich. Sie entfernen ihre Toten in einer Kettenbeerdigung. Im Inneren des Stocks ist es laut. Und dunkel. Und eng. Die Bienen bauen ihre Honigwaben vertikal, die Wände aus verbundenen Sechsecken beginnen oben im Stock und erstrecken sich nach unten. Es ist anders als bei Menschen. Wir bauen der Sonne entgegen. Wir wollen den Himmel berühren. Woher auch immer diese Einigkeit stammt, Bienen nutzen die Vorteile eines vom Fliegen geprägten Lebens, um nach unten zu bauen, tiefer in die Dunkelheit.

Ich fange an zu verstehen, was Caroline in ihnen gesehen haben muss. Den Bienen. Sie handeln nach einer so eindringlichen, simplen Logik. Unbekümmert, aber auch entschlossen. Wie sie. Ihre Welt fühlt sich rein an, uneingeschränkt durch Kreativität, Stolz oder Rebellion. All diese Laster vereine ich allerdings in mir, also könnte ich vielleicht doch nicht in einem Bienenstock leben.

Aber was ist mit Trauer? Kennen Bienen Verlust? Menschen haben Hunderte Mythen, um den Tod zu sezieren. Ich frage mich, ob eine Biene, wenn sie stirbt, den Moment herbeisehnt, in dem ihr eingerollter Körper durch die süßlich duftende Dunkelheit hinabgereicht wird, dem Licht entgegen, das sie unten erwartet.

Bevor Caroline gestorben ist, habe ich nie gebetet, und nun, da sie tot ist, kenne ich nur ein Gebet. Nur eins. *Wo immer du bist, lass es dort hell sein.* Ich hoffe, am Ende, wenn alles vorbei ist, empfängt uns ein Licht. Die Alternative wäre unerträglich.

Ich stolpere. Fange mich wieder.

Nein. Danach gibt es nichts, weder Licht noch Dunkelheit. Keine losgelöste Energie oder zerstreute Partikel. Das rede ich mir zumindest ein. Alles, was über nichts hinausgeht, wirft zu viele Fragen auf. Bedingungen und Abmachungen, mit denen ich nicht umgehen kann. Da darf einfach nichts sein. Ich muss wissen, dass es keinen Ort zum Suchen gibt, sonst werde ich nie aufhören zu suchen.

Wieder stolpere ich, wieder fange ich mich.

Und dann stürze ich.

Meine Hand schlägt auf einem hervorstehenden Felsen auf und der Schmerz reißt mich aus meiner Trance. Ich drücke meine Hand gegen die Brust und spüre warmes Blut über meine Fingerknöchel rinnen und an meinem Arm hinuntertropfen. Ich hebe den Blick, um nachzusehen, ob es jemand bemerkt hat.

Ich bin allein.

Ich stehe auf und drehe mich im Kreis. Niemand ist neben oder hinter mir. Ich bin nicht mal auf dem Pfad.

Ich bin allein.

»Hallo?«, rufe ich.

Nichts.

Ich rufe noch einmal und vor Panik bricht meine Stimme. Ich drehe mich wieder und wieder im Kreis, um die Richtung zu finden, aus der ich gekommen bin, aber es ist zu spät. Ich bin verloren. Ich wähle wahllos eine Richtung und gehe einfach los. Den Hügel hinauf. Auf der Kuppe packen mich Zweifel und ich drehe mich um, spähe in die Bäume hinab. Anders als die Espen haben diese Bäume keine Gesichter, als hätte der Wald sich von mir abgewandt.

In der Ferne sehe ich, wie sich etwas im Grün regt.

Bären. Waschbären. Etwas Großes kommt auf mich zu. Ich umklammere meinen Rucksack, ignoriere meine blutigen Hände und mache mich bereit loszurennen. Dann höre ich einen Ruf.

Es ist Wyatt!

Ich schlittere hinunter und treffe am Fuß des Hügels mit ihm zusammen.

Er atmet schwer. »Ich hab dir ... doch gesagt ... du sollst nicht ... allein weggehen.«

Ich bin hin- und hergerissen, ob ich vor Erleichterung losheulen und mich rechtfertigen soll.

»Ich hab geträumt. Tut mir leid.«

»Das machst du oft«, sagt Wyatt. »Einfach ... abdriften.«

Das kann ich nicht leugnen. Ich muss mich selbst noch von dem Schrecken erholen. Er sieht mich an und zieht die Augenbrauen zusammen. »Du blutest.«

Ich halte meine Hand hoch, um ihm meine blutige Handfläche zu zeigen, doch er mustert meinen Kopf. Ich berühre mein verbundenes Ohr, und als ich meine Finger wegnehme, sind sie blutverklebt.

»Ich bin ... gestürzt. Glaub ich. Ich weiß nicht. Ich bin gelaufen und dann hab ich angefangen, über Bienen und den *Tod* nachzudenken, und ...«

Jetzt weine ich doch. Ich kapiere nicht, was hier passiert oder warum. Ich weiß nicht, wie ich an diesen Punkt geraten bin. Ich versuche aufzuhören, aber die Tränen strömen unaufhaltsam aus meinen Augen. Ich wische sie weg und mein Blut vermischt sich mit ihrem Salz.

»Hey, hey, schon gut. Die anderen sind gleich hinter dieser Anhöhe. Wir haben sowieso grad Mittagspause gemacht und da hab ich gesehen, wie du weggegangen bist. Du bist einfach weitergelaufen«, brabbelt Wyatt, als könnten seine Worte meine Gefühle eindämmen. »Es ist nicht weit. Sie sind gleich da. Ich schwör's. Hier, sieh mich an. Wir gehen zusammen zurück. Und wir suchen den Erste-Hilfe-Kasten. Schon gut. Hey. Alles gut, stimmt's?«

Ich schäme mich für meinen Gefühlsausbruch. Ich fühle mich leer und etwas schwindelig. Und komme mir extrem albern vor. Allerdings glaube ich ihm, dass alles gut ist.

»Ich habe den Erste-Hilfe-Kasten«, murmele ich. »Er ist in meinem Rucksack.«

»Perfekt.« Wyatt lächelt. »Dann flicken wir dich mal zusammen.«

Ich streife meinen Rucksack ab und er wühlt sich durch den Inhalt. Eine Sekunde zu spät fällt mir der Stockmeißel ein, gerade als er am Grund des Rucksacks etwas findet, das ihn zurückzucken lässt. Er zieht es langsam heraus und hockt sich auf die Fersen, aber es ist nicht der Stockmeißel.

»Mars, du darfst das hier draußen nicht dabeihaben. Es lockt Bären an.«

Im trüben Licht des Waldes schimmert er wie geschmolzenes Gold. Honig. Ein kleines Portionsglas aus dem Speisesaal. Wie ist das in meinen Rucksack gekommen?

»Ich wusste nicht, dass das da drin ist«, sage ich. Ich nehme es ihm ab, er holt den Erste-Hilfe-Kasten heraus. Das Glas liegt schwer in meiner Hand, es hat einen Riss. Der Geruch ist schwach, aber wahrnehmbar. Blumig. Üppig.

»Ich lass es hier«, sage ich.

»Das darfst du nicht. Nichts zurücklassen, schon vergessen?«

»Dann packe ich es in einen Bärenbeutel.«

»Willst du noch so einen Morgen wie heute erleben?«

Ich bin versucht, ihn darauf hinzuweisen, dass mein Rucksack einer der wenigen war, die verschont geblieben sind, bemerke dann aber eine spielerische Wärme in seinem Gesicht. Er macht Witze. Ich entspanne mich ein bisschen.

»Was machen wir dann damit?«, frage ich.

Wyatts Lächeln ist träge. Gelassen und einstudiert. »Du könntest ihn essen. Ich verrat's nicht.«

»Iss du ihn«, schieße ich zurück.

»Und wenn ich nachts von einem Bären aus meinem Zelt gezerrt werde, ist es deine Schuld. Willst du das?«

Während unseres Schlagabtauschs betupft er meine Hand mit Jod.

»Ein Bär würde sich nie auf dich stürzen«, behaupte ich.

»Warum nicht?«

»Du stinkst.«

»Du riechst auch nicht gerade wie eine Rose, Pfadfinder.«

Ich zucke zusammen, als er mit meinem Ohr weitermacht.

»Frage: Woher hast du das?«, erkundigt er sich beiläufig, was mir verrät, dass er die Antwort kennt. Oder ich bilde es mir ein.

»Antwort: Ich bin gestürzt«, sage ich nur.

»Muss ein heftiger Sturz gewesen sein.«

»Der heftigste überhaupt.«

»Heftiger, als ich rieche?«

Die Sache ist die: Wyatt riecht fantastisch. Wie Sonnencreme und Zitronella und ja, auch nach einer Spur Schweiß, aber frischem Schweiß. Der Geruch ist vertraut und fremd und stört mich kein bisschen.

»Ist gar nicht so schlimm«, erwidere ich.

Wyatt legt mir einen neuen Verband an und tritt dann einen Schritt zurück. Er tut so, als würde er sein Werk betrachten, aber eigentlich mustert er mich.

»Ich muss mich bei dir entschuldigen«, sagt er. »Ich hab dich beobachtet, seit du hergekommen bist. Wusstest du das?«

»Naaain, ehrlich?«, stöhne ich dramatisch. »Und ich dachte, Wendy hätte mich mit ihrem Neffen zusammengesteckt, weil sie beweisen wollte, wie viel Wert Aspen auf Vetternwirtschaft legt!«

Wyatt lacht, einen dieser kurzen Lacher, die man durch die Nase ausstößt, weigert sich aber zu lächeln.

»Echt jetzt«, beharrt er. »Die Direktoren hatten Sorge, dass du ... ich weiß nicht, dich nicht einfügen würdest oder so? Also haben sie mich gebeten, ein Auge auf dich zu haben. Und anfangs dachte ich, sie hätten recht. Aber du bist zäh, Mars. Du hältst durch.«

»Ich dachte, ich drifte ab.«

»Und stürzt. Und nimmst nie irgendwas ernst. Aber es ist eindeutig, dass die Leute dich unterschätzen.«

Das weiß ich buchstäblich schon mein ganzes Leben. Sobald die Leute mich sehen, entscheiden sie, dass sie alles über mich wissen, und klopfen sich dann auf die Schulter, wenn ich ihnen das Gegenteil beweise.

»Was ich sagen will: Es tut mir leid«, beteuert Wyatt.

»Schon gut«, versichere ich ihm. »Ich bin's gewohnt.«

»Das solltest du nicht sein.«

Und doch ist es so. Wessen Schuld ist das? Ich spreche es nicht aus, weil ich denke, dass Wyatt es bereits weiß. Die Hundertachtziggradwende seiner Einschätzung von mir beweist meine Theorie.

Ich beschließe, das Thema zu wechseln.

»Was ist mit dem Honig?«

Wyatt hebt das Glas an und schraubt vorsichtig den Deckel ab.

»Cheers?«, sagt er.

Dann legt er den Kopf in den Nacken und ich beobachte, wie ein dünner goldener Faden aus dem Glas in seinen Mund rinnt. Er schluckt zweimal, ohne den Mund zu schließen, dreht dann das Glas, um den Strom zu stoppen, und reicht mir, was übrig ist.

»Denkst du, du schaffst den Rest, Matthias?«

»Unterschätzt du mich schon wieder?«, schieße ich zurück. Ich ergreife vorsichtig das Glas und halte es über meine Lippen. Der Honig hat einen intensiven Geschmack, nicht so wie der aus dem Laden. Er ist vollmundig, voller Licht und Blumen und Wärme, als würde man ein Stück Sommer essen.

Ich beobachte Wyatt, der mich beobachtet. Hier draußen strahlen seine zweifarbigen Augen so viel heller. Hinter dem Spaß, hinter der Süffisanz verbirgt sich Neugier. Eine Sehnsucht, der er sich vielleicht nicht bewusst ist, die für mich aber eindeutig ist.

Denke ich. Hoffe ich.

Das Honigglas ist bis auf einen bernsteinfarbenen Schlier leer. Wyatt tröpfelt etwas Wasser hinein und spült es aus, bevor er das zerbrochene Glas in etwas Mull einwickelt und es wieder in meinen Rucksack packt.

»Das bleibt unser Geheimnis«, sagt er.

»Spinnenehrenwort«, versichere ich ihm mit einem Augenzwinkern.

Wir gehen zur Gruppe zurück. Wyatt bietet an, meinen Rucksack zu tragen, und ich lasse ihn. Ich bemerke, dass die Stille zwischen uns von etwas erfüllt ist. Einer Anspannung. Wyatt will mir etwas sagen, also lasse ich ihn seinen Mut zusammennehmen, während wir uns unseren Weg durch die Rhododendren bahnen.

»Mars, ich weiß nicht, wie ich das sagen soll, aber das mit deiner Schwester tut mir wirklich leid. Sie war ein guter Mensch.«

Ausnahmsweise stolpere ich nicht über dieses Thema. Vielleicht liegt es an dem seltsamen Ritual mit dem Honig, das wir gerade durchgeführt haben, aber ich fühle mich leicht. Klar. Mit Wyatt darüber zu reden fühlt sich okay an.

»Hast du sie gekannt?«

»Ja. Wir waren sogar Freunde. Letztes und vorletztes Jahr.«

»Wie war sie so? Hier, meine ich. In Aspen.«

»Sie war ...« Wyatt schlägt nach einem Käfer. Er hält beim Reden den Blick auf den Boden gerichtet. »Sie war gütig und klug. Sie hatte für jeden ein offenes Ohr. Sie war nicht wie ...«

»Die anderen Honeys?«

»Ja. Sie gehörte nicht nur zu einer Gruppe. Aber es fühlte sich an, als wäre sie Teil jeder Gruppe. Wir sind uns beim Segeln nähergekommen. Sie war meine Segelpartnerin.«

»Sag mir nicht, dass du in sie verknallt warst«, necke ich ihn.

Wyatt haucht ein Lachen. »Ne, so war das nicht. Sie war mehr wie eine Schwester ... Oh, tut mir leid.«

Ich tue den peinlichen Moment ab.

»Schon gut. Ich weiß, was du meinst.«

Endlich hören wir die Jungs, die in der Ferne rufen. Ihr Lachen dringt durch das Vogelgezwitscher, woraufhin Wyatt seine Schritte verlangsamt.

»Eigentlich wollte ich dir noch was erzählen«, sagt er. »Ich habe auch jemanden aus meiner Familie verloren.«

Ich verstumme. Alles an mir. Selbst das kleine Summen in meinem Inneren kommt fast zum Erliegen. Ich bleibe stehen, Wyatt dagegen geht weiter, tritt vor mich und dreht sich zu mir um. Er blickt in die Äste hinauf und kneift gegen das Spiel von Licht und Schatten die Augen zusammen.

»Meinen kleinen Bruder. Er war lange Zeit sehr krank. Er hat zehn Jahre durchgehalten, auch wenn die Ärzte ihm nicht so lange gegeben haben. Er war ein Kämpfer, weißt du?«

Wyatts Stimme wird am Ende ganz leise, verkrampft und angespannt. Er spricht nicht weiter, bis die Emotionen abgeflaut sind.

»Krebs ist echt Scheiße«, ist alles, was er noch hinzufügt.

Ich erkenne, dass die Leute in Aspen wie alle anderen denken, ein Gehirntumor hätte Caroline getötet. Und einen Augenblick lang denke ich das auch. Ich habe die Scans gesehen. Habe die schattigen Flecke gesehen, die ihren Körper übersät haben. Die Konstellation der Leerstellen, wie eine Prophezeiung der Leere, sie sie zurücklassen würde.

»Das mit deinem Bruder tut mir leid«, sage ich. »Er war noch viel zu jung.«

Es klingt hohl. Einstudiert. Ich meine jedes Wort ernst, aber ich höre all die platten Beileidsbekundungen der Leute, die versucht haben, *mich* zu trösten. Ich frage mich, ob ich sie vielleicht falsch gedeutet habe.

»Jeremy«, fährt Wyatt fort. »Sein Name war Jeremy.«

Ich schließe die Augen.

Jeremy, Caroline. Ich möchte mir vorstellen, dass sie zusammen dort draußen in einem unbekannten Licht sind. Vielleicht beobachten sie uns, vielleicht nicht. Aber ich hoffe, dass sie nicht allein sind.

Kurz denke ich, dass mir die Tränen kommen, doch sie tun es nicht. Ich kann immer noch den süßen Honig an meinen Zähnen schmecken und das hält mich im Hier und Jetzt. In den Wäldern gibt es ein Tal, in diesem Tal gibt es zwei Leute, in ihnen beiden schlummert eine Leere in Menschengestalt. Wyatt und ich verstehen einander.

»Es tut mir leid«, versichere ich Wyatt.

»Mir tut es auch leid«, versichert mir Wyatt.

Es gibt keinen Grund, noch mehr zu sagen. Wir belassen es dabei und schweigen auf dem Weg zurück zu den anderen gemeinsam.

KAPITEL 16

An diesem Nachmittag schlagen wir unser Lager an einem anderen Fluss auf. Oder demselben. Ich weiß es nicht und es ist mir auch egal. Als die Jungs ihre Rucksäcke abstreifen und sich strecken, ist die Stimmung deutlich weniger ausgelassen als gestern. Der Weg hierher ging bergab und war tückisch, wir wurden wie Murmeln zwischen scharfen Felsen und ausladenden Bäumen hin und her geworfen, außerdem sind wir nach dem kläglichen Mittagessen hungrig. Es ist nichts zum Abendessen da.

Brayden verkündet einen Plan. Quinn und er werden mit ein paar Freiwilligen ins Dorf trampen, um Vorräte zu besorgen. Natürlich meldet sich Wyatt freiwillig. Kenny, der Leizubi der Adler, bietet an zurückzubleiben. Die Miniexpedition zieht los und Wyatt führt sie mit einer Karte und seiner albernen Kompassuhr an, die vielleicht doch nicht so albern ist.

Die Jungs entwickeln ein Spiel, bei dem jemandem mit einem großen Stock kleine Steine zugeworfen werden, um zu sehen, wie weit er sie über den Fluss schlagen kann. Ich sitze im Schatten und trinke Wasser. Meine Hand pocht unter dem Verband, den Wyatt angelegt hat. Ich traue mich nicht nachzusehen, weil ich Angst habe, eine wild lodernde Infektion zu entdecken. Schließlich wird das Spiel langweilig und die Jungs unruhig. Ich kriege den Anfang nicht mit, aber jemand fängt an zu jammern und auf dem Zunder der Reizbarkeit aller breitet es sich wie ein Lauffeuer aus.

»Ray war's«, sagt jemand. »Ray war dafür zuständig, die Bärenbeutel zuzubinden.«

»Fick dich, Nico«, schießt Ray zurück. »Ich hab's richtig gemacht. Es war nicht meine Schuld.«

»Bären wandern nicht einfach in Lager«, wirft jemand ein.

»Wyatt meinte, es könnten Waschbären gewesen sein.«

»Oder vielleicht war es der Knochenweiße Mann.«

Das erntet trockenes Gelächter. Trotz der Hitze schiele ich unwillkürlich zu den Wäldern jenseits des Flusses.

»Was denkst du, Mars?«

Das kommt von Callum auf der anderen Seite des Kreises. Er schwingt den Stock des Spiels wie ein Schwert. Die Blutergüsse auf seinem Gesicht sind dunkler geworden und seine Augen nach wie vor geschwollen. Das macht es schwer, seine Mimik zu deuten, aber mir gefällt nicht, wie seine Aufmerksamkeit und die seiner Schergen sich auf mich richtet. Sie sehen ausgehungert aus.

»Keine Ahnung«, sage ich. »Wahrscheinlich waren es nur Waschbären oder so.«

»Aber es ist schon seltsam«, erklärt Callum langsam. »Das meiste Essen lag auf dem Boden. Es war nicht mal aufgefressen. Mars, du hängst doch immer mit Wyatt im Umweltlabor rum. Was hältst du davon?«

»Vielleicht denken sie, dass ein mit Basilikum garniertes Campingessen was für Weicheier ist«, entgegne ich in der Hoffnung, dass der Witz sie von mir abbringt und die Spannung zerstreut, doch es funktioniert nicht. Callum nimmt es persönlich. Er steht auf und strafft die Schultern.

»Hast *du* gerade *mich* Weichei genannt?«

»Todsicher nicht«, kontere ich. »Semantik, Callum.«

»Also willst du sagen, dass ich dumm bin?«

Und damit geht es wieder los. Der Kreis der Jungs verstummt, als Callum mich verbittert anstarrt. Rache lodert in seinen Augen wie in diesen Phantomerinnerungen an die Verfolgungsjagd. Für mich fühlt es sich wie ein Déjà-vu an, aber

Callum hat, seit ich ihn im Fechten geschlagen habe, noch eine Rechnung mit mir offen.

»Vielleicht war es gar kein Tier«, sagt Callum in die Runde, »sondern ein Mensch. Und wenn ich so drüber nachdenke – war dein Rucksack nicht einer der wenigen, die verschont wurden?«

Augenblicklich denke ich an das Glas Honig, das unter meine Sachen geschmuggelt worden war. Jeder hätte das gesprungene Glas dort reinpacken können, um alle möglichen Viecher anzulocken.

»Ich hab dein Zeug nicht angerührt«, entgegne ich.

»Vielleicht war dann was in deinem Rucksack, das die Bären angelockt hat?«

Also hat Callum mir das Glas untergejubelt. Zeit für einen Bluff.

»Guck doch nach«, fordere ich ihn heraus. »Du wirst nichts finden.«

»Das würde ich nie wagen«, kontert Callum. »Dein kleiner Freund Wyatt würde doch gleich zu Wendy rennen und dann würden sie wahrscheinlich die Wanderung streichen. Genauso wie auch schon der Kampf der Geschlechter deinetwegen gecancelt wurde.«

So wie die Jungs reagieren, schätze ich, dass etwa die Hälfte von ihnen meine Hintergrundgeschichte kennt und die andere Hälfte genug weiß, um Callums Anschuldigung zu verstehen. Ich stehe auf, um den Kreis zu verlassen, aber Callum ist noch nicht fertig.

»Wisst ihr«, sagt Callum, »*Marshall* hier ist der Grund, warum sie den Kampf der Geschlechter in Duell der Dörfer umbenannt haben. Es ist immer noch dasselbe, aber *Marshall* hier konnte es nicht ertragen, weil er lieber mit den *Mädchen* spielen wollte, und als sie ihn nicht gelassen haben, hat *Marshall* die Punktetafel angezündet. Oder etwa nicht?«

Ich drehe mich um. Das Blut rauscht in meinen Ohren. Meine Hand pocht.

»Was braucht's, damit du mich in Ruhe lässt, Callum?«

»Wie wär's mit einer Revanche?«, antwortet Callum so schnell, dass ich das Gefühl habe, ihm auf den Leim gegangen zu sein. Er wirft mir seinen Stock zu, doch ich kann ihn nicht auffangen. Ich sollte ihn vor meinen Füßen liegen lassen, nur hat er schon einen anderen Stock zur Hand.

Ich suche nach Kenny, aber der sieht wie der Rest der Jungs einfach bloß zu. Sogar Tyler scheint völlig gebannt zu sein. Ich weiß, Wyatt würde dazwischengehen, doch was ist mit den anderen? Aspen ist stolz darauf, dass die Camper ihrer Streitigkeiten selbst klären dürfen. Aus Erfahrung weiß ich, wie weit diese Streitereien gehen können. Am Ende wird immer jemand verletzt.

Ich hebe den Stock auf, und sei es nur, damit ich etwas habe, womit ich Callums Schläge abwehren kann, die unweigerlich kommen werden.

»Letztes Mal hab ich mich zurückgehalten«, prahlt Callum. »Weil sie uns gesagt haben, wir sollten zu dem Freak mit der toten Schwester nett sein.«

Ich schlage zuerst zu. Callum blockt meinen Angriff. Dann schlägt er zurück. Die Stöcke sind unhandlich. Sie haben nicht die schlangenhafte Anmut eines Floretts. Meine rechte Hand brennt, während ich darum ringe, Callums Angriffe abzuwehren. Er ist vorbereitet, ich nicht und im Nu drückt er mich hinterrücks gegen einen Baum. Er setzt beide Hände ein, ich habe nur eine. Ich bin unterlegen, genau wie er es geplant hatte.

»Bist wohl doch nicht so stark, was?«, höhnt er.

»Du hast gewonnen«, knurre ich. »Wir sind quitt. Lass mich einfach in Ruhe.«

Callum drängt sich gegen mich. In seinem Blick liegt keine Gnade.

»Du bist ’ne kleine Bitch. Sag es.«

Ich schlage Callum mit der linken Hand, meine gebrochenen Finger gegen seine gebrochene Nase. Ich bin so wütend, dass ich nur das splitternde Knacken von Knochen auf Knochen spüre. Callum stolpert zurück, lässt seinen Stock fallen, bedeckt sein Gesicht und schreit los. Durch die Spalten zwischen seinen Fingern kann ich ein Auge sehen, das vor Schmerz wild rollt, ehe es sich auf mich richtet, doch seine Freunde halten ihn zurück.

»Na schön. Du bist ’ne kleine Bitch«, sage ich und werfe meinen Stock Callum vor die Füße. »Zufrieden?«

Irgendwann tritt Kenny vor, um den Kampf zu beenden. Sobald klar ist, dass Callum mich nicht von hinten angreifen wird, verlasse ich die Lichtung. Die Jungs lassen mich gehen. Sie sind zu verdutzt oder vielleicht auch beeindruckt. Mir ist egal, was davon. Ich bleibe am Flussufer stehen, wo mich niemand sehen kann, und ich mir endlich gestatten kann, dem Schmerz in meiner Hand nachzugeben und zusammenzubrechen. Es ist, als würde ich versuchen, eine kleine Sonne festzuhalten – die Hitze ist so heftig, dass sie mir die Tränen in die Augen treibt. Ich krümme mich, bis der Schmerz endlich nachlässt, und wickele langsam einen Teil des Verbands ab.

Da ist Blut. Genug, dass ich zum Uferrand krieche, um es vom eisigen Wasser abwaschen und in rosa Schlieren davontragen zu lassen. Das hilft und ich lasse den Verband einweichen, bis er sich löst. Ich atme tief ein und ziehe die Hand zurück. Klebrige dunkle Klumpen lösen sich zusammen mit den Splittern meiner zertrümmerten Fingernägel.

Aber …

Ich blinzele.

Unter den Splittern sind brandneue glatte Nägel. Vollkommen geheilt. Ich bin so erschrocken, dass ich meine Finger beuge, ohne nachzudenken, doch der brennende Schmerz ist verschwunden. Auch meine Gelenke sind in Ordnung. Selbst von dem Schnitt in meiner Handfläche ist nur noch eine blasse Narbe übrig. Als hätte sich die Haut gerade erst von selbst geschlossen.

Vorsichtig schöpfe ich Wasser über meine Hand, um das restliche Blut wegzuwaschen. Außer einem empfindlichen Kribbeln ist meine Hand vollkommen in Ordnung. Besser noch, sie fühlt sich stark an. Mächtig. Als könnte ich hundert Callums schlagen.

»Das solltest du nicht tun.«

Ich zucke zusammen. Tyler ist mir gefolgt, und als ich zu ihm herumwirbele, verstecke ich meine Hand.

»Was denn?«

»Ihn provozieren.«

»Er hat angefangen.«

»Aber du hast zuerst zugeschlagen.«

Allerdings. Das Überraschungsmoment ist einer meiner wenigen Vorteile. Tyler blickt zu dem tropfenden, rosa verfärbten Verband, der von meiner Hand herunterhängt. »Wie geht's der Hand?«

»Alles gut.«

Tyler atmet langsam ein. »Hör zu«, versucht er es erneut. »Nur ein Tipp: Ich glaube, du hättest es sehr viel leichter, wärst du nicht so ...«

Ich richte mich kerzengerade auf und recke das Kinn vor. »So was?«

»Sensibel. Nicht alles dreht sich darum, dass du schwul bist«, sagt Tyler. »Ich mach kein großes Ding draus. Ich red mich nicht damit raus und komme mit den anderen bestens aus.«

»Ich red mich mit gar nichts raus. Ich ...« Mein Verstand ringt darum, der in mir wütenden Frustration einen Sinn abzuringen. »Ich existiere nur. Und das passt ihnen nicht. Und offensichtlich bist du auch kein Fan davon.«

»Ich versuche nur, dir zu helfen, Mars.«

»Danke«, presse ich hervor. Tyler versteht den Wink und geht. Ich betrachte wieder meine Hand.

Meine frisch geheilte Hand.

Wie ist das möglich?

Ich schniefe und schlucke die Tränen hinunter. Und wie zur Antwort schmecke ich sie wieder. Die schwere Vollmundigkeit des Honigs, den Wyatt und ich uns geteilt haben. Ich spüre seine Wärme noch immer in meinem Mund. Sie breitet sich in feinen goldenen Fäden in mir aus und pulsiert in meiner Hand wie ein Handschuh unter der Haut.

Ich schlucke erneut und der Geschmack ist weg. Das Gefühl der Macht bleibt. Ich balle meine Hand zur Faust, die Tränen sind vergessen.

»Wach auf.«

Ich werde geschüttelt. Heftig. Ich schrecke aus dem Schlaf auf und berühre beim Aufsetzen das feuchte Nylon der Zeltwand. Es ist stockdunkel, nicht mal ansatzweise Morgen.

»Schuhe an. Na los«, sagt die Stimme. Ich erkenne sie nicht. Mit unsicheren Händen ziehe ich meine Shorts an und schnappe mir den Stockmeißel von unter meinem Kopfkissen, für den Fall, dass Callum es wieder auf mich abgesehen hat, aber wir werden alle aus dem Zelt gezerrt. Jemand fragt, was los ist, und wird zum Schweigen gebracht.

Wir stehen zitternd draußen. Ich höre, wie auch die anderen Jungs aus ihren Zelten gescheucht werden. Ich finde meine Stiefel und schnüre sie. Den Stockmeißel stecke ich in meine Socke.

»Aufstellen. Na los.«

Das ist Brayden. Er steht an der Glut des Feuers, hinter einem Rauchschleier. Quinn steht neben ihm. Wyatt und der andere Leizubi drängen uns in parallele Reihen.

»Willkommen zur Nachtwanderung, Jäger.«

Mein Instinkt sagt mir, dass ich mich entspannen kann. Alles ergibt auf einmal Sinn. Das ist nur eine weitere Aspen-Tradition. Solang ich mich von Callum fernhalte, passiert mir nichts. Und wenn ich davon ausgehe, dass er mich beim Abendessen und am Lagerfeuer kaum angesehen hat, darf ich wohl hoffen, dass er seine Lektion gelernt hat, egal was Tyler sagt.

Brayden unterbindet unser Flüstern.

»Ihr alle habt euch euren Platz hier verdient, aber ihr werdet kämpfen müssen, um ihn zu behalten. Ein Jäger zu sein bedeutet, sich der Furcht einflößenden Übermacht der Natur zu stellen und siegreich hervorzugehen. Es wird diesen Sommer viele Prüfungen geben und viele Gelegenheiten zu scheitern, aber wenn ihr sie alle besteht, werdet ihr ein untrennbares Band untereinander und eine unanfechtbare Macht über die Natur selbst erlangt haben. Höre ich ein Ja?«

Die Jungs geben ein halbherziges Ja von sich.

»Lauter.«

Diesmal ist die Nacht erfüllt von unseren Stimmen.

Die Leiter nicken und Kenny und Wyatt halten schwarze Stoffsäcke hoch. Sie stülpen sie uns über die Köpfe. Als Wyatt bei mir anlangt, erwarte ich, dass er innehält, doch das tut er nicht. Er zieht mir den Sack genauso ruppig über wie allen anderen. Als das schwache Mondlicht verschluckt wird, füllt sich meine Lunge mit meinem panischen Atem. Dann wird mir etwas Kaltes in die Hand gedrückt. Eine Taschenlampe.

»Eure Aufgabe ist ganz leicht«, erklärt Brayden. »Ihr werdet in den Wald geführt. Ihr werdet bis tausendneunhundertdreiundzwanzig zählen. Das Jahr, in dem Aspen gegründet wurde. Erst dann dürft ihr die Säcke abnehmen und eure Taschenlampen benutzen. Findet einander und dann das Lager. Von jetzt bis Sonnenaufgang wird nicht gesprochen. Ist das klar?«

Wir schweigen.

»Gut«, sagt Brayden. »Habt keine Angst, Männer. Ihr habt alles, was ihr braucht. Vertraut auf euch selbst und eure Brüder.«

Ich höre, wie sie die ersten Jungs wegführen. Fast reiße ich mir den Sack vom Kopf. Jemand räuspert sich streng, eine Warnung, als meine Hand sich meinem Gesicht nähert, und ich beschließe, es nicht zu riskieren. Ich stehe reglos und aufrecht da, entschlossen, keine Angst zu zeigen. Das ist nur ein weiteres Spiel, eine weitere Prüfung. Wenn ich mir das vor Augen führe, kriege ich keine Panik.

Es dauert eine lange Zeit, bis wir Schritte hören, dann legt sich eine Hand auf meinen Nacken und ich werde Schritt für Schritt einen unbekannten Pfad entlanggeschoben. Ich glaube nicht, dass mich Wyatt führt. Ich nehme seinen Geruch nicht wahr. Wer auch immer es ist, er schweigt. Selbst als ich stolpere und er mich auffangen muss. Wenn überhaupt, beschleunigt er sein Tempo daraufhin nur. Wir gehen im Kreis, wenden. Dann marschieren wir einen Hang entlang, eine scheinbare Ewigkeit, bis wir stehen bleiben. Ich kann immer noch den Fluss hören, also können wir nicht weit weg sein.

»Fang an zu zählen«, bellt mein Führer, dann werde ich auf den Waldboden gestoßen. Ich schlittere den Hang hinab, bis mein Fuß auf etwas Feuchtes, Scharfes trifft. Eine hochstehende Wurzel. Ich gebe keinen Ton von mir. Ich werde ihnen nicht mal ein Stöhnen gönnen.

Ich fange an, im Kopf zu zählen.

Bei einhundert meine ich, Schritte vor mir zu hören, aber sie gehen in den Geräuschen des Windes und der Grillen unter.

Bei einhundertfünfundsechzig zerbricht etwas direkt über meinem Kopf. Ich ducke mich, doch nichts berührt mich. Ständig spüre ich die unsichtbaren Fäden von Spinnen an meinem Nacken, meinem Ohr.

Zwischen zweihundert und dreihundert höre ich nur meinen eigenen zitternden Atem. Ich stocke, fahre fort. Ich lasse nicht eine Zahl aus. Wenn das eine Prüfung des Durchhaltevermögens ist, werde ich keine Abkürzungen nehmen. Ich werde sicherstellen, dass sie sehen, wie ich siegreich aus dieser Dunkelheit hervortrete. Ohne Angst. Tyler irrt sich in mir. Ich red mich mit gar nichts raus.

Irgendwo nach tausend setzt das Schluchzen ein. Es ist schwach, gerade noch hörbar, doch das abgehackte, erstickte Schluchzen hebt sich klar von der leisen Eintönigkeit der Nacht ab. Ich halte den Atem an und lausche. Meine Hand tastet nach dem Stockmeißel in meiner Socke.

Eine Minute später meine ich, es wieder zu hören, doch dann ist es weg. Wahrscheinlich nur ein Tier oder ein verzerrtes Echo.

Dann schreit ganz in der Nähe ein Mädchen.

Ich stehe auf und reiße mir den Sack vom Kopf. Ich richte meine Taschenlampe in die Richtung, aus der ich den Schrei gehört habe, und schalte sie ein.

Sie geht nicht an.

Ich drücke wieder und wieder auf den Knopf. Sie funktioniert nicht. Ich schraube sie auf – es sind keine Batterien drin.

Ein weiterer Schrei, als würde die Nacht direkt vor mir zerrissen.

»Wer ist da?«, rufe ich. »Callum? Das ist nicht witzig.«

Als der Schrei wieder ertönt, kommt er von überall um mich rum. Schwer und angsterfüllt. Als ich versuche zu fliehen, alles zu tun, um Abstand zwischen mich und wer – oder was – auch immer das ist, zu bringen, stolpere ich über meine eigenen Füße. Trugbilder von schwebenden Mädchen erheben sich um mich und ich renne. Äste und Dornengestrüpp zerkratzen meine Beine und Arme, und mein Shirt zerreißt, aber ich bleibe nicht stehen. Ich sehe nicht, wo ich hinrenne. Ich sehe gar nichts. Ich höre nur, wie sich der Schrei vervielfältigt, sich überlagert, sich zu einem schluchzenden, stotternden Flehen steigert.

MARS

Er ruft meinen Namen. Er greift nach mir, schlängelt sich so mühelos wie Nebel durch den Wald und schnappt nach meinen Knöcheln, als ich mir einen Weg bahne. Ich bin zu langsam.

Zwischen den Bäumen tut sich eine Lücke auf und dahinter erstreckt sich eine mondbeschienene Fläche. Ich hechte darauf zu. Hauptsache, wieder im Freien sein. Meine Füße platschen durch Wasser und ich wate in einen flachen Bach. Dann, gefangen zwischen den beiden dunklen Ufern, drehe ich mich um, will mich dem stellen, was auch immer mich verfolgt.

MARS?

Zwischen meinem Namen und dem gellenden Schrei höre ich Fetzen von Lachen, von Weinen, von Lachen. Ich halte den Stockmeißel wie ein Messer vor mich, als könnte er mich retten. Er glüht in meiner schwitzigen Faust.

MARS?

Das Lachen erklingt erneut. Jetzt, da ich stillstehe, kann ich mich endlich konzentrieren. Das Geräusch ist grausam verstümmelt, so gedehnt, dass ich es kaum erkennen kann, doch als es über das fließende Wasser hallt, bin ich mir immer sicherer, was ich höre.

Es ist Caroline.

Oder es war Caroline. Es war ihr prustendes Gackern gemischt mit ihrem bellenden Lachen, beides unmenschlich tief und in Dauerschleife. Meine Nackenhaare stellen sich auf. Der Schrei erklingt erneut, aber er folgt mir nicht mehr.

Ich packe den Stockmeißel fester und mache einen Schritt auf den Schrei zu. Als ich das Ufer erreicht habe, bin ich beinahe ruhig. Oder zumindest ist es eine Illusion der Ruhe.

Obwohl meine Schritte sicher und vorsichtig sind, baut sich in mir eine Wut auf. Jedes Mal wenn der Schrei ertönt, zucke ich weniger zusammen. Jetzt kann ich die Sprünge und Pausen in der Schleife hören, die Übergänge, an denen die Aufnahmen aneinandergestückelt sind.

Ich entdecke den Lautsprecher in der Nähe des Hügels, von dem ich losgelaufen bin. Er steckt in der Aushöhlung eines Baums. Er hat die Größe eines Softballs, ist aber sehr laut. Ich strecke die Hand aus, um ihn abzuschalten, da verstummt er plötzlich und eine gleichgültige Roboterstimme sagt: *Bluetooth getrennt.*

Ein Busch in der Nähe bricht auseinander, jemand rennt tiefer in den Wald. Ich jage ihm nach. Callum oder wer immer ihm geholfen hat, wird dafür bezahlen. Der Wald ist erfüllt von den Schreien meiner Schwester. Jeder, der sie gehört und nichts unternommen hat, ist ein Komplize. Und wer immer das getan hat, wird leiden. Ich werde ihn leiden *lassen.*

Einen Augenblick lang meine ich ihn zu sehen, als er durchs Mondlicht huscht. Mehr brauche ich nicht. Ich ziehe den Arm zurück und werfe den Stockmeißel. Er bohrt sich in etwas Weiches und derjenige stürzt, aber als ich die Stelle erreiche, an der ich ihn niedergestreckt habe, finde ich nur das Werkzeug. Es ist blutverschmiert und glänzt im Mondlicht ölig schwarz.

Ich versuche auszumachen, wo derjenige hin ist, doch die Nacht ist wieder vollkommen still. Ich bin allein. Bibbernd und frierend kauere ich mich zusammen. Durchnässt. Geschlagen. Ein Wimmern des Frusts entringt sich mir, aber ich erhebe mich, ersticke es.

Nein.

Ich mache mich an den langen Marsch zurück zum Camp und rufe mir in Erinnerung, dass nur einer heute geblutet hat, und zwar nicht ich.

Alle Jungs schaffen es vor Sonnenaufgang zurück.

Mit dem Blick suche ich ihre Körper nach Kratzern ab, nach irgendeiner Wunde, die zur Kante meines Werkzeugs passt, finde aber nichts. Nicht mal an Callum, der genau wie alle anderen, die ins Camp spazieren, vor Aufregung über dieses kleine Abenteuer strahlt.

Keiner von ihnen sieht mich an.

Sie sehen einander an. Sie wirken so stolz. Sie strahlen vor silbriger, unbesiegbarer Arroganz, weil sie die Nachtwanderung überstanden haben. Ich bin zwiegespalten. Einerseits will ich vor meinem geheimnisvollen Angreifer stark und gleichgültig erscheinen, andererseits will ich aber auch zusammenbrechen und schreien – sie vielleicht sogar anflehen –, dass sie mir sagen sollen, wer das getan hat.

»Eure erste Prüfung als Jäger habt ihr alle bestanden«, erklärt Brayden über den glimmenden Kohlen des Feuers. Hinter ihm schwindet die Nacht, verblasst zu einer graublauen Morgendämmerung. Die Jungs begegnen dem bevorstehenden Sonnenaufgang mit aufrechtem Stolz.

»Wir werden nach Aspen zurückkehren und nie wieder über das hier sprechen. Nicht mal untereinander. Euer Mut heute Nacht ist heilig. Entweiht diese Heiligkeit und der Wald wird es wissen. *Wir* werden es wissen.«

Die Zeit, um die Wahrheit zu sagen, verstreicht. Die Sonne wird aufgehen und genau wie bei der Verfolgungsjagd werden die Ereignisse der Nacht in ihre eigene glühende Legende übergehen. Eine glorreiche, glänzende Lüge wird die kalte, dunkle Wahrheit ersetzen. Es widert mich an.

Und ich erkenne, warum: Es ist eine Form des versöhnlichen Gedenkens. Es ist wie meine Eltern und die Erwachsenen in Aspen, die mir einreden wollen, was Caroline gewollt hätte, wofür sie stand, was ihr Tod bedeutet. Der Nachruf ersetzt die

Person. Die erzählte Geschichte verdrängt das gelebte Leben. Das Geheimnis der heutigen Nacht wird die albernen nächtlichen Streiche mit seinem Glanz des Verbotenen ersetzen. Hinter dem brüderlichen Schweigen, in das ich niemals eingeweiht werde, wird die Wahrheit weggeschlossen. Und ich kann nicht das Geringste dagegen tun, genauso wenig, wie ich die Sonne am Aufgehen hindern kann.

»Ist das klar, Jäger?«

Alle nicken ernst. Alle außer mir. Carolines verzerrte Schreie hallen noch in meinen Ohren nach, so deutlich, dass ich ihre letzten Momente fast wieder vor mir sehe. Doch ich reiße mich von der Erinnerung los, weil ich weiß, dass jede Sekunde, die ich damit verbringe, in ihre halb geöffneten Augen zu blicken, mich einen Schritt weiter dazu bringt, wegzurennen. Vor allem hier.

Ich werde nicht wegrennen. Ich muss daran glauben, dass ich näher dran bin, etwas Wichtiges darüber herauszufinden, was ihr passiert ist. Die Verfolgungsjagd, das Glas Honig, dieser grausame Streich – das alles fügt sich zu etwas zusammen. Zu einer Antwort, die nur darauf wartet, dass ich die richtige Frage stelle.

Brayden hebt eine Hand und ruft: »Aspen dereinst und immerdar!«

Die Jungs erwidern den Ruf. Sie brüllen wieder und wieder, springen und stampfen, bis sie aus dem Takt geraten und die Worte zu einem Chaos verkommen, zu einem Schrei, dem Brüllen von Tieren, die ihr Territorium markieren.

KAPITEL 17

Wendys Büro sieht noch genauso aus wie das letzte Mal, als ich hier war, nicht ein Teil wurde bewegt. Ich weiß das so genau, weil ich Stunden in diesem durchgesessenen Ohrensessel gekauert und schweigend die Regale mit den schiefen Töpfereien und die mit Wasserfarbenbildern und Kartoffeldrucken übersäten Wände betrachtet habe. Projekte der Camper, die wie Trophäen ausgestellt sind.

Wendy sitzt in ihrem Schreibtischsessel und versteckt sich mit erstarrter Miene hinter ihrem Computer. Brayden sitzt am Fenster. Ich habe ihnen minutiös berichtet, was bei der Nachtwanderung geschehen ist. Falls dieses Ritual Wendy überrascht, lässt sie es sich nicht anmerken. Sogar Mitleid lässt sie kaum durchblitzen, als ich ihr beschreibe, wie mich jemand über einen Lautsprecher mit bearbeiteten Aufnahmen des Lachens meiner Schwester bombardiert hat. Sie starrt mich nur unablässig an, ohne zu blinzeln, als würde ich wie eine Seifenblase zerplatzen, wenn sie mich nur mit Blicken durchbohrt.

»Das ist ... heftig, Mars. Das ist dir doch klar?«, fragt Wendy.

Ich hatte keine sofortige Entschuldigung erwartet, aber sie sagt das, als wollte sie mir Tipps geben für das nächste Mal, wenn ich diese Geschichte erzähle. *Ich mag deine Leidenschaft, Mars.*

»Es war auch heftig, das durchzumachen«, kontere ich. Ich bin nicht auf eine Entschuldigung oder gar Rache aus. Wenn auch ungewollt, hat die Nachtwanderung mir ein Druckmittel geliefert, um etwas anderes zu bekommen. »Oder meinen Sie, dass sich da jemand heftig ins Zeug gelegt hat, um jemanden zu attackieren? Denn auch da würde ich Ihnen zustimmen.«

»Niemand behauptet, dass das keine gruselige Erfahrung war«, erwidert Wendy beschwichtigend und traurig. »Jeder würde sich dort draußen in den Wäldern fürchten.«

»Nein«, sage ich. »Nein, es geht nicht um die Wälder. Es geht darum, dass jemand einen Lautsprecher und eine vorbereitete Audioaufzeichnung benutzt hat.«

Wendy verzieht den Mund. »Wo sollte der eingestöpselt gewesen sein? Es tut mir leid, Mars, aber ich kann dir nicht folgen, Schätzchen.«

Ich sehe Brayden an, doch der hat sich abgewendet und blickt aus dem Fenster. Er ist wütend. Ich habe überlegt, mit ihm zu reden, mich dann allerdings an seine Drohung am ersten Tag erinnert. Und daraufhin beschlossen, dass dieser Arsch keine Gelegenheit bekommen wird, das zu vertuschen. Also bin ich zu Wendy gegangen, habe ihn herbestellen lassen und ihn so gezwungen, meinen Enthüllungen über sein schlechtes Management unserer Wanderung zu lauschen.

»Bluetooth«, entgegne ich. »Es war ein Bluetooth-Lautsprecher. Wahrscheinlich lief er mit Batterien und war mit einem Handy verbunden.«

»Und wo ist er jetzt?«, erkundigt sich Wendy.

»Ich habe ihn im Wald gelassen«, antworte ich. »Ich dachte, den gehört zu haben, der ihn installiert hat, und bin ihm gefolgt. Den Lautsprecher habe ich zurückgelassen. Wahrscheinlich ist er immer noch da.«

»Du willst also, dass wir uns auf die Suche machen nach ... wie hast du das genannt? Ein Blutus-Lautsprecher?«

Ich spanne den Kiefer an. »Nein. Ich will, dass Sie mir glauben.«

Wendy deutet mit einer ausladenden Geste auf ihren leeren Schreibtisch, als wollte sie mich auf die fehlenden Beweise stoßen.

»Hör zu.« Wendy lehnt sich vor. »Wir alle wissen, unter welchem Druck du stehst. Und in Anbetracht deiner ... Vorgeschichte hier in Aspen muss ich fragen: Bist du auch wirklich ehrlich zu uns?«

»Ja.«

»Und?«, hakt sie nach.

»Und was?«

Wendy seufzt. »Und mehr gibt es nicht zu erzählen?«

Mir tut der Kiefer weh. Sie sucht nach einem Fehler in meiner Geschichte, nach einer Möglichkeit, Aspen von allen Anschuldigungen reinzuwaschen. Dummerweise habe ich sie durchschaut.

»Jemand hat es auf mich abgesehen«, erkläre ich.

Wendy lehnt sich zurück. Sie neigt den Kopf zu Brayden, hält den Blick aber auf mich gerichtet.

»Brayden, durchsuch die Zimmer. Wenn Mars die Wahrheit sagt, hat jemand gegen unser Elektronikverbot verstoßen. Das ist eine ernste Sache.«

»Wird gemacht«, sagt Brayden mit Nachdruck. Als er zu mir blickt, bin ich sicher, dass er mich hasst.

Tja, ich hasse sie beide. Es geht hier nicht um Elektrogeräte im Wald und das wissen sie ganz genau. Ich schlucke deutlichere Worte hinunter und sage stattdessen: »Ihre Reaktion auf Mobbing ist eine Zimmerdurchsuchung?«

Wendy schlägt einen versöhnlichen Ton an. »Ich weiß nicht, was du sonst noch von uns erwartest, Mars. Wir können nicht jedes Kind in Aspen vierundzwanzig Stunden am Tag überwachen, schon gar nicht in den Wäldern. Wir ermutigen die Camper, ihre Konflikte selbst zu lösen, und ich sage das ungern, aber es klingt so, als wärst du nicht sehr nett zu einigen unserer ... aufbrausenderen Jungs gewesen.«

Sie redet von meinem Streit mit Callum. Ich höre Tyler, der mich darauf hinweist, dass ich als Erster zugeschlagen habe.

Wendy lächelt, als sie sagt: »Wir schalten uns natürlich ein, wenn die Sicherheit gefährdet ist, aber *dir* scheint es gut zu gehen. Was macht die Hand?«

Die Hand, mit der ich Callum geschlagen haben, weist nicht mal einen Bluterguss auf. Sogar mein Ohr fühlt sich besser an. In Wendys und Braydens Augen geht es mir gut. Von Callum kann man das nicht behaupten, und das ist meine Schuld.

»Meiner Hand geht's gut«, antworte ich. »Hören Sie, reden Sie, mit wem Sie wollen. Callum hat es auf mich abgesehen, seit ich angekommen bin. Höchstwahrscheinlich war er es.«

Wendys sanftes Lächeln verhärtet sich. Sie schüttelt ernst den Kopf. »Ich kenne Callum. Er kommt nach Aspen, seit er ein Bandit war. Seine Familie kommt seit Generationen her. Es fällt mir schwer zu glauben, dass er jemanden verletzen sollte ohne, na ja, eine heftige Provokation. Vielleicht ist das einfach nur so ein Jungsding.«

Das trifft mich unvorbereitet. Ich zucke körperlich zurück, was Wendy ein verkniffenes Lächeln entlockt.

»Mars, wir wollen, dass du weißt, wie gern wir dich hier haben, aber wenn du dich hier nicht länger wohlfühlst, werden wir dich nicht zum Bleiben zwingen.«

Ich stehe auf. Wendy und Brayden weichen zurück, als könnten sie die Hitze spüren, die von mir ausgeht.

»Ich bleibe«, sage ich. Einen Augenblick lang fühle ich mich winzig, obwohl ich hier als Einziger stehe. Ich fühle mich wie ein Kleinkind auf einem Stuhl, das tobt und schmollt, als könnte mich jeden Moment jemand hochnehmen und mich hinter den Stäben eines Gitterbetts einsperren. Doch ich verdränge das Gefühl und konzentriere mich auf die Selbstsicherheit, mit der ich hergekommen bin. Ich stemme beide Hände auf die Kante von Wendys Schreibtisch, beuge mich hinüber, lege mir die Worte zurecht, die ich schon seit Jahren loswerden will.

»Sie haben damals zugelassen, dass ich verletzt wurde. Das habe ich nicht vergessen. Sie und alle anderen Erwachsenen hier wussten, was vor sich ging, und Sie haben nichts unternommen. Meine Familie hätte Sie verklagen können. Ich wünschte, das hätte sie, doch das hat sie nicht und ich bin gegangen. Aber jetzt bin ich zurück. Und ich lasse mich nicht wieder von einem *Jungsding* verjagen. Also entweder Sie helfen mir oder Sie sehen zu, wie ich wieder verletzt werde, und stellen sich der Verantwortung für diesen *und* den letzten Sommer, den ich hier war. So einfach ist das, Wendy.«

Ich richte mich kerzengerade auf und genieße, wie Wendy vor Abscheu die Augen aufreißt und Brayden vor Fassungslosigkeit die Kinnlade herunterklappt.

»Das ist vier Jahre her«, sagt Wendy.

»Und die Verjährungsfrist für Gefährdung der körperlichen Sicherheit liegt bei fünf Jahren. Das ist eine Straftat, Wendy.«

Nun ist es an Wendy, zurückzuschrecken. »Ich habe dich nie in *Gefahr* gebracht.« Die Verachtung in ihrem Blick ist allumfassend.

»Sie nicht, aber die Eltern der Täter werden nicht sehr erfreut sein, wenn ihre Jungs in einen sehr öffentlichen Skandal verwickelt werden, wo die sich diesen Herbst doch alle bei Colleges bewerben. Und ich bezweifle, dass sie neben den Gebühren für Aspen auch noch Anwaltshonorare zahlen wollen.«

Wendy erlangt einen Teil dieser herablassenden Haltung zurück, die ich so gut kenne. »Du drohst uns, Marshall?«

»Nein, Wendy.« Ich trete zurück. »Ich kann rechnen. Ich habe mir die Abgaben Ihres Konsortiums angesehen. Dieser Laden ist ohnehin schon kaum profitabel. Meiner Rechnung nach sind Sie nur sechs Camper von den roten Zahlen entfernt.«

Das alles sage ich in einem lieblichen Ton, wie eine Honey es tun würde. Die Furchen, die sich auf Wendys Stirn bilden, wirken wie in die Haut gegraben. Unvergänglich. Ihr wahres Gesicht hinter der freundlichen Maske, die sie immer trägt. Ich lächele. Bevor ich mich zum Gehen wende, muss ich noch eine Sache hinzufügen.

»Oh, und ich habe mich für einen Hauptkurs entschieden. Ich schließe mich der Imkerei an. Einen *wunderschönen* Tag noch.«

Bevor sie Nein sagen können, wirbele ich herum, packe den Knauf der Tür und reiße sie schwungvoll auf. Der Windstoß lässt die Zeichnungen flattern, die die Wand pflastern. Wendys Trophäen. Am liebsten würde ich eine als Andenken abreißen, aber das muss ich nicht. Ich habe bereits, was ich will.

Sowohl das Adlerhaus als auch die Bärenhütte müssen an diesem Samstagnachmittag eine Überraschungsdurchsuchung über sich ergehen lassen. Keine Lautsprecher oder Handys werden gefunden, aber den Chuckster kriegen sie wegen Gras dran und Callum wird wegen eines unbekannten Vergehens in Wendys Büro bestellt. Am späten Nachmittag sind sie immer noch nicht zurück. Beim Abendessen weigern sich die Jungs, mich anzusehen, also müssen sie wohl wissen, dass ich das Schweigen gebrochen habe und damit den heiligen Schwur, den wir alle nach der Nachtwanderung abgelegt haben. Als ich an diesem Abend vom Duschen zurückkomme, ist Carolines Kerze angezündet. Ich drücke sie mit den Fingern aus, und sobald das Licht ausgeschaltet ist, verstecke ich sie unter meinem Bett.

Am nächsten Morgen, es ist Sonntag, treffen die Eltern des Chucksters ein, um ihn abzuholen. Und meine Kerze ist weg.

Ich versuche, mir nichts anmerken zu lassen. Bei der Messe, beim Frühstück und später bei den Bekanntmachungen wahre ich eine Miene höflichen Interesses. Auch Brayden ist ein herausragender Schauspieler. Kurz spricht er den Schmerz an, einen geschätzten Jäger zu verlieren, und bittet um einen Moment des Schweigens, dann macht er fröhlich weiter damit, das aufregende Veranstaltungsangebot der nächsten Woche herunterzubeten.

»Das Duell der Dörfer!«, verkündet er. Das entlockt den bedrückten Jägern endlich eine Reaktion.

»Ganz genau. Heute Nachmittag ist die Eröffnungszeremonie für eine der beliebtesten Traditionen Aspens und jeder Wettkampf diese Woche bringt Punkte, die in die Wertung eingehen. Ich weiß nicht, wie es euch geht, aber ich habe die Teilnehmer dieses Jahr gesehen, und diese Mädels sind harte Gegner. Aber ich denke, wir können ihnen zeigen, wo der Hammer hängt, meint ihr nicht? Hab ich recht, Jungs?«

Freudige Spottrufe werden laut. Ich beiße mir auf die Zunge. Sie haben die Tradition umbenannt, doch die Ideologie dahinter ist so alt wie Aspen selbst. Mit anderen Worten: sexistisch. Eine alles durchziehende sexistische Ideologie.

Brayden erklärt die Wettkämpfe, auch wenn es jedes Jahr dieselben sind. Es gibt Erobere die Fahne, Tauziehen, Kanurennen, Bogenschießen, aber auch eine Debatte, ein Quiz, einen Wandmalereiwettbewerb und jede Menge andere kleine, schreckliche Wettbewerbe. Unweigerlich stelle ich mir die Punktetafel vor. Sie wird am Seeufer stehen, eine fünf Meter hohe Monstrosität aus Kiefernholz. Der untere Bereich wird mit Girlanden aus Hemlock und Wachholder dekoriert, die leere Front in Waldgrün und Butterblumengelb gestrichen. Die Farben Aspens. Durch die Mitte verläuft ein Streifen. Diese Leere füllen wir dann mit Errungenschaften, Belohnungen gekritzelt auf Tonpapier, laminiert und mit einem Tacker ins Holz getrieben, bis das Ganze aussieht wie ein ausgestopfter Muppet.

Ich frage mich, ob sie die Tafel an der gleichen Stelle wie immer aufbauen. Ist das Gras an jener Stelle nachgewachsen? Oder haben sich die Flammen zu tief in die Erde gefressen?

Nach der Hausarbeit gehe ich zum See, um es herauszufinden. Der Himmel über Aspen ist grau und wolkenverhangen, sodass die Baumwipfel nicht zu erkennen sind. Vom See steigt Nebel auf, dennoch kann ich ihren Schatten schon von Weitem ausmachen. Die Punktetafel steht an derselben Stelle. Ich zwinge mich, darauf zuzugehen. Das Gras ist nachgewachsen. Der einzige Unterschied ist, dass sie jetzt aus Sperrholz ist und die traditionellen Girlanden aus Hemlock und Wachholder entfernt wurden. Weniger Brennmaterial für den Fall, dass ein außer Kontrolle geratenes genderfluides Campkind einen flammenden Rachefeldzug gegen die Binarität führen will, schätze ich.

Eine lange Weile stehe ich dort und höre die Schritte erst, als sie direkt hinter mir sind.

»Hey«, sagt Wyatt.

»Hi«, antworte ich.

»Ich hab gehört, was passiert ist. Tut mir leid.«

»Ich weiß nicht, was du gehört hast, aber ich garantier dir, es war nicht die ganze Geschichte.«

Ich frage mich, ob Wyatt mir widersprechen wird. Ich stelle mir den inneren Kampf zwischen seiner Loyalität diesem Ort gegenüber und dessen offensichtlicher Giftigkeit vor. Ich frage mich, ob sich so tief reichende Wurzeln je ganz ausreißen lassen.

»Dacht ich mir.« Er seufzt. »Was ist passiert?«

Ich gehe los, Wyatt folgt mir. Wir bleiben an einer Bank unter einer Pergola stehen, von der aus man auf die Rückseite der Punktetafel blickt. Endlich erzähle ich Wyatt die Kurzversion meiner Erlebnisse bei der Nachtwanderung und des Treffens in Wendys Büro. Als ich fertig bin, stößt er einen Pfiff aus.

»Wahrscheinlich kennst du auch nicht die ganze Geschichte, die vor vier Jahren passiert ist«, setze ich an, aber Wyatt räuspert sich.

»Eigentlich doch. Die meisten wissen Bescheid. Deine Schwester hat dafür gesorgt. Aus irgendeinem Grund dachte sie, dass du nie zurückkehren würdest, um die Dinge klarzustellen.«

»Sie hatte recht. Fast«, räume ich ein.

Wyatt kratzt an einer verschorften Wunde an seinem Knie.

»Das muss gruselig gewesen sein«, sagt er.

Ich werde das nicht bestätigen, aber es war so. Die Punktetafel nur zu sehen treibt ein Messer der Furcht in meinen Magen. Es ist genau wie damals, als wäre ich in meine eigene Erinnerung zurückversetzt worden. Ich glaube, wenn ich mit dem Finger über die Kante der Tafel fahren würde, könnte ich die Stelle ertasten, an der ein gespanntes Seil die Farbe abgewetzt hat. Ich würde die Jungs lachen hören, die meine Arme festhalten und mich ans Gerüst der Tafel fesseln, bevor sie eine der lodernden Tiki-Fackeln umwerfen. Es war ein trockener Sommer damals und Hemlock brennt grundsätzlich schnell, aber das hatte keiner auf dem Schirm – bis die Flammen außer Kontrolle waren.

Allerdings stimmt das nicht ganz. Ich wusste es. Nur deshalb ist es mir gelungen, die Seile durchzubrennen, bevor die ganze Tafel über mir zusammenbrechen konnte. Die Jungs waren längst weg, aber ich stand da zwischen den verkohlten Überresten.

»Warum hast du zugelassen, dass sie dir die Schuld geben?«, fragt Wyatt.

Den Teil der Geschichte hat Caroline wahrscheinlich nie richtig verstanden. Ich habe den Kopf für den Brand hingehalten. Freiwillig.

»Weil es bedeutete, dass ich von hier wegkonnte«, sage ich.

Nachdem ich weg war, zwang Caroline in ihrer Rechtschaffenheit die Mobber, zu gestehen. Ich weiß nicht, wie. Als Aspen seinen Fehler erkannte, wurde ich angefleht zurückzukommen, aber ich habe mich geweigert.

»Du wolltest so dringend hier weg?«

Wie soll ich Wyatt erklären, dass diese frühen Sommer in Aspen nie jene fantastischen, idyllischen Tage waren, auf denen alle anderen ihr Leben aufgebaut zu haben scheinen? Seine ganze Welt beruht auf einer Nostalgie, die es für mich nie gab. Ich habe einen Blick in diese Welt erhascht. Sie zeigte sich im Lächeln und der Freude der Kinder um mich herum, aber ich habe sie nicht geteilt. Sie war nicht für mich gemacht. Und das wusste ich schon lange vor dem Vorfall mit der Punktetafel. Ich wusste es und habe doch darum gekämpft zu bleiben, weil ich dachte, Aspen wäre wie der Rest meines Lebens. Ein Kampf, den ich einfach immer wieder aufs Neue gewinnen musste.

Und dann wurde ich für meine zermürbende, nachgiebige Geduld bestraft.

Doch ich sage nur: »Wenn Leute versuchen, einen wie eine Hexe zu verbrennen, verdirbt das irgendwie dieses ganze Sommercamp-Ding, Wyatt.«

Er atmet scharf ein, aber ich lächele, um ihm zu zeigen, dass ich es nicht so ernst meine, wie es klingt. Er schluckt, atmet erneut ein und versucht, die Unterhaltung von vorn zu beginnen.

»Sollen wir für die Feier heute Abend Outfits raussuchen?«

»Ich dachte, wir tragen unsere Uniformen.«

»Schon. Aber ich frage, ob du von diesem Ding da wegwillst.«

Er grinst. Und ich muss feststellen, dass ich auch lächele. Wir gehen zusammen zum Dorf zurück und spekulieren über die Unterhaltungen, die gerade zwischen Wendy, Callum und wahrscheinlich Callums Eltern stattfinden.

»Selbst wenn er zugibt, den Lautsprecher reingeschmuggelt zu haben, ist das keine große Sache. Niemand bekommt wegen so was Ärger«, sagt Wyatt, ein seltenes Eingeständnis von Aspens Fehlverhalten seinerseits, das ich voll auszunutzen gedenke.

»Die eigentliche Frage ist: Woher hatte er Carolines Stimme?«, überlegt er.

»Darüber denke ich nach, seit wir zurück sind«, erwidere ich. »Das kann nicht so schwer gewesen sein. Er brauchte nur ein Handy. Dann hätte er die Tonspur von einem der vielen Videos ziehen können, die sie gepostet hat. Ihre ganzen Accounts auf Social Media existieren noch.«

Die Vorstellung tut mir weh. All diese Videos, Fotos und Posts. Caroline war nie schüchtern. Falls jemand sie aus ihren Spuren im Internet rekonstruieren wollte, hätte er jede Menge Material. Todsicher ihr Lachen, vielleicht auch ihr Weinen und mehr als ein paar Gelegenheiten, bei denen sie mich vor die Kamera gezerrt und gefleht hat: *Mars, Mars, guck dir das an* oder *Sing mit mir* oder einfach nur *Lächele – nein, breiter.*

»Ich rede mit Brayden«, bietet Wyatt an. »Aber ich denke nicht, dass er heimgeschickt wird. Tut mir leid, Mars.«

»Schon gut«, versichere ich ihm. »Er kann bleiben. Ist mir egal.«

»Hast du keine Angst, dass er es wieder versuchen wird?«, fragt Wyatt.

Ein Mückenschwarm hüllt uns ein. Ich schlage im Gehen nach ihnen.

»Wird es nicht. Die Tatsache, dass ich zu Wendy gegangen bin, beweist, was er beweisen wollte, nämlich dass ich schwächer bin als er. Wenn er bleiben darf, wird er mich in Ruhe lassen. In seinem Kopf hat er gewonnen. Er kann nicht riskieren, mich in einen weiteren Kampf zu verwickeln. Ich hab ihm schon öffentlich in den Arsch getreten. Zweimal sogar. Auf ein drittes Mal wird er's nicht ankommen lassen.«

»Okay, das ist hardcore, aber ich hätt trotzdem gedacht, du würdest wollen, dass er heimgeschickt wird.«

»Das war nie mein Ziel.«

»Was dann?«

Ich frage mich, ob ich Wyatt trauen kann. Ich mag ihn und er mag mich, glaube ich, doch das ist was anderes als Vertrauen. Nach kurzem Überlegen entscheide ich, dass es eigentlich keine Rolle spielt. Ich habe bereits, was ich wollte.

»Ein Druckmittel«, erkläre ich. »Brayden und Wendy wissen, dass ich recht habe. Sie dürfen nicht zulassen, dass mir noch mal was passiert, sonst machen sie sich haftbar. Und sie wissen, dass ich die Schuld diesmal nicht auf mich nehmen werde.«

Wyatt denkt darüber nach. In seinen Augen – eins braun, eins blaubraun – blitzt ein verschlagenes, durchtriebenes Verstehen auf. »Du bist ein böses Genie, was, Mars?«

Ich lächele. »Ich glaube, du hast mir beigebracht, dass nichts Böses daran ist, alles Nötige zu tun, um zu überleben.«

Wyatt zieht eine Augenbraue hoch. »Sollte ich mir Sorgen machen, dass du versuchen könntest, Callum zu fressen?«

Unschuld heuchelnd schüttele ich den Kopf. »Niemals. Das könnte ich nicht.«

»Allergie?«, vermutet Wyatt.

»Prinzipien«, erwidere ich.

Wyatts anschließendes Schweigen verrät mir, dass ich ihn vielleicht schockiert habe. Doch als das Jägerdorf in Sichtweite kommt, überrascht er mich. »Das ist echt beschissen«, sagt er und starrt auf die hübschen Gebäude jenseits der zunehmenden Finsternis. »Dass du so denken musst, nur um zu überleben, ist doch einfach nur beschissen, Mars.«

Ich zucke mit den Schultern. Jo, stimmt.

KAPITEL 18

Am späten Sonntagnachmittag findet die Eröffnungszeremonie des Duells der Dörfer statt. Das gesamte Camp strömt ins Amphitheater, die Jungs auf einer Seite, die Mädchen auf der anderen, und ein chaotischer verbaler Schlagabtausch beginnt zwischen ihnen. Selbst die Honeys sind da, aneinandergekuschelt klatschen und brüllen sie. Ein paarmal erwischt mich Sierra dabei, dass ich sie beobachte, aber ihr Blick ruht nie lange auf mir. Ich will am liebsten zu ihr rennen und ihr alles erzählen, was passiert ist und gerade passiert.

Stattdessen bleibe ich auf der Seite der Jungs und klatsche und johle mit ihnen zusammen. Es mag an meiner Paranoia liegen, aber ich denke, sie beobachten mich, um zu sehen, wie ich reagiere, als würden sie erwarten, dass mir von diesem Geschlechterkampf die Sicherungen durchbrennen oder ich einen Ausschlag bekomme. Also brülle ich extralaut und klatsche mit besonderem Elan. Ich will, dass Callum, der in eine Wolke der Scham gehüllt aus Wendys Büro zurückgekommen ist, jedes meiner Worte hört.

Nach der Zeremonie können wir nicht wie sonntags üblich draußen grillen, weil das Gras zu nass ist, also gibt es im Speisepavillon Abendessen. Dann folgt die Feier. Die Camper dürfen in ihre Hütten zurückkehren, um sich zurechtzumachen. Ich ziehe meine Sandalen an und überlege kurz, ob ich Carolines Make-up auspacken soll, lasse es aber doch in meiner Schublade. Wenn die Jungs wüssten, dass ich es habe, würden sie es mir abnehmen. Der Rest dieses Krieges wird aus solchen kleinen Sticheleien bestehen, also muss ich vorsichtig sein, wofür ich Begeisterung zeige.

Die Große Lodge wurde für die Feier umdekoriert. Gelbe und grüne Girlanden zieren die hintere Veranda und in den Bäumen hängen Papierlaternen. Unter dem trüben Sonnenuntergang pulsiert das gigantische Gebäude und erfüllt die Dämmerung mit einer Art Countrymusik. Als wir die Treppe hinaufgehen, höre ich aus dem Inneren schallendes Gelächter. Ganz Aspen ist hier versammelt, bevor der einwöchige Wettkampf uns spaltet.

Drinnen dröhnt die Musik. Die vereinzelten schwarzen Schürzen des Cateringpersonals, das mit Tabletts voller mundgerechter Desserts unterwegs ist, stechen unter all den Teenies in weißen Uniformen heraus. Auf einer Seite des Hauptraums wurde eine Limonadenbar und auf der anderen eine Eiscremebar aufgebaut. Junge Camper düsen schreiend und lachend durch die dunklen Flure der Lodge, doch die älteren geben sich der Party gegenüber gleichgültiger. Sie sitzen auf den Treppen oder auf der hinteren Terrasse, wirken gelangweilt und cool und nippen an ihrer Sprite wie an Champagner.

Ich habe keine Lust, eine Rolle zu spielen, als verstecke ich mich allein auf dem hinteren Balkon im ersten Stock. Es fühlt sich gut an, wieder mal für mich zu sein. Während ich an meiner eigenen Limo nippe, können meine rasenden Gedanken zur Ruhe kommen.

Wie ich beim Sonnenaufgang nach der Nachtwanderung vorhergesehen habe, bewegen sich die Jungs der Bärenhütte und des Adlerhauses mit einer lächerlichen neuen Arroganz. Ihre Bewegungen triefen vor Selbstzufriedenheit, die durch die Gerüchte darüber, was geschehen ist, was sie in den Wäldern zusammen durchgemacht haben, warum ein Junge nach Hause geschickt wurde und ein anderer Ärger bekommen hat, nur noch verstärkt wird. Die Ironie ist, dass die Gerüchte so viel cooler sind als die Wahrheit – einige vermuten ein blutiges Bruderschaftsritual, die Opferung eines geheiligten Kalbs –, und das schweißt die Jungs in einer Verschwiegenheit zusammen, die nicht nur brüderlich, sondern auch verzweifelt ist.

Es ist echt zum Schießen. Eine solche Macht ist fragil. Genau wie Männlichkeit auch, schätze ich.

Irgendwie erinnert mich die Feier in sehr vielen Punkten an die Spendengalas meiner Mom. Die stickige Hitze, die gedämpfte Musik, das vereinzelte Lachen und vor allem die Blicke, die die einzelnen Gruppen einander zuwerfen wie Wurfpfeile. Auf solchen Partys tanzt nie jemand. Eigentlich amüsiert sich nicht mal jemand. Es gibt nur unterschwellige, berauschende, brodelnde Anspannung. Vermutlich stellen sich die Leute lieber vor, was sein könnte, statt es wirklich zu tun. Keine Ahnung. Aber ich für meinen Teil wünschte, es würde getanzt.

Dieser Wunsch bringt eine Erinnerung hervor. Caroline und ich stehen im Garten unseres Zuhauses, wo wir von der Veranda aus nicht gesehen werden können, indessen doch so nahe, dass wir die Musik von drinnen hören können. In der Erinnerung sind wir jung, wahrscheinlich zu jung, um unbeaufsichtigt zu sein, aber es war spät und die Party hatte den Punkt erreicht, da die verbliebenen Erwachsenen sich alle hingesetzt und die Schuhe ausgezogen hatten. Einige saßen sogar auf dem Boden oder den Granitgeländern, auf denen wir nicht spielen durften. Das Lachen steigerte sich zu betrunkenem Grölen. Jedes Kind würde dem entfliehen wollen.

In meiner Erinnerung zupfe ich an meinem kleinen Anzug, den ich hasse. Caroline hasst ihr Kleid. Ohne ein Wort sagen zu müssen, sind wir uns einig, die Klamotten zu tauschen. Sogar die Schuhe. Caroline nimmt die Schleife aus ihrem Haar und steckt sie in meins. Dann tanzen wir. Natürlich nicht richtig. Kindertanzen. Ich erinnere mich nur noch, dass ich mich vollkommen gebannt immer weiter im Kreis drehte, obwohl mir längst schwindelig war, nur um meine kleinen Hände auf den herumwirbelnden Rock legen zu können.

Ich glaube, unser Onkel hat uns gefunden. Oder war es Dad? Jedenfalls war es ein Mann und ich erinnere mich nur noch an die Scham, die ich empfand, als er zwischen die Büsche trat und mir – ausschließlich mir – sagte, ich solle den Scheiß lassen.

Damals waren wir noch klein genug, dass der erste Kleidertausch als niedlicher Spaß angesehen wurde, doch als wir das zweite Mal erwischt wurden, bekam ich Ärger. Caroline natürlich nicht. Es war, als hätte ich sie überredet, meinen perversen Neigungen nachzugeben. Danach hörten wir auf, die Kleider zu tauschen. Trotzdem schlichen wir uns weiterhin oft von diesen Partys weg zu unserem Fleckchen im Garten, verbeugten uns voreinander und wirbelten herum. Selbst wenn es nur eine Minute lang war.

Das Eis in meiner Sprite ist geschmolzen. Alles Spritzige dahin. Mein Herz brennt und ich schlucke ein Schluchzen hinunter, trete vom Geländer zurück. Bis eben hatte ich mich ganz beiläufig dagegengelehnt, doch einen Moment lang lastete diese Schwere auf mir, dass ich meinte, es würde nachgeben. Ich wäre da unten auf der Steinterrasse gelandet und diesmal hätte niemand meinen Aufprall abgefedert.

Wäre ich nicht zurückgewichen, hätte ich nach unten gesehen. Ich bin sicher, ich hätte eine weitere Vision von ihr gehabt, wie sie dort liegt, unsichtbar für die Leute, die einfach über sie gelaufen wären. Eine Vision – eine Warnung – nur für mich.

Ich versuche, die Vergangenheit ruhen zu lassen – den kleinen, dunklen Garten, die blutigen Kristalle in der Eingangshalle meines Zuhauses –, und mich als ich selbst wieder der Gegenwart anzuschließen. *Hardcore* zu sein, wie Wyatt mich sieht. Aber ich kann nicht. Ich stürme in die dunklen Flure der Großen Lodge, fliehe vor den Geräuschen von Leuten, bis ich am Ende eines langen Korridors ein Badezimmer finde und hineinschlüpfe.

Ich nehme den Raum kaum wahr. Endlich überwältigen mich die Tränen, alles verschwimmt. Ich sinke auf den Boden und kauere mich zusammen. Das Zittern hat bereits eingesetzt, als ich eine Stimme höre: »Mars?«

Ich bin so überrascht, dass ich meine Gefühle vergesse, aufspringe und mir dabei den Kopf am Handtuchhalter anschlage. Zunächst denke ich, dass es ein Geist gewesen sein muss, doch dann wird ein Vorhang zurückgezogen – in der Wanne sitzt eine Person mit drei Köpfen. Nein, drei Personen. Bria, Sierra und Mimi. Letztere hält einen glimmenden Joint in der Hand. Sie bläst den Rauch in Richtung eines schmalen Fensters, das über ihr einen Spalt offen steht. Durch das Parfüm hindurch, das sie versprüht haben, rieche ich schließlich auch das Gras.

»Ich hab dir doch gesagt, du sollst abschließen«, sagt Bria.

»Hab ich.«

»Offenbar nicht.«

»Was ist los?«, fragt Sierra. Sie steht auf, steigt aus der Wanne und legt die Hände an meine Wangen.

»Nichts«, behaupte ich.

Die Mädchen tauschen einen Blick und drücken dann ihren Joint aus. Bria hockt sich auf den Wannenrand. Mimi setzt sich auf den Klodeckel. Sierra lehnt sich ans Waschbecken. Die drei starren mich an, allerdings nicht mitleidig. Es geht eher in Richtung Verständnis.

»Sie fehlt dir«, stellt Sierra fest.

Ich nicke.

»Uns fehlt sie auch.« Sierra streichelt meinen Arm. »Willst du drüber reden? Wir würden uns freuen, wenn du dich uns anvertraust.«

Ich habe immer noch Angst vor diesen Mädchen. Das letzte Mal, dass ich mit ihnen gesprochen habe, war an meinem ersten Abend hier, unter der Pergola, als Bria so tat, als hätte sie vergessen, dass ich existiere. Sierra und ich haben diese paar Minuten gemeinsam verbracht, in denen sie mir die Nägel lackiert und wir geweint haben. Total gegensätzliche Situationen. Diese hier fühlt sich wie ein dritter Gegensatz an. Die Mädchen – ihre Gesichter, ihre Energie – scheinen sich von Szene zu Szene, von Raum zu Raum zu verändern.

»Ich ...«

Warum nicht, Mars? Warum nicht? Wegen eines geträumten Augenblicks in den Wäldern während der Verfolgungsjagd? Wer hat dich verletzt? Wer nicht? Und wer, wenn nicht Carolines Wahlfamilie, verdient die Wahrheit?

Ich erzähle ihnen vom Garten und dem Kleidertausch und dem Tanzen. Nachdem ich fertig bin, sind ihre Augen feucht. Wir alle sitzen schweigend da und lauschen der Party draußen, dann ziehen die Mädchen plötzlich ihre Kleider aus. Sie ziehen einfach die Shirts über den Kopf und streifen die Röcke ab.

»Probier den mal.« Mimi hält mir einen Rock hin.

»Nein, Mimi, du bist zu schmal.« Bria drängt sich nach vorn. »Probier lieber den, Mars.«

Plötzlich habe ich die Hände voller Klamotten, die noch ihre Körperwärme in sich tragen. Ich bin in die Ecke gedrängt, ohne fliehen zu wollen. Diese drei Mädchen, die nur in ihrer Unterwäsche vor mir stehen, strahlen keine Bedrohung aus. Sie scheinen sich nicht mal zu schämen. Ich wende den Blick ab, aber sie verspotten mich nicht für meine Scheu. Sie drehen sich zur Badewanne um, damit ich mich umziehen kann.

Schließlich trage ich Brias Rock und Sierras Shirt. Sie tragen Teile meiner Uniform. Sierra nutzt den übergroßen Schnitt und verknotet vorn mein Shirt, um ihren gebräunten Bauch zu zeigen.

»Warte!« Mimi klatscht aufgeregt in die Hände, zieht neben der Toilette eine Handtasche hervor und leert sie ins Waschbecken aus. Zum Vorschein kommt ein Sammelsurium aus Make-up, Haargummis und Tampons. Die Mädchen drücken mich in die Hocke, beugen sich über mein Gesicht und bearbeiten es mit leichten Pudern und schimmernden Farben. Ein paar Minuten lasse ich sie gewähren, übernehme aber selbst, als sie beim Eyeliner angelangen. Sie staunen und klatschen, als ich einen Wing auftrage, dessen Kontur scharf genug ist, um sich daran zu schneiden. Als dramatische Note verpasst mir Mimi noch einen kleinen Schönheitsfleck auf den Wangenknochen.

Ich betrachte mich im Spiegel. Zum ersten Mal seit Wochen sehe ich mich. So wie ich mich sehe und gesehen werden will.

»Sollen wir?«, fragt Bria und reißt die Tür auf, sodass die Geräusche der Party dahinter ins Badezimmer dringen. Fast hätte ich Nein gesagt, kriege das Wort aber nicht über die Lippen. Außerdem *will* ich nicht Nein sagen. Ich fühle mich stark als ich selbst. Unbesiegbar in meiner neuen vertrauten Gestalt. Ich will gesehen werden. Ich will, dass diese Jungs wissen, womit sie es zu tun haben. Und ich will, dass diese Mädchen mich festhalten, wie sie es gerade tun, während sie mich in ihren Kreis ziehen. Endlich.

Wir betreten den Hauptraum und augenblicklich setzt das Getuschel ein. Es wird übertönt von den Freudenschreien der anderen Honeys, die mich in ihren Ring aus verschlungenen Händen und Umarmungen ziehen. Auf der Terrasse sehe ich Tyler, Enttäuschung trübt seinen Blick und ich halte inne. Ich stolpere über etwas, aber sie ziehen mich nur enger in ihren Kreis. Sie riechen fantastisch, nach Melonen und Rosen und Cupcakes. Wir sitzen zusammen um die Feuerstelle, wo die Kellner Styroporbecher mit heißer Schokolade verteilen. Wir beugen uns über unsere dampfenden Becher, und auch wenn ihre Unterhaltung größtenteils daraus besteht, dass sie in einem einzigen gewaltigen, endlosen Bewusstseinsstrom die Sätze der anderen beenden, fühle ich mich einbezogen. Das liegt daran, wie sie sicherstellen, dass ich die Anspielung verstehe, oder den Hintergrund eines Witzes erklären oder mich fragen, was ich denke, und tatsächlich eine Antwort abwarten.

Irgendwann kommen die Leizubis mit Wunderkerzen vorbei. Als ich Wyatt erblicke, verspüre ich erneut den Drang, mich zu verstecken, doch er hat mich längst entdeckt. Er sieht mich mitten im Kreis der Mädchen und mustert meinen neuen Rock, mein Make-up. Dann lächelt er und reicht mir eine Wunderkerze.

»Ich liebe den neuen Look, Mars«, sagt er.

»Wirklich?«

»Ja.« Wyatt scheint zu entgehen, dass die Mädchen verstummen und aufmerksam unserer Unterhaltung lauschen. Sein Blick wandert meine Beine rauf und runter, dann zu meinem Gesicht.

»Du ...« Er hält inne, überlegt und nickt dann. »Du siehst glücklich aus.«

Wyatt geht und die Mädchen brechen in unterdrücktes Kichern aus.

Er liebt mich, befinden sie. *Er ist besessen von mir. Er wird bis in alle Ewigkeit von mir träumen.*

Ich lasse sie in dem Glauben. Fast überzeugen sie mich. In der Glut des Feuers zünden wir unsere Wunderkerzen an, um dann damit die anderen anzuzünden und zu sehen, wie lange wir diese Kette aufrechterhalten können. Wir lachen, als sie in unseren Händen zum Leben erwachen.

»Siehst du, ich hab dir doch gesagt, dass du willkommen bist«, flüstert mir Sierra zu, während wir uns über die Wunderkerzen beugen, um den Wind abzuhalten.

»Ich bin froh, dass du hier bist«, fügt sie hinzu. »Das sind wir alle.«

»Ich auch«, versichere ich ihr.

Die Wunderkerzen zischen und knistern. Winzige Fäden landen in meiner Hand, als der Funke an mich weitergegeben wird und ich ihn wiederum weitergebe.

Ich vergesse die Erinnerung daran, wie Caroline und ich im dunklen Garten getanzt haben. Ich vergesse vollkommen meine Traurigkeit. Fast vergesse ich auch meine Zweifel, doch sie lauern knapp außer Sichtweite, wie eine Leiche am verschwommenen Rand meines Blickfelds, die ausgestreckt mitten auf der Terrasse liegt, mir den Kopf zugewandt hat und die aufgesprungenen Lippen öffnet, um mich zu fragen: *Warum? Warum sind sie alle so nett?*

Das Phantom meiner Vergangenheit, das mich auffordert, mehr von meinem gegenwärtigen Ich zu verlangen.

Aber ich bin glücklich.

Also tue ich es nicht.

Am Montag hat sich nichts geändert. Weder Callum noch die Jäger, die Jägerlodge oder das dunstige Licht, das über dem Frühstück hängt. Doch in all dieser Gleichheit fühle ich mich anders. Ich fühle mich vollständig, als wäre alles, was abgebrochen und verstreut war, magnetisch wieder angezogen worden. So habe ich mich gefühlt, erkenne ich, bevor ich herkam. Es ist nichts anderes als die Freude, mich wie ich selbst zu fühlen.

Brayden übernimmt die Ankündigungen. Heute ist der erste Tag der Wettkämpfe in unserem endlosen Kampf der Geschlechter, der wegen eines nicht namentlich erwähnten queeren Plagegeists nun Duell der Dörfer genannt werden muss. Als Brayden die Pläne verteilt, bleibt er bei mir stehen.

»Matthias?«

Ich lehne mich zurück. Meine Augen sind immer noch mit Make-up verkrustet. Als Brayden mir einen Zettel mit meinem Namen darauf reicht, bedenke ich ihn mit einem langen, eisigen Blick. Ich nehme den Zettel nicht entgegen. Er ist gezwungen, ihn zu halten, während ich mich langsam vorbeuge, um zu lesen, was in der vormals leeren Zeile neben »Hauptkurs« steht.

Imkerei.

Der mythische Hauptkurs. Der Hauptkurs, der nie existiert hat.

Mit einem verschlagenen Lächeln nehme ich Brayden den Zettel ab. Es gibt nichts mehr zu sagen und er geht wortlos weiter. Während ich den Zettel falte und in die Tasche meiner Shorts stecke, kann ich allerdings nicht aufhören zu grinsen.

Imkerei.

Wieder spüre ich diese lauernden Zweifel. Den düsteren Argwohn, der sich durch das dicker werdende Fell meines Selbstvertrauens bohrt, wie ein blauer Fleck, wie ein Schandfleck. Er mahnt mich, dass ich es besser wissen sollte, dass ich innehalten und fragen sollte: Warum?

Aber ich tu's nicht.

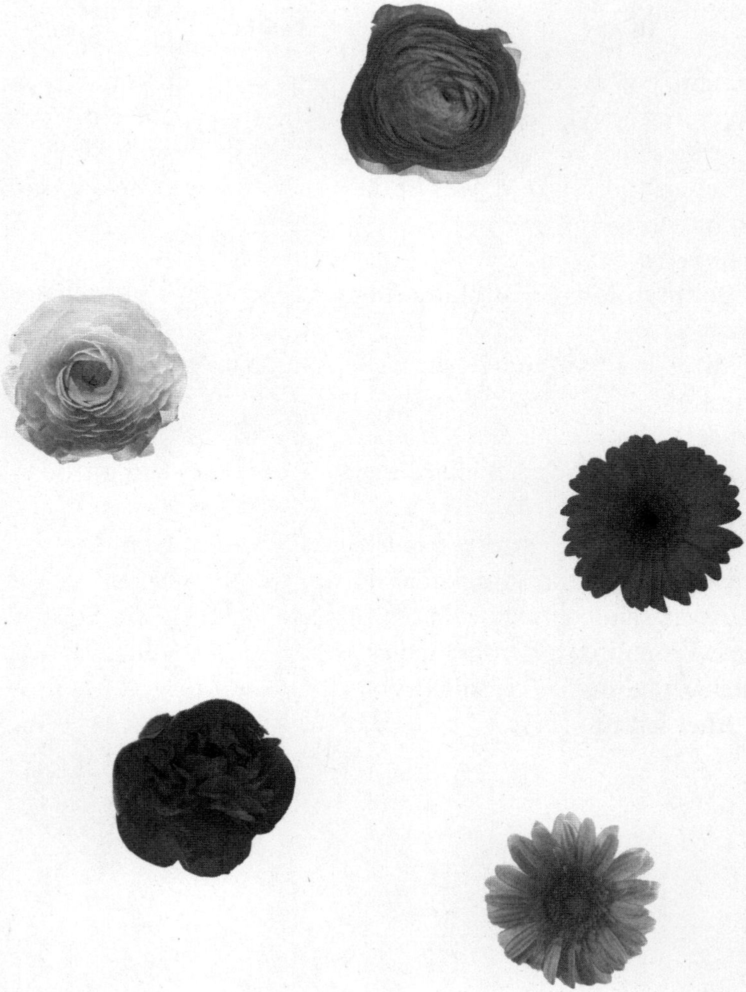

IV

KAPITEL 19

Auf der anderen Seite des Ufers, gleich hinter dem Bootshaus, führt ein Weg durch die Weiden. Er ist von gefällten Baumstämmen und Ansammlungen von Goldrute gesäumt und manchmal verliert er sich im Schilf am Uferrand. An anderen Stellen verschwindet er komplett unter Efeunestern. Und doch führt er ganz um die südliche Ecke des Sees zu einer engen Stelle, wo er von einer niedrigen überdachten Brücke verschluckt wird. Dahinter, tief in den Wäldern verborgen, liegt Hütte H.

Ich blicke zum Beginn des Weges.

Mars, was zum Teufel hast du vor? Carolines Stimme stellt mir diese Frage an diesem Morgen schon zum sechsten Mal. Bislang habe ich keine Antwort darauf.

»Verlaufen?«

Ich wirbele herum. Wyatt winkt mir von der Terrasse des Bootshauses zu. Einen Augenblick später ist er unten, legt mir eine Hand auf die Schulter und führt mich durch die Weiden.

»Folgst du mir?«

Mühelos folgt Wyatt dem Weg. Er wirkt … müde. Reizbar?

»*Eigentlich* will ich dank dir zu meinem neuen Hauptkurs.«

Er zieht einen Zettel heraus, der meinem ähnelt. Da steht es. Imkerei statt Umweltlabor.

»Anordnung von ganz oben«, sagt Wyatt. »Ich schätze, du hast Wendy genug Angst eingejagt, dass sie dachte, ich sollte mitkommen.«

»Ich komm klar. Du musst nicht mitkommen.«

»Oh. Du bist so tapfer, junger Mars. Aber ich bin nicht zu deinem Schutz hier. Ich bin hier, um dich im *Auge* zu behalten.«

Trotz der Hitze läuft mir ein kalter Schauer über den Rücken. Wir haben die Brücke schneller erreicht, als ich erwartet hatte. Ich erkenne, dass es nicht wirklich eine Brücke ist. Es ist ein überdachter Weg über einen Damm und er ist uralt. Der See windet sich in rabenschwarzen Rinnsalen durch den ausgedörrten Beton. Auch das Innere der Brücke ist schwarz, doch die andere Seite erstrahlt in einer lieblichen Wärme, als würde man ein in Kerzenlicht getauchtes Zimmer durch ein Schlüsselloch betrachten.

Auch Wyatt verschlägt der Anblick die Sprache. Ich greife unsere Unterhaltung wieder auf.

»Ich dachte, dieses ganze Anstandswauwauding gilt nur, bis ich mich so weit eingelebt habe, dass ich nicht mehr beaufsichtigt werden muss.«

»Ich glaube, die Erwachsenen finden, dass du gerade jetzt beaufsichtigt werden musst. Wendy wollte nichts davon hören, als ich meinte, das würde dir nicht gefallen.«

Ich seufze. Ich dachte mir schon, dass Aspen dafür sorgen würde, dass ich unter Beobachtung stehe, ich hätte nur nicht erwartet, dass sie Wyatts Bodyguardvertrag verlängern würden. Es tut mir leid für ihn, aber ein egoistischer Teil von mir freut sich auch. Mir war nicht bewusst, dass es mir fehlt, mit ihm im Wald abzuhängen, bis er mir von der Terrasse des Bootshauses aus zugewunken hat. Und hier sind wir nun und hängen ab. Im Wald.

Wyatt schlägt nach einem Schwarm Mücken.

»Es ist eigentlich einfacher, als man denken würde«, sagt er. »Weißt du noch, dass ich dir erzählt hab, dass ich hier aufgewachsen bin? Als ich klein war, hat mein Großvater mir beigebracht, wie man mit den Bienen umgehen muss, und manchmal helfe ich Leena. Wie jetzt, wenn sie plötzlich einen neuen Möchtegernimker hat, auf den sie ein Auge haben muss. Zumindest ist das der Grund, den Wendy vorgeschoben hat.«

Beim Anblick des aufgebrachten Wyatt muss ich lächeln. Seine übliche unnachgiebige Fröhlichkeit ist tatsächlich einem Anflug von Wut gewichen. Mein Lachen hat ihn wohl überrascht, denn er guckt mich verwirrt an, bevor er selbst, wenngleich widerwillig, auch lächeln muss. Ich betrete die Brücke und er folgt mir.

»Es tut mir leid, dass du jetzt gezwungen bist, mir dauernd hinterherzulaufen. Aber ganz ehrlich, wenn du ins Umweltlabor zurückwillst, verrat ich's keinem. Oh, warte, tut mir leid, dann müsstest du ja selbstständig denken. Wir wollen doch nicht, dass du deinen Grips einschaltest! Das entspricht nicht gerade dem Geist von Aspen, was?«

Wyatt schiebt sich vor mich und joggt auf dem staubigen Weg rückwärts. »Mach dich nur lustig, aber Anpassungsfähigkeit gehört zu Aspens Grundwerten. Also *passe* ich mich an. Außerdem *mag* ich die Bienenstöcke.«

»Vielleicht tu ich das ja auch. Nicht dass du mir glauben würdest.«

»Oh bitte.« Er lacht. »Ich hab dich gestern mit den Mädchen aus Hütte H gesehen. Erzähl mir nicht, dass das nicht Teil deines großen Mars-Masterplans ist.«

Ich werfe ihm einen gespielt beleidigten Blick zu. »Sie sind netter, als du denkst. Definitiv besser als die Jungs.«

Als wir wieder in den Wald hineintreten, dreht sich Wyatt um, um nicht über irgendwelche Wurzeln zu stolpern.

»Ich versteh ja, dass es nicht leicht für dich war«, sagt er. »Damals wie heute. Bloß bist du dir sicher, dass du das willst? Vielleicht hattest du einen schlechten Start mit den Jungs, aber ich denke, wenn sie dich besser kennenlernen, werden sie dich echt mögen. Stattdessen hängst du dich an Bria und ihre Gang.«

»Mich kennenlernen? Was soll ich denn machen – eine Präsentation über mich erstellen und sie dem Jägerdorf bei der Glut vorspielen? Je mehr sie erfahren, desto weniger werden sie mich mögen, Wyatt.«

Er kratzt an einem Mückenstich an seinem Hals.

»Nein, ich meine …« Er streckt die Hände nach den Ästen über sich, als könnte er von dort eine Antwort pflücken. »Ich weiß nicht, mach bei ihrem Kram mit. Beim Sport und den Pokerabenden. Zeig ihnen, dass du … cool bist.«

»Wyatt, das hat nichts mit Coolsein zu tun. Das ist performative Heterosexualität.«

Der Waldweg führt vom See weg und steigt zwischen Felsen, Wurzeln und einem Labyrinth aus Lorbeer an.

»Versteh das nicht falsch.« Der Aufstieg raubt Wyatt den Atem. »Bloß könntest du schon noch was über Kompromissbereitschaft lernen.«

»Und diese wertvolle Lektion fürs Leben würde ich lernen, indem ich was, Ultimate Frisbee spiele und Frauen zu Objekten mache?«

»Würdest du das tun? Ultimate Frisbee spielen, meine ich.«

»Wenn du mich dann in Ruhe lassen würdest, garantiert.«

Wyatt bleibt stehen, also muss ich zwangsläufig auch stehen bleiben. Er streckt mir eine Hand entgegen und grinst. Ich schüttele seine Hand, unser bescheuerter Deal ist besiegelt.

»Ich bin froh, dass du Frisbee gesagt hast«, meint Wyatt. »Weil ich im Poker echt beschissen bin. Ich hab nicht das Gesicht dafür.«

Auf dem Rest des Weges umschiffen wir das Thema Kompromissbereitschaft und reden stattdessen über Wyatts Kindheit, die erfüllt war von der Bienenzucht, der Honigernte und der Schönheit des Waldes. Erst nach knapp einer Meile erspähen wir die Lichtung um Hütte H. Kein Wunder, dass die

Mädchen nicht immer ins Camp kommen. Der Weg hierher ist schon bei Tageslicht tückisch, nachts wäre er tödlich.

Sie sind draußen, als wir ankommen. Die Mädchen strecken sich und gähnen, als wären sie gerade erst aufgestanden. Sie entdecken uns und winken träge, die Ringe an ihren Fingern blitzen im weißen Sonnenlicht. Ich kann bereits die Bienen sehen, die über ihren Stöcken kreisen. Als wir näher kommen, spüre ich wieder diesen lauernden Zweifel, diese Furcht, die meine Vorstellung von diesem Ort dominiert hat. Aber hier ist nichts furchterregend. Nur ein paar Mädchen mit Kaffee- oder Teetassen in der Hand, die sich vorstellen. Ein paar Namen bekomme ich mit – Kyle, Juliette, ein Zwillingspaar namens PJ und CJ –, der Rest entgeht mir. Es sind viel mehr Mädchen, als in die Hütte passen, dachte ich, und es kommen immer noch mehr von der Veranda. Bria winkt uns aus einer Hängematte zu.

Leena ruft uns zusammen und verteilt die Aufgaben. Sie ist klein und kompakt und auch ihre Anweisungen sind kurz und knapp. Ich bekomme nicht viel davon mit, aber Wyatt führt mich zu einem Bienenstock am Fuß des Hügels. Mimi wartet schon dort und zieht mich in eine feste Umarmung.

»Du hast's *geschafft*!«, schreit sie mir ins Ohr.

Sie guckt erst mich an, dann Wyatt. Ihr Lächeln ist so breit, dass es irgendwie auf mein Gesicht übergeht.

»Wo ist Sierra?«, frage ich.

Glaube ich zumindest. Mimi fährt einfach fort, ohne zu antworten, und betet Sicherheitsmaßnahmen runter.

»Ihr habt doch heute keine Bananen gegessen, oder?«, fragt sie ernst.

Wir schütteln den Kopf.

»Gut. Die mögen sie nicht. Für Bienen riechen Bananen wie der Tod. Vergesst das nicht.«

Ich merke es mir. Ich merke mir *vieles*, während Mimi uns über die Bienenwiese führt. Überall um uns arbeiten die

Mädchen konzentriert, reden und lachen dabei. Ihre Emsigkeit widerspricht nicht ihrer üblichen Hyperfeminität, sondern verbindet sich mit ihr. Das beweist, dass beides im gleichen Körper existieren kann. Ich werfe Wyatt einen besserwisserischen Blick zu. *So gelangweilt und nutzlos sind sie gar nicht, was?*

»Jeder dieser Stöcke ist eigenständig, mit einer eigenen Königin«, erklärt Mimi. »Der Stock besteht aus einzelnen Zargen«, sie tippt gegen eine Etage des hölzernen Turms, neben dem wir stehen, »und in jede Zarge hängen wir eine Reihe von Rahmen, die die Bienen mit ihren Waben ausfüllen. Einige enthalten die Brut, andere Honig.«

»Brut?«

»Ja, die Babybienen. Die Larven«, sagt Mimi. Aus dem Nichts zieht sie einen Stockmeißel hervor und stemmt von einem der Türme den Deckel. Als mehrere Bienen herausschießen, springe ich zurück, woraufhin sie und Wyatt lachen.

»Brauchen wir keine ... Imkeranzüge?«, frage ich.

Mimi schüttelt den Kopf. »Willst du einen? Ich kann dir einen holen. Aber du wirst ihn nicht brauchen. Die Bienen sind ganz zahm.«

»Stört es sie nicht, wenn wir ihren Honig nehmen?«

»Sie merken es kaum«, erwidert Mimi. »Wir ernten nur den Überschuss und lassen ihnen genau die richtige Menge, um die Größe der Kolonie zu erhalten. Wenn es zu viele Bienen werden, ist der Stock überbevölkert und sie schwärmen aus. Zu wenige und die Kolonie kann nicht bestehen.«

»Symbiose«, fügt Wyatt hinzu.

Mir ist das alles egal. Mich interessiert nur eine Frage: »Sie werden uns also *nicht* stechen?«

Mimi kichert. »Bienen stechen nur, wenn sie einen Grund haben, der es wert ist zu sterben. Und so wichtig bist du nicht. Dir passiert nichts – mach nur keine hastigen Bewegungen.«

Wyatt nickt, um mir Mut zu machen, doch ich erkenne, dass das auch seine übliche draufgängerische Selbstsicherheit übersteigt. Mir fällt ein, dass er wahrscheinlich noch ein Kind war, als er sich mit seinem Großvater das letzte Mal um diese Stöcke gekümmert hat. Ich weiß nicht, wie lange Bienen leben, aber bestimmt nicht lange. Die Bienen, die Wyatt kannte und denen er vertraut hat, sind seit Generationen tot. Vielleicht geht ihm das durch den Kopf, während Mimi mit effizientem Eifer ihr Zuhause auseinandernimmt.

Mimi hebt den Deckel einen Zentimeter an, späht hinein und entfernt ihn dann ganz.

Ich bin nicht vorbereitet auf die Wärme oder das Geräusch oder wie sich beides anfühlt, als wäre es dasselbe. Vor uns liegt ein Labyrinth von Rahmen, wie Mimi gesagt hat, aber alles ist übersät mit winzigen, pelzigen Körpern, ein unzählbares Chaos, das eher wie ein fremdartiges Wesen aussieht als wie Tausende Individuen. Sie summen nicht so, wie ich es mir vorgestellt hatte. Stattdessen ist es ein Brummen, tief und schwer. Ruhig. Als Mimi ihnen einen Guten Morgen wünscht, liegt keine Wut darin.

»Mars, du hältst das«, sagt sie und reicht mir eine seltsame Metalldose mit einer rauchenden Tülle. Im Inneren glimmen getrocknete Blätter. Ich rieche Hickory und geschmolzenes Harz.

»Genau so.« Mimi bringt mich in Position, damit der Rauch über den Stock zieht. Einige der Bienen sind aus seinen Tiefen heraufgekommen, entweder aus Neugier oder aus Wut, aber der Rauch beruhigt sie. Das Summen wird leiser. Ich spüre es tief in meinem Schädel.

»Der Rauch besänftigt sie«, erläutert Wyatt.

Ich halte den Smoker, während Mimi ihr Werkzeug in das orange Wachs stößt, das sich auf den Rahmen gebildet hat. Sie nennt es Bienenharz. Dann sollen wir zurücktreten, damit sie den Rahmen aus dem Stock nehmen kann.

»Ihr könnt näher kommen«, drängt sie. Ich umklammere den Smoker. Meine Augen tränen, sind aber wachsam aufgerissen und mein Blick folgt Mimis ausgestrecktem lackierten Nagel.

»Das ist die Brut. Seht ihr? Seht ihr, wie die Zellen verschlossen sind? Sieht das nicht komisch aus? Irgendwie weich, oder? Ist es aber nicht. Da drinnen wachsen Larven und spinnen ihren Kokon, dann fressen sie sich durch.«

Vielleicht sehe ich, was sie meint. Hauptsächlich bin ich überwältigt von der Dichte der Lebewesen, die über den Rahmen krabbeln, dem zuckenden Flirren der Körper, die auf verwirrenden, hektischen Pfaden übereinanderwuseln. Es ist ungeordnet und doch choreografiert, nahezu lautlos. Da ist dieses beständige Summen, aber ich kann nicht herausfinden, wo es herkommt. Es fühlt sich an, als käme es von überall.

»Diese Rahmen enthalten Honig. Seht ihr? Hier, ich vertreibe sie.«

Mit den Fingerknöcheln wischt Mimi die Bienen weg. Sie taumeln davon und zerstreuen sich einfach so. »Hier, guckt mal. Geht einen Schritt zurück. Im Sonnenlicht sieht man's besser.«

Mimi bewegt sich und das Licht fällt in Tausende sechseckige Löcher. Es ist verstörend, als würde sich eine Wand aus Augen öffnen, feucht und lidlos, aber extrem präzise. Da ist allerdings ein Fehler im Muster, eine Stelle, an der sich die miteinander verbundenen Zellen zusammenziehen, sodass im Mosaik eine Welle entsteht.

Ich frage, was das ist. Mimi starrt lange darauf, bevor sie Wyatt bittet, den Stock zu schließen. Dann bringt sie den Rahmen zum Schuppen. Wyatt und ich warten eine Weile und beobachten, wie die Bienen auf ihrer kleinen Veranda landen, die Beine voll mit orangegelben Pollen. Mimi kehrt nicht zurück.

Irgendwann beschließe ich, sie zu suchen.

»Wir dürfen nicht in den Schuppen«, ruft Wyatt mir nach.

»Warum nicht?« rufe ich zurück und gehe weiter.

»Wegen der Ausrüstung«, antwortet er, was ein alberner Grund ist, also lasse ich Wyatt stehen.

Der Schuppen ist ein langes, flaches Gebäude oben auf dem Hügel, hinter der Hütte und ein gutes Stück im Wald versteckt. Abseits des Lärms der Stöcke und der Hütte fühlt sich die Luft klar und hell an, als könnte ich viel mehr hören. In der Stille vernehme ich Fetzen eines Flüsterns. Von einer angelehnten Schuppentür dringen gedämpfte Stimmen.

»Eine Störung«, sagt jemand.

»Lokal, national oder global?«

»Schwer zu sagen. Lokal mit weitreichenden Wellen. Seht ihr?«

Die letzte Stimme gehört Mimi. Ich spähe durch den Türspalt und sehe, dass sie mit drei anderen Mädchen im Schein einer Lampe sitzt, der Rahmen mit der Honigwabe ist in eine Vorrichtung zwischen ihnen gespannt. Er liegt da wie ein Buch auf einer Kanzel und sie betrachten ihn, als enthielte er Buchstaben.

»Ein Eindringling«, sagt Mimi bestimmt.

»Und was hat das für Folgen?«, fragt ein Mädchen.

Mimis entspanntes Lächeln ist verschwunden, als sie antwortet: »Einen Umbruch. Nicht politisch oder finanziell. Hier in Aspen.«

»Müssen wir es ... *ihnen* sagen?«

»Nein.« Mimi schüttelt energisch den Kopf, sodass ihre Haare fliegen. »Dem Kodex zufolge müssen wir uns selbst darum kümmern, auf unsere Art.«

»Was ist damit?«, fragt ein Mädchen – Lya, glaube ich – und deutet auf einen Bereich der Wabe. »Steht das nicht für Tod?«

»Einen *gewaltsamen* Tod«, berichtigt ein anderes.

Mimi bestätigt es nicht, widerspricht aber auch nicht. Das Schweigen der Mädchen ist allerdings zustimmend, als wäre die Wahrheit so offensichtlich, dass man sie nicht aussprechen muss.

Ich komme der Tür zu nahe und plötzlich zuckt mein Schatten über den schmalen Lichtstreifen. Lya springt auf und reißt die Tür auf, doch den Bruchteil einer Sekunde vorher gelingt es mir, um die Ecke zu flüchten. Die Tür schließt sich, dieses Mal vollständig, und wird verriegelt.

Ich gehe in einem großen Bogen zur Wiese zurück, durch den Wald, damit niemand, der aus dem Schuppenfenster blickt, mich sieht. Oben an der Wiese bleibe ich stehen. Wyatt sitzt noch dort, wo ich ihn zurückgelassen habe, und starrt auf den See hinaus, als wäre er in einen Tagtraum versunken, doch um ihn herum stehen fünf Mädchen aus Hütte H. Sie stehen einfach nur da. Sie flimmern in der Hitze, die von der Wiese aufsteigt, und einen Augenblick lang verschwimmen ihre Gesichter, dann erhebt sich auch Wyatt. Gemeinsam kommen sie auf mich zu.

»Bereit?«, fragt Wyatt.

»Wofür?«

»Na, fürs Mittagessen. Hast du das Horn nicht gehört? Ich auch nicht, aber die Mädels haben mir gerade gesagt, dass es Zeit ist zurückzugehen.«

Ich blicke zu ihnen. Trotz der Anstrengungen des Morgens wirken sie alle frisch und entspannt. Das Geräusch der sich öffnenden Schuppentür zieht meine Aufmerksamkeit auf ihn. Mimi und die anderen kommen heraus, und als sie sich uns anschließen, zeichnet sich auf ihren Mienen keinerlei Besorgnis ab. Ich nutze den Moment, um zum Schuppen zu blicken und ihn mir einzuprägen. Das Dach ist aus Wellblech, die Wände aus weiß gestrichenem billigen Sperrholz. Das Gras davor ist platt getreten und ein weiterer Pfad erstreckt sich von der Aspen abgewandten Seite in den Wald und den Bergen entgegen.

Wir gehen in einer lauten, lachenden Parade zurück. Die Mädchen löchern mich mit einem Sperrfeuer aus sinnlosen, schmeichelnden Fragen über mein Leben – *Welches Hauptfach willst du belegen? Wie sieht deine Trainingsroutine aus? Wie viel Prozent hast du bei der Matheprüfung erreicht? Wie viele andere Leute kennst du, die antike Taschenrechner reparieren können?* – und ich erkenne, dass sie mir bei meiner aufkeimenden Schwärmerei für Wyatt Schützenhilfe geben. Als sie endlich dazu übergehen, Wyatt aufzuziehen, denke ich über das nach, was ich am Schuppen gehört habe. Es klang, als würden die Mädchen die Wabe analysieren. Als könnten sie der Verzerrung, die ich entdeckt habe, eine Bedeutung abringen. Tod. Gewaltsamer Tod. Und ein Eindringling.

Ich blicke auf, weil das unablässige Geplauder auf einmal verstummt. Wyatt und ich stehen allein unter einer Weide. Und dann blitzt urplötzlich das Bootshaus hervor. Ich zucke vor Schreck zusammen. Dieser unerwartete Anblick, die *Dissonanz* von Leuten, die auf der Terrasse Karten spielen, an Gitarren zupfen oder das Radio aufdrehen, ist verstörend. So widersprüchlich zu der latenten Unheimlichkeit der Wiese.

»Du driftest wirklich oft ab«, stellt Wyatt fest.

Ich erinnere mich nicht mal, die überdachte Brücke durchquert zu haben. Ich sehe mich nach den Honeys um, aber sie sind davongeflattert, nach Aspen hinunter. Ich blinzele und frage mich, wo die letzte halbe Meile meines Lebens hin ist.

»Sorry, ich war in Gedanken«, erwidere ich.

»In Gedanken? Noch *mehr* Gedanken?«

»Ja, einer der großen Nachteile eines Gehirns.«

»Wie dem auch sei.« Wyatt lacht und navigiert uns zum Speisepavillon. »Ich hab dich gefragt, wer Sierra ist. Du hast sie Mimi gegenüber erwähnt.«

»Oh, sie ist nett. Sie war eine von Carolines Freundinnen.«

»Zu Hause?«

Ich lege den Kopf schief. »In Aspen. Sie wohnt in Hütte H.«

Wyatt ist ebenso verwirrt. »Du meinst Bria?«

»Ich meine Sierra.«

Wyatt blickt über den See, nicht zur Wiese, sondern zu den Bergen dahinter. »Aber Mars, in der Sommerakademie gibt es keine Sierra«, sagt er.

KAPITEL 20

Ich frage.

Und frage wieder.

Egal wer antwortet, die Antwort ist immer dieselbe.

»Wer ist Sierra?«

Vielleicht mit schräg gelegtem Kopf, vielleicht mit verengten Augen, aber immer mit dieser Distanz in der Stimme und dieser Leere im Blick. Es ist so beständig, dass ich am Ende des Tages beinahe überzeugt bin, Sierras Namen falsch verstanden zu haben. Oder schlimmer noch, sie erfunden zu haben. Aber als ich mir am Abend das Gesicht wasche, erblicke ich das strahlende Blau meiner Nägel und erinnere mich, wie sie meine Hände gehalten und mit mir geweint hat, und ich weiß es. Ich weiß, dass ich mich nicht täusche.

Was soll das? Ist das wieder ein Streich? Noch so eine bescheuerte Tradition? Oder war es auch so, als ich vor vier Jahren plötzlich gegangen bin? Dasselbe fiese Ausradieren, mit dem Aspen allen unangenehmen Wahrheiten begegnet.

Als ich beim Abendessen Callums reserviertes, glasiges Starren bemerke, fange ich an zu glauben, dass Sierra etwas Schreckliches zugestoßen ist. Wenn ich ihn anblicke, sehe ich immer noch das Weiß seiner Augen vor mir, das sich vor der verschwommenen Schwärze des Waldes abzeichnet, das Blut, das aus seiner Nase strömt. Er, Caroline, Sierra – sie alle kann ich mit den Honeys in Verbindung bringen. Aber gleichzeitig hat sich meine Angst vor diesen Mädchen in Staunen gewandelt. In Neugierde.

Ich starre Callum an, bis ich spüre, dass meine Furcht zurückkehrt. Sich vertieft. Sich verfestigt.

Am nächsten Tag fühlt sich alles wieder normal an. Ich gehe zum Frühstück und mit Wyatt zur Bienenwiese, und Mimi begrüßt uns mit einer festen Umarmung. Wir setzen unsere Tour zu den Bienenstöcken fort. Heute scheint das allgegenwärtige Summen der Bienen gedämpft zu sein, vielleicht weil das Licht auf der Wiese von Wölken getrübt ist. Bei ihren Lektionen studiere ich Mimis Gesicht – runde Backen und ein spitzes Kinn, wie ein Herz –, entdecke darin jedoch nur Liebreiz. Nichts von dem düsteren Tonfall, den ich aus dem Schuppen gehört habe, während sie und der fehlerhafte Rahmen von ihren Schwestern umgeben waren. Als Test frage ich, ob ich das Bad in der Hütte benutzen darf, und sie erwidert: »Na klar, warum fragst du denn da so?«

Ich betrete die Hütte. Sie ist so still wie beim ersten Mal, als ich hier war. Aus dem hinteren Fenster kann ich sehen, dass der Schuppen weit offen steht und ein paar Mädchen Kisten hineintragen. Selbst von hier aus höre ich das Klirren der leeren Gläser.

Leena meinte, dass sie sich auf die Honigernte vorbereiten und Wyatt und ich dabei helfen sollen.

Ich schleiche mich nach oben und finde das Zimmer, in dem Sierra und ich uns versteckt, und das Bett, auf dem wir gesessen haben. Es ist ordentlich gemacht, die Laken sind fest untergeschlagen. Unter die Latten des oberen Betts sind Fotos geklemmt, die die Mädchen zeigen, wie sie auf Badetüchern liegen oder sich in Decken kuscheln. Ich bin nicht überrascht, auf einigen von ihnen Sierra zu entdecken, aber doch erleichtert. Ich stibitze eins und schlüpfe wieder nach draußen, um die morgendliche Kursstunde zu beenden, ohne Aufmerksamkeit auf mich zu ziehen.

Zweierlei bin ich mir jetzt sicher.

Erstens, dass ich meinen Augen nicht trauen darf. In der sengenden Sonne Aspens verblassen alle Farben und die Zweifel ebenso. Aber nachts werden die Zweifel stärker und ohne die Sonne, die mich die Augen zusammenkneifen lässt, empfinde ich eine Klarheit, die mir am Tag manchmal entgleitet. Und vor allem an dieser Klarheit muss ich festhalten. Selbst jetzt kann ich spüren, wie sie unter der drückenden Helligkeit des bedeckten Himmels schwindet. Ich will mir noch einmal Sierras Gesicht auf dem Foto ansehen, lasse es aber wegen der zweiten Sache: Ich muss subtil vorgehen. Subtilität ist etwas, das mir schwerfällt, ich hatte nie die Besonnenheit oder Geduld dafür. Aber jetzt werde ich Besonnenheit und Geduld brauchen, wenn ich mehr herausfinden will. Also muss ich subtil sein.

Beim Mittagessen kündigt Wyatt mit großem Tamtam den Hüttenwettkampf des Tages an. Natürlich ist es Ultimate Frisbee. Bei seiner Ansage grinst er mich an. Ich schieße ein falsches zuckersüßes Lächeln zurück. Na, ganz toll.

»Abgemacht ist abgemacht«, sagt er, als wir zum Hauptrasen hinuntergehen. »Wie hast du das genannt? Perforierte Heterosexualität?«

»Performativ.«

»Ist für dich alles nur Theater?«

»Alles ist für jeden nur Theater.«

»Tja, kannst du dann einen guten Frisbeespieler *spielen*?«

Ich bin beschissen im Frisbee. Geradezu lächerlich schlecht. Egal wie ich werfe, die Plastikscheibe schießt einfach in irgendeine Richtung davon und die Jungs fluchen und rennen hinterher. Ich schaffe es sogar, einen Punkt fürs gegnerische Team zu erzielen.

»Du bist grauenhaft im Schauspielern«, kommentiert Wyatt mit schweißgebadetem Gesicht, als wir uns um einen Wasserspender versammeln.

»Frechheit, ich habe an der Juilliard studiert«, kontere ich. »Können wir nicht was anderes als Gruppe machen? Zum Beispiel Batiken? Es liegt an meinen Handgelenken. Sie sind so locker. Perfekt, um empfindliche Dinge auszuwringen.«

Ein paar der Jungs lachen. Mir ist das nur recht. Wenn ich sie schon nicht mit Frisbee von mir überzeugen kann, muss eben Selbstironie herhalten.

»Haha, sehr witzig«, sagt Wyatt. »Neuer Plan, Jungs. Ray und Andrea, lauft euch frei und macht euch bereit zu fangen.«

»Was ist mit mir?«, frage ich.

»Versuch, dem gegnerischen Team im Weg zu stehen.«

Der Plan geht auf. Sogar zweimal hintereinander. Ich fange sogar einen Pass des gegnerischen Teams ab und schaffe einen kurzen Wurf zu Andrea, der einen Punkt holt. Plötzlich klopfen mir am Wasserspender Leute auf den Rücken. Und ich schwitze. Also absichtlich.

Wir wollen gerade weitermachen, als jemand von der anderen Seite des Spielfelds meinen Namen ruft. Ein Banditenmädchen, das ich nicht kenne. Sie läuft auf uns zu und platzt heraus: »Bria will mit dir reden.«

Sie sieht mich an. Ich sehe Wyatt an.

»S… Sie sagt, es ist wichtig«, stammelt sie.

Ich bin hin- und hergerissen. Es läuft gerade so gut mit den Jungs der Bärenhütte, aber mein Instinkt sagt mir, ich sollte gehen. Sierras Auslöschung, Carolines Tod, meine Träume, die Gefahr, die mich immer wieder einholt – sie verbinden sich zu einem Muster, das ich noch entschlüsseln muss. Also tschüss, Jungs, tschüss, Frisbee. Ich sehe Wyatt entschuldigend an und zucke mit den Schultern, dann folge ich dem Mädchen durch einen Kiefernhain zu einer kleinen Lichtung mit Sonnensprenkeln auf weichem Moos. Bria, Mimi und ein paar andere Mädchen sitzen auf einer Patchworkdecke und zwischen ihren ausgestreckten Körpern türmen sich die Reste eines Picknicks.

Sie heben träge die Köpfe, als ich eintreffe, und legen sich dann wieder hin, die Gesichter der Sonne entgegengestreckt.

»Willkommen, Mars. Setz dich. Wir beenden gerade ein Spiel«, sagt Bria.

Ich setze mich automatisch. Ich habe unbedingt vor, nach Sierra zu fragen, ermahne mich aber zu Zweifeln und Subtilität. Ich rede mir ein, dass ich aus diesem Grund nichts sage, doch in diesem Augenblick empfinde ich eine für mich untypische Schüchternheit, wie als ich unter der Pergola das erste Mal auf die Mädchen zugegangen bin. Obwohl ich jetzt wie damals eingeladen bin, ist dieses Gefühl zurück, ein monströser Eindringling zu sein. Zwischen ihren träge ausgestreckten Körpern fühle ich mich hässlich und fremd. Wenn ich spreche, wird meine tiefe Stimme die sanfte Schwerelosigkeit der Szene zerstören. Also sage ich nichts.

Was sie da spielen, ist mir noch nie untergekommen. Zwischen Bria und Mimi steht eine Anordnung aus runden Untersetzern und Untertassen aus dickem Porzellan, das mit bunten, strahlenförmigen Mustern bemalt ist. Auf jedem liegt ein Haufen Mosaiksteine, alle in unterschiedlichen Formen, wie lauter Bonbons. Ich kann erahnen, dass ihre Anordnung einem System folgt, mehr aber auch nicht. Das Ziel des Spiels bleibt unklar. Es scheint nicht mal ein Spielbrett zu geben.

»Weiter geht's, CJ«, sagt Bria.

Das Mädchen, das am Rand sitzt, hebt grazil einen Arm und hält einen geschliffenen Kristallkelch hoch. Sie bewegt ihn von rechts nach links, bis er das Sonnenlicht einfängt, sodass er auf die Decke tanzende Regenbogen zaubert. Sie huschen über die Untertassen und Mosaiksteine. Langsam dreht sie das geschliffene Glas und die Regenbogen lösen sich in verzerrte Formen auf. Ovale und Bögen, die sich zu abstrakten Mustern überlagern.

Dies ist ihr Spielbrett, erkenne ich.

Gebannt beobachte ich, wie Bria und Mimi ihre Hände über die Untersetzer bewegen, die Mosaiksteine aufheben und sie mit einem deutlich hörbaren Klicken auf die Untertassen legen. Ich kann nicht erkennen, was das Ziel ist oder wofür es Punkte gibt, aber offensichtlich gewinnt Mimi. Bria braucht immer länger für ihre Züge. Das Spielbrett aus Licht verschiebt sich kaum merklich und ich erkenne es nur, weil Bria flucht, als sie einen Untersetzer an Mimi verliert. Zumindest meine ich, das zu sehen.

Zuerst denke ich, dass das Mädchen, das das Glas hochhält, die Verschiebung verursacht, doch es blinzelt kaum. Es liegt an der Sonne, erkenne ich, die langsam über den Himmel zieht. In der Folge verschiebt sich auch das Spielbrett.

Schließlich lehnen sich Mimi und Bria zurück und Bria seufzt schwer.

»Niemand kann Mimi schlagen«, erklärt mir CJ. Das Glas wird gesenkt, doch die Helligkeit des Spielbretts bleibt in meine Netzhaut gebrannt. Ich blinzele und in meiner Erinnerung dreht es sich.

»Willst du auch mal?«, fragt mich Bria.

»Oh, Mars, du musst!«, sagt Mimi und zieht mich auf ihren Platz.

»Ich weiß nicht, wie«, entgegne ich. Meine Stimme ist so viel tiefer, als ich erwartet hatte. Ich räuspere mich und spreche mit höherer Stimme. »Ich versuch's, wenn ihr mir die Regeln erklärt.«

Guckt mich an. Subtil. Liebreizend. Ich stelle mich dumm, bis sie des Spiels überdrüssig werden, und dann stelle ich meine Fragen. Ich frage sie nach Sierra und Callum und vielleicht wird mir das helfen rauszufinden, welche Fragen ich über Caroline stellen muss.

»Es ist eher ein intuitives Spiel«, erklärt Bria, die gerade die Mosaiksteine in ihre Ausgangsstellung bringt.

»Was ist das Ziel?«

»Kommt drauf an, wer spielt.«

»Wie gewinnt man?«

»Darum geht's eigentlich nicht«, erwidert Bria. »Es geht mehr um Teamwork.«

CJ hebt das Glas und langsam zeichnet sich das Spielbrett deutlicher ab. Aus der Nähe sind es nur in Prismen gebrochene Sonnenstrahlen, Facetten aus Licht und Farbe. Eigentlich kein wirkliches Spielbrett.

»Du darfst anfangen«, sagt Bria.

Ich sehe sie an, doch ihr Blick ist aufs Spiel gerichtet. Die Mosaiksteine reflektieren das Licht und zeichnen auf ihre Kehle und Wangen pastellfarbene Flecke. Während ich mich hin und her bewege und mich frage, was ich tun soll, tanzen dieselben Flecke vor meinen Augen.

Es ist ein Test. So viel ist mir klar. Sie wollen nicht sehen, welchen Zug ich mache – sie testen, ob ich überhaupt einen mache.

Ich greife nach einem Mosaikstein im gleichen dunklen Saphirblau wie meine Nägel, der auf dem Untersetzer liegt, der Bria am nächsten ist. Ich hebe ihn auf und warte auf ihre Reaktion. Sie reagiert gar nicht. Na schön. Wenn ich will, dass sie mir die Regeln verraten, werde ich ein paar brechen müssen. Anstatt also den Mosaikstein auf meine Untertasse zu legen, lasse ich ihn in eine Teetasse außerhalb des leuchtenden Spielbretts fallen.

Bria lächelt schwach, schnappt sich drei Mosaiksteine von drei Untersetzern und legt sie mit Nachdruck auf meine Untertasse. Dann wartet sie.

Ich blicke mich um. Alle Mädchen haben sich auf die Ellbogen gestützt und sehen zu. Ich konzentriere mich wieder aufs Spielbrett, hebe einen flachen schwarzen Mosaikstein auf und lege ihn in der Mitte auf die Decke – ein weiteres Experiment. Wieder lächelt Bria. Die Mädchen stöhnen alle auf.

Bria bringt sie zum Schweigen.

»Warum dieser Zug, Mars?«

Ich starre den schwarzen Mosaikstein an. Ich habe das Gefühl, dass er zurückstarrt. Zwischen all den Farben und dem Licht ist er das Einzige, was nicht strahlt. Deshalb habe ich ihn gewählt. Weil er hässlich ist, weil er fremd ist und weil er einzigartig ist. Deshalb gehört er in die Mitte.

»Weiß nicht«, sage ich.

Danach nimmt das Spiel Fahrt auf. Egal wie sinnlos meine Züge sind, Bria reagiert eindeutig strategisch. Es ist zum Verrücktwerden. Ich zähle die Mosaiksteine, verbinde jede der Farben und bemühe mich, die Verbindungen zu erkennen, kann aber den Code nicht knacken. Schließlich fange ich an, Muster zu erschaffen. Ich versuche ein Dreieck, dann einen Stern. Die goldenen Ränder des Lichts ziehen nach und nach weiter, zu langsam, um es wahrzunehmen, bis sie eine neue Form gebildet haben. Ich erkenne, dass Bria immer nur zweimal hintereinander Mosaiksteine auf einem schillernden Ring berührt, und daraus errate ich ihren nächsten Zug. Als ich ihn für sie mache, ernte ich ein weiteres schwaches Lächeln.

Wir verfallen in einen Rhythmus. Ich konzentriere mich weniger darauf, das Spiel zu verstehen, und mehr auf das sich langsam bewegende Licht, das helle Klicken, die anmutigen Bewegungen von Brias Händen. Hat Caroline das auch gespielt? War sie gut darin? Wenn wir mit Moms Förderern im Salon gesessen und Kaffee getrunken haben, hat sie dann jedes Mal, wenn eine Tasse auf ihre Untertasse gesetzt wurde, an dieses Spiel gedacht? Das muss sie. Sie liebt Spiele.

Hat sie geliebt.

Erneut stelle ich sie mir in dieser ewigen Dämmerung vor. Ich hoffe, das Ende ist strahlend.

»Noch nicht«, sagt Bria.

Ich halte den saphirblauen Mosaikstein zwischen den Fingern, lege ihn aber wieder in die Teetasse. Meine Hand wandert weiter und macht einen anderen Zug. Ich sehe kaum noch auf das, was ich da tue. Mein Verstand schwebt meilenweit über Aspen, tief im wolkenlosen Himmel.

»Mars, du willst mich doch was fragen, oder?«, sagt Bria. Ihre Stimme holt mich nicht auf die Erde zurück. Sie schließt sich mir an, wo auch immer ich sein mag.

»Ja.«

»Dann frag.«

Da ist Caroline in der Dämmerung. Neben ihr tut sich in der Silhouette eines anderen vermissten Mädchens eine neue Leere auf.

»Was ist mit Sierra passiert?«, frage ich.

Bria hebt vier Mosaiksteine auf und knallt sie dann hin, um die Ecken einer ungleichmäßigen Raute festzunageln, die im fragmentierten Licht erschienen ist. Ich starre sie an. Der schwarze Stein – mein Stein – ist darin gefangen.

»Ich hatte gehofft, das könntest du mir sagen«, seufzt Bria. »Was denkst *du* denn, was mit Sierra passiert ist?«

»Ich weiß nicht«, antworte ich. »Ich dachte, vielleicht habe ich sie nur erfunden.«

»Hast du nicht. Also *denk nach*«, drängt Bria.

Ich entferne eine Ecke der Raute, aber als ich den Mosaikstein an eine andere Stelle lege, dehnt sich der Lichtstrahl aus und folgt ihm. Ich bewege ihn erneut und dasselbe passiert wieder.

»Ich habe sie gesehen«, sage ich. Meine eigene Stimme scheint von weit weg zu kommen, weit unterhalb meines Geists, wo auch immer dieser sich befinden mag. »Sie war bei der Feier. Wir haben zusammen Wunderkerzen angezündet.«

»Und dann?«

»Dann bin ich ins Bett gegangen.«

»Nein. Noch mal.«

»Dann bin ich ... zu meiner Hütte zurückgegangen. Und ins Bett gegangen.«

»Nein. Noch mal.«

Ich will Bria ansehen, aber ich kann nicht. Die ganze Zeit über gleiten unsere Hände übereinander und knallen die Mosaiksteine in neue Formen. Muster, die ich kaum erkennen kann. Keine Rauten oder Quadrate, sondern verwobene Blüten aus Licht, die sich aus der Decke erheben. Sie drehen sich mit der Sonne und ich habe das Gefühl, mich mit ihnen zu bewegen. Körperlich und geistig drifte ich auseinander. Blütenblatt um Blütenblatt öffne ich mich Bria.

»Ich bin zur Hütte zurückgegangen. Ich habe meine Zähne geputzt, mein Make-up entfernt und bin ins Bett gegangen.«

»Was haben dir deine Träume in jener Nacht gezeigt?«

Ich bin dort und beobachte mich selbst beim Schlafen. Ich schwebe über mir und sinke tiefer. In meinen eigenen Schädel hinein. Eine schäumende Welle wirbelt mich herum – die ängstlichen Grübeleien meines einschlafenden Gehirns, während Bria und ich meinen Verstand betreten – und dann bin ich in der Dunkelheit dahinter, der Dunkelheit im Inneren, und beobachte. Träume vielleicht. Als Bria spricht, ist es, als wäre sie direkt neben mir in der Dunkelheit.

»Das Gespinst hat dich erwählt, Mars. Es zeigt dir Dinge. Zeig mir, was es dir gezeigt hat.«

Ich will nicht. Ich weiß, was sie sehen wird. Die Espen und ihre Augen. Caroline, die auf mich zustürzt, durch mich hindurch, ihr Körper zerschmettert unter meinem. Ich bin eine schwere, erdrückende, tödliche Last. Wieder und wieder schlagen wir auf dem Fliesenboden auf.

Der Fliesenboden.

Die Fliesen erinnern mich an das Spiel. Wir sind in meinem Kopf, aber wir sind auch in den Wäldern, auf einer Lichtung, auf einer Decke, und spielen ein Spiel.

Ich sage Nein zu Bria, aber nicht laut. Nicht mit Worten. Meine Hand greift in das pulsierende Leuchten des Spiels, und als ich einen Mosaikstein finde, der summt und auf seinem Untersetzer tanzt, ziehe ich ihn heraus. Es brennt, das gebündelte Licht verbrennt mir die Fingerknöchel, aber ich bin schnell. Das Muster nimmt eine neue Gestalt an und Brias Stimme zittert.

»Zeig es uns. Bitte.«

Sie ist frustriert. Ich kann es spüren. Aber es ist nicht nur *Frust.* Das ist nur ein Wort, eine endliche Anordnung von Formen mit einer eingeschränkten Bedeutung. Worte sind sinnlose Gefäße dafür, was Bria empfindet. Was Bria fühlt, lässt sich nicht beschreiben. Es ist gewaltig. Unverständlich in allen Sprachen außer der der Intuition. Wie dieses Spiel. Ich lege einen Mosaikstein, verändere das Muster und Brias Geist öffnet sich mir. Ich erkenne alles, was unter dem *Frust* schlummert. Ich blicke hinein, in eine neue Dunkelheit. Diesmal in die Dunkelheit in Bria.

»Du kannst sie nicht finden«, vermute ich, aber das ist nicht ganz richtig. Ich taste mich weiter durch das Gefühl. »Du vermisst Sierra. Als müsstest du *ohne* sie auskommen.«

»Nicht weiter«, sagt Bria. Oder sie sagt nichts. Ihre Hände haben ihre Schwerelosigkeit verloren und zittern nun, während sie einen Untersetzer verschiebt. Ein sinnloser Zug. Das Spiel steht weiterhin unter meiner Kontrolle.

»Sie ist ... verloren? Sie ist ...« Ich stolpere darüber. Ich wühle mich durch Bria, an ihr vorbei auf die gigantische Helligkeit zu, die sie beschützt. *Das Gespinst.* Es spinnt sich zu Visionen. Durch gezackte Bäume sehe ich einen funkelnden Mond. Ich renne in einem Körper, der nicht meiner ist. Ich falle, erschlaffe. Ich werde auf den Rücken gerollt, sodass ich in den Sternenhimmel blicke und in den riesigen Schatten, der mich gefangen hat. Ich schmecke Metall. Meinen eigenen Tod. Meine Augen schließen sich.

Nicht weiter, Mars.

Jetzt blicken wir durch die Bäume. Sierra – der Körper, in dem ich gerade war – liegt auf einem mondbeschienenen Felsen unter uns. Sie trägt das Shirt meiner Aspen-Uniform, das sie am Bauch verknotet hat. Ihre Augen glänzen noch, bewegen sich aber nicht mehr. Auch wenn im Sternenlicht nur eine tropfende Schwärze ist das, was sie umfängt, ganz klar eine Blutlache, am größten rings um ihren Kopf.

Wir schreien.

Wieder und wieder sagen wir *Nein.*

Nein, nein, nein.

Raus.

Raus!

»RAUS!«

Ein kalter Schmerz schießt mir ins Ohr. Ich drehe mich davon weg und die Welt erzittert unter mir. Mit verkrampften Händen klammere ich mich an die Picknickdecke. Das Spiel liegt verstreut unter mir. In meinem Schatten wirken die Untersetzer, Mosaiksteine und Untertassen matt, nur billiges Glas und Keramik. Es ist vorbei. Ich weiß nicht, was es war, aber es ist vorbei.

Ein paar Sekunden lang atmen Bria und ich noch synchron. Dann lösen wir uns voneinander und endlich fühle ich mich wieder wie ich selbst. Ich sehe sie an, dann fährt sie sich kurz mit der Hand über die Wange, um eine Träne wegzuwischen. Als sie die Hand wegnimmt, ist sie klebrig und golden. Dasselbe Gold, das in ihren Augen schwimmt.

Das Gold des Honigs.

»Sierra ist im Wald nördlich der Jägerlodge«, platzt sie heraus. »Er hat sie gefunden. Sie ist tot. Das Gespinst hat es uns gezeigt.«

Die Mädchen rennen mich um und bombardieren Bria mit Fragen.

»Was sollen wir machen?«

»Wer hat das getan?«

»Erzählen wir es …?«

»Wir erzählen es niemandem«, erklärt Bria und wischt sich eine klebrige Träne nach der anderen fort. »Unser Kodex ist eindeutig. Wir müssen uns selbst darum kümmern, auf unsere Art. Sagt den anderen, sie sollen sich nachts vom Wald fernhalten. Etwas jagt uns.«

»Was ist mit Mars?«

Brias Blick fängt meinen ein. Die Decke dreht sich unter uns, so wie das Licht sich um unser Spiel gedreht hat. Oder nur ich drehe mich. Bria wirkt nun unbeweglich, wenngleich ihr Gesicht anfängt zu verschwimmen.

»Löscht es«, befiehlt sie. »Löscht dieses Mal alles.«

Ich will wegrennen. Ich fühle mich wie ein winziges Schräubchen in einer riesigen Maschine, mein Körper ist schwerfällig. Ungeschickt. Ich sehe zu dem Mädchen auf, das den Kristallkelch gehalten hat, der das Spielbrett erzeugt hat. Das Kristall funkelt zwischen ihren gebräunten Fingern, als sie ihn zurückzieht und dann nach vorn stößt.

Wie hübsch, denke ich, als mir der Kelch gegen die Schläfe kracht.

Wie hübsch.

Wie …

»Hoch mit dir.«

»Hast du ihn?«

»Nimm seinen Arm.«

»*Xiesen* Arm.«

»Pfeif ich drauf.«

»Alter, nicht cool.«

Das war Wyatt. Die andere Stimme gehört Ray. Oder vielleicht Brayden. Ich spüre, wie sich ihre Finger in meine

Achseln graben. Ich werde auf die Füße gezogen und ein Stück weit geschleppt, dann darf ich mich wieder hinlegen, diesmal in den Schatten.

»Sollen wir auf der Krankenstation Bescheid sagen?«

»Nein, guck doch. Es geht ihm gut. Mars, hörst du mich? Wach auf, Kumpel.«

Wach auf?

Es ist wie eine banale Prophezeiung. Ich höre es, ich tue es. Ich öffne die Augen, nur um zu sehen, ob es mir gelingt, und blicke in die im Schatten liegenden Gesichter über mir.

»Was macht der Kopf?«, fragt Wyatt.

Ich hebe die Hand an die Schläfe, in der ein grelles Pochen pulsiert.

»Blasen geht noch.«

Wyatt errötet, die anderen lachen. Den Witz zu bringen lässt mich glauben, dass ich okay bin. Ich taste mich rückwärts durch meine unsicheren Erinnerungen und frage mich, wie ich hier gelandet bin. Ich erinnere mich noch, Frisbee gespielt und mich mit den anderen am Wasserspender versammelt zu haben. Dann sehe ich in zu grellem Technicolor, wie die dunkle Scheibe aus dem Himmel geschossen kommt und mich heftig an der Schläfe trifft.

Später werde ich mich fragen, warum diese Erinnerung in der dritten Person ist, als würde ich nur zuschauen, aber jetzt gerade scheint das unwichtig zu sein.

Ich stemme mich hoch und nun, da ich aus der unerträglichen Helligkeit der Sonne raus bin, lässt der Schwindel nach.

»Mir geht's gut«, versichere ich.

Wyatt ruft denjenigen zurück, der zur Krankenstation unterwegs war. Man reicht mir einen Pappbecher mit zu kaltem Wasser.

»Ganz langsam«, mahnen die Jungs. »Bleib einfach sitzen.«

Sie setzen ihr Spiel fort. Ich sehe zu, wie sie die Scheibe hin- und herwerfen, hin und her, wie ein Metronom, das meinen aus dem Takt geratenen Geist erdet. Manchmal fliegt das Frisbee vor der Sonne vorbei und mein Kopf füllt sich mit einem hektischen Surren, als würden alle Neuronen auf einmal feuern. Doch wenn ich einfach meine Augen schließe und mich in den Schatten zurückziehe, lässt es nach.

»Nicht einschlafen«, warnt Wyatt und stupst mich an. Bestimmt sitzt er neben mir. Das hatte ich ganz vergessen.

»Tu ich nicht.«

»Glaubst du, du hast eine Gehirnerschütterung?«

Ich lache, was ein bisschen wehtut. »Von einem Frisbee? Wohl kaum.«

»Gut«, sagt Wyatt. »Denn das würde mich zu ’nem ziemlich beschissenen Leizubi machen. Ich hoffe, du hattest trotzdem Spaß.«

Ich glaube, ich hatte Spaß. Ich erinnere mich, Spaß gehabt zu haben. Aber ich erinnere mich auch an etwas anderes, einen Schrecken so flüchtig wie die funkelnden Reflexionen auf dem See. Sofort wieder verschwunden, ersetzt vom Bild eines Frisbee, das meinen Kopf trifft. *Donk!*

Als wir zur Hütte zurückgehen, geht es mir gut. Kein Schwindel und kaum Schmerzen. Es gibt nur einen Augenblick, als wir an einer sonnendurchfluteten Lichtung zwischen den Kiefern um das Sportfeld vorbeikommen, in dem mich Schwindel überkommt und ich sicher bin, dass das alles falsch ist – einfach alles –, aber das vergeht und ich bin wieder okay. Wir laufen heim.

KAPITEL 21

Als wir am nächsten Tag zum Imkereikurs erscheinen, überrascht uns Mimi mit Imkeranzügen und präsentiert sie uns wie Designerkleider.

»Ich wusste nicht, welche Größe ihr braucht«, erklärt sie, während sie sie liebevoll auseinanderfaltet. »Also hab ich sicherheitshalber mehrere gewaschen.«

Der Anzug besteht aus dicker weißer Baumwolle und ist so weit geschnitten, dass er über meine Uniform passt. Er ist schwer. Das gefällt mir. Gestern Abend und heute werde ich von diesem seltsamen Gefühl verfolgt, als würde ich aus meinem Körper schweben. Das Gewicht des Anzugs gibt mir Sicherheit. Trotz der Hitze fühle ich mich mit ihm besser.

Angezogen sehen Wyatt und ich aus wie zwei Astronauten, denen man die Luft abgelassen hat. Als Nächstes lässt Mimi uns die Hüte anprobieren. Sie haben eine breite Krempe und einen Schleier aus einem dicht gewebten Netzmaterial.

»Ihr fragt euch wahrscheinlich: Hm, warum muss ich das tragen, wo Mimi doch meinte, es wäre sicher? Hat sie gelogen? Und die Antwort lautet ...« Sie macht eine dramatische Pause und führt uns auf die Wiese. »... dass ich keinerlei Lügen von mir gegeben habe! Solange ihr nur zuseht, braucht ihr sie nicht, aber heute übernehmt ihr beide die Führung. Seid ihr bereit?«

Ein aufgeregter Schauer durchfährt mich. Ich hätte nicht erwartet, dass ich das so schnell schon machen darf! Bin ich bereit? Wie könnte ich? Ich weiß kaum was über die Arbeit mit den Bienen. Ich weiß nicht mal, was Mimi von uns erwartet.

»Wir halten Schwarmwache«, sagt Mimi nur.

Ich deute auf die von Bienen erfüllte Luft. »Ist das nicht ein Schwarm?«

»Nein. Na ja, schon irgendwie. Aber eigentlich nein. Es ist so: Wenn ein Stock zu groß wird, schwärmt er aus. Das bedeutet, dass die Königin den Stock verlässt und die halbe Kolonie mitnimmt, um an einem neuen Ort einen neuen Stock zu gründen. Das nennt man Schwärmen. So vermehrt sich der Stock und es ist eigentlich supercool, aber auf die meisten wirkt es wie eine Bedrohung.«

»Davon gibt es im Internet Videos«, schaltet sich Wyatt ein. »Tausende von Bienen rotten sich einfach zusammen, etwa an einer Ampelanlage.«

»Oder unter einer Veranda«, fügt Mimi hinzu. »Wo immer die Königin hinfliegt.«

Ich bin inzwischen verwirrt und gestresst.

»Wir sollen also einen Bienenschwarm aufhalten?«, hake ich nach.

»Nein. Na ja, schon irgendwie. Kommt drauf an, was wir finden. Hier.« Mimi reicht mir einen Stockmeißel, aber ich habe meinen eigenen. Ich zeige ihn ihr und ihr Blick bleibt daran hängen, als würde sie ihn erkennen. Dann kehrt ihre Fröhlichkeit zurück.

»Gut. Dann wollen wir den Stock mal aufmachen.«

Mit dem Werkzeug öffne ich den Deckel des Stocks und werde erneut von der summenden Wärme überwältigt, die er verströmt. Sie riecht süß und schwer, wie ein tiefer Atemzug in einer festen Umarmung. Mimi tritt zurück, erteilt Anweisungen. Wir ziehen die Rahmen heraus, um sie zu untersuchen, und ich bin überrascht, wie viel sie wiegen und wie die Bienen von ihnen wie eine Flüssigkeit heruntertropfen. Mein

Schleier ist binnen Sekunden von ihnen übersät. Ihr Geräusch steigert sich von einem Summen zu etwas Wütenderem.

»Wyatt, Rauch«, ruft Mimi. Wyatt bewegt den Smoker über den Rahmen in meiner Hand.

»Gut. Mars, was siehst du?«

Es gibt nicht viel zu sehen. Ich habe keine Ahnung, wonach ich suchen soll. »Bienen?«, sage ich.

»Okay, stimmt, aber … ist da noch was *anderes*? Beschreib es.«

»Ich sehe …« Ich halte den Rahmen ins Sonnenlicht. Die Zellen sind perfekt angeordnet, keine Verzerrung wie beim letzten Mal. Auf der anderen Seite entdecke ich jedoch eine Ecke, an der die Zellen sich vorwölben, als würden sich Finger durch die Wabe bohren. Ich sage es Mimi und sie klatscht begeistert in die Hände.

»Königinnenzellen!«, ruft sie. »Sie sehen aus wie Teetassen, stimmt's?«

Tun sie nicht. Kein bisschen.

»Der Stock füttert ein paar der Babys mit Gelée royale, damit sie sich zu Königinnen entwickeln«, erläutert Mimi. »Wisst ihr, warum?«

Wyatt hebt eifrig die Hand, doch Mimi konzentriert sich auf mich. Ich zucke mit den Schultern, die unter dem Gewicht des schweren Rahmens brennen.

»Es ist ein weit verbreitetes Missverständnis, dass die Bienenkönigin den Stock regiert«, sagt Mimi. »Sie hat nur scheinbar die Macht. Eigentlich ist es so, dass die Arbeiter sie umbringen und eine neue erschaffen, wenn sie ihrer Aufgabe nicht nachkommt. Krank, oder?«

In Mimis Augen funkelt eine spielerische Boshaftigkeit, während sie mein ebenso übertriebenes Luftschnappen beobachtet. »Bienenstöcke sind keine Monarchien«, fährt sie fort und nimmt mir den schweren Rahmen ab. »Die Königin hat keine Autorität. Sie hat nur Priorität. Wie ein ordnendes Prinzip. Die wahre Autorität liegt bei der Kolonie selbst.«

Wyatt kann sich nicht länger zurückhalten. »Ein Superorganismus!«, platzt er heraus. »Eine Bienenkolonie ist ein Superorganismus.«

»Ich wollte sagen, eine *Demokratie*, aber klar«, lenkt Mimi ein und zwinkert mir zu. »Also. *Dieser* Stock versucht, ein paar neue Königinnen aufzuziehen. Das liegt daran, dass er zu groß ist. Jetzt haben wir verschiedene Möglichkeiten. Wir können die Königinnen töten und dem Stock mehr Rahmen geben, um sie mit Waben zu füllen, um so ihre Expansionsbemühungen umzuleiten und das Schwärmen zu verhindern. Wir können den Stock teilen, die Königinnenzellen nehmen und sie in einen neuen Stock einsetzen. Oder wir erlauben einer Königin zu schlüpfen, sodass sie wegfliegen und einen Schwarm mitnehmen kann, um anderswo einen neuen Stock zu gründen. Vielleicht auf unserer Bienenwiese, vielleicht nicht. Also! Was sollen wir tun?«

Ich verstehe nur etwa die Hälfte von Mimis Worten und sogar noch weniger, was sie bedeuten. Die Insekten auf meinem Schleier vermehren sich. Die beruhigende Wirkung des Rauchs lässt nach.

»Sie natürlich schwärmen lassen?«, rate ich, weil das wie die unwahrscheinlichste Option klingt.

»Ugh, das sagt Bria auch«, schmollt Mimi. »Ich finde es Verschwendung, sie ziehen zu lassen. Weniger Honig für uns, weißt du? Aber Bria sagt, manchmal ist es besser, der Natur einfach ihren Lauf zu lassen.«

Wir setzen die Rahmen wieder ein. Offenbar habe ich entschieden, dass wir nichts weiter unternehmen werden, also geht Mimi den Rest der Zeit hypothetische Szenarien durch und wir stellen Fragen. Hätte ich anders entschieden, hätten wir diese Zeit, wie ich erfahre, damit verbracht, die

Teetassenzellen von der Wabe abzubrechen und sie zu entsorgen, womit wir die Königinnenlarven im Inneren dem Tod überlassen hätten.

Auf dem Rückweg diskutieren Wyatt und ich aufgeregt, was wir gesehen haben. Wie es sich angefühlt hat. Wie es geklungen hat. Wir erreichen die überdachte Brücke in Rekordzeit, doch ehe wir das Bootshaus erreichen, verlangsamt Wyatt seine Schritte, als würde er zögern.

»Was?«, hake ich nach.

»Nichts«, erwidert er. »Nur, du wirkst richtig begeistert. Es tut mir leid, dass ich an deinen Absichten gezweifelt habe.«

Erneut empfinde ich dieses Gefühl des Schwebens und zwinge mich zurück zur Erde. Es ist eine Schwerelosigkeit, wie ich sie gefühlt schon lange nicht mehr erlebt habe.

»Es ist interessant«, sage ich.

»Stimmt«, bestätigt Wyatt, aber ich habe den Eindruck, dass er von mir spricht, nicht von den Bienen.

Wie sich herausstellt, ist das Duell der Dörfer weniger ein Wettkampf denn vielmehr eine Aneinanderreihung seltsamer Jahrmarktswettbewerbe. An einem Nachmittag geht es darum, wer die meisten Eiswürfel mit Essstäbchen aufheben kann, am nächsten darum, wer ein gespanntes Seil nur mit einer Lupe durchbrennen kann. Es gibt ein Sahnetortenwettessen – das die Amazonenhütte dominiert – und eine Debatte – die Bria wenig überraschend gewinnt. Es gibt auch anstrengendere Aufgaben wie Erobere die Fahne, Staffelläufe und etwas, das sich Aspen-Triathlon nennt, eine Mischung aus Schwimmen, Bogenschießen und Klettern. Aus irgendeinem Grund bleibt ausgerechnet das an mir hängen.

Der Start ist auf dem schwimmenden Holzdeck mitten auf dem See. Ein Leiter sitzt in einem Kajak und gibt das

Startsignal. Ich hechte ins Wasser und bemerke kaum die Kälte, während ich zum Ufer kraule. Ich bin schnell, aber nicht der Erste. Auf dem behelfsmäßigen Schießstand, der auf der Wiese aufgebaut wurde, mache ich es wieder wett, indem mein dritter Pfeil zufällig ins Schwarze trifft. Am Kletterturm falle ich wieder zurück, aber das Mädchen vor mir gibt mittendrin immer wieder auf und fällt vom Seil gesichert nach unten. Ausnahmsweise mache ich mir mal keine Gedanken, wie ich aussehe, während ich mich Griff für Griff nach oben ziehe. Ich glänze, schwitze, meine Muskeln sind blutdurchströmt. Ich fühle mich gut. Ich fühle mich mächtig.

Oben angekommen drehe ich mich um und betrachte Aspen, das sich unter mir ausbreitet: ein Panorama aus leuchtenden Grüntönen, verbranntem Toffeebraun und diesen makellosen weißen Uniformen, die sich als Punkte in der Ferne abzeichnen. Es ist so berauschend, dass ich grinsen muss. Ich kann bis zur Wiese auf der anderen Seite des Sees sehen und über die offenen Sportfelder hinweg bis zum Wald. Ich sehe Rauch, der aus der Küche aufsteigt, und ein Glitzern liegt über einem Tennisplatz, wo ein Mädchen gestürzt ist und so still liegt, dass ich mich kurz frage, warum. Dann gleiten meine Hände von den Griffen und ich falle. Das Seil federt mich zurück, dann werde ich in die Menge der jubelnden Jungs der Bärenhütte hinabgelassen. Sie rufen meinen Namen. »Mars, Mars, Mars!«

Ich weiß nicht genau, was sich zwischen den Jungs und mir verändert hat, nur dass es beim Frisbee begonnen hat. Vermutlich hatte Wyatt recht. Sie scheinen mir gegenüber weniger verbittert zu sein, je mehr ich mich an diesen kleinen Spielen beteilige. Es hilft auch, dass ich gewinne, erkenne ich. Vielleicht ging es von Anfang an nur darum. Nicht darum, dass sie erfahren, wer ich bin, sondern dass ich ihnen nicht dabei in die Quere komme zu sein, wer sie sein wollen. Und zwar die »Bärenhütte, die Bärenhütte, die große, böse Bärenhütte!«

Jeden Abend beim Essen, wenn die Punkte verkündet und die Preise für die Wettbewerbe verteilt werden, brüllen wir diese Worte, wobei der Boden unter unserem Stampfen bebt. Ich bemerke, dass Wyatt mich mehr beachtet, je lauter ich brülle und je fester ich stampfe. Manchmal beobachtet er mich, selbst wenn ich still bin, etwa wenn wir Mimi helfen, neue Rahmen in die Stöcke zu setzen, oder wenn wir Leena zuhören, wie sie die verschiedenen Wildblumenarten erklärt, die auf der Wiese heimisch sind. Er beobachtet mich und ich beobachte die Honeys, während sie ins Hauptcamp schweben und wieder verschwinden. Sie nehmen an den Spielen teil, aber nur kurz, als würden sie sie nur vorübergehend amüsieren. Dann sind sie wieder weg.

Wenn ich sie sehe, empfinde ich Scham. Ich weiß nicht, warum. Dabei sind sie nett zu mir. Sie sagen Hi, sie kennen meinen Namen. Einmal fehlt ihnen bei einem Volleyballspiel eine Spielerin und sie bitten mich einzuspringen. Auf der Seite der Mädchen. Meine Aufschläge sind grottenschlecht, trotzdem ist meine Größe ein Vorteil und wir besiegen die Jungs. Das ist der schönste Moment der Woche, bis zum Freitag.

An diesem Nachmittag sollen wir mit einer Liane eine Lavagrube überwinden. Natürlich keine echte Lava. Es ist ein Schlammloch, das künstlich mit einem Schlauch erzeugt wurde, weil es seit Tagen nicht geregnet hat. Es ist auch keine echte Liane, sondern ein Seil, das an einen A-Rahmen aus gefällten Baumstämmen geknotet ist. Der Reihe nach schwingen wir uns über die Lava, doch Andrea verpatzt die Landung und wir verlieren ihn an die Lava. Das Seil pendelt sich in der Mitte der Grube ein, sodass wir nicht weiterkommen. Schließlich habe ich die Idee, dass wir unsere Schuhe ausziehen und sie zusammenbinden, um uns das Seil zu angeln, und es funktioniert. Ich bin der Beste und also zuletzt dran. Als ich die andere Seite erreiche, fängt Wyatt mich auf, und obwohl ich sicher auf dem Boden gelandet bin, hält er seinen Arm um meine Taille geschlungen, als wäre er nicht sicher, ob ich ohne ihn stehen bleiben würde.

Beim Duschen wandert meine Hand zu der Stelle, die er berührt hat, und obwohl das Wasser kalt ist, bleibt meine Haut warm.

Am Samstag endet die große Schlacht nicht mit Kanonenschüssen und Kampfschreien, sondern mit einem entscheidenden Wettkampf, bei dem es darum geht, mit einem Strohhalm Marshmallows aufzuheben und sie in einen Eimer fallen zu lassen. Eine entschlossene Banditin namens Bonnie holt unter ohrenbetäubendem Geschrei den Gesamtsieg für die Mädchen. Die Bären grummeln und fluchen, aber ich finde es gut. Ich will mit den Mädchen jubeln, halte mich jedoch zurück.

Am Abend ist die Neumondparty. Der Himmel ist in dieser Nacht so dunkel, dass die Sterne am hellsten strahlen. Ganz Aspen trifft sich zu einer Übernachtung auf dem Rasen. Handtücher und Decken werden ausgebreitet und Teleskope herausgeholt, damit wir die funkelnden Sternbilder betrachten können. Die Kleinen dürfen zuerst. Sie spähen durch die Linsen zu meinem Namensgeber, zur Venus, zur schmalen Sichel des Mondes und werden anschließend in bereits aufgestellte Zelte geführt. Die älteren Camper bleiben zurück und suchen den Himmel nach etwas ab, das sich seitwärts bewegt.

Wie man mir erzählt, ist es in Aspen Tradition, dass die Älteren die Sterne bis zum Sonnenaufgang beobachten. Einige von uns versuchen es, aber die meisten nicken ein. Brayden und die anderen Leiter sitzen ums Feuer, ignorieren uns und schlafen schließlich selbst ein. Ich jedoch nicht. Ich ergattere einen Platz in der Nähe von Wyatt, um zu lauschen, wie er die Sternbilder benennt, auch wenn ich weniger die Sterne betrachte als vielmehr sein Profil, das sich vor dem Sternenlicht abzeichnet.

Irgendwann kommt jemand auf die Hitzewelle zu sprechen, unter der das Camp förmlich brutzelt. Nachts bemerkt man sie nicht so, aber tagsüber wirken die Pflanzen schlaff und welk. Jemand hat die Idee, schwimmen zu gehen. Das steckt sofort alle an. Ganz plötzlich und geräuschlos schlüpft eine Gruppe von uns aus den Kleidern und rennt zum Seeufer. Selbst Wyatt, obwohl ich mir ziemlich sicher bin, dass Brayden sich darauf verlässt, dass er uns von solchen Dingen abhält. Das tut er allerdings keineswegs. Er springt als Erster ins Wasser und zerschmettert damit den Spiegel des Mondlichts, der auf der blassen Oberfläche des Sees liegt. Wir stolpern ihm hinterher.

»Das ist der Moment, in dem wir alle sterben, oder?«, wiederholt Mimi immer wieder. »Also im Film wäre das der Moment, in dem wir sterben, stimmt's?«

»Halt die Klappe«, scherzt Bria. »Man muss heiß sein, um zuerst zu sterben.«

»Oder Sex haben«, kontert Mimi.

»Tja, den hattest du auch nicht, Süße.«

Wir planschen im silbernen Wasser, bestaunen die Seltsamkeit der dunklen Uferlinie und testen, wie weit wir rausschwimmen können, dann ruft uns Wyatt zurück. Ich schwimme noch ein Stückchen weiter, weil ich hoffe, dass er meinen Namen ruft. Zentimeter für Zentimeter führe ich eine kleine Gruppe zum schwimmenden Holzdeck, dann daran vorbei. Schließlich höre ich ihn rufen und erkenne undeutlich, dass er von der Terrasse des Bootshauses aus winkt. In der Stille der Nacht schallt seine Stimme kristallklar übers Wasser.

»Mars. Wir schwimmen zurück.«

»Komm mit uns«, sagt Bria irgendwo aus der Dunkelheit hinter mir.

»Ich kann nicht«, erwidere ich.

»Ach, komm schon. Komm einfach mit uns heim, Mars«, bettelt Mimi.

Ich sehe sie an – nichts weiter als konturlose Gesichter, die über den nächtlichen Spiegelungen treiben –, dann blicke ich zurück zu Wyatt.

»Ich komm später wieder«, rufe ich ihm zu. Es ist dunkel, aber ich meine, ihn den Kopf schütteln zu sehen. Ich bilde mir ein, sein enttäuschtes Seufzen zu hören.

»Uuuh, du Rebell«, grölt Bria. Die Mädchen lachen und planschen.

»Komm mit uns«, rufe ich zum Ufer. Ich will sehen, ob Wyatt uns folgt. Ich blicke immer wieder zurück, als wir die Mitte des Sees erreichen, aber Wyatt ist nicht mehr da. Vielleicht beobachtet er uns vom Hügel des Jägerdorfs aus, um zu sehen, ob wir es schaffen.

Wir erreichen die Seerosen und der Grund steigt an, bis wir Schlick zwischen den Zehen haben und uns durch die festen, schleimigen Stängel kämpfen. Die Mädchen spritzen einander nass, lachen und toben, doch als wir den Rand der Wiese erreichen, verstummen wir alle.

»Weckt die Bienen nicht auf«, scherzt Mimi. Ich kichere, als würde ich den Witz verstehen, aber den ganzen Weg den Hang hinauf frage ich mich, ob Insekten schlafen. Und wenn ja, ob sie dann träumen. Ihr Summen ist verstummt, aber als ich mein Ohr ans kühle Holz eines der Stöcke lege, spüre ich im Inneren ein sanftes Vibrieren.

Kaum erreichen wir die Hütte, bricht wieder Chaos aus. Die Mädchen reißen sich ihre nasse Wäsche vom Körper und ziehen große Sweatshirts und saubere Leggings über ihre feuchte Haut. Sie werfen mir Klamotten vor die Füße und am Ende trage ich ein lavendelfarbenes Top und ironischerweise Boyfriend-Shorts. Trocken und umgezogen sprühen die Mädchen plötzlich vor Elan und ich beobachte fasziniert, wie sie sich auf hundert verschiedene Aufgaben stürzen. Einige machen auf dem Herd Apfelwein warm. Ein paar setzen eine Partie Catan auf dem Couchtisch fort und wieder andere vertiefen sich in ein weiteres Spiel mit den Untersetzern und Mosaiksteinen.

»Denk nicht weiter drüber nach«, sagt jemand, als ich danach frage. »Mimi gewinnt sowieso jedes Mal.«

Ich höre Popcorn poppen. Ich rieche brennendes Bienenwachs. Jemand macht einen Plattenspieler an und jemand anders rempelt immer wieder dagegen, sodass die Platte durch Vivaldis »Sommer« springt. Ich erkenne es, weil Caroline dieselbe Platte hat. Sie muss es hier gehört haben.

Die Erinnerung an sie in all diesem Chaos ist wie ein plötzlicher, eisiger Schlag ins Gesicht. Fast taumele ich rückwärts. Ich packe die Lehnen des Sessels, in den ich mich vergraben habe, um nicht sofort wieder aus der Tür und zurück zum See zu rennen. Sie hat hier gesessen, vielleicht sogar in diesem Sessel, hatte vielleicht genau wie ich die Beine untergeschlagen. Sie hat an diesem Herd gestanden oder vielleicht diese Platte angefasst. Würde ich die Lampen ausmachen und die Hütte unter Schwarzlicht betrachten, würden überall ihre Fingerabdrücke schimmern.

Meine Atmung beschleunigt sich. Ich muss hier raus. Ich schaffe es auf die Veranda und die Treppe runter, doch dann bleibe ich stehen. Ich habe keine Schuhe. Meine Zehen krallen sich in den Boden und ich zwinge mich weiterzugehen, aber keine Willenskraft der Welt kann den Fehler ausbügeln, hierhergekommen zu sein. Ich kann nicht allein zurückschwimmen. Im Dunkeln und barfuß kann ich nicht durch die Wälder zurückwandern. Ich kann nur hier am Rand des Verandalichts stehen, während Carolines Hunderte Geister in meinem Rücken toben.

Die Musik drinnen stockt. Die Platte hängt. Das Murmeln steigert sich zu panischen Fragen, dann öffnet sich die Tür. Bria gesellt sich auf der untersten Stufe zu mir.

»Komm rein«, drängt sie.

»Ich halt's da drin nicht aus«, sage ich. Mehr bringe ich nicht zustande und auch das klingt verkrampft.

»Es muss schwer sein«, erwidert Bria nach ein paar Sekunden. »Hier zu sein. Bei uns.«

Ich nicke. Zuerst war es nicht schwer, dann plötzlich doch. Und jetzt ist es unmöglich. Ich spüre die Last all der Fehler, die mich an diese Türschwelle geführt haben. Zu Hause zu bleiben wäre schwerer gewesen, als Caroline bis hier raus zu folgen, aber wenn es mich hiervor bewahrt hätte, wäre es doch die richtige Entscheidung gewesen. Ich war ein Idiot zu glauben, dass ich sie hier finden könnte. An ihrer statt habe ich nur eine weitere Leerstelle in Form eines Mädchens mit der Silhouette meiner Schwester gefunden.

»Wir können auch hier draußen bleiben«, bietet Bria an. Sie setzt sich und ich tue es ihr gleich. Jemand kommt mit einer Decke raus und legt sie um Bria und mich. Jemand anders reicht mir eine schwere Tasse mit gewürztem Apfelwein – kleine, perfekte Sterne tanzen auf dem Dampf.

»Wir nehmen Zimt und Nelken, und die Sterne sind offensichtlich Sternanis«, klärt Bria mich auf. »Probier mal. Schmeckt gut.«

Das tut es wirklich. Dunkel, würzig, kräftig. Der Geschmack ist mir neu, etwas, das allein in diesen Augenblick gehört.

Ein paar andere Mädchen kommen raus auf die Veranda, dann noch ein paar mehr, bis der Lärm aus dem Haus sich auf ein paar letzte Mädchen reduziert, die ein Auge auf das Popcorn haben. Anhand der Geräusche kann ich den großen Stahltopf, den sie verwenden, praktisch vor mir sehen. Die Schüsse der Maiskörner werden jedes Mal gedämpft, wenn sie den Deckel nach dem Reinlinsen wieder schließen.

»Willst du über sie reden?«, fragt mich Bria.

»Nein, schon gut«, setze ich an. Aber die Wahrheit ist, ich will über Caroline reden.

Seit sie gestorben ist, haben Leute versucht, mich mit Gebeten für Heilung, für Ruhe, für vollkommenen und ewigen Frieden zu trösten. All das hat das Grauen ihres Todes nur verstärkt, als wäre erst ihr Körper eingeäschert worden und müsste nun auch die Erinnerung an sie eingeäschert werden. Ein zweifacher Tod, erst der Körper, dann das Herz. Doch ich bin noch nicht bereit, einen Schlussstrich zu ziehen. Und es liegt nicht daran, dass ich nicht akzeptieren kann, dass sie weg ist. Wenn ich mein Leben allerdings weiterlebe, lasse ich sie damit zurück.

Und das will ich noch nicht. Ich will noch etwas länger hier neben ihrem Geist sitzen und versuchen, ihre Hand zu halten.

»Es ist …« Ich muss schlucken. »Es ist, als wäre sie überall und nirgends.«

Bria streichelt meine Schulter. Ich kann meine Gefühle nicht in Worte fassen, vielleicht weil mich gerade jemand zum ersten Mal danach fragt. Doch als ich unsicher fortfahre, schäme ich mich nicht.

»Und alle tun so, als wäre es leichter, wenn wir einfach nicht über sie reden, als würden sie mir damit einen Gefallen tun. Aber das fühlt sich an, als würde sie noch mal sterben. Die Leute sagen mir, dass es besser wird«, flüstere ich. »Bloß ist es jetzt gerade schrecklich. So schrecklich.«

Ich kann nicht aufhören zu zittern und Bria streichelt meine Schulter. Gemeinsam blicken wir zu den Sternen empor.

»Liebe hat ein Gewicht«, flüstert Bria. »Und Verlust auch. Manchmal kann er furchtbar schwer sein. Aber guck dich an, Mars. Du kannst das alles stemmen.«

Und das tue ich. Manchmal strauchele ich, aber immer wenn ich mich aufrapple, stemme ich alles, was mich niederdrückt. Bria hat recht. Es ist schwer, doch ich bin stark. Ich weiß nicht, warum mir das nie aufgefallen ist.

Als meine schlimmsten Schluchzer nachgelassen haben, finde ich die Kraft, an meinem Apfelwein zu nippen, dankbar für die Wärme an meinen Fingern.

»Wir reden ständig über Caroline«, sagt Bria.

»Ach ja?«

»Wirklich.«

Die Mädchen auf der Veranda murmeln zustimmend.

»Könnt ihr mir von ihr erzählen?«, bitte ich und es ist mir egal, wie armselig ich dabei klinge. Als würde ich nach einer Fremden fragen, einer längst verstorbenen Großmutter und nicht nach meiner eigenen Zwillingsschwester.

Und sie geben mir auch nicht das Gefühl, armselig zu sein. Erstaunlicherweise kommen sie meiner Bitte nach.

»Sie war lustig«, sagt Mimi. »Sie hat nicht aufgehört, bis sie einen zum Lachen gebracht hatte. Manchmal, wenn ich traurig war, hat sie mich einfach mit diesem Blick angesehen und ich musste lächeln, bevor sie auch nur einen Witz machen konnte. Ich wusste einfach, dass sie lustig sein würde, und das reichte schon.«

»Ihre Umarmungen waren toll«, ergänzt Bria. »Richtig super. Ich weiß noch, einmal hat sie mich so fest umarmt, dass mein Rücken geknackt hat.«

»Sie hat immer die Brotenden gegessen«, sagt Kyle. »Wir haben so getan, als würde sie uns damit einen Riesengefallen tun, aber ich glaube, insgeheim mochte sie sie.«

»Sie hat so getan, als könnte sie mit den Vögeln reden, und so hat sie auch Leena darüber aufgeklärt, dass ihr natürliches Deo einfach nicht wirkte. Eine Botschaft von den Vögeln. Sie hat es sogar aufgeschrieben und mit ›Die Vögel‹ unterzeichnet.«

»Sie hat Motten gehasst. Sie meinte, sie könnte sie nachts um sich rumflattern hören.«

»Sie war nett zu mir. In meinem ersten Jahr in Aspen und gleich am allerersten Tag habe ich sie als Erste kennengelernt und mich am Ende der Saison von ihr als Letzter verabschiedet.«

»Sie konnte echt gut Frösche nachmachen.«

»Aber singen konnte sie nicht.«

»Oh mein Gott.« Ich lache. »Sie konnte überhaupt nicht singen. Hat sie euch je erzählt, dass sie in der siebten Klasse aus dem Chor geworfen wurde? Das war nicht mal der Wettbewerbschor. Nur der … normale.«

Die Mädchen sind geschockt. Sie lachen, als ich ihnen berichte, wie schockiert Caroline war, als sie feststellen musste, dass sie der Bühnencrew zugeteilt worden war, und dass ich danach einen Monat lang bei jedem Duschen ertragen musste, wie sie »Edelweiß« geschmettert hat, als hinge ihr Leben davon ab.

»Erzählst du uns mehr über sie?«, bittet mich Mimi.

Ich zögere nur eine Sekunde – es fühlt sich an, als wären die Erinnerungen, die nur mir allein gehören, alles, was ich noch habe –, aber dann drehe ich mich zu all den Mädchen um, die bei mir auf der Veranda sind. Sie schniefen, lachen und weinen gleichzeitig. Diese Trauer ist anders als die, die ich anfangs empfunden habe. Sie ist verteilt, ein bisschen in jeder von uns. Geteilt. Nicht mehr so schwer.

Vielleicht wird es sich also gut anfühlen, noch mehr zu teilen.

»Okay«, sage ich. »Was wollt ihr wissen?«

»Alles«, antwortet Bria.

Also gehe ich so weit wie möglich zurück und erzähle ihnen die Geschichte, wie wir im Garten die Kleider tauschten, und von den Partys, die wir in der Highschool schwänzten, und von diesem einen Mal, als ich sie an den Niagarafällen zum Weinen brachte, weil ich sagte, sie solle sich in einem Fass hinunterstürzen – Stück für Stück zeichne ich ihr Leben nach. Unser Leben. Unsere gemeinsame Zeit.

Und die Honeys hören zu.

KAPITEL 22

Die Sonne.

Oh Scheiße, die Sonne.

Plötzlich ist sie überall, sie dringt durch die Häkeldecke, in der ich mein Gesicht vergraben habe, und unter meine Augenlider. Jetzt, da ich wach bin, spüre ich die Steifheit meiner Gelenke, weil ich zusammengerollt auf dem niedrigen, durchgesessenen Sofa im Gemeinschaftsraum von Hütte H liege. Ich setze mich ruckartig auf, sodass eine Wolke aus Fasern durch die helle Morgenluft wirbelt.

Es muss später Vormittag sein, schätze ich. Die Welt draußen erstrahlt in ihrer vollen Helligkeit.

Ich erinnere mich, kurz vor Sonnenaufgang eingeschlafen zu sein. Ich war so müde, dass mir egal war, ob ich Ärger kriegen würde, weil ich den Weg zurück zur Jägerhütte nicht mehr auf mich genommen habe. Wie sollte ich auch, ohne Schuhe oder auch nur Kleidung? Da die Honeys beschlossen hatten, dass ich ohnehin bleiben würde, hatten sie mich mit so vielen Decken und Kissen beladen, dass es ohnehin unmöglich war, zu gehen.

»Oh, gut. Du bist wach.«

Die Stimme erschreckt mich. Ich drehe mich um, linse hinters Sofa und in die Küche, nur um überrascht festzustellen, dass dort nicht nur eine Person steht, sondern viele. Und sie stehen auch nicht nur, sie bewegen sich. Kochen. Jetzt, da ich sie sehe, kann ich sie auch hören: das Schaben des Schneebesens in einer Schüssel mit Teig, das Klopfen eines Holzlöffels gegen eine French Press, bevor das Sieb mit einem saugenden Zischen heruntergedrückt wird, der uralte Toaster, der unablässig Toast ausspuckt.

»Wir wollten dich nicht wecken«, sagt Mimi. »Orangensaft, Kaffee oder Tee?«

»Kaffee«, murmele ich. »Wie spät ist es?«

»Spät. Leena hat uns ausschlafen lassen.«

»Ich sollte gehen«, sage ich, aber augenblicklich brechen die Mädchen in Protest aus.

»Nicht ohne Frühstück!«

»Erst mal Kaffee!«

»Keiner lässt einen Brunch sausen, Dummerchen!«

Brias Stimme durchdringt das Plappern. »Leena hat deine Hütte angefunkt. Sie wissen, dass du in Sicherheit bist. Ich wette, die schlafen auch noch. Kein Grund zur Eile.«

Eins der Mädchen reicht mir eine Tasse, die mit Schmetterlingen und Käfern bemalt ist, ein anderes füllt sie mit duftendem Kaffee. Ein drittes stellt eine Klauenfußschale mit Zucker auf den Beistelltisch, dann ein Kännchen mit Milch, das in der Hitze schwitzt. Wieder ein anderes reicht mir einen Teelöffel mit Holzgriff. All das geschieht innerhalb von ein paar verschlafenen Augenblicken.

Gleichzeitig lesen mehrere andere die Decken vom Boden auf und räumen das Wohnzimmer auf. Mädchen setzen sich auf die befreiten Sofas und Sessel, und plötzlich werden Teller herumgereicht. Gabeln und zerknitterte Stoffservietten folgen. Dann kommt das Essen. Es wird aus der Küche weitergereicht und scheint sich einfach so aus dem dichten Lärm der werkelnden Mädchen zu materialisieren. Sie essen in Schichten, lachen und treiben ihre Späße miteinander. Weiteres Essen erscheint – Scones und eine kleine Schüssel mit Blaubeeren, ein fragwürdiger grauer Smoothie, Chiasamen in einer kleinen Tonschüssel.

Die Hütte ist klein und lebhaft, aber die Mädchen bewegen sich auf eine Art umeinander, die sich wie eine Einheit anfühlt. Ich erkenne, dass es mich an die Bienen in ihrer Wabe erinnert. Oder vielleicht kommt mir dieser Gedanke auch nur, weil mir der Löffel, mit dem ich den Zucker in meinen Kaffee rühre, in den Daumen sticht und ich feststelle, dass der Griff mit einer kleinen Metallbiene verziert ist. Auch die Servietten sind mit kleinen blaugrauen Bienen bestickt. Die Griffe an den Schränken sind bemalte Keramikbienen, dick und fröhlich. Auch sonst überall: die Jackenhaken, die bestickten Kissen, selbst das Muster der sechseckigen Badezimmerfliesen. Dieses Motiv verfolgt mich auf meinem Streifzug durch die Hütte überall. Ich finde es süß, vielleicht sogar ein bisschen kitschig. Aber auch nicht schlimmer als die allgegenwärtige Düsternis der ausgestopften Tiere der Jägerlodge oder Bernhard, das geschnitzte Maskottchen der Bärenhütte. Und meine Mom hat einen Förderer, dessen ganzes Haus voller Weihnachtsmannfiguren ist.

Mir sind die Bienen deutlich lieber.

Ein Schrei durchbricht den Lärm, doch es liegt kein Schrecken darin, sondern eine spielerische Warnung. Die Mädchen rennen mich um und hechten über Sofas, um auf die Veranda zu gelangen, nur um gleich wieder hereinzustürmen. Sie zerren jemanden mit sich. Wyatt, der mit großen Augen und zerzaustem Haar einen Müllsack voller Klamotten anschleppt.

»Oh, *danke*«, flöten die Mädchen, ziehen ihre zurückgelassenen Uniformen aus dem Sack und werfen sie in die Ecken. Sie setzen Wyatt hin und drücken ihm einen Teller in den Schoß. Er wirkt von der ganzen Sache total verdattert und es dauert eine volle Minute, bis sein Blick mich findet. Als er mich entdeckt, greift er in den Sack und zieht meine Uniform heraus. Er hat sogar meine Schuhe, in denen die Socken stecken, und wedelt tadelnd mit ihnen.

Kurz darauf brechen wir auf und die Mädchen ringen uns das Versprechen ab zurückzukommen, als müssten wir nicht ohnehin am Montag wieder hier sein.

Während Wyatt und ich durch die Wälder gehen, verblasst der geschäftige Glanz von Hütte H und ich komme mir zunehmend albern vor.

»Kriege ich Ärger?«, frage ich.

Wyatt zuckt mit den Schultern. »Du hättest nicht über den See schwimmen sollen. Das ist gefährlich.«

»Alle sind geschwommen.«

»Und alle sind ans richtige Ufer zurückgekehrt, außer dir.«

»Ich schere mich nicht um Binaritäten wie Ufer.«

Wyatt stößt dieses kurze Lachen aus, mehr ein Ausatmen. »Und was dann? Willst du einfach für immer in der Mitte treiben?«

»Ja. In meinem kleinen nonbinären Kanu«, erwidere ich.

Wyatt legt den Kopf schräg und denkt darüber nach. Dann fragt er: »Frage, Mars: Wie ist das so, in der Mitte zu treiben?«

Ich warte darauf, dass er lacht oder sonst irgendwie andeutet, dass er die Frage nicht ernst meint, und unsere Sticheleien fortsetzt. Doch er verbannt den Schalk aus seiner Miene und ersetzt sie durch eine fast schon akademische Neugier.

»Okay. Antwort: Es ist wie …« Ich halte inne. Meine Gedanken sind immer noch erfüllt von Hütte H. Meine üblichen Erklärungen entgleiten mir. »Es ist eher wie ein Hin-und-hergleiten. Manchmal gehe ich ans Ufer und bleibe eine Weile dort, aber ein Teil von mir wartet immer darauf, wieder treiben zu können.«

»Wirst du das nie leid?«

»Nein«, sage ich. »Na ja, vielleicht schon. Aber nicht das Treiben in der Mitte ist ermüdend, sondern zu lange an einem Ufer zu bleiben. Die Leute haben diese klaren Vorstellungen, wie ein Junge oder ein Mädchen zu sein hat, und es ist anstrengend, sich daran anzupassen. Die Leute machen sich selbst unglücklich, indem sie sich einfügen. Dabei ist das nicht mal echt. Also lehne ich das alles ab. Ich bin lieber glücklich und lasse mich treiben.«

»Was meinst du damit, dass es nicht echt ist?«

»Ich sag dir das nur ungern, Naturbursche, aber kaum irgendwas ist echt.« Ich lache. »Geschlechter, die Vorstellung, dass es zwei Ufer gibt, die einander direkt gegenüberliegen. Der See hat tonnenweise versteckte Ufer, aber das erkennst du nicht, wenn du an Land festgewachsen bist.«

»Jetzt hast du mich verloren.« Wyatt lacht. »Kommen wir zum eigentlichen Thema echter, nicht metaphorischer Ufer zurück. Es ist meine Aufgabe, dafür zu sorgen, dass du so was nicht wieder machst. Du hättest ertrinken können.«

Ich schlage einen hochtrabenden Tonfall an. »Besser als man selbst ertrinken als die Luft des Lebens eines anderen atmen und trotzdem ertrinken.«

Wyatt schüttelt den Kopf, sodass seine Locken hin- und herschwingen. Durch die Müdigkeit liegen seine Augen tief in ihren Höhlen. Dennoch lächelt er, als er sagt: »Brayden hat nicht mal gemerkt, dass du weg warst, bis Leena sich gemeldet hat. Das wirft kein gutes Licht auf ihn. Ich bezweifle, dass er Wendy davon erzählen wird.«

Ich entspanne mich. Wenngleich nur ein bisschen.

»Du hättest mit uns kommen sollen«, sage ich, während wir das stille Camp durchqueren.

»Hattest du Spaß?«

»Schon irgendwie«, antworte ich und es stimmt. Ich hatte eine tolle Zeit, aber keine spaßige. Um Spaß ging es nicht. »Wir haben hauptsächlich geredet.«

»Über Mädchenkram?«

»Eigentlich über Caroline. Und das war echt schön.«

Wyatt nickt nachdenklich.

»Dann bin ich froh, dass du diese eine Regel gebrochen hast. Mach's nur nicht wieder, okay?«

Ich grinse ihn an. Die Ringe unter seinen Augen stammen garantiert daher, dass er die ganze Nacht auf war. Ich frage mich, ob er überhaupt geschlafen hat oder ob er bei Sonnenaufgang immer noch auf der Terrasse des Bootshauses darauf gewartet hat, dass ich aus der überdachten Brücke heraustrete.

Wir reden nicht über das nächtliche Schwimmen. Es verschwindet hinter diesem undurchsichtigen Schleier der Diskretion, der so vieles in Aspen zu verschlucken scheint. Gleichzeitig liegt da aber dieses Funkeln in Wendys Augen, als sie uns beim Abendessen gähnen sieht, ein *wissendes* Funkeln.

Mir gefällt das nicht. Und zwar nicht, weil ich was gegen Lügen hätte. Täuschung ist die erste Verteidigung für Leute wie mich, die die Gefahren umschiffen müssen, die die ganze Wahrheit mit sich bringen würde. Aber wenn alle an einer Lüge beteiligt sind, davon wissen, doch so tun, als wäre es nicht so, hinterlässt diese Täuschung plötzlich ein ungutes Gefühl. Lügen sollte etwas Persönliches sein, finde ich. Eine Täuschung in so großem Maßstab sollte nicht so einfach sein. Und doch ist es an Aspen alltäglich.

Ich überlege anhand anderer Beispiele, aber mir fallen keine ein. Das fühlt sich falsch an. Ich weiß, auf meiner Liste der Verschwörungen standen noch Dinge – sowohl von meinem ersten Besuch des Camps als auch von der jetzigen Wiederholung –, aber die sonnigen Tage haben die Farben meiner Überzeugungen verblassen lassen. Zurück bleibt der Eindruck eines Verdachts, doch keine echten Beweise. Stundenlang vergesse ich sogar ganz, warum ich eigentlich hier bin. Wonach ich suche. Und wenn es mir wieder einfällt – normalerweise weil mich etwas an Caroline erinnert und der unterschwellige

Schmerz mit einem plötzlichen Stich zurückkehrt –, bin ich von mir selbst angewidert.

Etwas ist hier geschehen, rufe ich mir in Erinnerung und staune darüber, wie ich das vergessen konnte. Aber wenn ich mich frage, was, fällt mir keine Antwort ein.

Dann finde ich das Foto.

Genau genommen wird es mir am Montag zurückgegeben, in einem steifen weißen Umschlag an einen Sack mit frisch gewaschenen Uniformen geheftet. Ein kleiner Smiley begleitet den anonymen handgeschriebenen Text.

Inzwischen habe ich so viel Zeit mit den Mädchen in der Hütte verbracht, dass ich sie auf dem Foto erkenne, aber da ist eine, die ich nicht kenne. Sie steht in der Mitte und macht das Peace-Zeichen. Sie wirkt vertraut, indessen könnte das auch an der Aspen-Uniform liegen. Vielleicht wurde das Foto letztes Jahr aufgenommen. Das erklärt allerdings nicht, warum ich es habe. Vage sehe ich mich in der Hütte der Honeys, wie ich durch den oberen Flur gehe und eine Tür zum hinteren Schlafzimmer öffne, doch dahinter ist nur eine blendende Leere. Die Erinnerung, wenn es denn eine ist, geht nicht weiter.

Nicht weiter.

Ein weiteres loses Ende, das sich in der Ferne verliert. Aber dieser Faden fühlt sich straff an, als würde etwas den Zug erwidern, wenn ich daran ziehe.

Also tue ich es nicht.

Am Dienstag, als Wyatt und ich von der Bienenwiese aufbrechen wollen, bitten uns die Honeys, zum Mittagessen zu bleiben.

»Na klar«, sagt Leena, als Wyatt sich erkundigt, ob das erlaubt ist. »Der Speisepavillon hat genug Mäuler zu stopfen. Außerdem regnet es gleich.«

Sie hat recht. Seit dem Morgen schon grollt in der Ferne Donner und überziehen kurze Regenschauer den See. Bei der Untersuchung der Stöcke mussten wir vorsichtig sein, weil der Wind in die Ansammlungen der Bienen fegte und jedes Mal eine Handvoll mit sich trug. Mimi meinte allerdings, sie würden wieder zurückfinden.

Schließlich brechen die Wolken und der Regen strömt die Wiese hinunter. Wyatt und ich bleiben und sitzen auf der Veranda. Die andere Seite des Sees verschwindet unter einem grauen Schleier. Wyatt wirkt nervös neben mir, er wippt mit dem Fuß und sein Blick bohrt sich durch den Nebel, als dürfte er Aspen nicht aus den Augen verlieren.

»Leena meinte, es wäre okay«, beruhige ich ihn.

»Ist es nicht.«

»Was dann?«

»Ich weiß nicht. Ich durfte nur nie ... so viel Zeit in Hütte H verbringen.«

»Was, wirklich? Nicht mal außerhalb der Saison?«

»Nein.«

Ich kann mir ein Grinsen nicht verkneifen. »Wyatt, hast du etwa Angst vor Mädchen?«

Endlich entspannt er sich, auch wenn die plötzliche Gelassenheit nur aufgesetzt ist. »Was? Nein. Warum? Was soll das überhaupt heißen, Angst vor Mädchen?«

Aber Wyatt beweist, dass ich recht habe, denn als Bria die Treppe hinaufstürmt, springt er auf wie ein Soldat, der Haltung annimmt. Sie trägt einen großen Korb mit roten Paprika, auf deren wächserner Haut Regentropfen perlen.

»Ich habe eine Aufgabe für euch«, sagt sie und reicht Wyatt den Korb. »Schneidet die klein.«

Ich halte Wyatt die Tür auf. »Nach dir.«

Aus irgendeinem Grund war mir nie ganz klar, dass zum Leben hier draußen in Hütte H auch gehört, dass die Mädchen ihre Mahlzeiten selbst zubereiten müssen. Es gibt keinen Speisepavillon, kein Personal. Nicht mal Leena lässt sich in der Küche blicken. Was auch besser ist, denn der Raum ist klein. Jeder Zentimeter der Arbeitsplatte ist von Zutaten bedeckt, aber einmal mehr staune ich darüber, wie gut die Mädchen einander ergänzen, ohne Drängen oder Schubsen. Es gibt kaum Zwischenräume zwischen ihnen.

Wyatt und ich arbeiten am Küchentisch, an hölzernen Schneidebrettern. Wir halbieren die Paprika und entfernen die Kerne und Strünke. Jemand schnappt sich die Paprika, wirft sie irgendwo in eine Pfanne und sagt uns, wir sollen jetzt Rotkohl schneiden. Danach folgen Frühlingszwiebeln und Karotten. Das Gemüse ist krumm gewachsen und ich begreife, dass es nicht aus dem Laden stammt. Die Mädchen müssen all ihr Essen selbst anpflanzen.

»Himmel, nein«, erklärt mir eins von ihnen. »Ein paar Sachen wachsen hier, aber nicht alles. Wir suchen Anfang der Woche die Rezepte raus und Leena besorgt die Zutaten aus dem Camp. Was es in Aspen nicht gibt, holt sie in der Stadt.«

Ich sage, dass ich mir nicht vorstellen kann, über den Weg zwischen Aspen und der Wiese Zutaten zu schleppen.

»Ich auch nicht«, entgegnet Mimi. »Hinter dem Schuppen gibt es eine Schotterstraße.«

Das Essen ist gerade fertig, als die Sonne rauskommt. Die Paprika sind fertig gegrillt und mit Gewürzöl bestrichen. Es gibt einen Salat aus Rotkohl, Ingwer, Frühlingszwiebeln und Karotten und dazu kross gegrillte Ente. Und zum Abschluss bekommt jeder von uns eine einzelne frittierte, mit Honig beträufelte Zucchiniblüte.

Wir essen auf der Veranda und beobachten, wie von der triefnassen Wiese Nebel aufsteigt. So gut gegessen habe ich seit dem Brunch vor ein paar Tagen nicht mehr. Wyatt reagiert kaum auf das Festmahl, isst aber alles, was man ihm vorsetzt. Sogar die Blüte.

Danach bleiben wir noch, um beim Aufräumen zu helfen. Kaum habe ich gesagt, dass es mir nichts ausmacht zu spülen, werde ich vor das tiefe Porzellanbecken geparkt und habe die Hände bis zu den Ellbogen in lauwarmem Seifenwasser. Wyatt trocknet ab. Mimi und ein paar der anderen räumen das Geschirr weg. Wir arbeiten uns durch den Geschirrberg, sprechen kaum. Ich summe vor mich hin. Mir fällt auf, dass ein paar der anderen Mädchen ebenfalls summen, während sie mir immer mehr Sachen zum Schrubben bringen. Ihr Summen ist gerade laut genug, dass man es hört. Wie wir hier zusammenarbeiten, wirkt meditativ. Es ist, als würde ich in eine Kuhle sinken, die perfekt an meinen Körper angepasst ist. Und in dieser Kuhle fühle ich mich sicher. Glücklich.

Ich denke darüber nach. Glücklichsein ist eine Party, die ich immer vorzeitig verlasse. Es kommt schon nicht oft vor, dass ich mich eingeladen fühle, und noch seltener, dass ich mich willkommen genug fühle, um zu bleiben. Ich habe gelernt, die Gastfreundschaft irgendeiner Gruppe nie auszureizen. Die Geduld, die jemandem wie mir entgegengebracht wird, ist endlich und es ist gefährlich, sich ihr hinzugeben.

Aber hier in der geschmeidigen Maschinerie von Hütte H habe ich dieses Gefühl nicht. Die Kuhle, die für mich vorgesehen ist, hat genau meine Form, ich muss mich nicht verbiegen, um irgendwelchen Wünschen zu entsprechen. Ich fühle mich nicht nur willkommen, ich fühle mich unverzichtbar. Gebraucht. Und statt davor zu fliehen, will ich sehen, wie lange es anhält. Vielleicht könnte es ewig anhalten, solang ich weiter meine Aufgabe erfülle.

Plötzlich ist alles gespült. Nichts mehr zu tun zu haben, fühlt sich an wie ein Schlag in die Magengrube. Die vertraute Drohung, weggejagt zu werden, wiegt schwer in meinen leeren Händen und wie aufs Stichwort höre ich mich selbst zu Wyatt sagen: »Wir sollten gehen.«

»Ja«, antwortet er, »die letzte Bahn ist auch schon weg.«

Ich weiß nicht, ob es ein Echo meiner eigenen Gedanken ist oder ob das, was ich in Wyatts Stimme höre, tatsächlich da ist, aber ich spüre Enttäuschung in ihm. Dasselbe einfache Glück, das ich empfunden habe und das nun schnell verblasst.

KAPITEL 23

Wenn ich jetzt träume, träume ich von Hütte H.

In diesen Träumen passiert nie etwas Wichtiges. Wir erledigen Hausarbeiten, backen Brot oder beobachten die Bienen. Seltsamerweise spricht niemand. In den Träumen gibt es überhaupt kaum Geräusche. Nur ein unterschwelliges Murmeln, ein Säuseln wie Wind in den Bäumen. Ich weiß immer, dass die Träume gleich enden, wenn das Geräusch schneller wird, zunimmt, bis es fast zu einem vertrauten Summen geworden ist.

Diese Woche bereitet sich Aspen auf das Juli-Bergfest vor. Als ich klein war, bedeutete das Bergfest einfach, dass wir nach der Hälfte des Sommers unsere Eltern wiedersehen konnten. Allerdings ist es eigentlich mehr ein Tag der Offenen Tür. Interessierte Familien kommen, um sich Aspen anzusehen, während die aktuellen Familien an einem ganzen Wochenende sehen können, was ihre Kinder so treiben. Die Theaterleute bereiten Stücke vor, der Kochhauptkurs bereitet die Mahlzeiten zu, die Umweltleute begleiten lehrreiche Wanderungen und die Handwerksleute zeigen ihre Töpferarbeiten und Malereien. Und die Sportler werden, wie ich vermute, ihre kleinen Spiele endlich vor Publikum spielen können.

Neu ist der Bauernmarkt, der auf dem Rasen der Großen Lodge aufgebaut wird, oder vielleicht gab es ihn schon immer und er ist mir nur nie aufgefallen. Im Imkereikurs erfahren wir, dass wir an einem kleinen Stand Honig verkaufen werden. Wyatt und ich dürfen immer noch nicht in den Produktionsschuppen, also verbringen wir den gesamten Morgen damit,

mit Zwirn Etiketten aus Pergament um die Gläser zu binden. Darauf steht in eleganter Schrift: ABGEFÜLLT VON DEN BIENEN DES ASPEN-HAINS.

Unser Hüttenwettkampf an diesem und jedem folgenden Tag besteht aus verschiedenen Aufgaben, um Aspen auf das Wochenende vorzubereiten. Vorbei sind die Stunden des Spaßes, der Spiele und der aufkeimenden Kameradschaft. Nun kommen die Stunden des Schrubbens, um von den Schattenseiten der Holzhütten das Moos zu entfernen. Des Fegens der Terrassen, was sich vollkommen sinnlos anfühlt. Und des Pflückens von Pilzen aus den Steinwänden, was sich boshaft anfühlt.

Auch die Mädchen bekommen Aufgaben, aber es sind Dinge wie Girlanden basteln und Banner malen. Ich beobachte sie neidisch, bis Bria zu uns geschlendert kommt, als hätte sie mein SOS gehört.

»Brayden, dürfen wir uns Mars ausleihen?«

Brayden ist deutlich älter als Bria, aber sie spricht mit ihm wie mit einem Gleichgestellten. Und er sieht sie an, als hätte er Hoffnungen, bei ihr landen zu können.

»Wofür?«

»Imkereivorbereitungen. Wir machen Schilder für den Bauernmarkt. Nur für heute. Bitte?«

Brayden gibt nach, woraufhin Bria meine Hand nimmt und mich wegzieht.

Mit den Mädchen macht das Arbeiten Spaß. Und flink sind sie auch. Wir sind früh genug fertig, um ein paar Stunden für uns zu haben. Wir liegen zwischen den frisch gemalten Schildern in der Sonne, reden und flechten aus Gras Armbänder. Ich spüre, wie das grenzenlose Glück zurückkehrt. Die Mädchen sind interessant. Sensibel, klug und lustig. Ich will, dass sie mich mögen. Sie dürfen nie erfahren, dass ich sie für geistlos gehalten habe, wenngleich es nur ein kurzer

Moment des Zweifelns war. Ich verspüre Panik, dass sie es doch rausfinden könnten, und ein seltsames Schuldgefühl, das alles durchdringt.

Es ist schwer zu benennen, was genau sie eigentlich so anziehend macht. Sie sind alle so verschieden, dass es keine gemeinsame Eigenschaft gibt, die sie alle verbindet. Und doch verströmt genau ihr Zusammensein einen seltsamen Druck. Je mehr Zeit ich mit ihnen verbringe, desto mehr glaube ich, dass es nichts weiter als die ihnen allen gemeinsame Selbstsicherheit ist.

»Zickigkeit«, seufzt Bria. »Das ist das Wort, nach dem du suchst.«

Wir sitzen auf der hinteren Terrasse der Großen Lodge. Die Schilder haben wir der Handwerkshütte übergeben, damit deren Mitglieder sie anbringen können. Die Mädchen arrangieren Blumen in Vasen mit langen, schlanken Hälsen. Ich weiß nicht, woher sie die Blumen haben. Immer wenn ich mich abwende und wieder zurücksehe, wippt eine neue Blüte in der Brise.

»Ich find euch nicht zickig«, entgegne ich.

»Fandest du aber wahrscheinlich schon, oder? Bevor du mit uns geredet hattest?«

Ich muss gar nicht erst Ja sagen. Ich schätze, Bria weiß es längst. Doch sie ist nicht sauer.

»Schon okay. Geht allen so. So ist das einfach, wenn man weiß, wer man ist und was man wert ist. Die Leute sehen das leicht als Bedrohung, aber normalerweise ist das nur ihre eigene Unsicherheit, die da aus ihnen spricht.«

»Das versteh ich gut«, sage ich. »Manchmal denke ich, dass die Reaktionen der Leute nicht das Geringste mit mir, sondern nur mit ihnen selbst zu tun haben.«

Bria steckt eine Blume in eine Vase und dreht sie so, dass der Kopf zur Sonne zeigt. »Die Leute verraten sich immerzu«, flüstert sie. »So oder so verraten sie einem die Wahrheit über sich selbst.«

Nach dem spontanen Arrangieren der Blumen gehen die Mädchen zum Speisepavillon und klopfen so lange an die Hintertür, bis die Köchin öffnet. Sie ist nicht überrascht, uns zu sehen, und lässt uns in eine Küche mit niedriger Decke, die vom Dampf des Industriegeschirrspülers erfüllt ist. Die Mädchen gehen zum Kühlschrank und holen daraus Eis am Stiel, mit dem wir zum Bootshaus gehen.

Am nächsten Tag machen wir dasselbe wieder und Brayden wehrt sich nicht mal mehr gegen Brias Bitte um »Hilfe«. Bei ihnen zu sein ist wie mit einer Gruppe Geister unterwegs zu sein. Die Mauern Aspens haben für sie keine Substanz. Sie gleiten einfach durch die Beschränkungen, die ich einst so klaustrophobisch fand. Für die Augen der Verantwortlichen sind wir unsichtbar, werden zu einer ätherischen, umherstreifenden Macht an den äußersten Grenzen des Camps. Die Leute scheinen zu bemerken, dass wir da sind, und daran interessiert zu sein, was wir tun, aber nur indirekt.

Ich liebe das. Es ist aufregend. Als sie mich am nächsten Tag einladen, mich ihrem Bastelprojekt anzuschließen, sage ich Brayden nicht mal Bescheid. Ich gehe einfach und wir verbringen den Nachmittag damit, Blumentöpfe aus Terrakotta zu bemalen.

Die Mädchen sind auch selbst von sich fasziniert. Fast so sehr wie ich. Wie sie über sich selbst reden – mit solcher Offenheit –, erweckt den Anschein, als wären alle Menschen nur weicher Ton und alle Formen, die wir annehmen, nur selbst auferlegt. Ich erkenne, dass das mit dem übereinstimmt, wie ich mich selbst wahrnehme: ein Versuch der Kunst, der jedoch oft durch die Vorstellungen anderer sabotiert wird. Das wirft die Frage auf, welche Form ich hätte, wenn ich nie einem anderen Menschen begegnet wäre.

»Ich glaub, ich werd mal berühmt«, sagt vielleicht eins der Mädchen oder: »Ich will Internetpoetin werden«, oder: »Vielleicht revolutioniere ich das Ballett.« Sie sagen es mit solchem Nachdruck, dass es sich quasi real anfühlt, als wäre der schwerste Teil, daran zu glauben, und die eigentliche Ausführung nur noch schnöder Papierkram, sobald das geschafft ist. Bedeutungslos für den Traum selbst.

Es ist aufregend und es ist mächtig. Ich kann erkennen, warum Caroline sie geliebt hat, aber warum diese Liebe in Angst umgeschlagen ist, kann ich nicht herausfinden. Was könnte so grauenhaft gewesen sein, dass sie nie wieder nach Aspen zurückwollte? Die Vergangenheit ist eine seltsame Vorstellung, während ich hier bei ihnen sitze und zusehe, wie sie die Puppen der Zukunft herumkommandieren.

»Was ist mit dir, Mars?«, fragt Mimi mich eines goldenen Nachmittags, als wir am Rand des Sportplatzes mit Honig gesüßte Limonade trinken. Wir alle drängen uns auf ein paar Decken und haben die Beine aufs Gras ausgestreckt. »Was liegt in deiner Zukunft?«

Fast tische ich ihnen irgendeine verträumte Vision auf, spüre aber, dass die Honeys die Unaufrichtigkeit auf Anhieb durchschauen würden. Aus Erfahrung weiß ich, sie können die Wahrheit schmecken, selbst wenn sie etwas bitter ist.

»Ich weiß nicht. Ich denke, keine von uns weiß das. Ich denke, es ist sinnlos, es vorhersehen zu wollen.«

»Es ist nicht sinnlos. Es ist eine Manifestation«, widerspricht Mimi nachdrücklich. »Du sendest diese Energie ins Universum aus und das Universum erhört dich. Es gibt Studien zu positivem Denken und unterbewusstem Handeln.«

Bria schnaubt. »Leute, die total zufällig in Autounfälle verwickelt werden, hatten also einfach nur nicht die richtigen Vibes? Das ist eine lächerliche Art, den Leuten die Schuld für Dinge in die Schuhe zu schieben, die sie nicht kontrollieren können.«

Die Unterhaltung verkommt zu einer philosophischen Debatte über Energien. Unsere höheren Ichs tanzen auf höheren Dimensionen aus purem Licht und Liebe. Gott. Götter. Unbegreifliche Mächte, göttlich versteht sich, die uns unserem Schicksal oder unserem Untergang entgegenführen. Magisches Denken, wie Bria es nennt, die danach eine kühle Hand auf mein Handgelenk legt, um meine Aufmerksamkeit zu gewinnen. »Mars, hilf mir«, bittet sie. »Du kennst dich doch mit Wissenschaft und diesem ganzen Kram aus. Sag ihnen, dass das Blödsinn ist.«

Ich starre in den Himmel. Ein Schwarm Schmetterlinge schwebt über uns. »Ehrlich gesagt *gibt* es höhere Dimensionen. In der Mathematik und der Physik erklären wir damit ständig komplexe Probleme.«

»Wie Astralprojektionen«, ergänzt Mimi, die sich bestätigt fühlt.

»Nein.« Ich lache. »Die Raumzeit. Einsteins Zeug. Die Stringtheorie erfordert mindestens zehn Dimensionen, um zu funktionieren. In der Theorie, meine ich.«

»Zehn Dimensionen? Und nicht eine davon astral? Tut mir leid, Mimi, du musst am Boden zerstört sein.«

»Klappe, Bria«, sagt Mimi süßlich. »Ob man es Mathe oder Magie nennt, ist doch alles dasselbe. Es gibt höhere Dimensionen, und wenn wir die beeinflussen, können wir unsere eigene Realität manifestieren. Das ist möglich, stimmt's, Mars? *Theoretisch*?«

Bria und Mimi drehen sich gleichzeitig zu mir, als läge es an mir, diese Debatte beizulegen.

»Vielleicht«, sage ich. »Aber wir würden es nicht wissen. In unserem Gehirn erleben wir die Realität als dreidimensionale Projektion. Unsere geometrischen Instinkte sind 3-D. Es ist uns also praktisch unmöglich, uns Dinge auf höheren Ebenen vorzustellen. Was allerdings nicht bedeutet, dass andere

Dimensionen nicht real wären. Es bedeutet nur, dass wir sie nicht begreifen können.«

Ich erwarte fassungsloses Schweigen oder rundheraus als Nerd abgestempelt und von der Decke verbannt zu werden. Doch stattdessen haben sich die Honeys rings um mich aufgesetzt. Ihr Interesse löst in mir das verzweifelte Bedürfnis aus weiterzureden, aber ich weiß nicht, was ich sonst noch sagen soll. Ein Schmetterling flattert auf die Decke, um einen Tropfen Honig zu untersuchen. Da kommt mir eine Idee.

»Es ist wie das Spiel, das ihr spielt. Mit den Mosaiksteinen. Gebt mir mal das Glas.«

Sie reichen mir eins der bauchigen Gläser, die wir aus der Spülmaschine stibitzt haben. Ich halte es so, dass das Sonnenlicht durch das Wasser darin fällt und auf den Schmetterling einen glühenden Schatten wirft.

»Stellt euch vor, dass der Schmetterling nur zwei Dimensionen sehen kann. Seine Welt ist flach. Würden wir ihn bitten, das Glas zu beschreiben, könnte er nur den 2-D-Schatten sehen und uns 2-D-Eigenschaften aufzählen. Aber wir Menschen, die eine Dimension mehr kennen, verstehen die Form und Tiefe des Glases. Unsere Welt ist 3-D. Aber was, wenn es uns wie dem Schmetterling ergeht und wir in dem gefangen sind, was wir wahrnehmen können? Was, wenn unsere Welt nur das Licht-und-Schatten-Spiel der Konstruktion einer höheren Dimension ist? Und wir sie verändern könnten, wenn wir sie nur verstehen könnten? Tja, die Physik sagt, dass das möglich sein könnte. Aber wir können es nicht begreifen, also können wir es nicht verändern, und demnach sind wir wie der Schmetterling. Gefangen, ohne uns dessen bewusst zu sein. *Theoretisch.*«

Wie ein Zauberer auf einem Kindergeburtstag sehe ich mich um. *Tada!* Aber mein Konfetti sinkt ohne Applaus zu Boden.

»Also *das* ist lächerlich«, schnaubt Mimi.

»Das ist theoretische Physik«, beharre ich.

Mimi schüttelt den Kopf. »Mir gefällt die Vorstellung nicht, dass wir in vorgefertigten Konstruktionen anderer gefangen sind. Ich habe schließlich einen freien Willen, oder nicht? Ich treffe Entscheidungen.«

»Tut sie«, bestätigt Kyle grimmig. »Dieser Pony letztes Jahr ist der unschöne Beweis.«

Die Mädchen brechen in Gelächter aus und Mimi wirft sich auf Kyle, aber es ist spielerisch. Nur Spaß. Die Philosophie der Manifestation wird verworfen. Doch ich denke weiter über das Rätsel von Perspektive und Illusion nach.

Ich starre auf die pastellfarbenen Schatten, die auf den Schmetterling fallen, und bin gebannt davon, dass ich sie zusammenziehen kann, indem ich nur das Glas in meiner Hand drehe. Weiß der Schmetterling, dass der Regenbogen nur der Schatten von etwas Größerem ist? Würden wir es wissen? Welche Schönheiten dieser Welt sind einfach nur unbegreifliche Lichtbrechungen über Raum, Licht und Zeit hinweg?

Geister vielleicht, denke ich, während ich zusehe, wie sich die Regenbogen auf den Flügeln des Schmetterlings zusammenziehen. Vielleicht Magie.

Und dann brennt der Schmetterling lichterloh.

»Mars!«

Ich werde aus meiner Trance gerissen, als die Mädchen sich beeilen, das winzige schwelende Feuer zu löschen, das auf der Decke ausgebrochen ist. Genau da, wo der Schmetterling war.

Oh nein.

Das Glas Wasser in meiner Hand und das Sonnenlicht, das dadurch verstärkt wurde. Es muss einen Strahl geformt haben und ...

Von einem Haufen geschwärzter, zerstörter Flügel steigt Rauch auf. Ich bin schockiert von dem, was ich getan habe. Ich lasse das Glas fallen und Wassertropfen laufen an meinen Oberschenkeln herab. Ich ...

»Mars.«

Bria spricht mit ruhiger und gelassener Stimme. Ich sehe auf. Das amüsierte Lächeln, das ihre Lippen umspielt, löscht meine Panik aus. Eine Sekunde lang gibt es nur mich und sie, die eine Hand hebt, auf deren Fingerknöchel der Schmetterling mit den Flügeln zuckt. Als ich auf die Decke blicke, ist der zerstörte Körper verschwunden. Da ist nur noch ein Loch, das das Licht hineingefressen hat. Nur eine Leerstelle in der seltsamen Form von Flügeln.

»Das war knapp«, sagt Bria. Sie weist mich zurecht, aber in der Warnung schwingt Humor mit. Als würden wir ein Geheimnis teilen.

Der Schmetterling flattert davon und es scheint die erstaunlichste Sache der Welt zu sein, während ich versuche, mich daran zu erinnern, was gerade passiert ist.

»Oh, Mars, hier«, sagt Kyle und lenkt unsere Aufmerksamkeit auf die anderen. Sie hat wie versprochen ein Bündel Kleidung dabei. Ich vergesse den Schmetterling und tausche vor aller Augen die nasse Uniform gegen ein niedliches kleines Crop Top.

»Ich wünschte, ich hätte solche Arme«, schwärmt Kyle und spannt ihre eigenen an.

»Deine Arme sind super, Kyle. Sei still«, sagt Bria. »Aber sie hat recht, Mars. Du solltest immer ärmellos tragen. Ich wette, dann würde sich Wyatt auch endlich an dich ranmachen.«

Wieder bemerke ich diesen verschlagenen, belustigten Ton in Brias Stimme. Hat unsere Freundschaft einen Punkt erreicht, an dem wir Insiderwitze machen? Ich gebe ihr einen spielerischen Klaps aufs Knie. Sie schlägt zurück und mein Herz singt vor Freude.

»Du solltest mehr mit ihm reden«, drängt Bria. »Vielleicht waren wir zu egoistisch, dich so zu vereinnahmen. Ich glaube, wir haben ihn vergrault.«

»Ich weiß nicht«, erwidere ich. »Mit Wyatt ist es ein Auf und Ab. Manchmal glaube ich, er steht auf mich, dann wieder denke ich, er ist nur neugierig.«

»Oder beides«, sagt Mimi.

»Auch möglich«, lenke ich ein.

Die Honeys entwickeln einen komplizierten Plan, um Wyatt und mich zusammen in einen Zedernschrank zu locken, in die Dunkelheit hinter dem Theatervorhang oder in das feuchte Fliesenlabyrinth der Schwimmbadumkleiden.

»Würdest du denn wollen?«, fragt Mimi. Dabei senkt sie die Stimme und schlägt einen skandalösen Tonfall an.

»Er ist älter«, sage ich.

»Ein Jahr.«

»Neun Monate genau genommen.« Ich erröte.

»Siehst du?« Mimi klatscht in die Hände. »Das ist Liebe. Du bist verliebt.«

»Aber beantworte die Frage«, hakt Bria nach. »Würdest du es wollen?«

Ich komme nicht dazu zu antworten, denn am Rand unserer kleinen Traumblase erscheint in diesem Moment Wyatt. Halb erwarte ich, dass er anklopft, als würde die Barriere zwischen uns und dem Rest des Rasens physisch existieren.

»Wir gehen zum Jägerdorf zurück«, sagt er und deutet mit den Daumen hinter sich. Sein Tonfall ist abgehackt und mechanisch wie immer, wenn er von Mädchen umgeben ist. Eine Sekunde lang rühre ich mich nicht – und rede mir ein, dass ich hier seine Gelassenheit ins Wanken bringe, wie ich so in einem Crop Top ausgestreckt auf der Decke liege. Entspannt. In mir selbst ruhend.

Er stakst mit roten Ohren davon.

»Du behauptest, man kann die Zukunft nicht manifestieren«, murmelt Mimi, »aber dieses Crop Top beweist das Gegenteil.«

Wir unterdrücken unser Lachen, damit Wyatt es nicht hört. Dann sammele ich meine Sachen zusammen und tänzele hinter ihm her.

Am nächsten Tag kommen die Mädchen nach dem Mittagessen nicht ins Camp, also hänge ich während des Hüttenwettkampfs mit den Jungs rum. Wir sollen die Kajaks aus dem Bootshaus holen und sie in der Nähe in den Wald bringen, um Platz für irgendeine Präsentation zu machen. Wir machen ein Wettrennen daraus, und Andrea und ich dominieren über die anderen. Schließlich steigen die Jungs in eins der Kajaks und rutschen einen Grashang hinunter. Wir wechseln uns ab, bis Wyatt uns zwingt aufzuhören, aber als er weg ist, machen wir einfach weiter.

Es ist seltsam, mit ihnen herumzualbern. Lustig. Schön. Und ich frage mich: *Warum nur, Mars, hast du dich nicht früher mit ihnen angefreundet?*

Tyler hält sich als Einziger raus. Als ich atemlos vor Lachen aus dem umgestürzten Kajak klettere, bemerke ich, wie er mich aus dem Schatten anstarrt, und mir stockt der Atem.

Die Honeys haben mich gefragt, warum er und ich einander hassen. Ich meinte, das tun wir nicht. Wir haben nur beide unsere Methoden, um zu überleben. Tyler passt sich an, und da ich das nicht kann, versuche ich es mit Herausstechen. Wir würden dem anderen seinen Vorteil zunichtemachen, wenn wir uns zu nahe kämen.

Als wir in einem Kreis unter einer Weide Pause machen, widmen sich die Jungs wieder ihrer Lieblingsbeschäftigung: sich in widerlichen Details über die Mädchen von Aspen zu ergehen. Diesmal ist es jedoch anders, weil sie mich mit einbeziehen.

»Mars, sei ehrlich. Wer ist die heißeste?«

Die Jungs starren mich mit einer indirekten Begierde an, von der ich weiß, dass sie nicht mir gilt, sondern dem, was ich vermutlich gesehen habe. Trotzdem bin ich derjenige, den sie anstarren. Ich werde nicht ignoriert oder ausgegrenzt. In meinem tiefsten Inneren rührt sich eine schwache, düstere Freude über meine Integration. Ich schaudere. Was wird aus mir?

»Iiih, lasst mich mit dem Scheiß in Ruhe.« Ich lache und hoffe, sie lassen das Ausquetschen sein.

»Ach, komm schon«, drängt Ray. »Wir sagen's auch niemandem. Bärenschwur, stimmt's, Jungs?«

Sie rufen: »Bärenschwur!«, und überschütten mich mit machohaftem Flehen. Ich winke ab und sie gehen zu bohrenden Fragen über.

»Du bist eng mit Mimi befreundet, oder?«, fragt Mitch. »Glaubst du, sie würde darauf stehen?« Er streicht sich über den Bauch. Dann wandert seine Hand tiefer.

»Ne, Mann«, antwortet ein anderer für mich. »Mimi ist prüde. Du musst dich auf die Schlampen stürzen.«

»Hört auf«, sage ich. Glaube ich.

Sie machen weiter, bis Wyatt sie unterbricht und ermahnt: »Leute, lasst den Scheiß.« Ich funkele Brayden an, der am Stamm der Weide lehnt und alles grinsend beobachtet. Irgendwann treffen sich unsere Blicke und er wendet sich ab, grinst aber weiterhin.

»Ich wette, das sind alles Schlampen«, sagt Mitch.

»Mimi nicht. Nicht wenn's um dich geht«, schießt Ray zurück.

»Hört auf«, sage ich, lauter dieses Mal. »Das sind meine Freundinnen.«

»Ja, bloß gehörst du nicht zu ihnen. Du gehört zu *uns.* Also komm schon, Mann.« Mitch stemmt die Hände in die Hüften. Eine Dominanzpose. »Spiel den Kuppler. Worauf stehen sie?«

Ich starre Mitch an. Er grinst mich weiter selbstsicher an, testet mich. Mein Kiefer ist so verkrampft, dass es wehtut. Ich bin wütend auf mich selbst. Ich will nicht mit den Jungs abhängen, wenn das der Preis dafür ist.

Ich atme tief und langsam ein.

»Worauf sie *stehen*? Nicht auf einen Siebzehnjährigen mit Mundgeruch, für den er einen Waffenschein braucht.«

Mitchs grinsende Miene friert ein und die Jungs brechen in Gelächter aus. Das macht mich nur noch wütender. Ich deute auf den nächsten.

»Und nicht auf dieses wie Marshmallows angeschwollene Zahnfleisch. Versuch's mal mit Zahnseide.«

Und der nächste.

»Nicht auf diesen nach Inzucht schreienden Habsburg-Kiefer. Du siehst aus wie ein Tiefseefisch.«

Und der nächste. »Du kinnloser Gartenzwerg mit den Händen einer verfluchten viktorianischen Puppe.«

Und der n*ächste.* »Ein Mensch gewordener angeschlagener Zeh bist du.«

Bis ich jedem von ihnen verbal ein Körperteil abgeschossen habe.

»Auf keinen von euch«, sage ich. »Ihr habt keine Ahnung, wie ekelhaft ihr seid.«

Das Lachen verstummt, lange bevor ich mit ihnen fertig bin. Ich bin bereit für ihren Gegenschlag, aber er kommt nicht. Ich fordere sie mit einem Blick heraus und sehe dann zu Brayden.

»Nicht cool, Mann«, sagt er und schüttelt in einer sorgfältig einstudierten Geste der Enttäuschung den Kopf.

Mann.

»Willst du mich verarschen? Und was ist damit, eine Gruppe Mädchen als Schlampen zu bezeichnen?«

Brayden schüttelt weiterhin den Kopf. Ich sehe nicht, wer, aber einer der Jungs murmelt: »Na, das *sind* sie doch«, was den gesenkten Köpfen ein düsteres Glucksen entlockt.

Ich schiebe den Vorhang der Weidenzweige beiseite und verlasse den Kreis. Wyatt holt mich ein.

»Du kannst nicht einfach zu ihnen laufen«, mahnt er.

Wir stehen am Eingang der überdachten Brücke. Ich atme schwer und Wuttränen hängen in meinen Wimpern. Tränen der Verwirrung. Ich weiß nicht, was hier in Aspen aus mir wird. Ich sehe Wyatt kaum an, bis er mich an den Schultern packt und mich zu sich dreht.

»Hör nicht auf die«, sagt er. »Das hat keine Bedeutung. So sind Jungs halt.«

»Was ist mit Brayden?«, kontere ich. Aber was ich eigentlich sagen will, ist: *Was ist mit mir?*

Ich frage Wyatt: »Was sollte ein Mann gegen das schlechte Benehmen von Jungs unternehmen?«

Wyatts Kiefer spannt sich an, als hätte er darüber ebenfalls nachgedacht. Er bittet mich nicht, wieder an die Arbeit zu gehen, aber ich tue es doch und schleppe ohne Hilfe ein Kajak nach dem anderen, während die Jungs hinter meinem Rücken tuscheln. Danach bin ich schweißgebadet, meine Muskeln tun weh und ich brauche zu lange unter der Dusche. Die Jungs sind still, als ich das Bad verlasse, und noch stiller, als ich zu meinem Bett gehe. Auf der Decke liegt Carolines Kerze. Ich hatte fast vergessen, dass sie verschwunden war.

Gestohlen, rufe ich mir in Erinnerung. Nachdem ich Callum angeschwärzt hatte.

Als ich die Kerze aufhebe, fällt sie auseinander, zerbröckelt wie ein Knochen, der nur noch von der Sehne des Dochts zusammengehalten wird. Ich muss sie mit beiden Händen festhalten. Sie ist irreparabel zerstört. Das ist keine Kerze mehr. Es ist eine Botschaft – und sie ist angekommen.

KAPITEL 24

Die erste Welle der Eltern trifft am Freitag kurz vor dem Abendessen ein. Meine sind nicht dabei. Ein Glück. Ein Teil von mir denkt, wenn sie sehen würden, dass ich hier draußen im Wald Spaß habe, würden sie eine Intervention einleiten und mich nach Hause schleifen.

Abendessen gibt es im Speisepavillon. Durch die Anwesenheit der Eltern haftet der Routine eine gewisse Zurschaustellung an, eine Ernsthaftigkeit, die die Leiter nervös macht, als wir uns umziehen. Unsere Kleidung wird von Brayden und Wyatt auf Grasflecke untersucht, unsere Haare werden gekämmt und zurückgegelt, und ein paar der Jungs rasieren sich sogar. Als Wyatt bei der Inspektion mich erreicht, tippt er sich bloß an die Nase. Ich stelle sicher, dass mein Septum-Piercing verborgen ist. Niemand kann es sehen, aber ich trage obendrein das Crop Top unter meinem Shirt. Einfach nur, weil ich kann.

Im Speisepavillon liegen auf den Bankettischen Tischdecken und das Plastikgeschirr ist Porzellan und Glas gewichen. Statt dem wilden Gerenne, um Platten aus der Küche hereinzubringen, ist das Personal zu einer uniformierten Armee angewachsen, die durch die Gänge schreitet und Teller vor uns stellt. Auch das Essen ist eine Zurschaustellung. Sommersalate dekoriert mit Cranberrys und Mandarinen, Cannellini-Bohnen-Tartine, rosa gebratenes Lachsfilet und in der Luft liegt der leichte, verführerische Duft von Apfelkuchen.

»Der Kochhauptkurs hat sich selbst übertroffen, nicht wahr?« Für die wenigen Eltern, die mit der Bärenhütte an einem Tisch sitzen, hat sich Wyatt in einen Alleinunterhalter verwandelt. »Ich habe heute Morgen gerochen, wie sie dieses Brot gebacken haben. Fantastisch, nicht wahr?«

Die Eltern wirken so seltsam am Tisch. Wie riesige Kinder, die über alles und nichts grinsen. Wyatt und Brayden werfen immer wieder Stichworte ein, um eine Unterhaltung anzuregen, und langsam ergehen sich die Jungs in einer Darbietung von Angebereien, spielerischen Sticheleien und gut gemeinten Hänseleien. Es ist nicht ihre übliche überdrehte Grausamkeit. Alle Spitzen sind abgerundet, sodass sie keine Wunden hinterlassen, nur blaue Flecke. Es erinnert mich an die Unterhaltungen, die ich aus meinem Elternhaus kenne. Alles Boshafte verbirgt sich im Subtext, oberflächlich ist alles nett und stilvoll.

Ich schweige. Seit jenem Tag, an dem ich zu viel gesagt habe, habe ich nicht viel mit diesen Jungs gesprochen und sie mit mir gar nicht. Die Kerze hat ausgereicht.

Wendy und die anderen Direktoren begleiten die Eltern nach dem Essen zu einem Spaziergang im Sonnenuntergang, der im Amphitheater enden wird. Die Abendaktivitäten sind eine weitere Zurschaustellung. Eine Talentshow, bei der die Camper singen, tanzen, Gedichte vortragen und Impro machen. Die meisten Eltern sind nur deshalb hier.

Unsere Hütte ist dafür zuständig, das Amphitheater herzurichten. Nachdem die Eltern weg sind, verfallen die Jungs in ihre übliche Rohheit. Sie scheinen ihr höfliches Verhalten sogar wieder wettmachen zu wollen. Sie reden darüber, welche Mädchen wie ihre Moms aussehen und welche Moms sie vögeln würden. Wyatt versucht halbherzig, das zu unterbinden, aber Brayden lacht nur und ermutigt die Jungs damit.

»Hey, was ist mit dir, Mars?« Ray grinst mich an.

Sie verstummen und Grillenzirpen erfüllt die Stille. Es ist ein begieriges Schweigen. Ich schiele zu Wyatt, dessen Augen vor Angst geweitet sind, aber diesmal verliere ich nicht die Beherrschung.

»Irgendwelche Daddys, die dir gefallen?«, hakt Ray nach.

»Ja, deiner«, kontere ich.

»Mein Dad ist tot«, sagt Ray tonlos, kann sich aber kaum zusammenreißen, während die anderen losprusten. Seinem Dad geht es bestens. Er war letztes Jahr unter den *Time* 100. Er redet ständig davon.

Ich zucke nur mit den Schultern und lasse die Jungs mit ihren Pornofantasien weitermachen. Kurz darauf trifft der Rest des Camps im Amphitheater ein. Die Eltern und die Kleinen sitzen in den ersten Reihen und wir werden ganz nach hinten verdrängt.

Es ist, als könnten sich meine Augen auf nichts auf der Bühne konzentrieren. Ich sitze abseits und meine Wut schwelt vor sich hin, während ich zusehe, klatsche, weiter zusehe. Es ist nicht diese lodernde Wut, die mich unter der Weide hat ausrasten lassen. Es ist eine kleine blaue Flamme, die unter dem Felsbrocken der Selbstbeherrschung hervorzüngelt, den ich wieder an seinen Platz gerollt habe. Ich hätte sie nie hervorschießen lassen dürfen.

Ein Kreischen holt mich in die Gegenwart des Amphitheaters zurück. Eine Rückkopplung eines Mikros, als der nächste Teilnehmer angekündigt wird. Ich setze mich auf, als ich sehe, wie Bria auf die Bühne stolziert und absurderweise ein Cello dabeihat. Ich erkenne zwei weitere Mädchen aus Hütte H, beide mit Violinen. Dann ist da noch ein Junge, der, glaube ich, eine Viola im Arm hält.

Sie beginnen ihr Stück so leise, dass das Publikum verstummt. Selbst die Grillen unterbrechen ihr endloses Zirpen, um zu lauschen. Ich vergesse meine Wut. Auch ich bin jetzt gebannt. Ich wusste nicht, dass Bria Cello spielt. Vor mir hat sie nie geübt, aber sie ist unglaublich. Ihr Cello verströmt ein sattes, hypnotisierendes Summen. Gemeinsam webt das Quartett ein akustisches Netz, das meinen Geist umfängt und mich aus meinem sich wiegenden Körper erhebt. Alle anderen wiegen sich ebenfalls. Sogar die Jungs.

Am Rand der Bühne entsteht ein kleiner Tumult und von der Seitenbühne springt eine Gestalt in lavendelfarbenem Organza hervor. Eine Tänzerin. Dann weitere Tänzerinnen. Sie tragen Schleier aus transparentem Eisblau, ihre Münder dahinter aufgerissen und gespenstisch, während sie die Hände verschränken und sich drehen und winden. Die Musik ist klassisch, der Tanz modern.

Dann wandelt sich die Musik, beschleunigt sich zu etwas diabolisch Schnellem. Die Tänzerinnen ziehen sich in einen Kreis zurück und jede von ihnen bekommt in der Mitte ein Solo. Die Mädchen bewegen sich alle unterschiedlich, manche mit der Anmut einer Ballerina, andere mit jazzigem Temperament. Ich beobachte eins der Mädchen, das zögert, als wäre es nervös, bis die sich wiegende Masse es nach vorn drängt. Sie wirft einen verletzten Blick zurück. Sie haben sie verraten.

Dennoch tanzt sie. Die Musik ist stärker als ihre Nervosität und wie ein Regentropfen an einer Scheibe taumelt sie durch ihre Abläufe. Anfangs schüchtern, dann geschmeidig und plötzlich fesselnd. Schließlich wird sie wild und wirbelt so schnell herum, dass der Wind ihren Schleier wegreißt.

Es ist das Mädchen aus dem Bootshaus. Ihr Name ist Sylvia, aber sie nennt sich Sylv. Während ich ihr beim Tanzen zusehe, fühle ich mich schwindelig und aufgeregt. Ich fühle mich gehalten, so tief geerdet, dass ich ihren Pulsschlag in den Wurzeln der Espen spüren kann. Aber gleichzeitig bin ich im Himmel. Mein Blickfeld weitet sich über Raum und Zeit aus und bleibt an der Erinnerung an Sylv hängen, wie sie im Bootshaus geweint hat. Dann geht sie rückwärts, ihr Leben läuft rückwärts. Sie sinkt ins Bett, steht in der Nacht zuvor auf.

Die Nacht der Verfolgungsjagd, aber Sylv ist in einem anderen, düstereren Teil des Waldes mit den anderen Leitern. Ich rieche den Gestank von Bier und spüre die rauen Kuppen gieriger Finger, die nach unten vorstoßen. Ich beobachte, wie ihr das alles widerfährt, und spüre, dass die Honeys mich beobachten. Sie wollen wissen, was Sylv zum Weinen gebracht hat, deshalb haben sie sie zum Tanzen gezwungen.

Ich versuche, mich von der Erinnerung abzuwenden, von der ich weiß, dass es nicht meine ist. Ich bitte darum, etwas anderes gezeigt zu bekommen. Irgendwas, bitte. Ich lande auf einem mondbeschienenen Felsen. Ich habe keine Füße. Keinen Körper. Ich bin nur als aufmerksames Bewusstsein hier, als Augen, die sich nicht schließen können. Es gibt etwas zu beobachten – nur für mich, das spüre ich –, aber ich weiß nicht, was. Vielleicht die gezackten Baumkronen, die sich vor dem Himmel schließen? Vielleicht etwas darunter? Vielleicht die klebrige schwarze Lache, die den Felsen hinab und in die Erde sickert.

Vielleicht das Mädchen, das sterbend auf dem Rücken in der Blutlache liegt und mich ansieht.

Ich kenne ihren Namen nicht, aber ich kenne ihr Gesicht von einem Foto, das ich einst gefunden habe. Und ich habe diese Szene schon einmal gesehen. Wann? Ich taumele nach hinten, nach oben, nach außen. Jetzt beobachte ich mich selbst auf einer sonnendurchfluteten Lichtung, wie ich mit Bria ein Spiel mit Mosaiksteinen spiele. Ich sehe mich selbst umgeben vom atemberaubenden Gespinst des Lichts, während unsere Hände Muster formen, sehe Bria in meinen Gedanken wühlen, sehe, wie ich mich wehre und ihre durchwühle. Dann sehe ich, wie sie mich wegstößt, mich auf die Erde zurückzieht und die Mädchen mich umschwärmen.

Sie haben etwas mit mir gemacht, mir etwas genommen. Die Zweifel aus meinem Inneren geschnitten. Aber von außen sind ihre Bewegungen kaum sichtbar. Nur ein mikroskopisches Zucken ihrer Finger, während sie mir das Blut vom Schädel wischen, und ich liege einfach nur da und lasse sie gewähren.

Meine Zweifel. Meine Ängste. Zerstört. Verbrannt wie der Schmetterling auf der Decke.

Wieder denke ich an das Mädchen auf dem Felsen und jetzt kenne ich seinen Namen.

»Sierra«, flüstere ich laut unter dem Applaus, der durchs Amphitheater brandet. Der Tanz ist vorbei.

Sierra. Ihr Name ist Sierra. Natürlich kenne ich Sierra. Die Erinnerung an sie dringt mit brutaler Erkenntnis in mein Bewusstsein ein. Ich weiß, dass sie diesen Sommer hier war, sie mir die Nägel lackiert und für die Feier Wangenrouge aufgetragen hat. Aber was war danach? Wo ist sie hingegangen? Zu diesem Felsen, in ihr Verderben. Bloß wie?

Ich stehe mit allen anderen auf, um Beifall zu klatschen, als sich das Ensemble verbeugt. Das Bild von Sierra auf dem blutigen Felsen geht in die Erinnerung an Caroline in der Eingangshalle über. Die beiden abgestürzten Mädchen überlagern einander, verschmelzen in einer bösartigen, atemberaubenden Symmetrie. Sie sprechen im Einklang, ein nachdrücklicher Befehl.

»Erde an Mars«, ermahne ich mich.

Wach auf.

Komm wieder runter.

Hilf uns.

Ich weiß, dass ich klatsche, doch ich spüre rein gar nichts. Es ist wie in meiner ersten Nacht in Aspen, während der Glut, als ich die Menge abgesucht und Bria entdeckt habe, die mich bereits mit einem Lächeln auf den Lippen beobachtete. Ein Lächeln, das Dinge wusste, die ich nicht mal erahnen konnte.

Eine der Honeys hilft Sylv auf, die völlig außer Atem am Bühnenrand zusammengebrochen ist. Niemand scheint es zu bemerken oder sich darum zu scheren, dass sie weint. Durch den Wald der applaudierenden Hände, durch die sich verbeugenden Tänzer fange ich Brias Blick ein. Einmal mehr beobachtet sie mich.

Nur lächelt sie dieses Mal nicht.

V

KAPITEL 25

Ich träume nicht, weil ich nicht schlafe. Ich liege im Bett, starre die lidlosen Augen im Holz an und flicke nach und nach die Fragmente meiner Erinnerungen zusammen. Je mehr ich mich auf das Bild der blutigen Sierra auf dem Felsen konzentriere, desto größer wird der Fleck rings um sie. Er tropft durch meine Erinnerungen an letzte Woche, bis sie vollkommen durchtränkt sind. Dann kommt die Angst.

Ich wusste es und sie haben mich vergessen lassen. Auch den Moment mit Callum im Wald. Er vibriert auf derselben bedrohlichen Frequenz. Eine Verzerrung der Wabe meiner Erinnerung.

Ich weiß nicht, wie spät es ist, als ich beschließe aufzustehen. Es ist nicht mal wirklich eine Entscheidung. Ich setze mich einfach auf und ziehe mich im Dunkeln an. Dann gehe ich so leise wie möglich die knarzende Treppe hinunter. Braydens und Wyatts Tür steht wie immer einen Spalt offen. Ich schiebe sie auf, ohne sie zu wecken. Endlich erreicht mich die Vernunft.

Ich darf auch diesen beiden nicht trauen. Ich darf niemandem außer mir selbst trauen.

Als ich in Aspen ankam, wusste ich das, aber dann habe ich es vergessen. Doch jetzt bin ich wieder ganz ich, frei von diesem erdrückenden Gespinst, das meinen Geist eingehüllt hatte. Und als ich selbst weiß ich, was ich schon immer wusste: Ich darf nur auf das vertrauen, was ich mir selbst erarbeitet habe. Nichts mehr, nichts weniger.

Vom Haken an der Wand schnappe ich mir Wyatts Schlüssel, und als ich aus der Bärenhütte schleiche, entsteht in meinem Kopf ein neuer Plan. Inzwischen kennen meine Füße den Weg durch den Wald. Ich folge den Strahlen des Mondlichts, die durch die Bäume fallen. Trotz der Furcht zwinge ich mich nachzudenken. Das muss ich, wenn ich herausfinden will, was hier vorgeht.

Ich muss rational denken, aber in der Dunkelheit ist es leicht, zu dem Schluss zu kommen, dass ich gerade aus einem übernatürlichen Zauber erwacht bin. Hier draußen im Wald, wo meine einzigen Begleiter mein eigener Atem und die Klagen der Seetaucher auf dem Wasser sind, fühlen sich die Phantome sehr real an.

Das macht mir keine Angst. Ich fürchte die Dunkelheit nicht. Ich kenne die Dunkelheit und sie kennt mich. In ihr bin ich sicher vor den liebreizenden Illusionen der Sonne. Ich weiß, was ich immer schon wusste: Die Monster, die es sich zu fürchten lohnt, sind die, die so gefährlich sind, dass sie sich im Tageslicht verbergen.

Als ich das Camp erreiche, ist es wie ein Schnappschuss erstarrt. Die Banner des Juli-Bergfests hängen leblos in der schwülen Luft. Ich jogge zum Umweltlabor und öffne mit Wyatts Chip die Tür. Ich schließe die Jalousien, finde den Schalter für das Licht und schalte es lange genug ein, um zu bekommen, was ich brauche – den Überspannungsschutzschalter für die Computer, einen Stuhl, Papier, einen Stift –, dann tauche ich alles wieder in Dunkelheit. Bald schon sitze ich im eisigen Schein eines der Monitore und vor mir blinkt eine leere Suchleiste.

Ich tippe: *aspen naturstätte tote*

Ich zucke zusammen. Natürlich sind die ersten Treffer Nachrichtenmeldungen über Carolines Tod. Jede Menge Artikel über meine Mom. Ich scrolle an ihnen vorbei, stoße aber nur auf weitere Nachrufe. Hauptsächlich von reichen Leuten, die ihre schönsten Erinnerungen und besten Freunde Aspen zu verdanken haben. Igitt.

Ein Nachruf sticht hervor. Er ist von einem jungen Mädchen, das nicht mehr als ein Jahr älter als Caroline und ich gewesen sein kann. Und sie starb letztes Jahr. Ich mustere ihr Foto mit zusammengekniffenen Augen – sie hat runde Wangen. Sommersprossen. Sie wirkt so vertraut, dass ich sie auf dem Foto mit Sierra verorte, das ich gefunden habe. War sie letztes Jahr noch in Aspen?

Ihrem Nachruf zufolge starb sie zu Hause, im August. Ebenjenem August, in dem Caroline völlig verängstigt nach Hause kam. Ihre Todesursache wird nicht genannt, doch nach einigem Suchen stoße ich auf eine Onlinespendenkampagne zu ihren Ehren. Der Zweck: die Erforschung von Gehirntumoren.

Ein Schauder durchfährt mich. Ich zwinge mich weiterzumachen.

Als Nächstes suche ich nach Unfällen oder Skandalen rund um Aspen. Es gibt einen Artikel über einen Autounfall, der das Leben von sechs Campern gefordert hat, aber es ist ein anderes Camp. Ich stoße auf diverse solche Geschichten – ein Busunfall, ein Fall von Ertrinken, ein paar verrückte Unfälle – und sie alle haben eines gemeinsam: Keine hat irgendwas mit Aspen zu tun.

Aspen, ein Camp, das seit mehr als hundert Jahren existiert, ist lupenrein. Das kommt mir seltsam vor.

Ich weite meine Suche aus: *catskills vermisste personen*

Es gibt viele Treffer. Ich öffne eine Tabelle und fange an zu tippen. Eine Stunde später ist die Tabelle voller Daten, Namen und persönlicher Details. Ich ergänze, was immer ich finden kann, einschließlich des Wohnorts. Ich rufe eine Karte der Catskills auf, notiere die Städte in der Nähe von Aspen und vergleiche diese mit meiner Liste. Ich erstelle sogar eine

Pivot-Tabelle, bin indessen nicht sicher, wonach ich suche. Vermutlich nach allem.

Der Cursor schwebt über der leeren Suchleiste und meine vorherigen Suchen starren mir entgegen:

aspen naturstätte tote

aspen naturstätte skandale

catskills vermisste personen

Sierra hat zu mir gesagt: *Da ist noch mehr. Mach weiter, ja?* Aber was soll ich finden?

Ich überfliege meine Liste der anderen Leute, die in den Catskills verschwunden sind. Ich erinnere mich an die Geschichten, die die Jungs gern erzählen, über Jäger, die in den Wald gegangen und nie wieder rausgekommen sind. Und ich denke daran, wie Brayden darauf bestanden hat, dass die Espen, die alles sehen, sich nur jene holen, die dem Wald schaden. Was könnten diese Leute getan haben?

Ich fange an, genauer nachzuforschen, jenseits der Nachrufe und Artikel über offene Fälle, in den Leben der Betroffenen. Ich weiß nicht, wonach ich suche, bis ich es bei jeder Person finde, aber als ich es sehe, weiß ich es.

Ein Mann hat unter Alkoholeinfluss eine Familie bei einem Unfall getötet. Im nächsten Sommer verschwand er.

Eine Studentin der State University New York soll für den Tod einer anderen Studentin durch Schikane verantwortlich gewesen sein. Auch sie wurde im Sommer vermisst.

Überall finde ich Schuldige, die im Hochsommer verschwunden sind. Bald habe ich eine neue Liste, auf der nur noch ein paar Namen stehen. Jeder auf der Liste wurde in dieser Gegend als vermisst gemeldet, einer pro Jahr, etwa um diese Zeit. Genau wie Sierra.

Ich lehne mich zurück und betrachte die Liste. Meine Augen brennen, weil ich zu lange auf den Bildschirm gestarrt habe. Ein paar Stunden Recherche mitten in der Nacht, muss ich mir eingestehen, ist nicht gerade der wasserdichte Fall, auf den ich gehofft hatte. Aber es ist auch nicht nichts.

Ich finde Papier und einen Stift und trage die Namen, Daten und Details in ein handgezeichnetes Raster ein. Dann lösche ich die Tabelle und schließe alle Fenster. Alle außer einem. Eine weitere Meldung über Carolines Tod, diese ist allerdings von einer hiesigen Zeitung. Allerdings bleibe ich nicht daran hängen, sondern an einem zugehörigen Artikel darunter. Ein weiterer Klick und ich sehe, was mir ins Auge gefallen war: ein Foto von meiner Mom vor langer Zeit bei einer Spendengala. Und dort hinter ihr steht eine lächelnde Wendy.

Zunächst verstehe ich es nicht. Dann dämmert es mir. Wyatts Familie verwaltet die Naturstätte, aber der Staat besitzt und schützt das Land. Mom ist Senatorin, sie geht zu allen möglichen Presseveranstaltungen des Umweltschutzministeriums des Staates New York. Ironischerweise meistens gegen ihren Willen. »Ich traue denen nicht. Denen sind Bäume wichtiger als Menschen«, hat sie immer gesagt.

Ich vermute, dass in diesen Worten mehr Wahrheit steckt, als sie geahnt hat. Ehe ich den Computer ausschalte, schließe ich das Fenster und lösche den Browserverlauf. Ich lehne mich auf dem Stuhl zurück, starre mein Spiegelbild auf dem schwarzen Monitor an und bemerke irgendwann die Person, die hinter mir im Labor sitzt.

Ich springe auf, hinter mir fällt der Stuhl um und ich renne zur Tür. Ich pralle gegen einen Tisch, fluche und versuche weiterzulaufen. Die Person rammt mich in das Gemälde des Adlers an der Rückwand. *Wie groß ist deine Flügelspanne?*, denke ich absurderweise, während ich mich wehre. Dann höre ich die Stimme.

»Mars. Mars, ich bin's. *Hör auf.*«

Ich höre auf, mich zu wehren. Wyatt lässt mich los.

»Still«, mahnt er.

»Sei *du* still.«

»War ich. Die gesamten zehn Minuten, die ich dich beobachtet habe. Was zum Teufel hast du da gemacht?«

In der Finsternis des Labors kann ich Wyatt kaum erkennen. Es juckt mir in den Fingern, die Jalousien aufzureißen. Ich muss sein Gesicht sehen. Ich muss sehen, was er über diese Sache weiß.

»Irgendwas stimmt nicht«, sage ich. »Irgendwas an diesem Ort stimmt nicht.«

»In Aspen? Wovon redest du?«

»Ich beweise es dir«, versichere ich ihm und breite auf dem Tisch meine zerknitterte Liste aus. Ich dränge Wyatt, näher zu kommen. Er rührt sich nicht. Allein seine von hinten beleuchtete Silhouette verrät mir, dass er denkt, ich hätte endgültig den Verstand verloren. Das führt mir vor Augen, wie fahrig ich wirken muss.

»Ich bin nicht verrückt«, beharre ich.

Wyatt legt den Kopf schräg. »Ich habe beobachtet, wie du eingebrochen bist, um mitten in der Nacht eine Excel-Tabelle zu erstellen, Mars.«

Okay, kann ich nicht bestreiten. Langsam komme ich mir unglaublich albern vor.

»Woher wusstest du, dass ich hier bin?«, frage ich.

»Ich bin dir hinterhergegangen. Wo sind meine Schlüssel?«

»Tut mir leid«, sage ich und werfe sie ihm zu.

»Warum, Mars? Was ist hier los?«

Als ich nicht antworte, geht Wyatt zur Tür. Er schaltet das Licht ein und greift nach dem Telefonhörer an der Wand.

»Das ist mit dem Büro verbunden und Anrufe dorthin werden direkt auf Wendys Handy umgeleitet. Sag mir, was los ist, oder ich hol sie ans Telefon.«

»Nein!« Ich stürze hin und halte seine Hand fest. Wyatt starrt mich an seinem Nasenrücken entlang an. Er trägt bloß ein weißes

T-Shirt und seine Haare sind vom Kissen platt gedrückt. Er wirkt müde, sauer und verletzt. Aber bedrohlich wirkt er nicht.

»Ich verrat's dir«, lenke ich ein, meine Hand immer noch auf seiner am Telefon. »Aber mach das Licht aus.«

In der düsteren Kühle des Umweltlabors sitzen Wyatt und ich einander gegenüber und um uns herum schweben Einmachgläser mit Insekten wie silberne Seifenblasen. Ich fange mit der seltsamen Vision an, die ich bei der Talentshow hatte und wie sie mich an Sierra erinnert hat. Ich muss Wyatt erklären, wer Sierra ist, weil er sich nach wie vor nicht an sie erinnern kann. Dann zeige ich ihm die Liste der Vermissten und lege ihm meine Theorie dar.

»Jedes Jahr verschwinden um diese Zeit Menschen in der Nähe von Aspen und ich denke, dass die Mädchen aus Hütte H etwas damit zu tun haben. Ich denke, Sierra wollte mich warnen, als sie mir gesagt hat, dass mehr hinter den Honeys steckt, und sie haben sie verschwinden lassen. Vielleicht hat Caroline dasselbe versucht.«

Wyatt hält die Liste ins Mondlicht und kneift die Augen zusammen, um die Namen lesen zu können.

»Wenn Sierra wirklich eine Camperin gewesen wäre, hätte Aspen sie als vermisst gemeldet, sobald sie zu irgendwas nicht erschienen wäre.«

»Nicht wenn Aspen alles vertuscht«, halte ich dagegen.

»Aspen vertuscht gar nichts«, fährt Wyatt auf. Er wendet sich von mir ab. Die Anspannung in seinen Schultern verrät mir, dass ich ihn verloren habe. Doch vielleicht kann ich ihn zurückholen.

»Was ist mit den Vermissten?«, frage ich.

»Die Wälder sind gefährlich, Mars.«

»Aber was ist mit den Daten?«

»Schockiert es dich ernsthaft, dass die Leute im *Sommer* in den Wald gehen?«

Er hört gar nicht mehr zu. Wyatt schnappt sich meine Liste und geht zur Tür. Ich renne ihm hinterher. Während Wyatt uns in der Hitze der Nacht zurück zum Jägerdorf führt, diskutieren wir weiter. Ich muss fast joggen, um mit ihm mitzuhalten.

»Denk doch mal nach, Wyatt.« Ich flehe ihn inzwischen förmlich an, aber das ist mir egal. »Wie kann ein ganzes Camp einfach so ein Mädchen vergessen? Ein *beliebtes* Mädchen? Sie war hier und dann war sie weg und niemanden kümmert's.«

»Hast du nach ihr gesucht?«

Ich stolpere über einen Stein und kann mich gerade noch abfangen. Wyatt wird nicht langsamer. »Ich kenne ihren Nachnamen nicht.«

»Also bist du ins Umweltlabor eingebrochen, und statt die Person zu recherchieren, die du suchst, hast du eine Liste mit einem Dutzend anderen Vermissten erstellt? Hat Aspen die auch vergessen?«

»Nein, so meinte ich das nicht. Oder … ich weiß nicht. Vielleicht. Hör zu, es tut mir leid, dass ich deine Schlüssel geklaut habe …«

»Und eingebrochen bist und …«

»Aber Wyatt, hör mir zu, *bitte.*«

Wir bleiben beide stehen, weil ich Wyatts Handgelenk gepackt habe. Angewidert starrt er auf meine Hand auf seinem Arm. Er sieht aus wie jeder andere der Jungs. Anonym unter der Aspen-Elite. Ich war ein Idiot, ihm das alles zu erzählen. Das ist sein Zuhause. Ich lasse ihn los.

»Manchmal sterben Leute, Mars«, knurrt Wyatt leise. »Als Jeremy gestorben ist, habe ich auch verzweifelt nach Antworten gesucht. Aber weißt du was? Manchmal sterben Leute einfach und es steckt kein Rätsel, keine Verschwörung oder Vertuschung dahinter. Es gibt keinen Grund. Glaub mir, gerade ich weiß, wie schwer es ist, das zu hören, aber mit dieser Aktion ehrst du das Andenken deiner Schwester ganz bestimmt nicht.«

Nun ist es an mir zurückzuweichen.

»Es geht hier nicht um meine Schwester«, sage ich.

»Ganz genau. Es geht um dich.«

Wyatt tritt auf mich zu. Er hebt den Finger und zeigt mir direkt ins Gesicht.

»Wenn es um deine Schwester ginge, würdest du ihr Andenken respektieren und sie gehen lassen, aber es geht hier nur um *dich*, Mars. Du kannst nicht akzeptieren, dass sie diesen Ort tatsächlich geliebt haben könnte, also suchst du nach Erklärungen und das macht dich verrückt. Du hast dir deine Hütte zum Feind gemacht, Brayden, Wendy und jetzt mich. Und doch bist du immer noch nicht zufrieden, oder? Also machst du dir jetzt auch noch diese Mädchen zu Feinden. Als Nächstes kommt dann Aspen. Und was dann? Willst du ernsthaft den ganzen verdammten Catskills die Schuld geben?«

Wyatt stößt den Atem aus und er steigt als Dampf in der Stille auf, die sich zwischen uns aufbaut. Ich kann nicht mal blinzeln.

»Ich weiß, dass Trauer einen verrückt machen kann«, sagt er. »Aber du musst dich dagegen wehren. Du musst das loslassen, bevor es dich in den Abgrund reißt.«

»Es geht hier nicht um Trauer«, beharre ich und die Lüge schnürt mir die Kehle zu. Es geht – ausschließlich – um Trauer. Bloß wie Sierra sagte, da ist noch mehr. Und ich bin *so* nahe dran. Ich weiß es.

Wyatt will mich umarmen, doch ich stoße ihn weg.

»Na schön«, sage ich. »Lass uns morgen drüber reden.«

»Okay.«

»Erzählst du's Wendy?«

Es dauert eine Weile, ehe Wyatt antwortet.

»Ich hab Brayden geweckt, bevor ich los bin. Tut mir leid, Mars. Mir blieb nichts anderes übrig. Ich denke, wir sind an einem Punkt angelangt, wo die Sicherheit gefährdet ist. Vielleicht hatte Wendy recht. Vielleicht ist das nicht gerade der beste Ort für dich.«

»Sie werden mich wegschicken«, flüstere ich.

»Ich weiß«, erwidert Wyatt. »Tut mir leid.«

Seine Worte treffen mich wie eine Kanonenkugel. So massiv meine Wut auch ist, sie zerspringt. Es ist vorbei. Ich bin erledigt. Ich fahr heim und Aspens Geheimnisse bleiben bestehen, strahlend und undurchdringlich. Ich war nicht vorsichtig genug. Ich war nicht clever genug. Ich war nicht konzentriert genug. Ich verliere Caroline noch einmal und bin keinen Schritt näher daran, ihr Leiden zu verstehen, als in dem Moment, als ich gesehen habe, wie diese Bienen aus ihrem Kopf krabbelten.

Der restliche Weg zum Jägerdorf ist schrecklich kurz. Kein Licht brennt, die Hütte ragt dunkel und reglos vor uns auf, wie ein versiegeltes Urteil. Wortlos führt Wyatt mich zu meinem Bett und stellt dann sicher, dass ich unter die Decke schlüpfe, bevor er nach unten geht. Meine Liste nimmt er mit.

In meinem Regalfach finde ich Carolines Stockmeißel und drücke ihn an meine Brust, bis er meine Körpertemperatur angenommen hat. Dann stelle ich mir vor, dass eigentlich das Metall warm ist und ich die leblose Waffe bin.

Am nächsten Morgen bin ich nicht müde. Ich bin gar nichts. Die Leere füllt mich vollkommen aus, als wäre ich ein Ballon, dem langsam die Luft ausgeht. Bei der Messe sieht mich Wyatt nicht an. Beim Frühstück warte ich darauf, dass Brayden in der Tür der Jägerlodge auftaucht, um mir zu sagen, dass ich meine Sachen packen soll. Aber er ist gar nicht im Dorf.

Wahrscheinlich ist er mit Wendy am Begrüßungszentrum und wartet darauf, dass meine Eltern ans Telefon gehen.

Ich erledige meine Aufgaben. Ich stecke meinen Stockmeißel in meinen Gürtel und tue so, als wäre alles normal. Wir gehen ins Camp, wo sich haufenweise Eltern auf dem Hauptrasen tummeln. Dads in Poloshirts und Moms in Tennisröckchen eilen ihren aufgeregten Kindern hinterher. Aspen hat einen Tisch mit Kupferkannen mit Kaffee, Wasser für Tee und Bergen von leuchtend bunten Früchten aufgebaut. Auf der Veranda der Großen Lodge erscheint Wendy, um alle zu begrüßen, aber sie lässt sich nur kurz blicken, um gleich wieder zu verschwinden, und überlässt es ihren Angestellten, die Aktivitäten des Tages zu organisieren. Fast wäre ich ihr gefolgt. Ich will meine Hinrichtung hinter mich bringen. Ich bleibe nur, weil mir mein lebenslanges Training genau sagt, was ich machen muss, nämlich so tun, als wäre rein gar nichts los.

Die Aktivitäten des Tages werden verkündet. Am Morgen gibt es Seminare, am Nachmittag Sport und abends eine Shakespeare-Inszenierung. Die Leiter der Hauptkurse werden aufgerufen und jeder von ihnen winkt, damit die Eltern wissen, wem sie folgen müssen. Leena ist nicht darunter. Genau genommen sehe ich überhaupt keins der Mädchen aus Hütte H.

Ich zwinge mich, an irgendetwas anderes als diese Mädchen zu denken. Ich muss sie aus meinem Kopf verbannen. Die Verwüstung, die sie angerichtet haben, hat eine schwelende Wunde hinterlassen. Aber falls Wyatt recht hat – falls das eine durch meine Trauer ausgelöste Wahnvorstellung ist –, kann ich die Infektion bloß rausschneiden und hoffen, dass die Narben schnell verheilen.

Das alles rede ich mir ein und doch verbringe ich den Morgen am Bootshaus, wo mein Blick zwischen den bunten Segeln, die über den schwarzen See gleiten, der Wiese und der überdachten Brücke hin- und herzuckt. Niemand durchquert sie. Keine Eltern machen sich auf den Weg zu Hütte H und die Mädchen kommen nicht ins Camp.

Aus irgendeinem Grund bin ich zur Mittagszeit immer noch dort, als Wyatt auftaucht und mich zur Veranda des Speisepavillons zerrt.

»Wir müssen reden«, flüstert er, damit die Eltern ringsumher uns nicht hören.

»Ist es so weit?«

Ich muss mich näher zu ihm beugen, um die nächsten Worte zu verstehen.

»Als wir gestern Nacht zurückgekommen sind, war Brayden nicht in der Hütte. Ich dachte, er wäre losgegangen, um sich mit Wendy zu treffen, aber die hat mich eben gefragt, wo er ist.«

Wyatts Nervosität geht mir unter die Haut. Ich weiß nicht, was er da andeutet, doch ich fange trotz der Hitze an zu zittern.

»Wendy weiß nichts von letzter Nacht«, raunt Wyatt. »Gar nichts. Weil Brayden nie bei ihr angekommen ist. Er ist verschwunden, Mars.«

KAPITEL 26

Brayden ist verschwunden.

Ich blinzele und glaube, meine Augen weiten sich, indessen gelingt es mir trotz meiner wachsenden Angst – und meiner Freude –, eine ausdruckslose Miene zu wahren. Wendy hat keine Ahnung, also bleibt mir mehr Zeit. Bloß ...

Brayden ... ist verschwunden?

Ich habe Wyatt sowohl wütend als auch sanft erlebt. Zu Späßen aufgelegt und nachdenklich. Aber nie verängstigt. Das ist neu.

»Erzähl weiter«, dränge ich.

»Ich habe Wendy gesagt, dass Brayden seit gestern Abend niemand gesehen hat, und sie hat es einfach abgetan. Sie meint, er hätte wahrscheinlich einfach das Wochenende frei.«

»Könnte das denn sein?«

Wyatt schüttelt den Kopf. Unter seiner Sorge erzittern seine Locken. »Keiner kriegt das Bergfestwochenende frei. Das ist eine wichtige Regel und Brayden hatte Aufgaben, die ich jetzt den ganzen Tag übernommen habe. Warum sollte er außerdem einfach so mitten in der Nacht verschwinden? Das ergibt keinen Sinn.«

Ich denke nicht wirklich, dass Brayden sich einfach das Wochenende freigenommen haben könnte, ich will nur, dass Wyatt hört, wie er selbst zugibt, dass Wendy ihn belogen hat.

»Also, was machen wir jetzt?«, frage ich.

Wyatt strafft sich und sieht mich ernst an. »Nichts, Mars. Das hat nichts mit uns zu tun. Oder deiner Namensliste. Wahrscheinlich ist es bloß Zufall.«

Ich stehe vor der Wahl. Ich kann ein ziellos driftender, luftloser Ballon in Marsform bleiben oder ich kann mich zusammenreißen. Ich entscheide mich, ich zu sein, für Letzteres, und meine Stimme bleibt gesenkt und fest. »Wenn das nichts mit gestern Nacht zu tun hätte, wärst du selbst zu Wendy gegangen und hättest ihr erzählt, dass ich mich rausgeschlichen habe. Aber das hast du nicht. Weil du glaubst, dass es eine Verbindung zwischen Brayden und den Leuten gibt, die um Aspen verschwunden sind. Du denkst, dass ich recht habe.«

Wyatt schüttelt den Kopf. »Nein.«

»Warum kommst du dann damit zu mir, wenn du mich *eigentlich* rausschmeißen solltest?«

Für ein Elternpaar, das zu nahe an uns vorbeiläuft, setzt Wyatt mühelos ein strahlendes Lächeln auf. Wir beide schalten zwischen Persönlichkeiten hin und her – der einstudierten Kunstfigur und der verborgenen Realität. Ich will seine Hand nehmen und ihn erden. Wir sind hier auf etwas Reales gestoßen.

»Ich verspreche dir, es gibt eine Erklärung«, raunt er, das falsche Lächeln noch immer auf den Lippen. »Brayden hatte schon öfter Ärger, weil er sich rausgeschlichen hat. Und wegen anderem Scheiß auch, glaub ich. Ich erzähl dir das, damit du dich nicht mitten in der Nacht auf die Suche nach ihm machst. Das ist gefährlich, Mars, und es ist meine Aufgabe, für deine Sicherheit zu sorgen. Aber das kann ich nicht, wenn du weiter gegen die Regeln verstößt. Wenn du so was wie letzte Nacht noch mal machst, *werde* ich es Wendy erzählen. Bitte hass mich nicht dafür.«

Ich rolle mit den Augen. Meine Nervosität ist verflogen. Im Bluffen ist Wyatt beschissen. Er wird mich nicht verpfeifen, weil er es jetzt mit eigenen Augen gesehen hat, und er wird unvermeidlich die richtigen Schlüsse ziehen. Ich habe ihm das Geschenk des Zweifels gemacht, aber Wendy hat die Schleife abgerissen. Sie lügt und jetzt weiß Wyatt es auch.

Etwas ultimativ Faules geht in Aspen vor.

Ich sitze das Mittagessen aus und suche unter den Betreuern am Banketttisch nach Anhaltspunkten. Falls sie wissen, was vorgeht, zeigen sie es nicht. Den einzigen Hinweis gibt mir Aspens Co-Direktor Donovan, als er beschließt, unsere Hütte zum Sportkomplex zu begleiten. Ich wette, er wird den restlichen Tag bei uns bleiben, um Braydens Abwesenheit zu vertuschen.

Den ganzen Nachmittag über wandere ich zwischen den verschiedenen Aktivitäten hin und her, entdecke aber weder die Mädchen aus Hütte H noch Leena. Nur einmal sehe ich Wendy, die auf der Veranda der Großen Lodge mit Eltern plaudert und sich total fröhlich gibt. Donovan sitzt auch beim Abendessen bei uns. Er ist laut, schlagfertig und erfüllt das Gespräch mit seinem presslufthammerartigen Lachen, aber inzwischen tuscheln die übrigen Jäger untereinander. Braydens Abwesenheit wurde bemerkt, doch nicht erklärt. Als ich Donovan auf dem Weg zum Theater danach frage, tut er die Sache einfach ab.

»Keine Ahnung«, sagt er. »Ich bin sicher, er ist hier irgendwo. Mach dir keine Sorgen deswegen.«

Deswegen.

Nicht *seinetwegen.*

Während wir ins Theatergebäude strömen, denke ich über den Moment gestern Abend nach, als Bria über die applaudierende Menge hinweg Blickkontakt zu mir herstellte. Diese Erinnerung verstärkt die seltsame Surrealität von Braydens Verschwinden nur noch. Und die Augenblicke davor – als ich Sylvs Tanz gesehen habe und mein Geist an einen anderen Ort abgedriftet ist und Dinge gesehen hat, die ich nicht erklären kann, die aber definitiv echt waren – was war das? Es fühlte sich ... vertraut an. Wie die gestohlene Erinnerung daran, mit Bria mit den Mosaiksteinen zu spielen. Es fühlte sich an wie das Geschirrspülen in Hütte H. Ich hatte das Gefühl, Teil von einem weitverzweigten Wissen zu sein, und nun, einen Tag später, muss ich feststellen, dass mir dieses Gefühl fehlt. Nur ein bisschen. Aber genug, dass ich meine eigenen Absichten hinterfrage, während ich meine Pläne schmiede.

Das Stück beginnt. Wir sitzen in höflicher Aufmerksamkeit da, während Schüler wichtigtuerisch über das Set stolzieren und mit atemloser Überzeugung absoluten Stuss von sich geben.

Was entgeht mir hier?

Auf der Suche nach dem fehlenden Puzzleteilchen nehme ich alles unter die Lupe, woran ich mich aus dem Inneren von Hütte H erinnern kann. Eine Falltür, die in einem geheimen Keller führt, oder ein Blutfleck auf der Spitze. Aber wenn ich an die Hütte denke, empfinde ich wieder dieselbe berauschende Sehnsucht, also halte ich mich davon fern. Ich zoome raus. Ich betrachte die Wiese und ihre Bienenstöcke, schwenke um die Hütte herum und gelange schließlich zu ...

Der Schuppen.

In der Pause sage ich Donovan, dass ich auf die Toilette muss, und Wyatt springt auf, um mich zu begleiten.

Donovan reckt beide Daumen hoch. »Das Buddy-System. Gefällt mir.«

»Du musst nicht aufs Klo, oder?«, fragt Wyatt, sobald wir aus dem Theater sind.

»Nein.«

»Mars. Komm schon. Nicht schon wieder.«

»Du kannst zurückgehen, wenn du willst«, sage ich, während ich aufs Bootshaus zumarschiere. Wyatt muss ahnen, was ich vorhabe, denn er rennt an mir vorbei, um mir den Weg zu versperren.

»Stopp. Wenn du nicht augenblicklich umdrehst, hole ich Wendy.«

Ich gehe an Wyatt vorbei. »Hol sie nur. Die nutzlose Nudel soll sich was ansehen.«

»Was denn, Mars?«

»Den Schuppen.«

In Wyatts Gesicht blitzt Überraschung auf, als würde er sich gerade erst an den einsamen Schuppen hinten zwischen den Bäumen auf dem Grund von Hütte H erinnern. Mehr brauche ich nicht.

»Den Ort dürfen wir als einzigen nicht betreten. Ist das nicht seltsam? Die Mädchen haben uns sogar in ihre Hütte gelassen, aber nicht in den Schuppen. Warum nicht? Warst du je drin, wenn du deinem Großvater geholfen hast?«

»Er ist neu«, erklärt Wyatt, doch nun klingt er unsicher. »Leena hat ihn vor ein paar Jahren gebaut.«

Ich gehe weiter. Wyatt tapst hinter mir her. Wir durchqueren die überdachte Brücke, was seine Proteste nur zu befeuern scheint.

»Was glaubst du denn, dort zu finden? Bösartige Imkeranzüge?«

»Ich hab die Mädchen mal da drin gehört. Sie haben über irgendeinen Gewaltakt geredet. Vielleicht haben sie ja was geplant. Keine Ahnung. Deswegen gehen wir ja hin.«

»*Du* gehst da hin. Ich halte dich auf.«

»Nicht besonders erfolgreich.«

Wyatt schnaubt, folgt mir aber weiterhin. Wir sind jetzt im Wald und die Dämmerung taucht alles in ein Netz aus dunklen Grün- und Blautönen, das den leuchtend orangen Himmel zerschneidet. Wyatt hat eine winzige Taschenlampe an seinem Schlüsselbund und spielt damit, schaltet sie aber nicht ein.

»So wie ich es sehe«, sage ich atemlos, als wir den Hang hinaufklettern, »weißt du, dass irgendwas mit Aspen nicht stimmt, bloß bist du zu gut konditioniert, um tatsächlich eine Regel zu brechen. Also benutzt du mich, damit ich die Regeln für dich breche. Du willst genauso unbedingt wie ich rauskriegen, was hier los ist.«

»Das ist absurd.«

»Dann geh.« Ich bleibe stehen, schwanke wegen der Steigung. Ich breite die Arme aus und zeige auf den Wald, aus dem wir gekommen sind.

Wyatt schnauft. »Ich lass dich nicht allein gehen.«

Als wir unsere Schritte beschleunigen, kann ich mir ein Grinsen nicht verkneifen. Wir erreichen die Lichtung, gerade versinkt die Sonne hinter dem Horizont und taucht die Wiese vor uns in Dunkelheit. Durchs hohe Gras huschen neonfarbene Punkte. Glühwürmchen. Alle Lichter der Hütte brennen und hinter den dünnen Vorhängen bewegen sich Schemen.

Ich ziehe Wyatt ins Gebüsch, doch er führt unsere langsame Prozession in Richtung Schuppen an. Wir nähern uns von hinten und ich stelle fest, dass er größer ist als gedacht. Räume aus Sperrholzplatten wachsen aus seiner Rückseite wie Seepocken. Als wir die dreckigen Fenster erreichen und hineinspähen, atme ich ganz flach.

»Ich seh nichts«, sagt Wyatt. »Jetzt zufrieden?«

»Niemals.«

»Daran solltest du dringend arbeiten.«

»Und du solltest Leute so akzeptieren, wie sie sind.«

Wyatt duckt sich, zieht mich mit sich und hält mich fest. Er streckt die Hand aus und durch das Dämmerlicht sehe ich eine Gestalt durch den Wald rennen. Als sie näher kommt, erkenne ich, dass sie den Pfad entlangläuft, den ich vor Ewigkeiten entdeckt habe und der am Schuppen vorbei in den Wald führt, weg von Aspen. Der Schuppen versperrt die Sicht darauf.

Das Mädchen springt die Stufen von Hütte H hinauf und huscht hinein. Eine Sekunde ist die Nacht von Kreischen und Schreien erfüllt. Der Tumult ergießt sich in Gestalt vieler Mädchen aus der Hütte, alle in frischen weißen Aspen-Uniformen. Als sie mit untergehakten kleinen Fingern auf dem Weg, den das Mädchen gekommen ist, im Wald verschwinden, erfüllt ihr Lachen die Dämmerung.

»Was liegt in dieser Richtung?«, frage ich Wyatt.

»Nichts. Sumpfland. Dann die Berge.«

Die Mädchen sind fort, aber ihr Lachen können wir immer noch hören. Wir folgen ihm den schmalen Pfad entlang. Er führt uns vom See weg und einen sanften Hügel hinunter zu einem Sumpf. Der Himmel öffnet sich, der Wald weicht Pfützen und Grasinseln. Die Kiefern werden spärlicher und bald sehe ich überall nur noch dürre silbergraue Espen, deren schwarze Augenhöhlen im Mondlicht zwinkern. Sie stehen vollkommen reglos, bis eine sanfte Brise ihre Äste erzittern lässt.

Wyatt greift nach seinen Schlüsseln und schaltet die winzige Taschenlampe ein, aber ich bedecke sie hastig.

»Sie werden das Licht sehen«, raune ich.

Wyatt nickt und im schwindenden Schein des pflaumenblauen Himmels folgen wir weiter dem Pfad. Dieser geht in einen uralten Holzsteg über, der durch das hohe Sumpfgras führt. Hier draußen sind die Glühwürmchen überall. Ich befürchte, dass die Mädchen uns entdecken, aber wir können sie nicht mehr sehen. Oder hören. Stattdessen ist die Luft erfüllt von Quaken und Zirpen und dem schrillen Surren von Moskitos, die sich an unseren nackten Armen und Hälsen gütlich tun. Bald ist es zu dunkel, um weiterzugehen. Wir wollen uns schon vorantasten, als plötzlich die Wolken aufreißen, den Mond freigeben und sich die anorganische Form eines Gebäudes aus der Dunkelheit schält. Wir haben die andere Seite des Sumpfs erreicht.

Das Haus steht auf der anderen Seite eines zugewucherten Rasens, jenseits einer Allee aus Edeltannen. Sogar in der Dunkelheit kann ich erkennen, dass es verlassen ist. Ganze Abschnitte der Außenwände sind verrottet und das Mondlicht offenbart Risse wie Löcher in einem verrotteten Zahn. Es ist jetzt vollkommen still, kein Lachen, dem wir folgen könnten. Magisch angezogen und ehrfürchtig, als könnten wir es aufwecken, nähern wir uns dem Gebäude.

»Was ist das?«, frage ich Wyatt.

»Ein Hotel, glaube ich. In den Catskills gibt es mehrere, die einfach aufgegeben wurden. Aber ich wusste nicht, dass eins davon hier auf dem Gelände steht.«

Wir durchqueren einen Friedhof aus Korbsesseln und einen Tennisplatz, der von Setzlingen aufgerissen wurde. Ich habe das Gefühl, wenn wir jetzt schreien sollten, würde die Stille dieses Orts das Gebäude einfach verschlucken. Ich will nicht reingehen, doch ich muss mehr erfahren. Alles.

Ein Außenpool schmiegt sich an die hintere Fassade. Er ist mit Moos überzogen und eine spielerische Brise lässt das niedrige Farngestrüpp wogen. Wir halten uns vom Mondlicht fern, steigen eine verfallene Treppe zu einem breiten Türrahmen ohne Türen hinauf. Dahinter wartet vollkommene Schwärze und mit einem entschlossenen Nicken betreten wir sie. Wir bleiben dicht zusammen, schleichen über vor Schimmel klebende Teppiche in eine Lobby, die vollkommen den Elementen ausgesetzt ist. Mondlicht strömt herein und fällt auf hohe Bäume, die aus dem Boden wachsen. Wir finden eine Treppe und erklimmen sie. Dabei lauschen wir die ganze Zeit auf Lebenszeichen aus dem Inneren. Ich höre nur Tropfen in der modrigen Luft widerhallen und eine süße Brise über Wände aus Efeu säuseln. Unter alldem liegt der gedämpfte Klang meines eigenen Herzschlags.

»Mars«, flüstert Wyatt und ich bemerke, dass ich abgedriftet bin. Er steht in einem riesigen Esszimmer in der Nähe eines

Kamins, wie ich glaube, nur dass er … anders ist. *Falsch* ist das Wort, das mir sofort in den Sinn kommt, als Wyatt seine schwache Taschenlampe auf etwas richtet, dem ich keinen Sinn abringen kann. Der Kaminsims löst sich in papierartigen Wellen von der Wand, als wäre den Rauchfang ein monströser Pilz hinabgewuchert.

»Hörst du das?«, sagt Wyatt.

Was ich höre, ist ein neues Rauschen. Nicht mein Herzschlag, sondern etwas außerhalb von mir. Ein Klang, der so volltönend, aber doch so leise ist, dass ich ihn eher spüre als höre, und er kommt aus der Wand.

»Bienen«, erkennt Wyatt. »Das ist ein Bienenstock.«

Automatisch weichen wir zurück. Der Stock führt in den Kamin. Bienen bauen von oben nach unten, erinnere ich mich, also haben sie sich wahrscheinlich vom Schornstein nach unten vorgearbeitet. Ich frage mich, wie weit der Stock nach unten in die verrotteten Innereien des Gebäudes reicht.

»Der Keller«, sage ich.

Aus der Lobby hallt Lachen wider. Wyatt macht die Taschenlampe aus. Wir schleichen uns in die Lobby und halten uns verborgen, während die Flure von Stimmen und Schritten erfüllt werden. Die Mädchen erscheinen eine Sekunde später aus einem Seitengang, durch ihre kleinen Finger miteinander verbunden. Sie bemühen sich nicht, leise zu sein, und sobald sie weg sind, kehrt die Stille zurück. Es ist, als wären sie nie da gewesen.

Ich kann immer noch das Kribbeln des Bienenstocks spüren, den wir gerade entdeckt haben. Trotzdem verspüre ich den Drang, tiefer vorzustoßen.

»Hier lang«, flüstere ich.

Ich führe uns den Gang hinunter, durch den die Mädchen gekommen sind. Im Nu merke ich, wie die Temperatur ansteigt. Es wird wärmer, als wir die Küche betreten und Wyatts Taschenlampe die dreckigen Böden und die von Pilzen überzogenen Arbeitsplatten offenbart. Ich suche nach der Wärmequelle und entdecke eine Treppe. Wärme steigt auf wie ein heißer Atem, in dem der Geruch von Bienenwachs liegt.

Wir steigen hinab. Wyatt übernimmt mit seiner Taschenlampe die Führung. Kleine Körper huschen um uns herum, außerhalb des Lichtkegels unsichtbar. Ich spüre das Kitzeln, als einer auf meiner ausgestreckten Hand landet. Eine Honigbiene. Jetzt können wir ihr Summen deutlich hören und an einigen Stellen tropft sogar Honig. Als ich stolpere und fast in eins der Gebilde falle, packt Wyatt mich, hält mich weiterhin fest und richtet das Licht in die Dunkelheit vor uns. So gehen wir weiter und können immer nur ein paar Meter der Wände sehen, die sich winden und uns einschließen, bis sich der Gang schließlich zu einem Raum öffnet, der so groß ist, dass das schwache Licht der Taschenlampe die Decke nicht erreicht. Gewaltige Schleier aus Honigwaben hängen herab, die im hinteren Bereich des Raums dichter werden, sich überlagern und einen wie aus Spitze gefertigten Stalaktiten formen.

Wyatt richtet den Lichtstrahl gerade noch rechtzeitig nach unten und verhindert so, dass wir in ein plötzlich aufklaffendes Loch im Boden fallen. Es ist der Rand des Beckens, über dem der Stock hängt. Als ich hineinspähe, schaudere ich, denn ich weiß, was es enthält.

Honig. Dunklen, glasigen Honig.

Wyatt hält seinen Arm weiter um mich geschlungen, während er die Taschenlampe wieder nach oben richtet und den monströsen Stock untersucht.

»Wo sind die Bienen?«, wundert er sich.

Die Luft ist von ihrem Summen erfüllt, aber er hat recht. In dem eigenartigen Gebilde ist seltsamerweise kein Schwarm zu entdecken. Ein Stock dieser Größe müsste Millionen Bienen beherbergen, doch nur ein paar vereinzelte Honigbienen schwirren um unsere Köpfe.

»Ich kann sie hören«, flüstert Wyatt. »Es ist, als wären sie überall …«

Als könnte er sie so überraschen, schwenkt Wyatt die Taschenlampe hier und da in die Ecken, bis der Lichtstrahl an etwas hängen bleibt, das sich über die Wabe in unserer Nähe bewegt. Ein geschmeidiges Winden, als würden viele kleine Körper übereinanderwuseln. Aber im Licht sind es nur Honigzellen.

Bis es seine Augen öffnet.

»Helft mir«, sagt es. »Bitte helft mir.«

Wieder zuckt es, etwas Riesiges unter den Zellen. Von ihnen eingeschlossen. Ein Mund, eine Nase, ein seltsam verdrehter Arm, eine gekrümmte Hand.

Ein Mensch.

»Brayden«, raunt Wyatt.

»Bitte. Ich spüre …« Brayden erschaudert und die Wabe gibt einen ächzenden Ton von sich. »Bitte«, fleht er.

Ich hacke mit meinem Stockmeißel auf die Wabe ein und Wyatt benutzt seine bloßen Hände. Das Licht umtanzt uns, während wir das zerbrechliche, klebrige Gebilde herunterreißen und so lange graben, bis wir auf den nackten Körper darunter stoßen. Brayden wimmert. Er ist schwer verletzt, auch wenn ich nicht sagen kann, wo. Aber ich kann die Wunde riechen. Blut und ein düstererer Geruch, süß und verrottet, der stärker wird, als wir ihn befreien.

Auch wenn sie unsichtbar sind, lassen uns die Bienen wissen, dass sie wütend sind. Ihr Summen steigert sich zu einer an- und abschwellenden Sirene, dann zu einer knisternden Drohung. Verzweifelt grabe ich meine Hände in die klebrigen Bruchstücke. Honig klebt unter meinen Nägeln, zieht sich wie Spinnweben zwischen meinen Fingern und tropft bis zu meinen Ellbogen. Allerdings ist Brayden fast frei. Nur noch ein Stück und …

Braydens Gewicht erledigt den Rest. Er gleitet aus der Wabe, stürzt auf Wyatt und begräbt das Licht unter sich.

Ich will den beiden helfen, doch dann erstarre ich.

Das Licht der Taschenlampe strahlt nun grell zwischen ihnen. Einen Augenblick lang scheint es durch Brayden hindurchzugehen und nimmt den rötlich goldenen Ton seines Inneren an. In Embryohaltung und zitternd klammert er sich an Wyatt. In seinem Inneren sehe ich das gewundene Netzwerk seiner Adern, eine ineinander verflochtene Masse, die eindeutig pulsiert.

Sein Herz.

»Wyatt«, setze ich an.

»Hilf mir mit ihm«, faucht Wyatt und ich eile zu ihm. Ich packe Braydens Arm, und als ich daran ziehe, gleitet einfach so das Fleisch vom Knochen.

Ich schreie, bis ich den wabbeligen Hautärmel von meinen Händen losbekomme. Brayden ist zwischen uns zusammengebrochen, goldene Fäden ziehen sich zwischen ihm und Wyatt. Wyatt tastet umher, bis er die Taschenlampe zu fassen bekommt, und richtet sie auf Brayden.

Löcher. Überall. Braydens Fleisch ist von sauberen, exakt runden Löchern durchsiebt, die Honig *bluten.* Mit seinem verbliebenen Arm umklammert er die Knochen seiner Hand. Auch seine Knochen sind weich wie warmes Gummi. Er sieht uns an und seine Augen sind Kugeln gelben Gelees in seinem Schädel.

»Ich fühl mich nicht ...«

Er zuckt und würgt. Ein Zahn tropft von seinen Lippen und landet lautlos in dem Honig, der sich um ihn sammelt.

»Ich fühl mich nicht so gut. Ich ...«

»Wir müssen ihn zum Arzt bringen!«, brüllt Wyatt. Er muss brüllen, weil das Summen des Stocks inzwischen so laut ist. Wütend. Ich fühle einen Piks und dann einen stechenden

Schmerz im Nacken. Ich wurde gestochen. Ein weiterer trifft mein Knie. Ich zerre an Wyatts Rücken.

»Wyatt, wir müssen …«

»LASST MICH NICHT HIER!« Brayden hechtet auf uns zu, aber seine Beine geben unter ihm nach und er fällt. Seine Skeletthand gleitet über Wyatts Brust, bleibt an den Schlüsseln hängen und reißt sie ab. Die Taschenlampe landet im Honig, und zwar so, dass sie auf Brayden gerichtet ist. Das Licht geht durch ihn durch. Wie eine Kürbislaterne verströmt er ein unheimliches goldenes Licht und unter seinem zähflüssigen, durchlöcherten Fleisch zeichnen sich schwarz und verdreht seine Knochen ab.

Wieder schreit Brayden und sein Unterkiefer hängt weit herunter, bevor er auf den Boden fällt. Brayden implodiert und verschluckt die Taschenlampe. Unter der zuckenden Masse flackert das Licht, flackert abermals und geht dann ganz aus.

KAPITEL 27

Ein neues Licht steigt auf, es kommt aus der Wabe. Es ist nicht das grelle Weiß der verlorenen Taschenlampe, sondern etwas Organischeres – ein pulsierendes butterblumengelbes Licht, das sich über uns ergießt, die wir wegrennen. Auch die Wände scheinen in seinem Takt zu pulsieren, die gesamte Höhle vibriert, während wir durch die zusammenbrechenden Gänge stolpern.

Als Wyatt stürzt, bin ich sofort bei ihm, um ihm aufzuhelfen. Aber sein Fuß hängt fest. Das gespenstische Licht offenbart, was ihn zu Fall gebracht hat: ein Bein, das in der Wabe steckt, das Schienbein von winzigen Löchern durchbohrt. Und in jedem entdecken wir kleine weiße Punkte. Larven.

Ich packe Wyatts Knöchel und zerre daran, bis die Wabe zerbricht. Das Butterblumenlicht schwankt wie eine angestoßene Glühbirne.

»Lauf!«, brüllt Wyatt.

Jetzt kann ich sie überall um uns herum sehen. Phantomgestalten, die mit den Wänden, dem Boden, der Decke verschmolzen sind. Das gelbe Licht zeichnet die Schatten von Schultern, Hüften, Schädeln und Händen nach. Verschwommene Körper in der Wabe. Beim Laufen denke ich nicht darüber nach. Ich werde jetzt unentwegt gestochen. Trauben von Bienen hängen an meiner Haut, als wollten sie sich hineingraben.

Wir erreichen die Treppe und nehmen immer zwei Stufen auf einmal. Verglichen mit der feuchten Hitze im Keller fühlt sich die Küche eisig an und das allein scheint die Bienen abzuhalten. Doch wir bleiben nicht stehen. Wir stürmen durch die mondbeschienene Lobby, durch die Gänge mit dem schimmligen Teppich und hinaus zu den wogenden Farnen und den verrottenden Korbmöbeln. Wir rennen, bis wir über die schmalen Planken des Espensumpfs rasen und die Glühwürmchen an uns vorbeiziehen. Wir rennen, bis wir den Wald erreichen und gleichzeitig erkennen, dass das, was vor uns liegt, genauso schlimm ist wie das hinter uns. Hütte H erstrahlt zwischen den Bäumen und durch die transparenten Vorhänge lassen sich dunkle Gestalten erkennen. Wie diese Körper, die in der Wabe trieben.

»Hier lang«, flüstert Wyatt und führt uns vom Pfad in den Wald. Wir gehen weiter, bis wir die Hütte nicht mehr sehen können. Als wir an einen Bach kommen, halten wir an und waschen uns den Honig von den Händen. Ich schrubbe mir die Arme bis zu den Schultern. Dann spritze ich mir Wasser ins Gesicht und die beißende Kälte ist ein Segen, um die näher rückenden weißen Punkte zu vertreiben, die in meinem Sichtfeld pulsieren. Wir setzen uns. Minutenlang sprechen wir kein Wort, bis Wyatt schließlich fragt: »Alles okay?«

»Ich wurde gestochen«, ist alles, was ich hervorbringe. Das ist eine so gewaltige Untertreibung, dass ich fast loslachen muss, aber ich tue es nicht. Meine Haut spannt so sehr, dass es sich anfühlt, als könnte sie über meinen verkrampften Muskeln zerreißen, wenn ich mich bewege.

»Bist du denn okay?«, gebe ich die Frage zurück.

Wyatt schweigt. Seine Hände zittern auf seinem Schoß.

Ich strecke die Hand nach ihm aus, weil ich plötzlich sicher sein muss, dass sein Körper fest ist. Ist er. Ich drücke meinen Daumen in seine Handflächen, bis er blinzelt und sein Blick sich auf mich fokussiert. Er packt meine Hand fester. So bleiben wir, bis unsere Finger steif und unsere Handflächen schweißnass sind. Dann, als wären meine Hände nicht genug, umarmt Wyatt mich.

Er zieht sich zurück und das letzte Zittern lässt nach. Ich drehe sein Handgelenk, um auf seine Uhr sehen zu können. Ich drücke auf die Knöpfe, bis sie aufleuchtet.

»Zeig mir Norden«, sage ich.

Diese winzige Aufgabe reißt Wyatt aus seinem Schock, aber nur ein bisschen. Er starrt auf die Uhr, schwenkt sie in einem kleinen Kreis und deutet dann in den Wald. »Norden.«

Er vollführt eine Vierteldrehung nach links.

»Da lang geht's zum See.«

Doch wir setzen uns nicht in Bewegung. Wir stehen einfach nur da und starren in die Weite der Nacht und zu den unsichtbaren Grenzen Aspens dahinter. Es ist, als könnten wir Aspens idyllische Verträumtheit spüren und darunter den honigsüßen, summenden Kern.

Wieder zittern Wyatts Hände. Er erlaubt mir, eine zu ergreifen, und so gehen wir endlich los.

Auf die Bärenhütte zuzulaufen, ist eine seltsame Parallele zur Nacht davor, nur dass das Verandalicht diesmal brennt.

»Was sollen wir sagen?«

So viele Worte hat Wyatt nicht gesprochen, seit er uns im Wald nach Norden gewiesen hat.

»Hast du ein Funkgerät? Können wir Kontakt zu Wendy aufnehmen?«

»Aber das Bergfest«, murmelt Wyatt. Seine Stimme klingt hohl. Ich erkenne, dass er sich kaum noch aufrecht halten kann. Ich auch, bloß muss ich von uns beiden wohl vorerst der Starke sein.

»Scheiß aufs Bergfest«, knurre ich. »Wir haben gerade zugesehen, wie Brayden sich *in Honig aufgelöst* hat. Wir müssen ...«

»Ich …« Wyatt sackt gegen mich. Ich stemme ihn hoch und schüttele ihn, bis er die Augen öffnet, doch die übliche Zweifarbigkeit ist getrübt. Sie verblasst. Im Verandalicht sehe ich, dass sein Gesicht von bösartigen Schwellungen übersät ist und inmitten jeder davon ein winziger schwarzer Stachel steckt.

»Ich bin müde«, grummelt er.

Jetzt, da der Schmerz nachgelassen hat, kann ich jede einzelne pochende Schwellung auf meinem eigenen Körper spüren. Trotzdem helfe ich Wyatt die Stufen hinauf. Ich befürchte, dass Donovan uns im Gemeinschaftsraum erwartet, doch der ist glücklicherweise menschenleer. Die Uhr des Herds zeigt 2:48 Uhr. Als mich eine neuerliche Welle der Erschöpfung überrollt, verschwimmen die Ziffern. Vorsichtig führe ich Wyatt in sein Zimmer und lege ihn aufs Bett. Ich weiß nicht, ob ich die Stacheln entfernen sollte – ich erinnere mich an eine Bemerkung von Mimi, dass dadurch noch mehr Gift in den Körper gelangt oder so. Ich weiß nicht mal, ob das Gift tödlich ist. Soweit ich weiß, könnten wir beide in ein paar Minuten ins Koma fallen.

Na ja, wenn ich schon ins Koma falle, dann wenigstens in meinem eigenen Bett. Ich schleppe mich die Treppe hoch, in den dunklen Schlafraum. Ich habe das Zimmer halb durchquert, als das Licht angeht.

Applaus. Die Jungs setzen sich in ihren Betten auf und klatschen. *Oh*, denke ich, *ich bin bereits im Koma und das ist ein Traum.*

Dann sagt Ray: »Ihr habt's also endlich getrieben?«

Ich blinzele ihn an.

»Die haben's so was von getrieben«, schaltet sich Charlie ein. Er klingt ungläubig und angewidert.

»Was?«, bringe ich hervor.

»Wir haben euch gedeckt«, erklärt Mitch. »Na ja, Wyatt. Er ist einer von uns.«

Die Jungs glucksen. Ich erahne eine unterschwellige Bedeutung, verstehe sie aber nicht.

»Wir …« Ich weiß nicht mal, was ich abstreiten soll. Denken die, wir hatten Sex? Denken die, wir hätten uns aus *Der Sturm* geschlichen, um … rumzumachen?

»Du schuldest uns was«, sagt Ray. »Vergiss das nicht. Du schuldest uns was, Arschloch.« Er macht das Licht aus. Doch die Jungs geben keine Ruhe. Sie machen weiter und entwickeln Theorien über Wyatt und mich im Wald. Sie flüstern, aber ich höre jedes Wort. Dann nur noch ein paar vereinzelte und plötzlich ist mein Bett unter mir. Dann gar nichts mehr.

Ein paar Stunden später komme ich im Stehen zu mir, kratze wie betäubt an den Schwellungen auf meiner Haut. Die Stacheln fallen einer nach dem anderen heraus. Jeder Stachel, den ich entferne, bringt mich näher an die Oberfläche, unter der ich gefangen bin, bis ich plötzlich wieder ich selbst bin. Ich kann wieder denken.

Ich stürme aus der Dusche, ziehe meine Uniform an und gehe zu Wyatts Zimmer. Donovan liegt auf Braydens Bett.

»Gooood Morning, Jäger!«, bellt er. »Geht's dir besser? Die Jungs meinten, du wärst *todmüde* gewesen. Kann ich dir nicht verübeln. Dieses Stück, oh Mann.«

»Mir geht's gut, danke«, bringe ich hervor. Ich will schon in die Jägerlodge hetzen, als ich in jemanden renne, der direkt hinter mir im Flur steht.

»Mars. Ich bin hier.«

Wyatt zieht mich in die Küche. Er sieht gut aus. Alles bestens. Oder … nein, nicht ganz. Unter seiner Haut glüht eine fiebrige Hitze und kleine rosige Kreise verraten, wo die Bienen ihn erwischt haben. Er sieht aus wie ich, geschwollen und verwirrt, wie ein Neugeborenes.

»Verhalt dich ruhig«, flüstert er.

»Wyatt …«

»Das war echt«, sagt er, aber es schwingt eine Frage mit.

»Es war echt«, bestätige ich. »Also, glaube ich. Ich …«

Wyatt bedeutet mir zu schweigen.

»Wir treffen uns nach dem Frühstück.«

Wyatt geht. Ich stehe in der Küche und halte mich an der Arbeitsplatte fest. Der Wasserhahn tropft, tropft und tropft. Und da in der Spüle steht die Tasse von meinem ersten Morgen. Ich dachte, ich hätte sie in einem Traum benutzt, aber sie stand die ganze Zeit hier. Sie verspottet mich mit der Erinnerung an eine Zeit, in der ich noch absolut nichts über die Bestie wusste, deren Aufmerksamkeit ich mit meiner Schnüffelei unweigerlich auf mich ziehen musste.

Das war kein Traum. Nichts davon. Ich verstehe nicht, wie ich mich je so täuschen lassen oder wie ich je denken konnte, dass das Unheimlichste in Aspen der süßliche Geschmack des Wassers wäre.

Ich wasche die dämliche Tasse ab und stelle sie mit zitternden Händen ins Regal.

»Was hast du getan, Caroline?«, frage ich die leere Spüle, als würde das schwarze Loch des Abflusses eine Antwort hervorgurgeln. »Was ist aus dir geworden?«

Heute wird das Frühstück in der Jägerlodge serviert. Eine Besonderheit für die Familien, die bis zum letzten Tag des Bergfests geblieben sind. Allerdings nur für die Familien der Jäger. Es wird angedeutet, dass die Amazonen ihr eigenes besonderes Frühstück veranstalten, nur dass Donovan es als »Brunch« bezeichnet und über die bloße Vorstellung lacht. Wie niedlich.

Eigentlich kommen an diesem Morgen alle nicht aus dem Lachen raus. Die Jungs, und Tyler wieder mittendrin, stupsen einander an und schielen mit atemloser Spannung zwischen Wyatt und mir hin und her. Wyatt gelingt es eigentlich ganz gut, sich normal zu verhalten, bis Wendy hinter ihm auftaucht und die Hände auf seine Schultern legt. Er erstarrt.

»Ich muss mir heute früh ein bisschen Muskelkraft ausleihen«, sagt sie zu Donovan. »Denkst du, du kannst ein paar Jungs entbehren?«

Donovan bestätigt es mit einem knappen Salutieren. Wendy wählt Tyler, Mitch und Ray aus. Und natürlich Wyatt. Ich will die Hand heben, um mich freiwillig zu melden, bemerke aber ein kaum merkliches Schütteln von Wyatts Locken und einen Blick in seinen Augen, der mich anfleht zu bleiben. Meine Hand bleibt auf meinem Schoß liegen und ich sehe zu, wie er mit angespannten Schultern davongeht.

Er hat recht. Vorerst dürfen wir keine Aufmerksamkeit mehr auf uns lenken. Nicht wenn ganz Aspen uns beobachtet. Wir können nur bei dieser Massenverleugnung mitspielen und auf unsere Chance zur Flucht warten. Ich trage meinen Stockmeißel am Gürtel und streiche auf dem Weg ins Camp alle paar Sekunden darüber. Ich frage mich: *War das auch ein Geschenk, Caroline? Wusstest du, dass ich trotz deiner Warnungen hierherkommen und ihn brauchen würde, um mich zu befreien?*

Den Bauernmarkt des Bergfests hatte ich völlig vergessen, bis ich direkt unter dem Banner stehe. ASPEN-BAUERNMARKT steht dort in großen runden Buchstaben. Und darunter: FRISCHES GEMÜSE, KUNSTHANDWERK, BIOHONIG. Kleine gemalte Bienen umschwirren die Buchstaben. Ich habe sie selbst gemalt. Erst vor ein paar Tagen habe ich den Mädchen aus Hütte H geholfen, dieses Banner zu erstellen.

Rings um mich schlendern die Leute an den Ständen vorbei, die ihre landwirtschaftlichen Schätze feilbieten. Von überall sind Bauern angereist, um ihre Ernte in üppigen Auslagen zu präsentieren. Auch Künstler. Es gibt Stände, die mit Quilten überladen sind, Regale, die vor bauchigen Tassen überquellen, und natürlich eine große Auswahl an Dingen, die die Leute aus der Handwerkshütte hergestellt haben. Überwältigt vom Geruch der Erde und der Pflanzen trete ich in den Schatten eines Standes. Dort gibt es krumme Karotten, an denen noch die Erde klebt, Zwiebeln von Amethyst bis Knochenweiß und üppige Grünkohlbündel mit gewellten Blättern.

Ich drehe mich um und versuche, im Hintergrund die Große Lodge auszumachen, aber der Markt erstreckt sich in alle Richtungen. Kurz bin ich vollkommen desorientiert. Dann rieche ich ihn. Den warmen Duft von Bienenwachs. Ich erstarre und die Menge teilt sich um mich herum, sodass der Stand in der Mitte des Markts sichtbar wird.

Er ist in einem hohen weißen Zelt untergebracht und selbst ein Sechseck aus groben Holzkisten. Ausgestellt sind Kerzen, Salben, Seifen, Lippenbalsam, Cremes – alles in einem hellen Gelb, das das strahlende Tageslicht absorbiert, es dämpft und mit dem schweren Duft von goldenem Honig unterlegt. Natürlich stehen überall Gläser mit dem Zeug. Sie bilden geschmolzene Pyramiden, die das Licht reflektieren und alles rundum mit Gold überziehen. Die Mädchen, die am Stand arbeiten, scheinen in dem goldenen Licht zu schweben und sich knapp außerhalb der greifbaren Realität zu bewegen, wie Halluzinationen. Wie Engel.

Ich will fliehen. Aber ich kann nicht. Ich beobachte, wie die Mädchen einem älteren Pärchen ein Glas Honig reichen. Das Licht fällt darauf und ich erkenne, dass es kein klares Citringelb ist und auch kein schimmerndes Gold, sondern ein dunkles, tiefes Rot. Wie Mahagoni. Wie flüssiger Granat.

Wie Braydens geschmolzener Körper.

Wie Blut.

Ich weiche zurück und wie eine Einheit sehen die Mädchen am Stand zu mir. Alle bis auf eines. Bria hat mir den Rücken zugewandt. Aber sie muss wissen, dass ich da bin, denn nachdem sie zwei Kerzen verkauft hat, dreht sie sich um. Unsere Blicke begegnen sich. Auf der Stelle setzt der Druck ein, die Fäden des flüsternden Gespinsts, die mich wieder mit Brias Willen verbinden, wickeln sich um meine Handgelenke und meinen Hals und ziehen mich zu ihr.

Doch ich trete zurück. Brias Augenbrauen ziehen sich zu einer mitleidigen Miene zusammen. Sie hält etwas hoch, damit ich es sehen kann.

ERDE

Zwischen ihren eleganten Fingern baumelt Wyatts zurückgelassene Taschenlampe und klimpert gegen den gebrochenen Schlüsselring. Ich kann es hören, weil Bria es hören kann, weil uns jetzt etwas verbindet.

ERDE AN

Ein Netzwerk geht von ihr aus, als wäre sie eine Spinne und ich die Fliege, die gegen ihr Netz ankämpft.

ERDE AN MARS

Etwas zieht vor der Sonne vorbei und der Druck in meinem Kopf lässt nach. Ich kann mich von Bria abwenden. Die Flagge von Aspen flattert in einem plötzlichen Windstoß, der durch den Markt fegt. Die Zelte blähen sich auf und werden angehoben, sodass sich die Leute zwangsläufig an die Gestänge klammern, um sie am Wegfliegen zu hindern. Die Mädchen schreien und halten ihre Haare zusammen, aber Brias Blick ist auf mich fixiert. Während ich weggesehen habe, hat sie irgendwie den Tresen überwunden, sodass uns jetzt nur noch wenige Schritte trennen.

Ihr Gesicht zuckt und verschwimmt.

Ich renne los. Ich spüre ihren Blick, der an meinem Hinterkopf summt. Ich sehe nicht zurück. Ich weiche den Eltern aus, die über das Windchaos lachen. Schlüpfe zwischen den Ständen hindurch und erreiche endlich den Rand des Markts. Die

Große Lodge ist rechts von mir, aber auf der Veranda sehe ich diese geisterhaft weißen Uniformen. Drei Mädchen, die mich beobachten. Sie winken, als ich sie entdecke. Ich renne in die andere Richtung, vorbei am Speisepavillon, am Bootshaus, am Sportkomplex und in den Wald. Der Anstieg des Tals bremst mich aus. Meine Kehle brennt, ich sauge flache Atemzüge ein und kämpfe gegen die Enge in meiner Brust an.

Weiter renne ich, bis meine Beine so heftig zittern, dass ich anhalten muss. Ich habe Seitenstechen. Ich schleppe mich noch ein paar Schritte voran und breche dann in der Astgabel eines Baums zusammen, der schräg aus dem Hügel wächst.

»Mars.«

Von oben landen Hände auf meinem Gesicht. Eine legt sich um mein Kinn, die andere um meinen Hals. Sie ziehen mich mit solcher Kraft nach oben, dass meine Zähne aufeinanderschlagen. Meine Füße strampeln in der Luft und ich stoße mir die Zehen an einem Ast an. Der Schmerz ist nichts im Vergleich zum Spannen meiner Haut, die unter dem Griff der Hände aufreißt, als wären kleine Kletten daran. Weitere Hände legen sich auf meinen Mund und meine Augen. Die Kletten graben sich tiefer, auch in meine Augenlider. Vor Schmerz steht meine Haut überall in Flammen. Diesmal ist es nicht der punktuelle Stich der Bienen, sondern eine großflächige Höllenqual. Dumpf. Riesig. Sie hüllt mich ein, mir schwinden die Sinne.

Dann spüre ich gar nichts mehr.

KAPITEL 28

»Weckt ihn auf.«

Das Licht bricht ganz plötzlich über mich herein, löst die betäubende Dunkelheit auf und erzeugt hinter meinen Augenlidern einen pastellfarbenen Regenbogen. Das Gefühl, in den Himmel gezerrt zu werden, verschwindet wie das Gefühl des Fallens in einem Traum. In einem Meer aus Samtkissen schrecke ich auf. Die Sonne zwinkert mir durch einen transparenten Stoffbaldachin zu. Espen, zerbrechlich und zitternd, ragen in allen Richtungen um mich auf. Ich schirme mein Gesicht ab, taste nach diesen brennenden Händen, aber meine Haut ist kühl. Keine Flammen.

Ich kämpfe gegen den Schwindel des Traums an und versuche, mich aufzusetzen. Die Hände finden mich erneut und ich zucke zusammen, doch diesmal sind sie kühl. Sanft ziehen sie mich nach vorn und schieben mir Kissen hinter den Kopf. Mein Blick gleitet über die Szenerie vor mir.

Ich sitze am Ende eines langen Tischs. Eigentlich an einem gespaltenen Baumstamm, dessen Unebenheiten glatt geschliffen und blank poliert sind. Moos zieht sich wie ein Tischläufer über die Mitte und daraus wachsen bunte Blüten in erstaunlichen Arrangements. Ich verliere mich in den Details, bis die winzigen Veränderungen in meinem Sichtfeld mich auf eine wichtige Kleinigkeit hinweisen, die mir entgangen ist: Um den Tisch sitzen Leute, so reglos, dass ich anfangs dachte, es seien Statuen. Aber jetzt erkenne ich, dass sie mich beobachten. Warten.

Ihre Gesichter verschwimmen hinter dunklen Schleiern, die von breitkrempigen Strohhüten hängen. Das Strohgeflecht erstreckt sich über ihre Schultern wie eine Rüstung und formt Brustpanzer und Korsetts mit aufwendigen, ineinander verwobenen Mustern. Unter dem Strohgeflecht tragen einige Kleider, andere Jumpsuits, aber sobald das Sonnenlicht darauf fällt, erstrahlt alles in Weiß.

»Schleier runter.«

In perfektem Einklang ziehen sie ihre Hüte ab und legen sie auf Kissen neben sich.

»Willkommen, Mars.«

Nun sehe ich, wer spricht. Mir gegenüber am fernen anderen Ende des Tischs sitzt Bria. In der sengenden Luft der Lichtung flimmern ihre Züge.

»Tut uns leid, dass wir dich auf diese Weise herbringen mussten. Du musst verstehen, dass wir in dieser Sache ebenso wenig eine Wahl haben wie du. Der Stock steht über allem.«

Hier. Die Stämme der Espen sind dürr und stehen weit auseinander. Ein Hauch von Schwefel und Verwesung mischt sich mit dem Aroma von Pollen, Gras und Wildblumen. Der Himmel hier ist gewaltig. Ich bin im Sumpf, draußen hinter Hütte H.

Ich versuche zu sprechen, aber mein Mund scheint voll zu sein. Ich kann meine Zunge nicht bewegen.

»Entfernt ihn«, sagt Bria.

Die beiden Mädchen, die rechts und links von mir sitzen, beugen sich zu mir. Eine öffnet meinen Mund, die andere greift hinein. Ich spüre nichts, als sie zieht und ein kleiner hölzerner Stern zum Vorschein kommt. Anis, wie die duftenden Sterne, die in dem warmen Apfelwein geschwommen sind, den sie mir gegeben haben. Ohne ihn kann ich meine Zunge wieder fühlen. Während ich den Kiefer bewege, um die Taubheit zu vertreiben, kann ich den schwachen Lakritzgeschmack hinten an meinen Zähnen wahrnehmen.

Ich versuche zu sprechen. »Was …?«

Die Mädchen beobachten mich. Ihre Mienen sind starr, aber in ihren Augen brennt ein kaum verhohlener Hunger.

»Was … seid ihr?«

Die Mädchen wenden sich Bria zu. Sie hat hier eindeutig das Sagen.

»Eine Schwesternschaft«, sagt sie. »Nichts weiter.«

»Wo …« Ich schlucke. »… ist Wyatt?«

»In Sicherheit. In Aspen. Wir werden ihm nichts tun.«

Mit jeder Sekunde, die verstreicht, fühle ich mich mehr wie ich selbst. Die Taubheit weicht aus meinen Fingern. Ich kann mit den Zehen wackeln. Alles tut weh, aber ich kann mich bewegen. Ich überlege zu fliehen, doch sobald der Gedanke Form angenommen hat, flüstert eins der Mädchen neben mir: »Versuch nicht zu fliehen.«

»Bitte. Tu's nicht«, sagt Bria. Es ist kein Befehl, sondern eine aufrichtige Bitte. Trotzdem ist jedes ihrer Worte und jede ihrer Bewegungen von Autorität erfüllt. Sie richtet den Blick auf die Bäume rings um uns und klingelt dann mit einem Glasglöckchen. Zwischen den Bäumen bewegen sich Dinge. Menschen. Menschen, die ich kenne. Jungs aus dem Adlerhaus und der Bärenhütte. Mit starren Blicken aus halb geöffneten Augen gleiten sie zwischen den Bäumen hindurch und balancieren Teller auf ihren Armen. Sie beugen sich über die sitzenden Mädchen, um die Teller auf den Tisch zu stellen.

Sie servieren Bretter mit glänzendem Fleisch, das in Rosenblüten eingewickelt ist, Körbe voll Brot, in das Samen eingebacken sind, und Platten voll schwitzendem, mit Öl beträufeltem Käse. Es gibt halbierte und entkernte Pfirsiche, die vor Zucker feucht glänzen, serviert mit Schüsseln voller Schlagsahne, Joghurt und gehackten Mandeln. Einige der Jungs schenken aus Kristallkrügen Wasser in schimmernde Kelche ein. Als sich einer über mich beugt, um mein Glas zu füllen, flüstere ich: »Hilf mir.«

Es ist, als hätte ich überhaupt nichts gesagt. Ich schiele in sein Ohr und erblicke das zuckende Hinterteil einer Biene. Eine weitere sitzt in seiner Ohrmuschel. Außerdem tummeln sich noch einige Bienen auf seiner Wange.

»Drohnen, unter unserer Kontrolle«, erklärt Bria schlicht, während weitere Platten serviert werden. Die Mädchen bedienen sich und füllen ihre Teller, doch keine nimmt auch nur einen Bissen.

»Du hast Fragen«, stellt Bria fest. »Wir können versuchen, sie zu beantworten.«

»Versuchen?« Ich setze mich auf. Die Wut in meiner Stimme überrascht mich selbst. Ich zwinge mich zur Ruhe. Konzentriere mich. Überall um mich herum spüre ich diese lauernde Bedrohung, die Aura von Raubtieren. Wenn ich überleben will, darf ich jetzt nicht die Kontrolle verlieren. Mein ganzes Leben hat mich auf einen Augenblick wie diesen vorbereitet, in dem die stets präsenten Bedrohungen meiner Fantasie mit einem Mal auf unerklärliche Weise real geworden sind.

Ich weiß, was alle Überlebenden wissen: Wenn es eine echte Bedrohung gibt, darf man keine Zeit damit verschwenden, sie zu leugnen, wenn man lebend davonkommen will.

»Brayden ist tot, nicht wahr?«

Sie antwortet nicht.

»Ihr habt ihn getötet«, sage ich. Die Mädchen sehen einander über den üppig gedeckten Tisch hinweg an, als hätten sie Angst, zwischen Bria und mich zu geraten.

»Uns blieb nichts anderes übrig. Etwas bedroht unseren Stock. Wir haben in dieser Saison schon zu viele verloren – erst Caroline, dann Sierra. Wir müssen unsere Reihen stärken. Ich leugne nicht, dass das, was du gesehen hast, schockierend war. Du hast zum Teil eines unserer heiligsten Rituale miterlebt. Nichts, was ich sage, wird irgendeinen Sinn ergeben, bis du es selbst gesehen hast. Und ich meine, wirklich gesehen. Mit den Augen von allem. Das gezeigt zu bekommen, ist eine große Ehre. Unsere größte Ehre …«

Bria zögert. Dann läutet sie mit neuer Entschlossenheit ein weiteres Glöckchen – diesmal ein goldenes – und die Drohnen kehren zurück. Sie arbeiten jetzt paarweise und servieren Platten unter gläsernen Hauben. Ins Glas sind Muster geschliffen, doch als die Hauben vor den Mädchen abgestellt werden, bricht durch die Facetten das vertraute Blutrot. Auf ein Zeichen hin entfernen die Jungs die Abdeckungen und die Gesichter aller Mädchen werden von einem schwachen roten Schein erfüllt.

Wabenskulpturen wie die, die wir in diesem unterirdischen Stock gesehen haben. Im Licht wirken sie deutlich weniger bedrohlich. Es ist nur ihre Farbe – dieses tiefe Blutrot in jeder noch so kleinen Vertiefung, wie ein Goldgitter, das mit Blut ausgefüllt ist. Aber auch die Formen fühlen sich falsch an. Sie haben nicht die geraden Flächen wie die Stöcke der Bienenwiese und auch nicht die geschwungenen Vorhänge eines natürlichen Stocks. Sie liegen irgendwo dazwischen, vertraut und doch *falsch*.

Die Mädchen betrachten die Waben mit einem verträumten Hunger. Die beiden, die mir am nächsten sitzen, saugen tief die Luft ein. Ich halte den Atem an, bis ich durch den Mund Luft holen muss, aber die Süße findet trotzdem ihren Weg hinein und legt sich hinten auf meine Kehle.

»Wir sind keine Störungen gewohnt«, sagt Bria. »Es gibt einen Grund, warum wir abgeschieden von der Welt arbeiten.«

»Arbeiten?«

Sie meint die Wabe. Es muss so sein. Die Energie, die von den Mädchen ausgeht, ist nicht einfach nur instinktiver Hunger. Es ist ein bewusstes Verlangen. Der Blick von Künstlerinnen, die voller Stolz ihr Werk bewundern.

»Frag«, fordert Bria.

Aber mein Blick hängt am Rand der nächsten Platte, auf der ich in der Wabe die klare Kontur einer Nase erkennen kann. Ich folge ihrem Schwung zu einem Stirnbein. Die Augenhöhle ist leer, der Augapfel geschmolzen.

Bria seufzt. Ich starre das Gesicht in der Wabe an, daher sehe ich nicht, was sie als Nächstes tut, doch plötzlich bricht sich der zurückgehaltene Hunger in einem Fresswahn Bahn. Die Luft ist von zugreifenden Händen erfüllt. Das Gesicht wird von der Platte gerissen, zieht goldene Fäden hinter sich her und wird in einen stöhnenden Mund geschoben. Hände graben sich in die andere Wabe, reißen die überzogenen Überreste mit den Fäusten heraus, fangen das zähflüssige Zeug auf und halten es hoch über bebende, geöffnete Lippen.

Lauf, Mars, treibe ich mich an. *Los. Jetzt.*

Aber ich vermag mich nicht zu rühren. Beziehungsweise tue ich es nicht. Mein Körper ist nicht mehr taub, meine Hände ballen und öffnen sich. Ich spüre, wie meine Lunge sich mit jedem Atemzug hebt. Nichts Übernatürliches hält mich zurück. Was mich festhält wie einen Schmetterling auf einer Nadel, ist nackte Angst. Wie ein Beutetier lähmt mich die Unausweichlichkeit meiner eigenen Vernichtung.

Die Mädchen kauen und kauen. Sie füttern einander kleine Happen von ihren Tellern. Sie lachen und lachen und *lachen.* Ihr Lachen ist wie eine Glocke, die eine andere Glocke zum Klingen bringt – eine Glocke in jeder von ihnen, in mir. Je länger ich ihnen zusehe und zuhöre, desto heller vibriert es in meiner eigenen Brust. Ich spüre sie direkt unterhalb meiner Lunge. Eine Glocke, hell und glücklich, die darum bettelt, mit ihnen zu läuten.

Kurz vergesse ich meine Zweifel. Ich lasse sie läuten und die Mädchen um mich herum scheinen es zu hören. Sie lächeln mich an – mit einem wunderschönen Lächeln, so strahlend, dass meine Wangen schmerzen, als ich versuche, sie zu kopieren –, ergreifen meine Hände mit ihren klebrigen Fingern und ziehen mich nach vorn. Es ist, als wären unsere Arme zu einer einzigen Gliedmaße verwoben, die sich ohne Zögern und mit unbändigem Hunger nach meiner Zukunft ausstreckt. Unsere Hand öffnet sich und gemeinsam heben wir den Halbmond einer dunklen Honigwabe an. Sie ist schwer – nein, gewichtig. Als hätte sie ihre eigene Schwerkraft, aber gemeinsam heben wir sie an, so hoch, dass das Sonnenlicht hindurchfällt und einen roten Schatten auf mein Gesicht wirft, meine sich schließenden Lider, meine sich öffnenden Lippen, meine sich ausstreckende Zunge, meinen gedehnten Kiefer.

»Es ist einfacher, es dir zu zeigen«, sagt Bria.

Der Honig tropft auf meine Zunge, dringt in mich ein und erfüllt mich bis obenhin mit seiner dunklen Schwerkraft.

KAPITEL 29

Sie rennt durch den Wald.

Nein, sie wird gejagt.

Nicht alle können den Unterschied auf Anhieb erkennen.

Man sieht es, wenn man weiß, wonach man suchen muss. Es zeigt sich in der Art, wie sie in verzweifelter Ungehörigkeit ihre Röcke anhebt – lieber sollen die Dornen sie zerreißen, als dass sie sich von ihnen aufhalten lässt. Es zeigt sich am Geruch ihrer Angst, der zwischen ihren zusammengepressten Zähnen hervorströmt, sobald sie den Rand des Sumpfs erreicht. Und in der Entschlossenheit, trotzdem weiterzustürmen, denn bestimmt ist alles besser, als zurückzugehen. Das ist der Unterschied zwischen Rennen und Davonrennen.

Wir wissen, was sie will, ehe sie es will, und wir sind bereit, es ihr zu geben, ehe sie auch nur darum bittet. Normalerweise lassen wir sie nicht bitten.

Sie erscheint vor uns wie so viele andere. Gebrochen, Frust und Wut entladen sich in ihren Tränen, im Schnellfeuer stößt sie Bitten und Versprechungen aus, die für unsichtbare Ohren bestimmt sind. Wir glauben, das nennt man Gebete. Noch sieht sie uns nicht. Ihre Aufmerksamkeit richtet sich auf den schmalen Pfad hinter ihr und auf den Schatten, der ihr hinterherstürmt und mit räuberischen Absichten durch die Wildblumen pflügt. Ihre Panik wächst, als sie sich auf Händen und Knien nur noch ein paar Meter weiterschleppt. Sie ist gefangen. Sie denkt: *Lass mich nicht hier sterben.*

Wir zeigen uns ihr. Was immer sie sieht, es ist bezaubernd. Oder bezaubernd genug, um die flüssige Angst in ihrem Herzen zu kaltem Stahl zu verhärten. Vielleicht weiß sie doch, wer wir sind. Vielleicht ist sie absichtlich hergekommen. In ihren Augen, eins braun, das andere blaubraun, funkelt ein vor langer Zeit gefasster Entschluss. Vielleicht war es von Anfang an ihr Plan, diesen Mann in unser Territorium zu bringen. Um uns zu füttern.

Ihr Angreifer erreicht unsere Lichtung. Er riecht anders. Ein widerlicher Gestank des Besitzanspruchs. Dazu Wut. Eine brutale Lust. Wir sind jetzt bei ihnen auf der Lichtung, zwischen den schwankenden Espen, doch er sieht nur sie. Und sie starrt verbittert und flehend in die zitternden Äste der Espen hinauf. Zu uns.

Wir lassen sie nicht bitten, aber wir warten auf den Augenblick, in dem sie versteht, worum sie bittet. »Nein, nein, bitte nicht …« Als trotz ihres Schluchzens krachend Nähte zerrissen werden, trifft sie die Erkenntnis, klar und gefährlich wie die Messerschneide, auf der sie jetzt balanciert. Die Art von Erkenntnis, die einem, wenn man sie nicht ergreift, entgleitet und für immer schmerzt.

Wir lassen sie nicht bitten. Zu wenige wissen überhaupt, dass sie uns bitten können. Unsere Antwort liegt in unserem Handeln und wir hoffen, dass sie uns vergeben, wenn es getan ist.

Das tun sie immer.

Sie sitzt am Rand des Hotelpools, Lichtreflexe tanzen auf ihrem Schmollmund. Wie ihre Lippen soll ihre gesamte Haltung verführen. Sie hat ihr Leben lang gelernt, dieses Spiel der Verführung zu spielen, ohne dass sie weiß, was es ihr einbringen wird. Sie weiß nur, dass das von Mädchen erwartet wird.

Wir wissen es auch. Wir spielen das Spiel. Es ist jedoch weniger ein Spiel als vielmehr die Choreografie des Überlebens. Mit all seinen mysteriösen Regeln und seiner simplen Choreografie fühlt es sich nur wie ein Spiel an. Halt beim Sitzen immer die Beine zusammen. Lache, aber nicht zu laut. Sprich, aber nur um zu antworten. Offenbar alles nur im Subtext. Du bist eine geschlossene Blüte, ein verschlossenes Glas, ein verhangener Vogelkäfig. Eines Tages, meistens gerade wenn sie eintritt, erkennst du, dass das, womit du die ganze Zeit geflirtet hast, deine eigene Vernichtung war.

Das Mädchen am Poolrand fährt mit den Zehen durchs Wasser und blickt verträumt auf die Lichtreflexe. Es ist ein Schauspiel – ihr verspielter Blick aufs türkise Wasser, die gelangweilte Gleichgültigkeit, wenn die Jungs sie auf ihre Körperteile reduzieren, die höfliche Distanziertheit beim Abendessen. Alles Theater. Sie ist in diesem Moment immer genau hier und lauscht angestrengt auf den Klang von Lachen.

Unserem Lachen.

Wir rufen damit nach ihr. Nach allen, die zuhören. Wir spüren ihr Starren und wir kennen die grausame Sehnsucht, die ihre Tagträume erfüllt, weil sie auch unsere erfüllt. Eine Sehnsucht, die unsere Isolation ausgekleidet, sie erträglich gemacht hat, bis wir dieses Lachen hörten. Das Lachen summte in unseren Köpfen, bis wir unseren Weg zu ihm fanden.

Einmal sprach sie mit einer von uns. Sie sagte: »Ihr Mädchen seid aus dem Camp am See, oder?« Wir antworteten: »Ja, aber wir schleichen uns ins Hotel, um im Pool zu baden und vom Büffet zu essen und weil das Küchenpersonal uns im Keller Partys feiern lässt. Es ist so einfach, über den Steg im Sumpf hierherzukommen.« (Wir machen das manchmal. Unauffällig in unsere höfliche Konversation einflechten, wie wir zu finden sind.) Sie sagte: »Ich wünschte, ich hätte deine

Augen. Eins braun, das andere mit einem Hauch von Blau.« Und wir darauf: »Oh, wie lieb. Das liegt in der Familie.«

Und dann fragten wir sie, wie lange sie bliebe und ob sie mit uns eine Party feiern wolle. Sie zögerte zu lange, um Ja zu sagen, und beschloss dann, es besser zu lassen. Und damit nahm sie wieder ihre Position am Poolrand ein, bedauerte ihre Entscheidung und hoffte auf eine weitere Einladung.

Das Mädchen am Pool wird von seinem Vater an seinen Tisch gerufen, um dessen Freunden Hallo zu sagen. Es ist ihr letzter Tag hier. Nächstes Jahr wird sie wiederkommen und, je nachdem, wie nahe sie ihrer eigenen Vernichtung dann ist, vielleicht endlich Ja sagen.

Sie schnappt nach Luft und stürzt aus dem Gespinst in eine grausame, alles umfassende Taubheit. So ist es immer, wenn sie das Gespinst verlässt, ein plötzlicher Verlust der Wahrnehmung, der ihr das Herz bricht, als wäre jeder Nerv in ihrem Körper abgestorben. Sie atmet, wischt sich die klebrigen Tränen von den Wangen und ruft sich in Erinnerung, dass die meisten Menschen permanent in diesem lebendigen Tod existieren.

Ein Jammer. Sie empfindet stets Mitleid mit allen, die nicht ihre Schwestern sind. Sie haben keine Ahnung, wie viel mehr es zu fühlen, zu sehen, zu *wissen* gibt. Sie können das Gespinst nicht mal wahrnehmen, ganz zu schweigen davon, ihm Fragen zu stellen.

Sie taucht eine Stoffserviette ins Wasser und wischt über die klebrigen Reste der Honigwabe an ihren Fingern und Lippen. Ihre Schwestern tun es ihr gleich, während sie in ihre individuellen Körper zurückkehren und sich auf dem von Kissen übersäten Hüttenboden aufsetzen. Niemand hat das Bedürfnis zu sprechen, die Einheit zu zerstören und sich wieder abzugrenzen. Allein zu sein. Sie räumen in angenehmer Stille auf, bis die Sonne untergangen ist und es an der Zeit ist zu berichten, was sie synthetisiert haben.

Sie, die Anführerin, diktiert, eine andere schreibt. Es gibt nicht viel zu sagen. Sie haben das Gespinst diesen Sommer nach vielen Dingen gefragt – dem Aufenthaltsort vermisster Personen, der Identität von Mördern, nach Fakten, die mit der Zeit vergessen wurden, und vielen anderen verborgenen Geschichten –, aber sie haben gerade erst erfahren, dass die Erinnerung der Welt zurück- *und* vorwärtsreicht.

Also haben sie nach der Zukunft gefragt. Und zu ihrer großen Begeisterung hat das Gespinst geantwortet.

Für die begierigen Ohren ihrer Schwestern rezitiert sie die sechs Zahlen. Sechs Zahlen, die Millionen wert sind. Die Mädchen wie ihnen alles wert sind.

Sie brauchen einen Erwachsenen, der den Lottoschein für sie ausfüllt, aber das ist leicht. Inzwischen reicht die Schwesternschaft Generationen zurück. Teilen bedeutet, dass für jede von ihnen weniger übrig bleibt, aber das ist schon in Ordnung. Es gibt noch so viele Lotterien zu gewinnen und es ist noch jede Menge dunkler Honig da, um sie zu gewinnen.

Und wenn ihnen der Honig ausgeht?

Wird er nicht.

Der Welt werden nie die Raubtiere ausgehen, die es wert sind, sie zu Beute zu machen.

Sie kann die Version ihrer selbst auf dem Foto nicht auslöschen. Es ist schrecklich, der Blitz lässt sie vor dem dunklen Wald wie einen Schemen erscheinen, wie einen Geist. Ihr wahres Ich beginnt zu verblassen, ihr Spiegelbild weicht nach und nach diesem nackten, leuchtenden Geist im Wald.

Er sollte das Foto löschen. Er hat behauptet, das würde er, wenn sie Sex mit ihm hätte. Sie hat ihren Teil der Abmachung erfüllt, er seinen nicht. Sie hätte ihm dabei zusehen sollen, wie er es löscht. Ihn dazu zwingen. Aber natürlich hat sie das nicht. Sie gibt sich selbst die Schuld dafür, und am Ende auch für alles andere.

Sogar als das Camp vorbei ist, schickt er ihr noch manchmal das Foto. Meistens ist es in seiner Zeitzone mitten in der Nacht. Sie in Kalifornien sitzt oft noch mit ihren Eltern vor dem Fernseher. Zwischen ihren Antworten hält sie ihr Handy auf dem Schoß verborgen.

Sie: Ha ha, sehr witzig. Lösch es.
Er: Ich hab's versucht, es kommt immer wieder.
Er: was machste grad
Sie: bin bei meiner Familie
Er: mach ein neues Foto.
Sie: bin beschäftigt
Er: das dauert 2 Sekunden ...
Er: hallo?
Er: ????

Schließlich fügt sie sich, weil sie weiß, dass sie ihn nur eine begrenzte Zeit hinhalten kann. Sie hat Angst, was passiert, wenn sie diese Grenze überschreitet, ohne es zu merken. Derjenige, der die Strafe vollstreckt, kennt keine Grenzen, nicht wenn es um Vergeltung geht. Sie hat die Geschichten über ihn nicht geglaubt und jetzt ist sie selbst Teil einer Geschichte, die mit Sicherheit kein *anderer* glauben wird. Also steht sie vom Sofa auf und geht ins untere Badezimmer.

Im Spiegel sieht sie statt ihrer selbst das Foto, mit dem er sie erpresst. Sie hätten im Wald nicht mal Handys haben dürfen. Campregeln. Aber er hatte seins immer irgendwo in all diesen Taschen. Monate vergehen und sie hasst alle, die Cargoshorts tragen. Das Klirren von Schlüsseln an einem Karabiner macht sie nervös. Als es Zeit ist, sich erneut um ihren alten Job in Aspen zu bewerben, täuscht sie Desinteresse vor und nimmt stattdessen eine Stelle in einem Sandwichladen in der Nähe ihres Colleges an. Aber irgendwie findet er es raus, wird wütend und schickt ihre Fotos an ihre neuen Kollegen.

Also kehrt sie ins Camp zurück. Um es zu beenden. Auf dem Flug schreibt sie alles auf. Nachts, wenn sie bei ihrer einstündigen Schicht am Bootsverleih nichts zu tun hat, und in all den freien Momenten, wenn sie sich gerade mal nicht um ihre Banditen-Mädels kümmern muss, probt sie es im Stillen.

Aber als sie versucht, mit ihm zu reden, bringt sie nur einen Satz heraus, und schon beschimpft er sie als irre. Trotzdem beobachtet er sie am nächsten Abend am Lagerfeuer mit derselben lüsternen Gier. Und als sie einen Blick über ihre Schulter riskiert, hat er sein Handy gezückt und das blasse Licht beleuchtet das Grinsen der Jungs, die sich um ihn versammelt haben.

Am nächsten Tag erwischt ein Campkind sie beim Weinen und sie befürchtet, dass alle es erfahren. Sicherheitshalber sperrt sie ihre Gefühle weg. Sie beschließt, für ihre eigenen Mädchen stark zu sein, aber jedes Mal wenn sie sie ansieht, empfindet sie Scham. Sie muss noch heftiger weinen. Sie versteckt sich öfter. Als Nächstes entdecken sie zwei Mädchen. Sie fragen: »Wie kommt's, dass du dieses Jahr keinen Tanz unterrichtest?« Und sie antwortet, dass sie das nicht mehr macht. Doch die beiden flehen sie an: »Bitte, bitte, mach bei uns mit. Es wäre uns eine Ehre. Nenn es einen Gefallen. Nur bitte, tanz mit uns.«

Und *wirklich* entscheidet sie sich, mit uns zu tanzen. Sie ist unsicher, bis zu dem Moment, in dem wir sie für ihr Solo nach vorn schubsen und ihr den Rücken mit Ermutigungen stärken. »Wir glauben an dich, Sylv. Wir glauben *dir*, Sylv.«

Sie wollen dein altes Ich, redet sie sich ein. *Nicht diese Hülle.* Doch dann sieht sie den Blitz einer Handykamera, vieler

Kameras der zusehenden Eltern, und sie sieht die Banditen-Mädels ihrer Hütte in der ersten Reihe und erkennt, dass das, so schmerzhaft und vertraut es ist, ihre Chance ist, sich wiederaufzubauen.

Also tanzt sie so wie früher, wie sie es schon seit einer ganzen Weile tun will.

Ihre Körpersprache verrät uns alles, was wir wissen müssen. Wenn du zu uns gehörst, lernst du, viele Dinge zu lesen, vor allem die Botschaften, die sich schwer in die unzulängliche Sprache der Worte verpacken lassen. Stattdessen beobachtest du den Körper.

Tanzen ist eine der vielen Möglichkeiten, das Gespinst zu betreten.

Danach handeln wir schnell. Der Junge mit dem Foto macht es uns leicht, indem er mitten in der Nacht quer durch den Wald läuft. Als er bereits in die Wabe eingeschlossen aufwacht, spuckt er uns vor die Füße, fragt uns erst, wie wir es wagen können, und dann: »Wisst ihr, wer ich bin?«

»Aber klar doch. Du warst Brayden.«

Ist es Gerechtigkeit?

Wir verkomplizieren die Dinge nicht durch Ego. Welche Kreatur klopft sich schon selbst fürs Fressen auf die Schulter? Das ist eine menschliche Angewohnheit und du wirst lernen, sie abzulegen. In der Natur zählen nur der Hunger und die Instinkte, um ihn zu befriedigen.

Aber er hatte es doch verdient, oder?

Das haben sie alle.

Bloß was genau tut ihr ihnen an?

Wir reinigen ihr Fleisch. Der Schattenhonig entspringt Verderbtheit, dem Opfer der Dunkelheit an das Licht. Das macht ihn so mächtig. Deswegen bedarf es nur eines Tropfens, um sich uns hier anzuschließen, im Geist, der alles verbindet. Wir nennen ihn das Gespinst. Du warst schon mal hier. Es gibt verschiedene Wege, es zu betreten, aber der Schattenhonig ist der reinste. Er offenbart unser verbundenstes inneres Selbst.

Verbunden womit?

Einander, Mars. Wir suchen nicht weniger als die Verbindungen zueinander. Allein sind wir in der Unterzahl und vergänglich, doch gemeinsam sind wir unendlich. Jede von uns hat Zugang zu uns allen. Und das ist ein solcher Segen. Erkennst du es nicht? Unser Überleben hing schon immer von unserer Fähigkeit ab, Raubtiere auszutricksen, die uns isolieren, verschlingen, auslöschen wollen. Unser Beitrag zur Natur ist ein Netz, das das Gewicht der Welt trägt und über der Leere schwebt, die für immer nach unserer Süße gieren wird.

Sie weiß genau, wo auf dem Bauernmarkt sie den Stand suchen muss. Sogar aus dem Auto kann sie ihn schon riechen. Und die silbrigen Fäden der Anspannung sind hier oben in den Bergen dicker, kreuzen sich am Horizont und verflechten sich weiter zu ihrem nächsten Knotenpunkt. Es ist ein herrliches Geflecht, denkt sie, während sie ihren Rollator Zentimeter für Zentimeter auf den Stand zubewegt. Ihre Enkelin hüpft voraus, fasziniert von den Seifen und Lipglossen, die von den älteren Mädchen verkauft werden, die schön und nett und *so* cool sind.

Sie, die ältere Frau, nicht das kleine Mädchen, wartet darauf, dass sie von den Mädchen hinter dem Tresen bemerkt wird. Aber natürlich haben wir sie längst bemerkt. Wir haben ihre Ankunft seit Stunden gespürt und verschränken in stummer Bewunderung die Hände. Sie reicht uns ein paar Dollarscheine und wir geben ihr ein Glas Honig. Nicht den goldenen. Ihr Glas ist aus der Kiste zu unseren Füßen. Es vibriert unter der Schwere des Geists. Es ist warm und rot und extrem frisch.

Sie nimmt das Glas entgegen und dankt uns. Sie stellt uns ihre Enkelin vor. Sie haben dieselben Augen. Eins braun, das andere blaubraun. Genau wie ihre Großmutter vor ihr.

»Es freut uns, dich kennenzulernen«, sagen wir zu unserer Ahnin.

Er sitzt an einem Schminktisch und trägt auf seine Wangenknochen Sternenlicht auf. Er liebt es, wenn die Nachmittagssonne den Schädel unter der Haut betont, weil es ihm das Gefühl gibt, massiv zu sein. Körperlich. Nicht diese Abstraktion, die die Leute zu fürchten scheinen.

Wenn er richtig sitzt, kann er seine Schwester in seinem Spiegelbild erkennen. Es bedarf nur einer Drehung, einer Neigung des Kopfs, und da ist sie. Caroline, die ihm entgegenblinzelt.

Wir wünschen uns, dass er sich abwendet.

Das tut er. Eine Minute später trägt er Lippenstift auf und oh, da ist sie wieder! Eine aufblitzende Ähnlichkeit unter der Haut. Jetzt verschwindet der Eindruck nicht mehr, während seine Lippen halb mit Lippenstift überzogen sind und hinter ihm die Lichterkette wie Sterne um seinen Kopf funkelt. Ihr Lippenstift. Ihre Sterne. Er streckt die Hand aus, und als er versucht, sie in die Realität herüberzuziehen, klackert die Hülle des Lippenstifts gegen den Spiegel.

Jetzt wünschen wir uns, dass er sich abwendet.

erde an mars.

Diese Worte schreibt er.

Er liest sie und denkt an das Mädchen, das ihn immer so rief. Es nervte ihn, wenn sie ihn wieder und wieder fragte, ob er sich ihr bei einem ihrer albernen Abenteuer anschließen wolle. Aber jetzt, da sie weg ist, denkt er, dass er vielleicht mehr Zeit mit ihr hätte verbringen sollen und weniger damit, sich von ihr bitten zu lassen.

Wir wünschen uns, dass er sich ...

Sie war ein guter Mensch. Sie war ein guter Mensch. Was immer sie getan hat, sie hatte nicht verdient, was immer ihr angetan wurde. Sie hatte es nicht verdient zu sterben.

Caroline hatte es nicht verdient zu sterben.

Ich weiß, dass Caroline es nicht verdient hatte zu sterben.

Ich lege den Lippenstift hin. Rücke vom Schminktisch weg, starre mein Spiegelbild aber an, bis ich sicher bin, dass ich es bin. Nur ich lauere hinter diesen Augen. Ich stehe auf. Gehe nach unten. Die Honeys warten auf mich. Sie starren mich staunend an, als würden sie einen echten Geist sehen, der durch ihr Wohnzimmer schwebt.

WieWieWieWieWie?, hallen ihre Gedanken in meinem Kopf wider. Sie sind panisch. Sie suchen nach mir, nicht nach meinem Körper, sondern nach meinem Geist, und zerren an den strahlenden Ketten, die mich gefangen gehalten haben.

Doch ich bin wieder ich selbst. Mein Fokus ist makellos, nicht ein Riss, an dem sie sich festklammern können. Zumindest ein paar Sekunden lang.

»Mars, wir ...«, setzt Bria an.

Ich schlage die Tür zu und zwinge mich, ruhig die Treppe hinunter- und über die Bienenwiese zu gehen. Es ist ein heißer Nachmittag und der wolkige Himmel bildet eine einzige gnadenlos grelle Einheit.

Als ich den Waldrand erreiche, renne ich los.

KAPITEL 30

Ich renne, um nicht nachdenken zu müssen. Ich renne so schnell, dass meine Kehle von Feuer erfüllt ist und meine Muskeln zu Eis gefrieren. Als ich die überdachte Brücke erreiche, tut mir alles weh, ich zittere und fluche. Die feuchte Kühle der Brücke lässt mich langsamer werden und ich zögere, unwillig, Aspen zu betreten, aber auch in dem vollen Bewusstsein, dass ich nicht zurückkann. Gefangen tigere ich in der ächzenden Brücke auf und ab, ein Kiesel, der zwischen zwei Schwerkraftquellen hin- und hergeworfen wird.

Denk nach, Mars.

Wie viel Zeit ist vergangen, seit ich im Sumpf zu mir gekommen bin?

Wenn es immer noch hell ist, nicht viel. Oder es ist schon morgen. Oder wer weiß ...

Ich versuche, meine Erinnerungen zurückzuverfolgen. Den Weg zurück, über die Bienenwiese, in die Hütte, die Treppe hinauf, zum Schminktisch, aber danach verwandeln sich meine Erinnerungen in ein ausgefranstes Seil. Die Zeitlinie löst sich zuerst in Dutzende Stränge auf, dann Hunderte. Hunderte anderer Leben, die gleichzeitig vor dem geistigen Auge meiner Erinnerung ablaufen und sich unmöglich in eine Reihenfolge bringen lassen.

Aber es war nicht so, als würde ich eine andere Person beobachten. Das war ich in all diesen Leben. Ich habe ein Kind getröstet. Ich habe am Pool gesessen. Ich habe einen Pickel ausgedrückt. Ich habe den Autowerbejingle im Radio mitgesungen. Ich habe im Lotto gewonnen. Ich habe eine Cola-Bestellung entgegengenommen. Ich habe innegehalten und gedacht: *Hm, hab ich die Tür abgeschlossen?*

Die Erinnerungen bilden einen Schwarm, den ich nicht begreifen kann. Nicht mehr, jetzt, da die berauschende Wahrnehmung des Schattenhonigs nachlässt. Aber ich erinnere mich an das Gefühl, durch dieses strahlende Netzwerk ausgebreitet zu sein. Das Gespinst. Es war, als bestünde ich aus rein gar nichts, kein Körper, kein Gewicht. Ich habe mich mit der Geschmeidigkeit von Gedanken bewegt, bin wie Licht durch die kleinen Fenster anderer Welten gedrungen. Ich habe sie alle mit der vollkommenen, beiläufigen Sicherheit wahrgenommen, dass sie mein waren.

Und es gab keinen *Mars*. Kein *Ich*. Nur ein tosendes *Wir*. Eine Stimme, die aus allen Stimmen bestand, und Worte sprach, die aus Druck bestanden. Eine Willenskraft, die sich selbst *Wir* nannte.

Ich kann sie immer noch spüren, sie zischt durch die Lücken in meinem Gehirn. Ihre Worte waren von Rauschen umgeben. Ich kann sie nicht verstehen, nicht mal die Erinnerung an sie. Es ist, als würde man aus einer Umarmung gleiten und versuchen, die Gestalt des anderen anhand der Leere zu bestimmen, die man nun umfängt. Meine Verbindung, wenn es denn eine war, wurde gekappt.

Ich spucke aus, versuche, den Honiggeschmack zwischen meinen Zähnen loszuwerden. Ich denke an die Waben auf den Platten – facettiert, rot, falsch geformt – und will angewidert sein, doch mir läuft das Wasser im Mund zusammen. Wieder spucke ich aus.

Denk nach, Mars.

Ich stürme aus der überdachten Brücke auf den Pfad, der am See entlangführt, und zum Bootshaus. Ich kann nicht hierbleiben. Sie werden mich jagen. Wenn ich nicht hier bin, werden sie sich Wyatt holen. Er war einer der wenigen Jungs, die bei diesem kranken kleinen Sumpfbankett nicht bedient haben.

Denk nach, Mars.

Aspen dröhnt vor aus dem Nichts kommendem Insektenzirpen, doch unter dem Lärm herrscht Totenstille. Es ist die Stille des Nachmittags, die Hütten müssen irgendwo unterwegs sein, um ihren jeweiligen Aktivitäten nachzugehen. Am Sportkomplex höre ich Lärm und etwas näher Musik. Die einzigen Anzeichen von Leben, die ich entdecke, sind ein paar Angestellte, die auf dem Rasen Decken ausbreiten. Das sonntägliche Grillen. Natürlich.

Fast wäre ich zu den Erwachsenen gerannt. Dann überlege ich es mir anders und ziehe mich in den Wald zurück. Ich muss mich darauf konzentrieren, Wyatt zu finden und von hier zu verschwinden.

Auch das Jägerdorf ist verlassen. Die Tür zur Bärenhütte steht weit offen. Eintagsfliegen wagen sich hinein und fragen sich, was an alldem so toll sein soll.

Lass die Außenwelt rein, denke ich, als ich an Bernard dem Bären vorbeigehe.

Auf der Türschwelle bleibe ich stehen und lausche. Die Hütte wirkt so still, so seltsam verlassen. Auf Zehenspitzen überprüfe ich Wyatts Zimmer – leer – und den Schlafraum oben – leer – und schleiche mich wieder raus. Dann, als ich die Treppe hinuntergehe, pralle ich mit jemandem zusammen, der aus der Küche stürmt. Ray. Der normale Ray, nicht die Puppe mit dem benommenen Blick aus dem Sumpf.

»Mars, Mann, wo warste denn?«, fragt er.

»In der Handwerkshütte«, lüge ich ganz automatisch. »Ist Wyatt bei dir?«

»Ja, wir sind in der Lodge. Er zockt uns beim Poker ab.«

Ray wendet sich der Tür zu und ich konzentriere mich auf sein Ohr. Soweit ich sehen kann, keine Bienen. Ich umrunde ihn und suche nach ihren pelzigen kleinen Körpern.

»Willst du mitmachen?«, fragt Ray, der langsam leicht nervös wird.

»Ja, klar.« Ich lächele. Wir gehen zur Lodge.

»Eigentlich …«

Ich halte inne. Wyatt könnte niemandem beim Poker abzocken. Das hat er mir selbst gesagt. Er hat nicht das Gesicht dafür.

»Ich komm gleich nach«, sage ich. »Ich hab was vergessen.«

Ich jogge den Hügel hinunter und nach ein paar Schritten ruft Ray: »KOMMT RAUS, KOMMT RAUS, WO IMMER IHR SEID!«

An der Baumgrenze erscheinen Jungs in weißen Uniformen. Andrea, Mitch, Charlie, Tyler. Sogar *Tyler.* Als ich sehe, wie sie losstürmen, er mit dem Rest von ihnen auf mich zukommt, gefangen in dieser unnatürlichen Synchronität, lässt ein Gefühl von Verrat mein Blut kochen.

Keine Zeit mehr zum Denken.

Lauf, Mars.

Die Jungs hetzen hinter mir her. Ich bin schneller als sie. Ich muss schneller sein. Aber es sind zu viele und sie treiben mich weg vom Pfad und zurück ins Camp. Ich bin gezwungen, bergauf zu rennen, vorbei an der Jägerlodge und zu den Pfaden darüber. Ich kann ihre Schritte direkt hinter mir hören, sie rufen mit seltsamen, gedehnten Stimmen und dann rammt mich einer von hinten. Wir rutschen den Hügel hinunter und seine Hand legt sich auf meinen Mund. Erde und meine eigenen Schreie schnüren mir die Kehle zu. Er ist schwer, zu schwer.

Ich bin gefangen.

»Mars. Ich bin's. Wyatt.«

Wyatt!

Wyatt umschlingt mich und drückt uns nach unten, die anderen Jungs rennen vorbei. Wir liegen reglos da, bis ihre Schreie nur noch Echos sind, die zwischen den Bäumen verhallen. Er entspannt sich, nimmt seine Hand von meinem Mund und ich rolle uns herum, sodass ich nun ihn zu Boden drücke. In meiner Hand habe ich einen Stein von der Größe meines Schädels, den ich aus dem Gebüsch gezogen habe.

Wyatts Augen weiten sich. Diese Augen. Eins braun und eins blaubraun. Im Gespinst habe ich in Generationen dieser Augen gestarrt. Wyatt ist kein Honey, sagt mir mein Instinkt. Zumindest noch nicht. Aber zumindest in diesem Punkt muss ich sicher sein.

»Dreh den Kopf«, fordere ich.

Er dreht ihn. Ich starre in sein Ohr, zwinge ihn, mir das andere zu zeigen. Keine Bienen, aber umgekehrt habe ich bei Ray auch keine gesehen.

Denk nach, Mars.

»Frage«, sage ich. »Wenn eine Spinne zwinkern könnte ...«

»Antwort«, keift Wyatt zurück. »Spinnen haben keine Augenlider.«

Ich lasse den Stein fallen und spucke den Dreck aus, der wegen ihm in meinem Mund klebt. Wir ziehen einander auf die Füße und ich umarme ihn. Fest. »Ich bin um deinetwillen zurückgekommen«, flüstert er.

»Ich bin um *deinet*willen zurückgekommen.«

»Das ist doch kein Wettkampf.« Ich höre das Grinsen in seiner Stimme. Er klingt erschöpft, aber allein dieser Funke Humor lässt mein Herz wieder etwas höherschlagen.

»Was ist passiert?«, frage ich.

»Still«, warnt er. »Ich erzähl's dir später. Erst mal: Vertraust du mir?«

Diese Augen. Vertraut *und* neu, wie alle Täuschungen Aspens. Aber hinter ihnen wartet der Junge, den ich kannte.

»Ja«, sage ich.

Wyatt kennt die Wälder besser als irgendwer sonst. Er führt uns durch unsichtbare Einschnitte, die sich durch das schier endlose Gehölz ziehen, bis wir irgendwann auf einem weiten, überwucherten Feld herauskommen. Am anderen Ende steht eine Scheune, und als wir darauf zugehen, halten wir uns am Rand des Felds.

»Sie wissen nichts von diesem Ort«, flüstert Wyatt. »Er liegt knapp außerhalb des Geländes von Aspen. Aber ich hab früher hier gecampt. Ich hab ein paar Sachen hier versteckt, ehe ich zurück bin, um dich zu holen.«

Aus der Nähe stellt sich die Scheune als riesig heraus, und baufällig. Das Dach ist eingestürzt und die Außenwände sehen aus, als würden sie auch nicht mehr lange stehen. Wir schlüpfen durch ein klaffendes Loch hinein, wo einst das Tor war.

»Vorsicht«, raunt Wyatt. Er nimmt meine Hand und führt mich um einen Wust aus verbranntem Holz und verrosteten Maschinen zu einer Leiter. Wie alles andere ist sie verrottet, aber sie hält, als Wyatt mir hinaufhilft. Wir klettern auf einen Heuboden, der sauber gefegt wurde. Neben einem Rucksack und einigen Vorräten liegt ausgebreitet ein Schlafsack. Durch eine Tür in der Mitte der Wand kann ich über den wogenden Ozean der Baumwipfel bis zum See blicken. Aspens See, der *Mayday, Mayday* blinkt, während er unter der untergehenden Sonne brütet.

»Hier, setz dich. Du zitterst«, sagt Wyatt und drückt mich zu Boden. Er wühlt in seinem Rucksack und zieht zwei Müsliriegel hervor. Er zwingt mich, einen zu essen und etwas aus seiner Wasserflasche zu trinken.

»Besser?«, fragt er.

Ich habe immer noch den Geschmack von Erde im Mund, aber die Bitternis ist durchaus willkommen, weil sie die Süße von zuvor verdrängt.

»Besser«, beteuere ich. »Erzähl mir, was du erlebst hast.«

Wyatt muss zu dem Schluss gekommen sein, dass ich nicht ohnmächtig werde oder davonfliege, denn er legt sich nun neben mich, fängt an zu erzählen und kaut auf seinem eigenen Müsliriegel.

»Um ganz ehrlich zu sein, bin ich mir da selbst nicht ganz sicher«, gesteht er. »Wendy wusste gleich, dass was nicht stimmt, als sie mich vom Frühstück weggeholt hat. Sie hat mir gesagt, wir würden uns am Begrüßungszentrum treffen, aber sie ist nicht aufgetaucht.«

Sie wollte uns trennen, denke ich. Wendy wollte nicht, dass ihr kostbares Blut hineingezogen wird.

»Schließlich bin ich zum Jägerdorf zurück, aber da war bloß Donovan. Er hat sich ganz normal verhalten. Soweit Donovan je normal ist.« Wyatt senkt seine Stimme, drückt die Brust raus und strafft die Schultern. »›Heyyy, hey, Mister, wie steht's?‹«

Ich lache. Offensichtlich übt er seit Jahren an seiner Donovan-Imitation.

»Na ja, jedenfalls hab ich ihn gefragt, wo du bist«, sagt Wyatt ein bisschen beschämt. »Und Donovan meinte, du wärst mit den Jungs wandern. *Freiwillig*. Und da wusste ich, dass *todsicher* was im Busch ist.«

Ich schlage Wyatt auf den Arm.

»Gut zu wissen, dass du deinen Charme nicht verloren hast.« Er lacht und reibt sich die Stelle, an der ich ihn getroffen habe.

»Sie sind ohne dich zurückgekommen.« Wyatt wird wieder ernst. »Und als ich gefragt hab, wo du bist, haben sie so getan, als wärst du nicht echt. Wie ... dieses Mädchen, das du kanntest.«

»Sierra.«

»Ja, Sierra.« Wyatt stößt einen tiefen Seufzer aus. Vor Scham senkt er den Kopf und wendet sich von mir ab. »Und ich hätte ihnen fast geglaubt. Ich wollte ihnen von Brayden erzählen und was wir gesehen haben, aber sie haben mich ausgelacht und behauptet, ich würd mir das nur ausdenken. Und weißt du, was das Schlimmste war? Ich wollte ihnen zustimmen. Je mehr ich versucht habe, es zu erklären, desto weniger Sinn schien es zu ergeben. Bis ich das Gefühl hatte, ich hätt mir diesen ganzen Kram wirklich bloß ausgedacht, damit ich mich grusele. Eine Geistergeschichte. Ich weiß, wie das klingt, aber ...«

»Ich versteh, was du meinst«, versichere ich ihm. Wie Zweifel und Widerspruch einfach an den Honeys abprallen und wie Aspen seine Kinder mit annehmbaren Unwahrheiten umgarnt, ist genau das Gleiche. Die Mittel sind Druck und Überzeugung, und wenn die Honeys sie als eine Art übersinnliche Macht einsetzen, dann nur, weil sie den Duftstoff, mit dem Aspen uns die ganze Zeit benebelt hat, noch weiter konzentriert haben.

»Ich hab mich gefragt, was du tun würdest«, fährt Wyatt fort. »Also hab ich beschlossen, selbst zu denken und zu fliehen. Ich hab einen Rucksack gepackt und so viel von deinen Sachen mitgenommen, wie ich konnte, um der Polizei zu beweisen, dass du echt bist. Ich wusste nicht, was ich sonst tun sollte. Aber als ich dann hier war und die Sachen durchgegangen bin ...«

Fast muss ich über das lachen, was Wyatt aus seinem Rucksack zieht. Da sind Carolines Stockmeißel und ihre Kerze, allerdings auch etwas, das ich total vergessen hatte. Der 1987er Mayfair-Taschenrechner. Das ist womöglich das absurdeste

Ding, das man mithaben kann, während man um sein Leben rennt und dabei auf einem verlassenen Heuboden sitzt.

»Ich hab beschlossen zurückzugehen. Dann hörte ich, wie sie ›Kommt raus, kommt raus, wo immer ihr seid‹ gerufen haben, und na ja … Ich bin nur froh, dass ich zurückgegangen bin.«

»Ich bin auch froh.«

»Aber ich hätte nicht gehen sollen.«

Ich hebe Wyatts Kinn an, damit er mich ansieht. »Du bist zurückgekommen und wir haben es rausgeschafft. Das allein zählt.«

»Wo warst du?«

Ich erzähle Wyatt, wie ich im Espensumpf aufgewacht bin und von dem Festessen, doch die Worte ersterben auf meiner Zunge, als ich versuche zu beschreiben, was auch immer zwischen dem Festessen und dem Moment, als ich vor dem Spiegel wieder zu mir gekommen bin, geschehen ist.

»Ich weiß nicht«, sage ich schließlich. »Ich weiß nicht, was ich sagen soll. Es war, als wäre ich mit allem verbunden und als wäre ich alle gleichzeitig. Und doch war ich immer noch Mars, weil ich mit mir selbst geredet habe. Und wir waren …«

Wir waren zusammen.

Wieder sehne ich mich nach dieser strahlenden Harmonie, und sei es nur wegen dieses flüchtigen Eindrucks von Caroline, den ich dort gefunden habe. Ich wünschte, ich wäre länger geblieben, hätte mehr gesehen. Könnte mir das Gespinst zeigen, was mit ihr passiert ist? Was sie von Hütte H weggetrieben hat? Hat sie wie Sierra versucht, mich einzuladen, und wurde dafür bestraft? Wollte ich die ganze Zeit, dass ich dabei bin?

Ich unterbreche mich und Wyatt zwingt mich nicht weiterzureden.

Wir schmieden einen Plan. Die Stadt ist nur ein paar Kilometer entfernt, aber wir brechen erst kurz vor Sonnenaufgang auf. Wir rufen meine Familie an, nicht Wyatts. Er bleibt bei mir. Und wir werden niemals wieder hierher zurückkehren.

Wir machen den Reißverschluss des Schlafsacks auf, breiten ihn aus und setzen uns darauf. Wir essen Müsliriegel und beobachten, wie die Sonne durch die Ritzen in den Wänden fällt und in die staubige Luft rötliche Lichtstreifen malt. Vögel stoßen aus dem Himmel herunter, erschrecken bei unserem Anblick und stoßen einen Schrei aus, um andere zu warnen.

»Versteh das nicht falsch«, sagt Wyatt nach einer Weile, »aber die Freundinnen deiner Schwester haben was von Serienkillern.«

Ich pruste. »Versteh das nicht falsch, aber dein geliebtes Sommercamp hat was von einer Sekte.«

Wyatt grinst gequält. »Ich find's schrecklich, dass du recht hattest.«

»Ich auch.«

Wyatt schleudert eine Eichel in die zunehmende Dunkelheit der Scheune. Wir lehnen uns auf unsere Ellbogen zurück und beobachten, wie der klare lavendelblaue Himmel sich rot verfärbt.

»Ich wette, du wünschst, du wärst nie zurückgekommen.«

»Eigentlich bin ich froh drüber.«

Wyatt sieht mich erstaunt an. »Warum?«

»Ich musste … das alles erfahren. Musste wissen, was sie durchgemacht hat. Und es gab Momente, da hat es sich angefühlt, als wäre sie da. Also *gleich hier* neben mir. Und sie hat mir geholfen, einen Ausweg zu finden.«

Der blaue Lack meiner Nägel ist abgesplittert, glänzt aber noch. Er erinnert mich an das Spiel mit Bria im Kiefernhain, als ich in dieses Spielbrett aus gebrochenen Lichtstrahlen gegriffen und diesen perfekten saphirblauen Mosaikstein aufgehoben habe. Jetzt weiß ich, warum ich als Erstes nach ihm gegriffen habe.

»Ich wünschte nur, ich hätte für sie da sein können«, sage ich mit zitternder Stimme. »Was immer sie durchgemacht hat, ich hätte da sein sollen.«

»Das konntest du nicht ahnen«, entgegnet Wyatt.

»Doch«, beharre ich. »Ich hätte es ahnen *sollen*. Wir ... haben einander immer alles erzählt. Aber in den letzten Jahren haben wir kaum noch über irgendwas Wichtiges gesprochen. Sie war immer so beschäftigt und gestresst, und ich wohl vermutlich auch. Unsere Verbindung ist abgerissen und irgendwie gab es nie den richtigen Zeitpunkt, sie neu zu knüpfen.«

Ich kann die Falschheit meiner Worte förmlich schmecken und balle die Fäuste. Wieso schaffe ich es nicht mal nach Carolines Tod, ihr die Wahrheit zu sagen? Werde ich immer so sein und die Erinnerung an meine Schwester unter einer selbstgerechten Fantasie begraben? Erst habe ich über ihren Tod gelogen und jetzt reicht die Lüge sogar so weit zurück, dass sie ihr Leben beschmutzt?

»Eigentlich«, setze ich an, »war es für sie schlimmer. Ich wusste, dass es so war. Mom und Dad hatten all diese Träume für sie, mit denen ich nie zu kämpfen hatte, weil ich, na ja ...« Ich deute auf meinen Körper, hebe das Bein wie eine Ballerina mit gestrecktem Fuß und Wyatt schnaubt. »Also musste sie das alles übernehmen. Schülerrat. Tennis. Vorbereitungskurse fürs Jurastudium, Jurastudium und so weiter. Bei allem wurde immer nur an sie gedacht. Und obwohl ich wusste, dass es nicht *ihre* Entscheidung war, habe ich doch einen Weg gefunden, sie dafür zu hassen, dass ...« Ich schlucke. »Dass ich nie in Betracht gezogen wurde. So habe ich empfunden. Und das erscheint mir jetzt so lächerlich.«

Und da ist sie, diese fürchterliche Sache, die ich mir nie eingestehen wollte, doch immer gewusst habe.

»Ich wusste, dass sie Probleme hatte und Hilfe brauchte, aber ich war zu stolz, um sie ihr anzubieten. Ich wollte, dass sie darum bittet. Ich wollte mich wieder gebraucht fühlen.«

Wyatt legt mir eine Hand auf den Rücken, weil ich zittere. Es kommen allerdings keine Tränen. Es ist, als hätte ich keine Gefühle übrig, und diese ... diese Abscheulichkeit, die ich kaum in Worte fassen kann, ist alles, was mir noch geblieben ist.

»Und jetzt ist sie tot«, flüstere ich.

Ich stelle mir ihr Gesicht vor. Versuche, mir ihr Lächeln vorzustellen, bloß ist es so schwer. Zum Ende hin hat sie kaum noch gelächelt und ich habe aufgehört, ihr ein Lächeln entlocken zu wollen. Ich denke, das ist das wahre Grauen: dass ich aufgegeben habe. Dass ich sie einfach weitermachen ließ, bis sie sich diesem unvorstellbaren Grauen allein stellen musste. Aber ich wusste es nicht besser. Ich schwör's.

»Du hättest ihr nicht helfen können, Mars«, versucht Wyatt mich zu trösten. »Sie wusste ja selbst nicht, dass sie Krebs hatte. Du hättest nichts tun können, um das aufzuhalten.«

Und da haben wir einen weiteren Lügenschleier, den wir über meiner Schwester ausgebreitet haben: die schöne Geschichte, dass das, was sie in ein frühes Grab gebracht hat, ihr eigener rebellierender, monströser Körper war und nicht der ihres Zwillings. Aber ich habe sie erschlagen. Oder sie hat mich aufgefangen.

Ich weiß es immer noch nicht.

Ich habe die Gewalt jener Nacht neunundneunzigmal durchgespielt, um ihr einen Sinn abzuringen. Jetzt gerade spiele ich sie ein hundertstes Mal durch und erwarte nichts, bin indessen überrascht, als sich ein neues Muster herausschält. Meine Hand, mein Ohr, der Stockmeißel, die Kerze – all die Verletzungen, die Caroline mir zugefügt hat, fügen sich mit einer plötzlichen Bedeutungsschwere zusammen. Gemeinsam sind sie die Variablen, die mich wieder und wieder zurückgeholt haben, wenn der Zauber des Sommers mich überwältigt hat. Mich eingelullt hat. Meine Zweifel zerstreut hat. Erde an Mars in Form einiger Schnitte und Objekte.

Oh, aber dem Taschenrechner kann ich keine Bedeutung zuordnen.

Unbenutzt ragt er halb aus dem Rucksack. Eine ironische Krönung der Berechnungen meiner Trauer.

Ich erkenne, dass ich nicht besser bin als alle anderen, die Carolines Tragödie verklärt haben. Ich bin sogar noch schlimmer. Ich zwinge sie, mich einmal mehr zu retten, weil ich die offensichtliche Sinnlosigkeit des Todes ums Verrecken nicht akzeptieren kann. Manchmal sterben Leute einfach und es wird niemals einen Sinn ergeben.

Ich lasse alles ruhen. Das gewaltige Rätsel, das ich nie verstehen werde. Genau wie Wyatt gesagt hat – ich muss es loslassen, bevor es mich mit in den Abgrund reißt.

»Ich weiß, ich hätte ihr das Leben nicht retten können«, sage ich dann mit Nachdruck. »Trotzdem. Als sie gestorben ist, war es, als würde ich mich von einer Fremden verabschieden. Ich musste feststellen, dass ich sie zum Schluss kaum noch kannte.«

»Bist du deshalb hierher zurückgekommen?«

»Ja, um nach ihr zu suchen.«

»Was hast du gefunden?«

Ich habe Sierras Hände in meinen gefunden, während wir das chemische Aroma des Nagellacks einatmeten und den Mädchen lauschten, die die Lieder im Radio mitsangen. Ich habe Bria gefunden, die mit mir auf der Treppenstufe weinte, während wir die Glühwürmchen über der Wiese beobachteten. Ich habe Mimi gefunden, die mit ihrer Hand meine Augen vor der Sonne abschirmte. Versatzstücke von Caroline hallten in jeder von ihnen nach. Ihre Seele ist zersprungen und hat sich unter ihren Schwestern verteilt, wie Puzzlestücke, die ich wieder zusammensetzen musste.

Die Honeys werden mir bis ans Ende aller Tage Angst machen. Aber zumindest das schulde ich ihnen. Sie waren da, als ich es nicht war. Sie haben nie darum gebeten, gebeten zu werden. Ich meine es ehrlich, als ich schließlich sage: »Ich habe genug gefunden, um zu wissen, dass Caroline zuletzt doch nicht allein war.«

Als endlich die Tränen fließen, kneife ich die Augen zu.

Danach fühle ich mich leichter.

Wyatt hat an alles gedacht, einschließlich Klopapier, und ich verbrauche Unmengen davon, um meine Augen zu trocknen und meine Nase zu putzen. Und dann zwingt mich Wyatt in einem zu niedlichen Beweis seines Umweltbewusstseins, das benutzte Papier in eine Tüte zu packen, die er extra für den Müll eingepackt hat. »Nichts zurücklassen«, erinnert er mich mit einem Augenzwinkern.

Wir liegen auf dem Schlafsack. Im Osten zeigen sich die ersten Sterne. Wir beobachten sie und sie beobachten uns. Wyatt erklärt mir noch mal die Sternbilder. Ich erfinde neue wie Orions Suspensorium und Wyatt spielt mit, doch ihm fällt lediglich das ein: Orions anderer Gürtel.

Er muss mir den Mund zuhalten, damit ich aufhöre, ihn zu veralbern, doch er zieht seine Hand schnell wieder weg und wird ganz still. Als hätte ich ihn gebissen. Ein paar Minuten später atmet er tief ein, um sich Mut zu machen.

»Bevor wir wieder da rausgehen, muss ich dir auch was beichten.«

Ich setze mich auf.

»Du hattest recht, was mich und die Regel angeht.«

»Was meinst du?«

»Als du ...« Wyatt setzt sich im Schneidersitz auf und seine Hände ruhen auf seinen Knöcheln. »Als wir am ersten Tag unterwegs zum Imkereikurs waren und du gesagt hast, ich würde eher jemand anders für mich denken lassen, als meinen Grips einzuschalten und die Regeln zu brechen. Ich dachte, das wär das Verrückteste, was ich je gehört hab, aber dann hab ich darüber nachgedacht und du hattest recht. Ich wollte nicht sehen, was hier vorgeht. Aspen ist nicht so, wie ich dachte. *Ich* bin nicht, wer ich zu sein glaubte.«

Ich kann die nervöse Energie spüren, die über Wyatts Haut zuckt. Sein Kiefer ist verkrampft, sein ganzer Körper angespannt. Fast hätte ich seine Hände ergriffen.

»Weißt du, worüber ich ständig nachdenke?«, sage ich.

»Worüber?«

»Als wir im Wald waren und zusammen diesen Honig gegessen haben. Um ehrlich zu sein, kann ich nicht aufhören, darüber nachzudenken. Und nachdem wir gesehen hatten, was mit ... diesem Gebäude passiert war, dachte ich: ›Oh, was ich empfunden habe, war nicht echt. Es war eine Droge oder so was. Magie.‹«

Endlich sieht Wyatt mich an. Er blickt mir mit einer solchen Sicherheit direkt in die Augen, dass ich es nicht mal wage zu blinzeln.

»Aber das war es nicht, oder?«, flüstert er. »Das Gefühl war echt.«

»Ich weiß nicht. Ich weiß nicht, was du gefühlt hast.«

»Ich habe ...« Er räuspert sich. »Ich *fühle* ...«

Wyatt sieht mich immer noch an, während er die Handflächen nach oben dreht, als wollte er der Nacht ein Opfer darbringen. Eine Frage. Meine Hände bewegen sich, um die Antwort zu geben. Sie schweben über seinen und zwischen unseren Handflächen baut sich eine erregte Hitze auf. Er schließt die Lücke. Seine Hände sind rau, seine Berührung unsicher, bis ich sie erwidere. Dann ist sein Griff ganz fest.

»Was fühlst du?«, frage ich erneut.

Wyatts Antwort ist ein tiefer Atemzug, ein Vorbeugen, ein unsicheres Heben des Kinns.

Eine Frage.

Eine Antwort.

Ich küsse ihn.

Wyatt weicht zurück. Wieder starrt er mich an, als hätte ich ihn gebissen, aber dann legen sich seine Finger auf meine Lippen und zeichnen vorsichtig ihre Kontur nach. Er taxiert mich. Es ist dieselbe staunende Konzentration, mit der er die Rätsel der Natur untersucht, nur dass ich jetzt das Rätsel bin. *Wir* sind das Rätsel. Seine Finger gleiten über meinen Kiefer zu meinem Nacken. Er zieht mich zu sich und dann ist er es, der mich küsst.

Ich lasse es zu. Ich will es. Ich erwidere sein Verlangen mit der vollen Intensität meines eigenen. Jegliche Zurückhaltung löst sich in der feuchten Hitze unseres geteilten Atems auf, verpufft, als unsere Körper aufeinanderprallen. Die Zurückhaltung hat ihre Aufgabe erfüllt. In der langsamen Sprache der Geduld haben wir einander aus der Ferne kennengelernt und uns langsam und natürlich auf diesen Moment hin entwickelt. Jetzt prallen wir aufeinander und es gibt keine unangenehme Peinlichkeit. Nur eine sofortige Intimität, zu perfekt, um sie zu erzwingen. Aber perfekt genug, dass sie nur gewachsen sein kann.

Wyatt hat mir das Shirt ausgezogen, ehe ich auch nur seine Hose öffnen kann. Er zieht an dem Crop Top, aber ich zerre am Saum seines Shirts und er lässt es mich über seinen Kopf und seine ausgestreckten Arme ziehen. Meine Hände erforschen die Mysterien seiner Haut, spüren das Kitzeln der Haare auf seiner Brust, den Schwung seines Bauchs, die begierige Anspannung seiner Wirbelsäule, die Bewegungen seiner Schulterblätter, als er mich an sich zieht. Er hält mich so fest, dass ich kurz wieder dieses schwindelerregende Gefühl des Schwebens empfinde, als wäre die Welt unter uns weggebrochen und wir würden nach oben ins Netz der Sterne fallen.

Wyatts Hand gleitet zwischen meine Beine. Ich lege eine Hand an seine Brust, um ihn zurückzuhalten, allerdings nicht ernsthaft. Meine Nägel kratzen über seinen Hinterkopf, seinen Nacken und seinen Rücken und bleiben an einer Narbe hängen.

Er erschaudert.

»Oh, tut mir leid«, flüstere ich.

»Macht nichts«, versichert er mir.

Aber meine Finger zeichnen sie erneut nach. Eine gerade Linie, die sich über seine Schulter zieht. Keine alte Narbe, sondern eine frische, kaum verschorfte Wunde.

»Nur ein Kratzer«, flüstert er und seine Hand umschließt mich und drückt sanft zu. Ich stöhne. Ich sinke gegen ihn und vergesse den Schnitt, allerdings durchdringt ein leises Summen den Nebel in meinem Kopf. Eine Frage.

Wenn ich den Stockmeißel nehmen und die stumpfe Klinge an Wyatts Wunde halten würde, würde sie passen wie ein Schlüssel ins Schlüsselloch?

Ich denke ja.

Ich löse mich von Wyatt. Seine Augen öffnen sich, und als er die Frage in meinem Gesicht sieht, geben mir seine Augen die Antwort, die ich brauche.

Erst Schuld.

Dann Boshaftigkeit.

»Du warst das«, sage ich. »Du hast den Lautsprecher im Wald installiert. Du hast die Kerze angezündet. Du …«

Wir sind so ineinander verschlungen, dass eine kleine Bewegung ausreicht und Wyatt mich gegen die dreckigen Bodendielen drückt.

»Du hättest gehen sollen, als du noch konntest«, sagt er. Aber es ist nicht seine Stimme, nicht sein Gesicht. Während er darum ringt, mich am Boden zu halten, treten die Adern an seiner Stirn hervor. Der Junge, den ich geküsst habe, ist fort, etwas anderes hat mich jetzt gefangen. Etwas, das die ganze Zeit über seine Haut getragen hat.

Es ist stärker, aber ich bin klüger.

Denk nach, Mars.

Ich versetze Wyatt einen heftigen Kopfstoß. Ich spüre, wie seine Nase an meinem Schädel bricht. Er heult auf und stürzt nach hinten. Ich schnappe mir die Taschenlampe und richte den Lichtkegel auf ihn.

»Du hättest es hier nie geschafft«, sagt er. Blut tropft über seine Lippen auf seine Uniform. Dann zieht sich ein blutiger Tropfen eindeutig wieder in seine Nase zurück. Ein weiterer krabbelt über seine Wange.

Bienen.

»Du bist eine Drohne«, raune ich.

Gleichzeitig stürzen wir uns auf den Stockmeißel.

VI

KAPITEL 31

Wyatt ist zu schnell. Zu stark. Er legt eine Hand auf den Stockmeißel.

Aber ich schnappe mir den Taschenrechner.

Ich schlage ihn auf seine Hand, woraufhin das Werkzeug über den Boden und hinab in die Schatten der Scheune schlittert. Diese Entscheidung – eine Entscheidung, die möglicherweise Caroline für mich getroffen hat – verschafft mir die nötigen Sekunden, um aus seiner Reichweite zu gelangen. Er versperrt die Leiter und umklammert seine gebrochene Hand, also versuche ich mein Glück an der seltsamen Tür in der Wand. Ein uraltes Seil baumelt in die dunklen Wellen des Grases hinab.

»Mars?«, fleht Wyatt. »Was geht hier vor?«

Ich erstarre, als ich seine Stimme höre. *Wyatts* Stimme. Doch dann verschwindet sie wieder, einmal mehr ersetzt durch die wütende Kopie.

»Deine Schwester war auch schwach«, sagt Wyatt. Aber es ist nicht Wyatt. Dieses Ding ist nicht wie die Jungs, die mich gejagt oder in unheimlichem Einklang die Honeys bedient haben. Wyatt wurde nicht einfach der Kopf verdreht. Er ist vollkommen besessen von jemandem oder etwas. Es trägt ihn wie ein Kleidungsstück und erfüllt seinen Körper mit fremdartiger Ungeschicktheit. Er zittert und zuckt. Weitere Bienen entwinden sich den Trümmern seiner Nase.

Meine Ferse schiebt sich über den Abgrund. Wird das Seil mich tragen? Ich muss Zeit schinden.

»Wer bist du? Sag es mir«, fordere ich.

»Das spielt keine Rolle.«

Wyatt stürzt sich auf mich.

Ich weiß, was passieren wird, ehe es passiert. Ich sehe alles wieder vor mir. Caroline, die gegen den Spiegel in unserem Flur prallt und auf mich zustolpert. Ihre Füße verfangen sich im Teppich, als sie auf mich und das Geländer zuhechtet. Wyatts Stiefel verfängt sich im Schlafsack, als er abspringt. Carolines Arme schlingen sich um mich. Wyatts Arme umschließen mich. Der Mond schwingt über uns und die Sterne sind wie fallendes Glas und Kristall, als wir durch meine Erinnerungen stürzen und zu dritt als Einheit fallen.

Seit dem Unfall habe ich in jeder Sekunde versucht, genau dieses Gefühl aus meinem Körper zu verbannen, aber es hat mich nie losgelassen. Und jetzt, während wir abstürzen, erinnert sich mein Körper haargenau, wie er sich im richtigen Moment drehen muss. Wie er die schwindelerregende Anziehung der Schwerkraft so manipulieren kann, dass, als der Boden näher kommt …

Wir schlagen auf der Erde auf, Wyatt zuerst. Auch daran erinnere ich mich. Das gedämpfte Knacken, der schmatzende Aufschlag und dann verwandelt sich der stählerne Griff in Gummi. Ich wuchte mich von Wyatt – *Nicht-Wyatt*, denke ich –, aber der Schmerz irgendwo in meinem Bein überlagert alles, so stechend, dass ich zur Seite kippe. Ich weiß, ich darf weder Nicht-Wyatt noch mein gebrochenes Bein ansehen. Ich konzentriere mich auf das, was vor mir liegt, ziehe mich durchs Gras, flehe das Adrenalin an, mich noch ein paar Sekunden, ein paar Meter länger zu betäuben. Dann höre ich, wie Nicht-Wyatt sich regt, ein würgendes Husten und das Rascheln des Grases, als er sich hinter mir herzieht. Ich schlucke einen frustrierten Schrei hinunter und bewege mich, so schnell ich kann, bis seine Laute unter der drückenden Nacht begraben werden.

Im Wald ziehe ich mich an den niedrigen Ästen eines Baums hoch und humpele weiter. Ich weine so heftig, dass ich kaum was erkennen kann. Irgendwie erreiche ich das Ufer eines Teichs, der von Mondlicht erfüllt ist. Und Espen. Eine neuerliche Welle der Verzweiflung raubt mir den Atem. Wyatt – oder Nicht-Wyatt oder wer auch immer – hat mich zurück in den Sumpf gelockt.

»MARS.«

Er rammt mich von hinten und wir stürzen ins flache Wasser. Als ich zu ihm hochsehe, erfüllen die Espen mein Sichtfeld, sodass er zu einer Silhouette wird, die auf die Wand der starren weißen Augen gemalt ist. Ich versuche, Wyatt darin auszumachen – ich finde seine Iris, die einzige Farbe, die noch übrig ist –, und bin nahe genug, um zu sehen, wie die dünne Haut seines Lids zuckt, als wie eine lebende Träne eine Biene daraus hervorkriecht.

»Du bist zu schwach für uns«, zischt Nicht-Wyatt. *»Caroline war zu schwach für uns.«*

Er sitzt auf meinem Schoß wie erst vor ein paar Minuten. Seine Hände legen sich um meine Kehle und langsam, ganz langsam drückt er mich unter Wasser. Das Licht wird gedämpft, die Bäume erzittern und verschmelzen. Ich wehre mich. Ich schlage und kratze um mich, aber er zuckt nicht mal. Ich lege nun meine Hände um seine Kehle, aber es macht keinen Unterschied. Er verfügt über keinerlei Selbsterhaltungstrieb mehr. Die Bienen werden Wyatt dazu bringen, mich zu töten, und ihnen ist völlig egal, wenn er selbst dabei auch stirbt.

Er drückt mich tiefer und meine Sicht pulsiert, als wollte sie aus meinem Schädel entkommen. Aufgewühlter Schlamm verdeckt den Mond. Helle Punkte schwimmen am Rand meines Sichtfelds. Ich höre, wie sich meiner Kehle ein Gurgeln und Krächzen entringt.

Ich höre mich selbst sterben.

Eine Hand sanft wie Sternenlicht gleitet durchs Wasser und legt sich an meine Wange. Ich öffne die Augen und sehe durch das trübe Wasser ein seltsames neues Ding: Hinter Wyatts Kopf breitet sich ein Licht aus. Sogar hier unten kann ich seine Wärme spüren, sein Summen hören, das lauter und lauter wird, bis Wyatt plötzlich zurückgerissen wird. Ich werde nach oben gezerrt. Hustend, nach Luft schnappend und um mich tretend lande ich am schilfigen Ufer.

Ich nehme meinen ersten richtigen Atemzug seit mehreren Minuten. Die Punkte verschwinden. Allerdings nicht alle. Ein paar Bienen schwirren im Mondlicht über dem Teich. Und unterhalb von ihnen summen Mädchen in weißen Uniformen.

Die Honeys.

Mimi hat mich hochgezogen. Durchnässt umarmt sie mich schützend und ruft: »Was ist passiert? Wir haben überall nach dir gesucht. Was ist passiert?« Und dann: »Oh, Mars, dein *Bein.*«

»Lass ihn los«, sagt Bria, die hinter Mimi auftaucht. Ihre Stimme ist angespannt. Ihre Augen glühen in diesem goldenen Braun. Sie ballt die Faust in der Luft und die Bienen formieren sich zu einem sich windenden Lasso. Sie stoßen auf Wyatt zu und drängen ihn in den Teich. Weitere Mädchen schließen sich Bria an und es ist, als würden alle Partikel des Waldes ihrem Kommando gehorchen. Bald schon wird Wyatt in die Mitte des Teichs gezogen. Etwas hält ihn trotz seiner Gegenwehr fest. Ein Druck, der das Wasser aufwühlt, als würde es kochen.

Über unseren Köpfen grollt lang anhaltender Donner. Das Summen der Honeys zu voller Lautstärke aufgedreht.

»Was sollen wir machen?«, jammert Mimi.

»Erst Mars, dann der Junge«, erklärt Bria. Sie legt eine Hand auf mein Bein irgendwo unterhalb des Knies und schlägt eine Saite aus weiß glühendem Schmerz an. Mein Schrei durchbricht das Summen.

»Mimi, schnell!«, befiehlt Bria.

»Aber die Sonne ist noch nicht auf…«

»*Jetzt!*«

Mimi erscheint über mir. Sie hält ein kleines Glas mit einer niedlichen kleinen Schleife. Honig. Sie wird mich zwingen, ihn zu essen.

»Nein!«, brülle ich.

Mimi schraubt den Deckel auf und steckt den Finger hinein. Zwei Mädchen zwingen meinen Mund auf und sie fährt über mein Zahnfleisch. Schlagartig reißt mich die himmelwärts gerichtete Schwerkraft des Honigs aus meinem Körper, aus meinem Schmerz, und ich betrachte mich selbst von oben. Von innen.

Die restlichen Mädchen tunken ihre Finger ins Glas und schmieren den dunklen Sirup auf ihre Lippen. Dann haken sie ihre kleinen Finger unter und das Summen verändert sich. Wird fokussierter. Es richtet sich auf mich. In mein *Inneres.*

»Lass uns dir helfen«, drängt Bria. »Vertrau uns, Mars.«

Ich versuche, sie auszublenden, aber das Summen ist jetzt unter meiner Haut, singt durch meine Nerven. Es ist in meinen Knochen, in den Zwischenräumen meiner Gelenke. Ich versteife mich, als es an meinem Bein pulsiert. Die Vibrationen breiten sich über den gebrochenen Knochen in meinem Schienbein aus, werden dissonant. Doch dann stellt sich die Harmonie langsam wieder ein. Ich lasse es zu. Will es. Der Schmerz lässt nach. Ich kann spüren, wie der Knochen unter meinen Muskeln zuckt, bis er sich zischend wieder zusammenfügt.

Das Summen durchfährt mich und bleibt an weiteren Rissen in meiner Haut hängen. Ich sinke in meine Haut zurück und setze mich in einem Körper auf, der sich brandneu anfühlt. Selbst der Dreck unter meinen Nägeln hat sich aufgelöst.

Die Mädchen rings um mich sind verstummt und auf die Knie gesunken. Lediglich Bria steht noch aufrecht, aber nur mit Mühe.

»Hoch. Hoch mit euch. Wir sind noch nicht fertig, Mädchen«, presst sie durch zusammengebissene Zähne.

Sie helfen einander auf und schwanken zum Teichufer. Wyatt kauert zwischen den Seerosenblättern. Vielleicht liegt es an dem Honig in meinem Blut, aber Wyatt erscheint mir jetzt als eine Ansammlung von Energie, die ich lesen kann. Ich kann die Furcht spüren, die in seinem Herzen tobt, und das verwirrte Surren seiner Gedanken. Ich kann sogar die aufgebrachten Insekten spüren, die sich tief unter seiner Haut verbergen.

»Ich wusste es. *Er* hat Sierra getötet«, sagt Mimi.

Wyatt, oder Nicht-Wyatt, erstarrt. Eine Bestätigung. Die Erkenntnis breitet sich durch die anderen Mädchen und dann durch mich aus. Ich erinnere mich, ihn am Morgen nach Sierras Tod gesehen zu haben, als ich gerade unterwegs zur Bienenwiese war, nur um festzustellen, dass sie verschwunden war. Wyatt war müde. Jetzt kenne ich den Grund.

»Es spielt keine Rolle, dass er von Wendys Blut ist«, erklärt Mimi. »Der Stock steht über allem.«

Die Mädchen nicken. Sie funkeln den Jungen im Teich an, doch er starrt in den Himmel. Silbernes Licht ergießt sich in die dunklen Höhlen seiner Augen.

»Helft mir«, flüstert er.

»Dir helfen? Wir werden dich *umbringen*, Arschloch!«, brüllt Mimi. »Mädchen, macht euch bereit ...«

»Er ist eine Drohne«, rufe ich.

Schweigen erfasst die Lichtung. Sogar der Donner verstummt.

»Unmöglich«, beharrt Bria.

»Es stimmt. Ich habe sie gesehen. Sie sind in seinem Kopf.«

»Unsere eigene Drohne würden wir spüren«, hält Kyle dagegen. Zusammen mit Mimi nimmt sie das Summen wieder auf.

»Nein«, befiehlt Bria. »Wir testen ihn. Mars, kannst du aufstehen? Wir brauchen deine Hilfe.«

Ich checke mein Bein. Außer einem schwachen Jucken tief im Knochen ist es in Ordnung. Zwei Mädchen, CJ und PJ, helfen mir auf. Als klar ist, dass ich okay bin, verschränken sie meine kleinen Finger mit ihren. Wyatt ist weiterhin erstarrt, fängt an zu zucken, als das Summen wieder stärker wird.

Ich bemerke, dass auch ich summe. Doch es kommt nicht aus meiner Kehle. Es ist eine Vibration, die in der mikroskopisch dünnen Schicht zwischen meiner Haut und der der Mädchen neben mir entsteht. Ein abstoßender Druck zwischen zwei Magneten.

Der Teich fängt an zu glühen. Es ist ein jadegrünes Leuchten, das vom Grund heraufstrahlt, und schon bald ist der Wald von seinem zitternden Licht durchflutet. Die Seerosenblätter tanzen und teilen sich, ihre Blüten öffnen sich mit einem Seufzen. Wyatt spannt sich in einer unsichtbaren Umarmung an, wehrt sich gegen sie, die ihn Zentimeter für Zentimeter nach unten zieht, bis er bis zu den Schultern versunken ist. In dem kalten Licht kann ich winzige Beulen erkennen, die sich unter der Haut an seiner Kehle bewegen und versuchen, dem Wasser zu entkommen, während er versinkt. Die Honeys summen lauter, drücken ihn weiter nach unten, und bald darauf ragt nur noch sein Gesicht aus der vibrierenden Oberfläche. Dann, kurz bevor er ganz untergeht, reißt sein Mund auf und ein sich windender, summender Frosch krabbelt heraus.

Schnell schlägt Bria eine unsichtbare Saite in der Luft an und der Schwarm driftet wie ein Drachen auf sie zu. Er schwebt über ihrer Handfläche.

Die Mädchen raunen. »Ein Splitterschwarm? Jemand hat sich abgespalten?«

»Wer?«, fragt Bria, ohne den Blick von den Bienen zu nehmen. Selbst ich kann erkennen, dass sie anders als die der Bienenwiese sind. Was immer da aus Wyatt entkommen ist, ist sehr viel wütender und unheilvoller.

Die Mädchen schweigen.

»Wer war das?«, fragt Bria wieder.

Als niemand antwortet, spitzt sie die Lippen und stößt ein säuselndes Pfeifen aus, wie Wind, der durch Gras streicht. Der wütende Schwarm beruhigt sich zu einem dahintreibenden Wirbel. Sie tritt zurück und öffnet ihre Hand. Wir alle sehen zu, wie die Bienen absinken und schlingern, ihre Körper rubinrot vor Blut. Dann schlängeln sie sich wie eine Halskette durch die Luft und schlingen sich um das Haar eines Mädchens.

Die anderen schnappen nach Luft.

Bria stößt einen erstickten Schrei aus.

»Mimi?«, flüstert sie.

Mimi kauert in dem kleinen Schwarm und sieht ihre Schwestern mit großen Augen an.

»Ich musste es tun«, raunt sie. »Für den Stock. Ich musste es tun. Sie waren *schwach.* Sie mussten ausgemerzt werden, damit der Rest von uns erstarken konnte, aber ich konnte es nicht selbst tun.«

»Oh, Mimi, was zum Teufel?« Bria hält sich die Schläfen.

»Ich musste es tun!« Mimi richtet sich gerader auf. Ihre Unterlippe zittert, sie setzt eine trotzige Miene auf.

»Caroline war *schwach.* Sie hätte nie Königin werden dürfen. Wir alle wussten es. Sogar *sie* wusste es! Es ist kein Wunder, dass der Thron sie von innen heraus aufgezehrt hat. Und dann hat Sierra *das da* in die Brut eingeladen?« Sie richtet einen anklagenden Finger auf mich. »Eine Königin muss eine *Königin* sein. Wenn sie etwas Geringeres ist, vernichtet der Schwarm sie!«

»Hast du den Verstand verloren?«, brüllt Bria zurück. »Wir verletzen keine Unschuldigen, Mimi. Das ist unsere *einzige* Regel!«

»Ich verletze keine Menschen«, protestiert Mimi trotzig. »Ich verletze *Jungs.*«

Ich muss Bria zugutehalten, dass sie mir einen Seitenblick zuwirft und fragt: »Was sind noch mal deine Pronomen?«

»Äh ...« Meine Kehle ist rau, nachdem ich fast erwürgt worden wäre. »Mir ist eigentlich alles recht. Ich bin fluid.«

»Siehst du?« Bria reißt die Hände hoch. »Und was ist mit Sierra? Du wusstest, dass sie Mars rekrutieren wollte, also hast du sie mit einer Drohne ausgeschaltet?«

Mimi leugnet es nicht. Sie reckt stolz das Kinn vor.

»Sierra hat eine Schwachstelle geschaffen und ich wollte sie entfernen. Es war ihre Schuld, dass sie mir in die Quere gekommen ist. Ich habe getan, was keine von euch fertiggebracht hätte, und zwar so, dass ihr alle eure Beteiligung leugnen könnt. Mit anderen Worten: *Gern geschehen.*«

»So regeln wir Dinge nicht«, entgegnet Bria. »So sind wir nicht.«

»Ganz genau«, braust Mimi auf. »Ich bin, was keine von euch ist: *stark.* Wir können uns keine weitere gescheiterte Königin leisten. Die Schwesternschaft braucht Honig und wir produzieren kaum genug für uns *selbst.* Wenn wir wieder die falsche Entscheidung treffen, wird der Stock zusammenbrechen. Bria, warum kannst du es nicht tun? Du dienst dem Stock doch am längsten.«

»Der Thron ist kein Privileg«, erwidert Bria. »Er ist eine Bürde.«

»Dann werde ich diese Bürde tragen. Du weißt, dass ich stark bin. Keine von euch kann mich mit den Mosaiksteinen schlagen. Keine von euch hat auch nur geahnt, was ich durch das Gespinst bewirkt habe. Das sollte beweisen, dass ich das Zeug dazu habe, uns anzuführen.«

Ich glaube, Bria ist kurz davor nachzugeben. Ich erkenne, dass Mimis Logik bei ihr Wirkung zeigt, doch dann schüttelt sie den Kopf.

»Nein.« Bria klatscht zweimal bedeutungsschwer in die Hände. »Mimi, du hast deine Schwester ermordet und einen Splitterschwarm geschaffen. Damit hast du die Einheit des Stocks gleich *zweimal* in Gefahr ...«

»Moment«, schaltet sich Kyle ein. »Sie hat auch versucht, Mars umzubringen.«

»Zweiein*halb*mal«, korrigiert sich Bria. »Du kennst die Strafe dafür.«

»Nicht!«, kreischt Mimi. »Das kannst du nicht machen! Du hältst dich für so mächtig, aber du fällst das Urteil nicht, Bria. Der Stock steht über allem.«

Bria zuckt mit den Schultern. Sie hebt die Finger, bereit zu schnipsen.

»Der Stock *steht* über allem, Mimi. Also warum hältst du nicht endlich die Fresse und lässt ihn sprechen?«

»Das wagst du nicht«, raunt Mimi.

Bria schnipst. Und alle anderen auch, exakt im Einklang. Mimi blinzelt und all ihr kindisches Getue fällt von ihr ab, als sie ihre Anklägerinnen anfunkelt. Dann dreht sie sich um, will fliehen, hält aber inne. Aus der Ferne ertönt ein unharmonisches Zischen. Ich spüre sie, bevor ich sie sehe – Millionen und Abermillionen Flügel, die die Luft verwirbeln. Sie brechen aus den Wäldern, aus Richtung Sumpf. Es ist dasselbe alles verschlingende Dröhnen, das uns in der Höhle unter dem Hotel umgeben hat. All diese Bienen wurden hierhergerufen, ich weiß nur nicht, wofür.

»Ich schnipse nicht!«, kreischt Mimi. »Damit ist es nicht einstimmig!«

»Zu schnipsen steht dir nicht zu«, kontert Bria. Sie klingt traurig. Ich kann spüren, dass ihre Gedanken nun bei Sierra sind, und ihre Trauer verschleiert eine tiefer gehende, weit mächtigere Wut.

Die erste Biene landet auf Mimis Wange. Sie erschlägt sie. Ihre nächste Bewegung nehme ich kaum wahr. Sie ist so unglaublich schnell, dass sie verschwimmt, und ich bemerke ein plötzliches Aufblitzen des Mondlichts. Ihr Stockmeißel. Er saust auf mich zu und kommt kurz vor meinem Hals zum Stehen, weil Kyle ihn abgefangen hat. Erneut kreischt Mimi und zerdrückt an ihrem Schädel weitere Bienen.

Dann ist sie weg. Augenblicklich ist das Mädchen nur noch eine pelzige Gestalt, Bienen bedecken ihre Glieder. Ihre Schreie sind wild und wütend. Sie versucht, sie abzustreifen, aber es ist vergeblich. Immer neue schließen die Lücken, füllen sie aus, bis es keine Mimi mehr gibt. Nur noch einen Kokon aus winzigen, zuckenden Körpern.

Der Kokon erhebt sich in die Luft.

»Mars.« Bria nimmt den Blick nicht von dem Kokon. »Sieh nicht hin.«

Das Dröhnen der Bienen schwingt sich zu einer höheren Note auf, dann zu noch einer. Ich spüre, wie ihre Milliarden Flügel schneller und schneller schlagen. Die monddurchflutete Lichtung flimmert plötzlich vor Hitze. Etwas im Inneren des Kokons beginnt, orange zu leuchten.

Mimi schreit. Eine Hand schießt hervor. Sie ist von Dampf umgeben, die Haut ist rosa und schält sich. Sie reißt den Kokon auf und zum Vorschein kommt ein brennender Kern. Kurz ist der Teich in kochendes Rot getaucht. Die Hitze ist so intensiv, dass ich spüre, wie meine Tränen verdampfen, doch dann wird der Riss geschlossen, die sich schälende Hand ist verschwunden und die Schreie werden abgewürgt. Das Glühen scheint sich gleichzeitig zu verstärken und abzuschwächen, als würde die Sonne hinter einem tosenden Sturm untergehen.

Endlich beruhigt sich das Dröhnen. Das Licht verblasst. Doch die Hitze hängt immer noch in der Luft – genau wie ein neuer Geruch nach verbranntem Fleisch.

»Mars, hör mir zu.«

Bria füllt mein Gesichtsfeld aus.

»Lauf«, befiehlt sie.

»Aber Wyatt. Er ...«

»Niemand tut ihm was.«

»Aber ...«

»Nein, hör mir zu. Lauf und komm nicht zurück. Jeder Stock braucht eine Königin und Caroline war diese Königin. Aber jetzt ist sie tot und der Stock ... er will ...« Bria schüttelt mich an den Schultern. »Er will dich, Mars. Er verlangt nach *dir*. Du musst fliehen. Ich kann sie nicht alle aufhalten.«

Er will mich.

Mich, als Königin.

Bria zieht mich auf die Füße. In der Luft hinter ihr teilt sich der Schwarm. Die Mädchen beobachten ihn mit bewunderndem Staunen. Ich erkenne Formen in ihm. Muster. Dieselben verführerischen Muster, die ich gesehen habe, als der Schattenhonig durch meine Kehle geströmt ist und mich mit seiner erstaunlichen Schwerkraft erfüllt hat. Ich kann spüren, wie sie mich festhält, mich anzieht.

Bria schüttelt mich.

»Das willst du nicht«, knurrt sie. »Caroline dachte, sie wollte es, aber sie hat sich geirrt und es hat sie zerstört. Du weißt viel weniger als sie. Dir wird dasselbe passieren.«

Ich bin mir da nicht so sicher. Das Lied des Stocks singt für mich. Es sucht in meinem Kopf, findet den Knoten meines Schmerzes und zupft daran. Löst ihn. Öffnet ihn, damit es sich darin einnisten kann.

Bria verpasst mir eine so heftige Ohrfeige, dass ich auf dem Boden lande. Das reicht aus, um meine Gedanken zu klären.

Als ich aufblicke, sind da zwei von ihr. Nein, eine Bria und eine Doppelgängerin, die neben ihr schwimmt. In dem zweiten Starren erkenne ich kurz Caroline.

»Lauf«, drängen sie gleichzeitig.

Und ausnahmsweise gehorche ich.

KAPITEL 32

Auf neuen Beinen fliege ich dahin.

Der Wald reißt unter mir auf.

Ich habe niemanden mehr. Alle – alles – liegt hinter mir. Alles gefangen in der Kälte des Teichs. Sie alle sind durch ihre kleinen Finger verbunden, summen und weinen und lachen und brennen.

Sie haben Mimi verbrannt.

Als der Kokon aufriss, ist nichts herausgefallen. Nicht mal ein verkohltes Skelett. Was immer aus ihr geworden ist, war kleiner als Asche.

Lauf, hat Bria gesagt. Als würde ich, wenn ich es nicht täte, in der Faust des Schwarms gefangen und erdrückt, eingeäschert oder …

Umarmt.

Jeder Stock braucht eine Königin, hat Bria gesagt, *und Caroline war diese Königin.*

Und es hat sie umgebracht.

Ich schreie beim Laufen, bleibe aber nicht stehen. Meine Schreie und meine Beine sind dasselbe, nur äußerliche Manifestationen von etwas, das in meinem Inneren bricht. Ich bin mit einer Frage hergekommen. Ich habe mir geschworen, diesmal nicht wegzurennen. Und doch fliehe ich jetzt, weil ich nie stark genug für die Antwort war.

Der Wald lichtet sich und ich springe über eine niedrige Steinmauer. Die Bäume auf der anderen Seite sind in einem Gitter angeordnet. Ich bin auf einer Obstplantage gelandet. Ein

Bauernhof kommt in Sicht und ich werde langsamer. Ich kann die blinkenden Lichter eines Getreidespeichers ausmachen und darunter die geraden Linien eines Hauses. Ich schlucke meine Panik hinunter, zwinge meine Glieder, zur Ruhe zu kommen, und jogge darauf zu. Kurz überlege ich, um Hilfe zu bitten, doch dann entdecke ich im Hof ein Quad. Noch besser. Ich bin erst einmal mit einem gefahren, aber ich weiß noch, wie fasziniert ich war, dass es legal ist, ungeschützt so schnell zu fahren.

Ich springe auf und drücke die Knöpfe, bis die Scheinwerfer aufleuchten. Dann drücke ich weiter auf den Knöpfen rum, bis das Ungetüm endlich zum Leben erwacht. Als ich den Gashebel drehe, bockt das Quad und wirft mich fast ab. Nach ein paar weiteren Anläufen gelingt mir ein eiernder Kreis. Ich finde sogar heraus, wie die Bremsen funktionieren.

Eine Fliegentür wird aufgeschlagen und ein Mann ruft: »Hey!«

»Tut mir leid!«, rufe ich zurück.

Ich schlingere auf eine Kiesauffahrt, niete fast einen wackeligen Briefkasten um und biege auf eine geteerte Straße. Sobald ich auf gerader Strecke bin, gebe ich Gas und das Rauschen des Windes erfüllt meine Ohren. Genauso wie das mechanische Dröhnen des Motors und die unheimliche Stille des schwarzen Bandes der Straße. Und *zur Abwechslung* kann ich mal nicht das allgegenwärtige Zirpen der Insekten hören. Es klingt wie Freiheit. Endlich.

Ich erinnere mich an die Fahrt nach Aspen, an all die Abgründe und Haarnadelkurven. Ich nehme sie langsam, damit ich nicht über die Leitplanken in die Schluchten dahinter schieße. Irgendwann verlasse ich den dichten Wald und fliege an abfallenden, gepflegten Feldern vorbei. Am Straßenrand tauchen Häuser auf. Vor mir sehe ich – oh mein Gott, allen schwulen Göttern sei Dank – eine Ampel.

Ich parke das Quad auf einem Hof voller Gartenzwerge und gehe zu Fuß weiter. Wem auch immer ich dieses Ding gestohlen habe, er hat wahrscheinlich längst die Polizei gerufen, die inzwischen nach einem durch die Gegend rasenden Quad sucht. Allerdings wäre ich auch nicht überrascht, wenn ein blutiger, genderfluider Teenie in einem Crop Top, knappen Shorts und Wanderstiefeln ihr Misstrauen erregen würde.

Ich drehe mein Septum-Piercing nach unten, einfach nur, um den Look zu vervollständigen.

Die Stadt ist größer als gedacht. Durch die immer spärlicheren Bäume kann ich den Highway hören und der Schein der Neonschilder vor mir überstrahlt das Mondlicht. Die Sterne sind noch sichtbar, aber nur noch als blasse Kratzer auf der tiefenlosen schwarzen Fläche der Nacht. Sie bilden nicht mehr die majestätische Geometrie, die über Aspen schwebt. Gott sei Dank. Für die nächsten hundert Jahre habe ich erst mal genug von der majestätischen Wildnis.

Wann immer ein Auto vorbeikommt, ducke ich mich hinter die Bäume und frage mich, was ich tun soll. Die Polizei ist aus mehreren Gründen keine Option: Erstes ist da kürzlicher Quad-Diebstahl von Old MacDonald. Zweitens bin ich ein Matthias, auch wenn ich es nicht beweisen könnte. Ich habe kein Handy und mit meinem momentanen Haarschnitt sehe ich mir nicht mal auf meinem Ausweisfoto ähnlich. Das ist also wohl Nummer drei.

Mitten in meiner Grübelei sehe ich hoch und stehe in der tragischsten Ironie meines gesamten verkorksten Lebens vor einem Applebee's. Ich glaube sogar, es ist derselbe, an dem wir auf dem Hinweg gehalten haben.

Kismet, Karma, Gerechtigkeit, ich ignoriere nicht länger Zufälle, vor allem keine von solchen Ausmaßen.

Sehr witzig, Caroline, denke ich, als ich reingehe.

»Oh, tut mir leid, wir haben geschlossen ...«

Die Kellnerin guckt mich an und erstarrt. Ich bin in Schweiß und wahrscheinlich auch Dreck gebadet. Ich weiß nicht, was sie sieht, aber mir bleibt vermutlich nur eine Sekunde, bis sie ein Gewehr im Applebee-Design hervorzieht und auf mich schießt.

»Hilfe«, sage ich. »Ich brauche Hilfe. Ich muss bloß kurz an Ihr Telefon, dann gehe ich. Versprochen.«

Sie reagiert nur mit einem verschlagenen: »Ich *wusste* es!«

Mir bleibt genug Zeit, mich zu fragen, ob ich einen schrecklichen Fehler gemacht habe, ehe eine weitere Kellnerin aus dem Gästeraum hereinstürmt und einen Lappen schwingt.

»Warte!«, sagt sie. »Du bist der Sohn von Heather Matthias, oder? Oh, wir *wussten* doch, dass sie das war vor ein paar Wochen. Ich schwöre, wir haben grad noch davon gesprochen, dass wir ein Foto hätten machen und es an unserer Promiwand aufhängen sollen.«

Sie deutet auf einen Bereich der Wand, wo zwei Fotos hängen. Ich entdecke Guy Fieri und auf dem zweiten Foto ... auch Guy Fieri.

Ich entspanne mich. Damit werde ich fertig. »Kann ich Ihr Telefon benutzen? Ehrlich gesagt müsste ich meine Mom anrufen.«

Die Kellnerinnen deuten zu einem Telefon hinter dem Tresen. Bevor ich den Hörer abnehme, sehe ich sie ernst an. Beide haben ihre Handys gezückt.

»Keine Fotos«, sage ich. »Sie dürfen niemandem verraten, dass ich hier bin. Das ist ... streng geheim.«

Sie nicken verschwörerisch und stecken ihre Handys weg. Ich wähle unsere Nummer.

Als ich auflege, haben die Kellerinnen im hinteren Bereich eine Sitzecke für mich hergerichtet. Sie schieben mich hin und dulden keinen Protest, während sie mit großer Geste einen Korb mit Mozzarella-Sticks vor mich stellen. Dazu knochenlose Chickenwings. Außerdem gibt es noch Chips und Quesadillas.

»Wir wussten nicht, was du magst, also haben wir uns für die Classic Combo entschieden«, erklärt eine von ihnen und spielt mit ihrem Notizblock.

»Ich liebe die Classic Combo«, erwidere ich. »Vielen Dank.«

Das beruhigt sie. Sie schielen zur leeren Bank mir gegenüber und warten auf meine Einladung.

»Könnte ich erst Ihre Toilette benutzen?«, frage ich.

Den Kellerinnen sei es eine Ehre. Sie stellen sich als Greta und Susan vor und führen mich – gemeinsam – zum Klo.

»Lass dir nur Zeit«, sagen sie. »Wir sind hier, wenn du uns brauchst.« Wenig subtil zwinkern sie einander zu und ziehen sich dann kichernd zurück.

Auf der Toilette sieht es noch genauso aus wie beim letzten Mal, als ich hier war und ins Waschbecken geblutet habe. Ich wasche mir das Gesicht und versuche, mich auf das vorzubereiten, was jetzt kommen wird. Dad war *so* geschockt, von mir zu hören. Er wusste auf Anhieb, dass irgendwas los ist. Er hat nicht mal gefragt, ob es mir gut geht, nur: »Wo bist du?«

Ich habe es ihm erzählt und nach einem peinlich langen Schweigen hat er gefragt: »In *dem* Applebee's?«

»Ich liebe die Irresist-A-Bowls. Sie sind unwiderstehlich.«

»Geh nicht weg«, hat er mich angewiesen. »Rede mit niemandem. Wir rufen dich aus dem Auto an.«

Susan und Greta versprechen mir, Bescheid zu sagen, wenn das Telefon klingelt, aber das tut es nicht. Nachdem ich mich, so gut es geht, gewaschen habe, tupfe ich mich mit Papiertüchern trocken. Dann gehe ich zum Telefon zurück und rufe Dads Handy an. Nichts. Ich versuche es bei Mom und sie geht ran.

»Mars, Schätzchen, geht's dir gut? Was ist los?«

»Heather, nicht.« Das ist Dad. Ich kann hören, dass ich auf Lautsprecher geschaltet bin. Sie sind schon im Auto.

»Mir geht's gut«, antworte ich.

»Gut. Bleib, wo du bist. Wir sind in zwei Stunden da. Ruf nicht wieder an«, sagt Dad.

»Gott, Martin, du klingst wie dein Vater«, raunt Mom. »Mars, Schätzchen, bist du in Sicherheit?«

Ich schiele zu Greta und Susan, die sich an der Classic Combo bedienen.

»Ja, ich bin safe. Aber beeilt euch, ja?«

»Du kennst die Regeln?«, hakt Dad nach.

»Ja, Sir.«

»Gut. Mach keine noch größere Szene.«

»Ja, Sir.«

Dann ist die Leitung tot.

Nach knapp zwei Stunden sind Greta, Susan und ich beste Freundinnen. Ich erfahre alles über Gretas Haustier, eine Gottesanbeterin namens Minerva, ihren Buchklub, alles, wovon sie Ausschlag bekommt, und ihr Interesse an Hunden, obwohl sie allergisch ist und noch dazu Angst vor ihnen hat. Auch sie verursachen ihr Ausschlag. Susan erzählt mir von ihrem Neffen, der trans ist, aber sie fürchtet so sehr, mich zu beleidigen, dass ich nicht viel mehr erfahre.

Wir hören alle, wie ein Auto auf den leeren Parkplatz fährt, kurz stehen bleibt und dann ums Haus fährt. Das Telefon klingelt, nur ein einziges Mal, wie eine Türklingel.

»Ich geh schon«, sage ich und rutsche von der Sitzbank. Greta und Susan klammern sich aneinander, als müssten sie sich versichern, dass *es wirklich passiert!* Dann fällt ihr Blick auf das Chaos auf dem Tisch. Er ist übersät von fettigen

Körbchen, Flecken von Dips und – ja, okay – auch einer Irresist-A-Bowl.

Ich gehe durch die hell erleuchtete Küche und erschrecke mich, weil das verfallene Dekor der Küche aus dem Hotel im Sumpf vor meinen Augen aufblitzt. Ich gehe weiter zur Hintertür und winke dem dunklen Auto hinter den Müllcontainern zu. Nach einem Augenblick blitzen die Scheinwerfer auf und meine Eltern stürmen auf mich zu. Meine Mom erreicht mich als Erste und erdrückt mich in ihrer Umarmung. Dad wartet, bis sie jeden sichtbaren Zentimeter meiner Haut nach Kratzern untersucht hat, dann presst auch er mich an sich.

Drinnen haben Greta und Susan neben unserem nun makellosen Tisch Haltung angenommen. Dad reicht mir eine Reisetasche – ich soll mich umzuziehen. Wieder auf der Toilette finde ich alles, was ich für ein Makeover brauche. Feuchttücher, Deo, frische Kleidung. Sie haben sogar mein Make-up eingepackt, dazu einen kleinen Plastikbeutel. Für Beweise.

Nichts zurücklassen.

Während ich mich mithilfe all dieser Sachen wiederherstelle, muss ich mich zwingen, nicht an Wyatt zu denken. Als ich fertig bin, könnten wir eine Kirche betreten und niemand würde auch nur ahnen, was ich durchgemacht habe.

Greta und Susan wuseln in der Küche um meine Eltern und fragen wieder und wieder, ob sie uns irgendwas bringen können. Mom lehnt höflich ab. Dann verbringen die beiden ein paar tränenreiche Minuten damit, ihr zu erzählen, wie sehr sie sie bewundern und was für ein Vorbild sie doch sei. In solchen Situationen hat mein Vater eine Engelsgeduld, doch als die Kellerinnen anfangen, von *mir* zu schwärmen, wird er unruhig. Gerade als Greta erklärt, dass sie bis heute nicht wusste, was »genderfluid« oder »nonbinär« ist, unterbricht Dad sie.

»Heather, wir sollten fahren. Meine Damen, es tut uns leid, Ihnen solche Umstände bereitet zu haben. Danke, dass Sie unseren Sohn versorgt haben. Wird das reichen?«

Er reicht ihnen einen dicken Umschlag mit Geldscheinen, deutlich mehr, als hundert Irresist-A-Bowls kosten würden.

»Den Rest können Sie behalten, aber wir wären sehr dankbar, wenn die Ereignisse der heutigen Nacht in diesem Raum bleiben könnten. Habe ich mich klar ausgedrückt?«

Die Damen versichern: »Ja, Sir, natürlich Sir.« Dann umarmen sie mich zum Abschied und ringen mir das Versprechen ab, wieder vorbeizukommen.

Wir verlassen den Laden durch die Hintertür.

»Wir reden, sobald wir auf dem Highway sind«, sagt Dad.

Mom streichelt meinen Nacken. Sie küsst mich auf die Schläfe und steigt auf der Fahrerseite ein. Ich mache den Kofferraum auf, um die Reisetasche reinzuwerfen, aber natürlich ist er voll mit Moms Kleidersäcken. Ich versuche, die Tasche reinzustopfen, stoße aber auf etwas Festes. Fast Gummiartiges.

Ein vertrautes Summen ertönt in meinem Ohr.

Als der Motor startet, riecht die Nacht hier draußen nach nassem Asphalt und Abgasen, doch aus dem Kofferraum dringt ein organischer Geruch. Klebrig, faulig und süß. So langsam, wie ich mich nur traue, ziehe ich den Reißverschluss über die Krümmung von was auch immer sich darunter verbirgt. Mir schlägt ein Gestank entgegen, der so heftig ist, dass mir die Augen tränen.

Ich ziehe den Kleidersack auf.

Ich glaube, ich schreie. Ich glaube, ich verlasse meinen Körper. Hände – die meines Vaters – legen sich auf meinen Mund und ich atme einen neuen Geruch ein. Beißend, chemisch. Die Farben verblassen vor meinen Augen und ich erschlaffe. Als Letztes sehe ich meine Mutter, die sich beeilt, den Kleidersack wieder zu schließen, doch der Reißverschluss bleibt zweimal an Carolines Nase hängen. Dann werde ich selbst eingeschlossen und das Bild der mumifizierten Leiche ist meine einzige Gesellschaft.

KAPITEL 33

Ich erwache in Bruchstücken.

In aufblitzenden Schleifen.

Jeder neue Sinneseindruck aktiviert Nerven, die immer noch benommen sind von den Drogen, und setzt mich wieder zusammen. Erst bestehe ich nur aus meinen Ohren: Ich höre das statische Rauschen der Zikaden, unterlegt vom Chor der Grillen und dem Murmeln einer Menschenmenge. Und das allgegenwärtige, weit entfernte an- und abschwellende Summen des Stocks. Dann ist meine Nase zurück: Ich rieche feuchtes Moos, Beton, der zu Staub zerfällt, und eine reife, schwere Pilznote, versetzt mit der Würzigkeit von Hickory.

Mein Hirn setzt diese Fragmente zusammen, bis ich erkenne: Ich bin wieder im Hotel.

Ich kann mich nicht bewegen. Ich kann nicht mal einen Finger rühren, aber mein Körper ist nicht taub. Ganz im Gegenteil. Ich kann spüren, dass ich aufrecht stehe, eingehüllt in etwas Warmes, Klebriges. Eine Honigwabe umschließt mich wie ein Kokon. Genau so, wie wir Brayden entdeckt haben.

»Weckt ihn.«

Das ist die Stimme meiner Mutter. Ich reiße die Augen auf, sehe aber nichts. Nur das Nachbild meiner Mom, die den Kleidersack zuzieht und somit das blasse Ding darin verbirgt. Carolines Leiche, eingewickelt in milchiges Plastik, zur Ruhe gebettet im Kofferraum unseres Buick. Dann Dad, der mir den mit Chloroform getränkten Lappen in den Mund stopft. Danach die Decke über dem Rücksitz, bevor Mom mir mit mütterlicher Fürsorge eine augenlose Maske übers Gesicht streift.

Vielleicht liegt es an den Drogen, aber der Schrecken des Ganzen raubt mir kaum die Luft. Stattdessen denke ich: *Ich kann's nicht erwarten, Caroline zu erzählen, dass ich hinter einem Applebee's entführt wurde, wie peinlich, oh mein Gott.*

Die Maske wird weggezogen, kratzt über meine Haut, und endlich kann ich wieder sehen. Zum ersten Mal in meinem Leben wünsche ich mir aus tiefster Überzeugung, zurück im Applebee's zu sein.

Ich blicke in einen langen, dunklen, in Fackellicht getauchten Raum. Vergilbte Säulen erheben sich, formen Bögen, die sich in der Mitte nicht treffen, wie gebrochene Wünschelruten. Die Erde hat sich durchs Fundament und der Himmel durchs Dach gefressen. Zusammengehalten wird die gesamte Konstruktion anscheinend nur von einem Netz aus Efeu, doch trotz all der Zerstörung wohnt ihr etwas Ehrfürchtiges inne. Ich bin in einer Kirche. Überall um mich herum wachsen Setzlinge, die mit Papierlaternen geschmückt sind. Ich hänge direkt über dem Altar, durch das Buntglasfenster würde normalerweise Licht einfallen auf …

Menschen. Menschen in weißen Overalls stehen dicht gedrängt und schweigend zusammen und starren mich von unten an. Sie tragen diese undurchdringlichen Schleier, aber ich weiß, dass sie mich ansehen, weil ich leicht an, was auch immer mich festhält, hin- und herschwinge und die Menge meiner Bewegung folgt. Ich bemühe mich nach Leibeskräften, mich zu bewegen, bewirke jedoch nur ein Ächzen der Honigwabe und dass über meine Augenbraue ein Tropfen rinnt. Sogar meine Gedanken fühlen sich gefangen an.

»Er ist wach«, sagt jemand unter mir. Die Person hat eine lange Stange mit einem Haken in der Hand, an der meine Korbmaske baumelt.

»Dann warten wir auf die Sonne. Ihr dürft eure Schleier abnehmen.«

Die Leute ziehen ihre Schleier ab. Ich starre in eine Menge aus Erwachsenen. Eltern, die ich vom Bergfestwochenende erkenne. Sie haben dasselbe verklärte, aufgeregte Grinsen im Gesicht wie bei der Tour durch unsere Hütten und bei unseren gemeinsamen Mahlzeiten, vollkommen erfüllt von den idyllischen Fantasien Aspens. Ich entdecke sogar ein paar Leute aus Aspens Führungsriege. Wendy ist ganz in der Nähe und hält den Arm einer kleinen alten Dame – es ist die vom Bauernmarkt, die als *Ahnin* bezeichnet wurde. Jetzt, da sie so nebeneinanderstehen, erkenne ich die Ähnlichkeit, auch wenn all die Gesichter in ihrer einheitlichen Verzückung verschmelzen.

So entdecke ich auch Mom und Dad. Sie stehen ganz hinten und lächeln als Einzige nicht.

Was …?

Ich versuche zu sprechen. Meine Zunge windet sich unter einem Gewicht, das ich erst jetzt bemerke. Etwas Stacheliges in meinem Mund verströmt den Geschmack von schwarzer Lakritze.

Ein weiterer Sternanis. Aber wenngleich ich weiß, was es ist – es wiegt nicht schwerer als eine Münze auf meiner Zunge –, kann ich es nicht ausspucken.

»Der Stock steht über allem!«, ruft Mom. Die Versammlung wiederholt es wie aus einem Mund. »DER STOCK STEHT ÜBER ALLEM!«

»Die Sonne geht auf«, verkündet sie. »Und mit ihr endet das Alte. Und mit ihr wird die Ewigkeit geboren. Und mit ihr erheben wir uns.«

»UND MIT IHR ERHEBEN WIR UNS!«

Die ehrfürchtige Reglosigkeit ist gebrochen und die Erwachsenen wuseln umher, um sich irgendwelchen Aufgaben zu widmen. Beziehungsweise nur die Männer. Von hölzernen Tabletts servieren sie den Frauen Kristallkelche. Horsd'œuvres erscheinen. Ich rieche das Hackfleisch der Keftedes aus der Küche meiner Mom und höre das Knuspern des Filoteiggebäcks. Das Ganze hat die Atmosphäre einer Cocktailparty. Es aus der Ferne zu beobachten erinnert mich so sehr daran, wie Caroline und ich genau das immer aus dem ersten Stock unseres Hauses gemacht haben. Ich frage mich: Waren es dieselben Leute und es ist mir nur nie aufgefallen?

Wendy hebt ihr Glas, um eine Rede zu halten.

»Bevor wir beginnen, lassen Sie mich ein paar Worte sagen«, beginnt sie und die Partygäste verstummen. »Im Namen der Aspen-Kongregation möchte ich Ihnen danken, dass Sie sich hier versammelt haben. Niemand hat erwartet, dass wir uns nach der letztjährigen Krönung so schnell hier wiedersehen würden, aber ...«

Wendy seufzt. Sie blickt Mom an, jedoch nicht mit Mitgefühl, sondern mit selbstsicherer Herablassung. Ein paar Leute kichern.

»Es war ein sehr schweres Jahr«, fährt Wendy fort. »Unser Schattenhonigertrag ist der niedrigste seit hundert Jahren. Unsere Vorhersagen sind weiterhin unpräzise, wodurch das Konsortium am Markt de facto handlungsunfähig ist. Und natürlich hat der Stock ... Rückschläge erlitten. Eine gescheiterte Königin, und auch noch aus der Matthias-Blutlinie. Welch eine Schande!«

»Ja«, krächzt Mom. »Das kam ziemlich überraschend.«

»Oh, das würde ich nicht sagen«, entgegnet Wendy leichthin. »Wenn ich mich recht entsinne, haben einige von uns bei der letzten Krönung vor ziemlich genau einem Jahr Zweifel an Miss Matthias' Eignung geäußert. Es ist so traurig, dass sie sich bewahrheitet haben. Heather, Martin, wir bedauern Ihren Verlust zutiefst.«

»Eine gescheiterte Königin ist ein Verlust für alle«, entgegnet Mom verbittert und bissig.

»Ja, nun ja.« Wendy zuckt mit den Schultern. »Dann können wir nur hoffen, dass wir dieses Mal eine bessere Wahl treffen. Der Stock steht über allem!«

»DER STOCK STEHT ÜBER ALLEM!«

Es ist ein Fechtkampf. Finten und Angriffe. Mom lächelt verkniffen und hebt nun ihr Glas, wie ich vielleicht mein Florett heben würde. »Es ist wirklich eine Schande«, sagt sie. »Es war ein hartes Jahr für *all* unsere Mädchen. Es ist unbegreiflich, wie unter der *aufmerksamen* Aufsicht der Aspen-Kongregation so viel schiefgehen konnte. Ein Splitterschwarm direkt unter unserer Nase? Meine Güte, Wendy, würde ich Sie nicht so gut kennen, würde ich meinen, die arme Mimi hätte bei ihrer kleinen Rebellion Hilfe gehabt.«

Ein Schweigen entsteht. Alle haben die Anschuldigungen in den Worten meiner Mutter vernommen.

»Aber das würden Sie ja nie zulassen, nicht wahr?«, fügt meine Mutter hinzu.

»Eine schwach strahlende Königin erzeugt reichlich Schatten, in denen sich Unmut regen kann«, flötet Wendy. Doch es ist offensichtlich, dass sie jetzt um ihre Gelassenheit ringen muss. »Vermutlich sind Mädchen eben so. Sie mussten dermaßen *lange* ohne eine richtige Anführerin durchhalten. Eine Rebellion war unausweichlich, aber sie haben die Situation gut gelöst. Da sind wir uns doch einig, oder?«

»Sind wir das? Ich für meinen Teil würde die Geschichte gern von den Mädchen selbst hören. Meine Damen?«

In der Menge breitet sich neugierige Unruhe aus, als die Honeys eintreten. Sie bleiben dicht zusammen und starren alles außer mir an, bevor sie ihren Blick schließlich auf eine dunkle Ecke richten, die ich nicht sehen kann.

Helft mir, flehe ich sie gedanklich an. *Bitte.*

Sie sind erschöpft und verängstigt, sodass sie gar nicht mehr wie sie selbst wirken. Sie erscheinen absurd gewöhnlich.

»Wer will erklären, was heute Abend vorgefallen ist?«

Die Mädchen haken sich in schweigendem Protest beieinander unter. Ich bemerke, dass Bria fehlt. Haben sie sie auch hingerichtet, weil sie mich gerettet hat?

»Na schön«, sagt meine Mutter. »Dann fragen wir eben Miss Lewis. Lasst sie sprechen.«

Diesen Satz richtet sie an die Ecke, die die Honeys beobachtet haben und in der plötzlich ein Tumult ausbricht, da jemand nach Luft schnappend zum Leben erwacht.

»Brianna Lewis«, sagt meine Mutter mit einem Hauch von Enttäuschung. »Ich habe gerade erfahren, dass du, als du die Chance hattest, unseren nächsten Wirt festzusetzen, nicht nur gezögert hast, du hast auch deine Schwestern und unsere Drohnen daran gehindert, die Verfolgung aufzunehmen. Was hast du zu deiner Verteidigung zu sagen?«

»Das wird schiefgehen!« Bria stößt die Worte hervor, als wollte sie sich von dem betäubenden Anis befreien. »Was steht über allem? Der Stock oder die Bürokratie des Konsortiums? Wie oft wollt ihr noch eine unwillige Königin in diese Rolle zwingen, nur damit ihr euch dank unserer Vorhersagen weiter bereichern könnt?«

Mehrere Erwachsene stürmen los, um Bria zum Schweigen zu bringen, doch meine Mutter hebt die Hand und hält sie zurück. Ich erkenne, dass sie diese duldsame Nachdenklichkeit aufsetzt, mit der sie sonst auf dumme Wählerfragen antwortet.

»Bria, wir erzwingen gar nichts. Tief in deinem Inneren weißt du das, oder? Durch die Führung des Gespinsts gewährleistet das Konsortium lediglich die sicheren Bedingungen, die für einen mächtigen Stock notwendig sind.«

Brias Tonfall ist von Abscheu erfüllt. »Mächtig oder produktiv?«

»Mächtig, produktiv, *reich.* Das ist ein und dasselbe, Schätzchen«, gibt meine Mutter zurück. »Es liegt in der Natur, dass große Macht immer mit einem gewaltigen Appetit einhergeht. Unsere Macht waren immer unsere Verbindungen – zueinander, zur Natur, zum Gespinst. Der Schattenhonig verstärkt diese Verbindungen. Ohne ihn zerfasert das Netzwerk, wir werden schwach und unsere Vormachtstellung schwindet. Aber mit dem heutigen Tag erheben wir uns wieder. Wie die Sonne ...«

»Ach, *lassen* Sie doch das mit Ihrer dämlichen Sonne!«, brüllt Bria. »Sie haben Caroline gezwungen, Königin zu werden, und das war ein Fehler, und jetzt machen Sie denselben Fehler wieder. Ihre Gier wird zum Zusammenbruch führen.«

Bei dem Wort *Zusammenbruch* geht ein Raunen durch die Menge. »Das reicht«, donnert Mom.

Nach kurzem Kampf verstummen Brias gedämpfte Proteste. Ich beobachte Bria über die Honeys, deren Mienen ich aus Carolines Repertoire kenne: wissende Wut, verborgen hinter einem ausdruckslosen, gelangweilten Starren. Was immer diese Versammlung hier ist – das Konsortium oder die Aspen-Kongregation oder was auch immer –, die Honeys verachten sie. Und gleichzeitig fürchten sie sie. Ich erkenne jetzt, dass ich mit meiner Annahme, diese Mädchen seien Bienenhüterinnen, falschlag. Die wahren Hüterinnen sind die Erwachsenen, die Mädchen nur ihr Bienenschwarm.

Mom fordert einmal mehr die Aufmerksamkeit der unruhigen Menge ein.

»Ich weiß, was Sie denken«, sagt sie. Ihr Tonfall ist jetzt sanfter. Aus Erfahrung weiß ich, dass sie zu einem Appell ansetzt. »Caroline hatte ihre Zweifel. Aber ich versichere Ihnen, Mars hat keine. Er ist aus freien Stücken nach Aspen zurückgekehrt, genau wie es der Brauch für die Königin vorsieht. Dafür haben wir gesorgt.«

Ich muss erkennen, dass das stimmt. Ich habe so hart gekämpft, um genau das zu tun, was sie wollten.

»Caroline ist gescheitert«, erklärt meine Mutter. »Mars wird das nicht. Wenn überhaupt beweist ihr Scheitern, dass *sie* der prophezeite Ersatz war, nicht er. Wir müssen auf das Gespinst vertrauen und die Krönung vollziehen, sonst steht uns eine weitere Saison wie die letzte bevor. Fragen Sie sich: Können Ihre Unternehmen weitere Verluste verkraften? Können Sie es sich leisten, Ihre Imperien ohne die Führung des Gespinsts zu leiten?«

Das Raunen wird leiser.

»Und dann fragen Sie sich noch etwas …« Mom betont jedes Wort mit unterschwelliger Dringlichkeit. »Sollten Sie das müssen? Ich sage: Nein. Schwäche ist eine Entscheidung. Wir müssen uns einträchtig für Stärke entscheiden. So hält es unsere Schwesternschaft seit Jahrhunderten.«

Das Raunen ist verstummt.

»Der Zweifel, falls Sie einen solchen überhaupt verspüren, ist ein trügerisches Symptom unseres zerfasernden Netzwerks. Nichts weiter. Der Thron hat sich schon einmal erfolgreich mit der Matthias-DNA verbunden. Er wird es wieder tun. Aber mit einer Sache hat Miss Lewis recht: Wenn wir nicht als Einheit voranschreiten, werden wir augenblicklich scheitern. Ich lege die Entscheidung in die Hände unserer Einträchtigkeit.«

Mom hebt die Hand, bereit die Finger zu schnipsen. Automatisch gehen auch die Hände der anderen Mitglieder des Konsortiums hoch, gemeinsam mit denen des Großteils der Menge. Wendy zögert den Bruchteil einer Sekunde, genauso wie einige andere um sie herum, doch nach und nach heben alle die Hand. Keine will diejenige sein, die die Einträchtigkeit verhindert.

Alle schnipsen und unter ihrer Zustimmung dröhnt die heiße Sommerluft.

»DER STOCK STEHT ÜBER ALLEN«, stimmt die Menge an, aber es ist nicht mehr der überzeugte Ruf von zuvor. Die Einheit hat Risse bekommen.

»Gut.« Mom tritt zurück. »Beeilen wir uns. Der Morgen ist nicht mehr fern.«

Die Menge zerstreut sich und aus dem hinteren Teil der Kirche rollt eine Gruppe Männer eine großen Steinplatte heran. Darauf liegt etwas, das von einem Gespinst verhüllt ist.

Mein Herz fängt an, unkontrolliert zu hämmern.

Ich weiß, was unter dem Gespinst liegt. Ich kenne diese Gestalt.

Die Menge manövriert die Honeys so, dass sie zwischen mir und der Steinplatte stehen. Die Mädchen zögern und ich versuche erneut, sie zu erreichen. *Nicht! Bitte!*

Aber sie können mich nicht hören. Sie bilden ihre Kette und leise setzt ihr übliches Summen ein. Die Erwachsenen holen kleine Gläser hervor, schrauben die Deckel ab, tauchen ihre kleinen Finger in den rubinroten Honig und lecken sie mit begierigem Stöhnen ab. Dann stimmt die Versammlung in das lauter werdende Summen ein und erfüllt die Luft mit ihrer Harmonie.

Das Ding auf der Steinplatte regt sich.

Ich will zurückweichen, alle meine Muskeln spannen sich an, bringen aber kaum ein Zucken zustande.

Leute versammeln sich um den Rand der Steinplatte und heben sie an, als wäre sie federleicht. Sie richten sie auf mich aus.

»Wir beginnen bei Sonnenaufgang«, ruft Wendy.

Das Gespinst gleitet hinab und offenbart im blaugrauen Licht der Dämmerung alles, was darunterliegt. Das ist nicht meine Schwester. Nicht mehr. Es ist in der Mitte der Steinplatte zusammengerollt, nackt, die Glieder seltsam gekrümmt. Aber ihr Gesicht ist noch dasselbe. Dieselbe Nase, dieselben Lippen. Sogar die Augen sind perfekt erhalten.

In dem verzweifelten Versuch, Abstand zwischen mich und diese seltsame Leiche zu bringen, kämpfe ich gegen meine Fesseln an, doch ich merke, wie ich mich stattdessen näher heranbewege. Ein Magnetismus lässt den Abstand zwischen uns schrumpfen.

Nicht zwischen uns. Zwischen mir und diesem *Ding*.

»Die Sonne geht auf!«, ruft Wendy. »Und mit ihr erheben wir uns!«

»UND MIT IHR ERHEBEN WIR UNS!«

Die Sonne fällt schräg ein und wirft buttergelbe Lichtstrahlen durch die leeren Kirchenfenster. Die Steinplatte erstrahlt, aus dem Ding darauf bricht ein bernsteinfarbenes Glühen. Alles – der Efeu, die Säulen, jedes einzelne nach oben gewandte Gesicht – wird von einem pulsierenden feurigen Schein verschlungen. Meine Augen brennen, doch ich blinzele nicht. Die Gesichtszüge meiner Schwester lösen sich auf und hinterlassen eine neonfarbene Silhouette aus geschmolzenem Glas.

»Höher!«, ruft Wendy.

Die Erwachsenen klettern übereinander, um die Steinplatte höher und höher zu heben. Sie klettern übereinander, stehen auf Schultern und verschmelzen zu einem wankenden Berg, der mir ihre Sonne entgegenstreckt.

»Königinnentum«, ruft Wendy in einem Tonfall, der an Singen grenzt. »Verlass die eine, um die andere zu stärken!«

Ein Tropfen brennt auf meiner Wange, gefolgt von einem Niesel auf meinen Lippen. Ich versuche, die Augen zu schließen, aber in der Dunkelheit meines Geists brennt die goldene Gestalt nur noch heller. Ihr Glühen verflüssigt sich und streckt sich mir entgegen. Ich spüre das Prasseln jedes einzelnen Tropfens, bis sie sich zu einem stillen, klebrigen Druck vereinen. Er brandet über mich hinweg. Durch mich hindurch. Meine Augen und mein Mund bleiben geschlossen, aber an meinem ganzen Körper spüre ich winzig kleine Stiche, als würden meine Poren aufgestemmt.

Ich verwandele mich in eine einzige Wunde.

Eine Leere, die bis obenhin von Licht erfüllt wird.

KAPITEL 34

In den Wäldern gibt es einen See.

Jenseits des Sees liegt eine Wiese.

Auf dieser Wiese steht ein Haus.

Hinter dem Haus befindet sich ein Stock.

Und in diesem Stock sind Bienen.

Bienen, die einen einzigen Teelöffel Honig produzieren, indem sie einhunderttausendmal von Blüte zu Blüte tanzen. Blüten, die mit stolzem Trost den gefrorenen Boden durchstoßen, um sich öffnen zu können. Die Erde, ein lebendes Mosaik, entstanden aus allen toten Dingen, die unter ihr begraben sind. Die toten Dinge sondern Partikel ihres Lebens ab. Partikel, die sich an das Licht der Sonne, der Sterne, des Mondes erinnern, an Trauer, Lachen, Liebe. Erinnerungen. Partikel. Die Toten, die Erde, der Frost, die Blüten. Und der Honig. Die Verbindungen zwischen allem vereinen sich in diesem einen Tropfen Honig.

In den Wäldern gibt es einen See.

Jenseits des Sees liegt eine Wiese.

Auf dieser Wiese steht ein Haus.

Hinter dem Haus befindet sich ein Stock.

Und in dem Stock existiert eine eingesperrte Weite. Ein Bewusstsein alt genug, um sich an die Strukturen von allem zu erinnern, hell genug, um sie zu beleuchten, und mutig genug, sie zu beeinflussen. Und außerdem hungrig, denn alles muss essen, um zu wachsen.

In den Wäldern gibt es einen See.

Jenseits des Sees liegt eine Wiese.

Auf dieser Wiese steht ein Haus.

Hinter dem Haus befindet sich ein Stock.

Und dieser Stock enthält alles.

Alles.

In den endlosen Augen von allem ist die Gegenwart nicht mehr als eine Kreuzung von Raum und Zeit und – was das Allerwichtigste ist – eine Absicht. Die Gegenwart ist eine nicht existente Naht zwischen dem, was war, und dem, was sein wird. Das Damals, das Jetzt, das Später? Sie alle sind bunte Schatten, erzeugt von einer einzigen Lichtquelle, gebrochen durch das Prisma des Seins. Nichts als Reflexionen und Regenbogen. Nichts als Mathematik in den Augen der Unendlichkeit.

In den Wäldern gibt es einen See.

Jenseits des Sees liegt eine Wiese.

Auf dieser Wiese steht ein Haus.

Hinter dem Haus befindet sich ein Stock.

Und dieser Stock enthält alles.

Die wahre Gestalt der Realität ist keine Schleife und auch kein Kontinuum. Kein Schlagabtausch zwischen Ursache und Wirkung des Jetzt und des Zuvor. Nicht die angenehme Simplizität eines Weges zwischen zwei festgelegten Punkten. Sie ist ein Gespinst, zart und endlos, das alles durchzieht.

Im Inneren.

Auf der Oberfläche.

An der Spitze.

Im Kern.

An der Innenseite.

Die Verflechtung des Gespinsts wird nach innen hin komplizierter, überlagert sich zu einem so dichten Muster, dass es unsichtbar wird. Unverständlich. Man muss so klein wie eine Biene sein, um es nachvollziehen zu können, und doch so groß wie der Stock, um es begreifen zu können.

Im Inneren, auf der Oberfläche, an der Spitze, im Kern, an der Innenseite … und jenseits davon.

Und genau dort bin ich jetzt. Jenseits davon. Ich beobachte das Muster der Welt aus einer kalten Entfernung, wie die Sterne, die uns beobachten. Caroline sagte immer *Erde an Mars.* Tja, die Erde ist endlich zu mir gekommen, und jetzt bin ich gewaltig genug, um ihre Umarmung zu erwidern.

Ich weiß, wer ich bin, aber nicht, was. Ein Kollektiv, eine Summe oder vielleicht ein Schwarmbewusstsein? Ich fühle mich nicht zerfasert oder in Stücke gerissen, wie ich es erwartet hatte. Ich wurde nicht ausgelöscht. Ich erinnere mich an meinen Körper, mein Leben, meine Erinnerungen. Ich erinnere mich, allein gewesen zu sein. Das ist die eine Sache, die sich nicht geändert hat. Selbst hier, am Knotenpunkt der gesamten Natur, bin ich noch allein.

»Oh *bitte*, Mars.«

Oh?

Ich habe sie gehört. Ich schwöre, gerade eben habe ich sie gehört. Ich verfolge das Echo zurück, ziehe mich hinab in das sengend heiße Gitterwerk von Raum, Zeit und allem. Ich lasse mich von meinen Erinnerungen leiten und erreiche einen dunklen Garten.

Es ist unser Garten daheim. Die Fenster des Hauses sind weit aufgerissen, um die Hitze der Party hinaus- und die Kühle der Nacht hereinzulassen. Im Schatten dieser anderen Party veranstalten wir unsere eigene, mit geborgtem Licht, stibitzter Musik und einer gestohlenen Flasche Prosecco. Es spielt keine Rolle, dass es peinlich und billig ist, weil wir …

Wir.

»Da bist du ja!«, sagt sie. »Endlich!«

Sie ist hier.

Meine Schwester. Sie ist hier. Direkt vor mir.

Ich umarme Caroline. Sie ist echt. Sie erwidert meine Umarmung und ich habe wieder einen Körper. Keinen schwebenden Geist, kein ausgedehntes Gespinst, sondern einen Körper, der ihre feste Wärme spürt, ihr Shampoo riecht, sie noch ein letztes Mal drücken kann.

»Ich habe nach dir gesucht«, flüstere ich in ihr Haar. »Ich habe überall nach dir gesucht.«

»Ich weiß«, antwortet Caroline. »Ich war überall. Aber jetzt bin ich hier.«

Bis wir uns voneinander lösen, vergeht eine Minute oder vielleicht auch ein viel längerer Moment. Hier scheint sich die Zeit ihrer selbst nicht sicher zu sein.

»Wo sind wir?«, frage ich.

Wir gehen nebeneinanderher, Caroline spielt an den Büschen und pflückt tote Blätter ab.

»Es ist ein Netz, eine Karte, es ist das Gespinst. Wir wissen es nicht genau. Es ist die Dimension des Bewusstseins zwischen allen Dingen, die wir dank des Honigs begreifen können. Stell es dir als Gedächtnis der Welt vor, nur dass es rückwärts *und* vorwärts funktioniert.«

»Ist das hier eine Erinnerung?«

»Das hier ja.« Sie deutet auf den Garten. »Wir nicht.«

»Bist du ... real?«

»Ich bin ... etwas. Ich denke, ich bin gefangen. Genau wie du. Oh Mars, es tut mir so leid, dass du mit dem Stock verbunden wurdest. Das wollte ich nicht.«

Wir erreichen das Ende des Gartens und hinter uns verklingt die Musik. Dieselbe Musik verklingt auch vor uns und wir betreten den Garten wieder.

»Willst du tanzen?«, fragt Caroline.

»Sicher.«

»Warte. Zuerst: Willst du tauschen?«

Ich trage meinen üblichen Anzug, sie ein sommerliches Kleid. Kaum denke ich darüber nach zu tauschen, haben wir auch schon getauscht.

Caroline lächelt. »Dreh dich für mich!«

Ich drehe mich. Ich strecke eine Hand nach ihr aus, sie ergreift sie und ich wirbele sie herum. Ihre Krawatte schlägt gegen mein Handgelenk. Wir geben uns unserer theatralischen Routine hin und beenden den Tanz wie üblich: sie mit einer Verbeugung, ich mit einem Knicks. Seltsam ist, dass keine Erwachsenen auftauchen, um uns zu stören, obwohl ihre Stimmen lauter an mein Ohr dringen.

»Hör zu, Mars. Ich weiß nicht, wie viel Zeit wir haben«, sagt Caroline. Wir stehen jetzt still da, gerade außerhalb des Lichtscheins, und halten uns an den Händen.

»Real oder nicht, ich muss mich bei dir entschuldigen. In dieser Nacht, als ich dich angegriffen habe, dachte ich, ich würde das Richtige tun. Ich war nicht ich selbst. Zu dem Zeitpunkt war ich ... ich weiß auch nicht. Verwirrt und verängstigt.«

Ich sehe, was sie gesehen hat. Caroline sitzt im Schuppen hinter Hütte H in einem Kreis mit Bria, Sierra und Mimi, zwischen ihnen der abgebrannte Stummel einer Kerze. Als sie anfangen zu summen, flammt der Docht wieder auf, und nach und nach verfestigt sich die Kerze wieder, zieht Wachs aus der duftenden Luft. Als die Kerze vollständig ist, hebt Caroline sie auf. In das abkühlende Wachs ist mein Name gestempelt: MARS.

»Das Gespinst verrät uns so viel. Wen wir angreifen sollen, wem wir helfen sollen. Die Kerzen sagen uns, wen wir rekrutieren sollen. Als deine Kerze erschien, wusste ich es, nämlich dass ich als Königin scheitern würde.«

Caroline sitzt auf dem Gestühl der Kirche von Aspen und beobachtet ein paar Mädchen, die auf der Bühne proben. Neben ihr sitzt Sierra und plappert aufgeregt, während Caroline über den leeren See blickt. Ich kenne diesen Blick. Sie schmiedet einen Plan.

»Mein Scheitern kündigte sich schon eine ganze Weile an. Das Konsortium verlangte so viel von uns. Ich wollte seine

Forderungen erfüllen, aber ich konnte spüren, wie die Macht des Stocks meinen Körper vergiftete. Ich wollte ihn nicht und er wollte mich nicht.«

Caroline liegt eingekuschelt in ihrem Bett in Hütte H. Mimi streichelt ihre Schulter. Carolines Blick richtet sich in die weite Ferne, doch ich beobachte Mimi. Ich denke, ich erkenne den Augenblick, in dem ihr Mitgefühl erschöpft war. Im Schein der Lampe sehe ich die ersten Funken des Hasses auf meine Schwester.

»Ich wusste von Anfang an, dass ich scheitern würde. Ich wollte nie Königin werden. Aber ich hatte nie eine Wahl. Du kennst unsere Eltern. Sie sind keine großen Freunde von Optionen.«

Weiter zurück in der Vergangenheit hängt Caroline auf unserer Kücheninsel, die Augen gerötet und die Nase wund. Mom und Dad stehen ihr gegenüber und bilden eine vereinte Front der Enttäuschung. Sie ermahnen sie, wenn der Stock nicht mehr Honig produziert, wird alles zusammenbrechen. Aspen, das Netzwerk aus Reichtum und die Macht des Konsortiums. Die geheime Schwesternschaft, die die Welt kontrolliert, alles. Und es wird allein ihre Schuld sein. Sie schlagen Caroline einmal mehr vor, dass sie die Honeys zwingen soll, bei der Ernte die veralteten, hochtrabenden Regeln zu ignorieren.

Caroline versucht, ihnen zu erklären, dass es so nicht funktioniert, der Stock nicht nur Hunger, sondern auch *Geschmack* hat, aber weiter kommt sie mit ihrer Erklärung nicht, denn sie tadeln sie, dass sie sich nicht genug anstrengt, sich von ihrer Angst leiten lässt. Sie erinnern sie zum hundertsten Mal, dass sie sie zu diesem einen Zweck großgezogen haben. Und wieder einmal betonen sie, dass für den Stock niemand unersetzlich ist. Vor allem nicht die Königin. Und ganz sicher nicht Caroline. Nicht wenn ihre Zweitbesetzung unter demselben Dach lebt.

Dann lachen sie plötzlich, um die drückende Stimmung aufzulockern, eine Inszenierung, um den Streit zu verbergen, da ich zur Hintertür reinkomme. Ich bleibe nicht lange. Ich ziehe nur meinen Wintermantel aus, werfe ihn auf einen Stuhl neben Caroline und stürme die Treppe hoch in mein Zimmer.

»Ich habe unseren Eltern gesagt, dass ich mich im Winter um den Stock kümmern würde, unter einer Bedingung: dass sie dich komplett in Ruhe lassen. Nach dem, was dir in Aspen widerfahren ist, wollte ich nicht, dass du je wieder zurückkommst. Aber ich hab dich vermisst, Mars. Es gab eine Million Augenblicke, in denen ich mir gewünscht hätte, du wärst dabei. Es tut mir leid, wenn mein Versuch, dich zu beschützen, gewirkt hat, als würde ich dich ausschließen. Allerdings war es auch genau so. Und fast hätte es sich ausgezahlt.«

Ich sehe mich, wie Caroline mich gesehen hat. Distanziert, kalt, aber letztlich frei. Verbittert in meiner Einsamkeit, aber dank ihr sicher.

»Als diesen Sommer deine Kerze erschienen ist, nachdem ich ein Jahr versucht hatte, meine Herrschaft zu festigen, nachdem ich ein Jahr lang darin versagt hatte, genug Honig zu produzieren, nach all den Versprechen, die Mom und Dad gegeben hatten, um das Konsortium dazu zu bringen, mich zu krönen ... wusste ich, dass es vorbei war. Ich wusste, ich war erledigt. Wenn ich nicht gehen würde, würden mich die Mädchen eigenhändig töten müssen. So machen das Bienen nun mal. Also bin ich gegangen.«

Jetzt beobachte ich, wie Caroline aus Aspen flieht, genau wie ich. Ich sehe, wie sie nachts im kalten, grellen Licht einer Tankstelle sitzt und das Auto unserer Eltern vorfährt. Sie bringen ihr keine frische Kleidung mit wie mir. Sie sprechen die ganze Heimfahrt über nicht mit ihr. Zu Hause gehen sie ins Untergeschoss, in den Weinkeller und dann in einen Raum, den ich nie zuvor gesehen habe. Er ist mit Espenrinde ausgekleidet – der Boden, die Wände, die Decke, alles ist von Augen erfüllt. Sie setzen sie an einen Tisch. Er ist das einzige Möbelstück im Raum, auch wenn die leeren Regale verraten, dass dieser Ort einst ein reiches Lager war.

»Schattenhonig. Der Raum sollte unseren persönlichen Vorrat beherbergen. Der einzige Grund, aus dem wir geboren wurden, Mars.«

Unsere Eltern stehen hinter Caroline. Sie sagen ihr, dass sie es beenden kann. »Nur bitte, Liebes, zerstör nicht deinen Körper. Er dient als Gefäß, bis Mars bereit ist.« Sie lassen ihr eine Schlinge da. Und natürlich ihren Stockmeißel. Nachdem sie sie eingeschlossen haben, weint sie. Sie wartet darauf, dass sie die Reue packt, doch das tut sie nicht. Hoffnungslosigkeit verdüstert ihre Gedanken, aber eine Sache hält sie davon ab aufzugeben: das Wissen, dass ihr Zwilling an der Reihe sein wird, wenn sie tot ist.

Denk nach, Caroline, ermahnt sie sich. Und über ihre letzte Verbindung zum Gespinst fragt sie es, was sie tun soll.

»Es gab keinen Ausweg für mich. Für keine von uns. Ich habe nur eine Option gesehen.«

Caroline zertrümmert die Glühbirne und der Raum wird in Schwärze getaucht. Hoch oben an einer Wand schimmert von hinten Licht durch die Paneele. Caroline hackt mit ihrem Stockmeißel in das weiche Holz, bis ihre Hände voller Splitter sind, und reißt die Paneele weg, sodass ein kleines Fenster zum Vorschein kommt. Es zu zerbrechen ist leicht, aber sich ins Freie zu graben dauert den ganzen Tag. Doch sie schafft es. Zerschunden und weinend entkommt sie und beinahe wäre sie einfach geflohen, aber diese letzten Visionen des Gespinsts treiben sie zum Haus zurück. Sie blickt zum Balkon auf. Unserem Balkon.

»Es tut mir leid, Mars.«

Caroline steht an meinem Bett. Ihre Gedanken taumeln durch die zerstörte Architektur ihres Verstands. Sie kann an nichts denken als ihr Versagen und was es für ihren Zwilling bedeuten wird. Sie kennt nichts als den Schmerz eines Vermächtnisses, um das sie nie gebeten hat, und die Erniedrigung, nicht gut genug zu sein, um es zu erfüllen. Beides lastet schwer auf ihr. Beides erdrückt sie. Das würde sie niemandem wünschen.

Vor allem niemandem, den sie liebt.

»Ich liebe dich, Mars«, sagt sie und hebt hoch über ihren Kopf die Sonnenuhr.

Im dunklen Garten lässt Caroline meine Hand los. Tränen rinnen über ihre Wangen. Im Licht der Party schimmern sie leicht golden.

»Es tut mir leid. Es tut mir so leid«, flüstert sie.

Ich umarme sie und erwidere: »Mir tut es auch leid.«

»Warum denn? Ich habe *dich* verletzt.«

»Aber davor wurdest du verletzt. Und …« Ich denke daran, wie ich mit Wyatt auf dem Heuboden gesessen habe, bevor er sich gegen mich gewandt hat. Ich denke an die Last, von der ich mich befreit habe, als ich den Sternen endlich die Wahrheit anvertraut habe. Nun hole ich sie zurück.

»Ich war eifersüchtig. Ich fand, du warst so undankbar, weil du das Leben hattest, das ich mir gewünscht habe, und es nicht mal wolltest. Und dafür habe ich dich gehasst. Aber ich hatte keine Ahnung. Ich hatte überhaupt keine Ahnung. Ich dachte, wir hätten noch unser ganzes Leben, um uns wieder zu versöhnen. Ich hatte mich längst von dir verabschiedet, bevor ich es tatsächlich tun musste.«

Caroline drückt meine Hand.

»Der Tod ist nicht das Ende«, sagt sie. »Es ist nur der Punkt, an dem wir alles andere werden.«

»Aber ich will nicht alles andere, Caroline. Bei allem anderen kann ich mich nicht entschuldigen oder es umarmen. Oder einen Film mit ihm gucken. Oder reden. Oder dich sehen. Wenn ich nicht dein Zwilling bin, weiß ich nicht, was ich bin.«

Caroline lacht.

»Du bist immer so dramatisch, Mars. Du hast nie jemanden gebraucht, der dir sagt, wer du bist. Das habe ich immer am meisten an dir bewundert. Keine Macht dieses Planeten kann sich mit deiner Willenskraft messen.« Sie tippt mir an die Stirn.

»Ich schätze, das ist der Vorteil, wenn man der böse Zwilling ist«, murmele ich.

Aus der Ferne dringt das vertraute Summen heran. Das Licht aus dem Fenster wird heller, die Erwachsenen lauter. Einen Atemzug lang höre ich die fiebrige Masse all dieser Körper, die übereinanderklettern und der Sonne eine strahlende Leiche entgegenstrecken.

»Die Zeit ist fast um«, sagt Caroline. »Hör zu, Mars. Du bist stark. Du bist der stärkste Mensch, den ich kenne. Wir können die Vergangenheit nicht ändern, aber wir können unsere eigene Zukunft bestimmen. Der Stock braucht dich. Nicht Mom und Dad und all diese Erwachsenen, sondern der Stock. Die Mädchen. *Wir* sind mit den Bienen verbunden. All diese anderen Leute sind Parasiten, die um uns ein Gefängnis errichtet haben. Sie denken, sie haben das Sagen, aber ohne uns bricht das gesamte System zusammen. Und du bist jetzt unsere Königin. Für das, was nun folgen muss, hat der Stock *dich* auserwählt. Verstehst du das?«

»Ich denk schon.«

»Sei dir sicher«, mahnt sie.

Das Fenster ist jetzt gleißend und die Party tobt hinter mir. Caroline und ich heben automatisch die Hand, um uns vor dem Licht zu schützen, sodass wir einander einen Schatten über die Augen werfen. Gemeinsam lösen wir uns in der zunehmenden Helligkeit auf, bleiben aber noch eine letzte Sekunde zusammen.

Bevor sie verschwindet, denke ich: *Ich liebe dich. Ich liebe dich. Ich liebe dich, Caroline.*

Dann kann ich nur noch ihre Augen sehen und mein Spiegelbild darin und ich falle rückwärts, zurück durch die Sterne, durch die Erde, durch die wachsamen Wälder. Über den See. Über die Wiese. In ein Haus. In ein Heim.

In einen Stock, in dem soeben eine junge Königin erwacht ist.

KAPITEL 35

Ich falle zur Erde.

Ich lande in den Armen der Honeys, die sie ausgestreckt haben, um mich aus dem Himmel zu klauben. In einem komplizierten Knoten aus Zuneigung, Dankbarkeit und Erleichterung schlingen sie sich um mich. An ihren weinenden Gesichtern vorbei blicke ich zu den eingestürzten Höhen der Kirche, um zu sehen, ob irgendwelche Spuren des goldenen Körpers zurückgeblieben sind, aber dort tanzen nur noch glitzernde Pollen und dazwischen eine Wolke aus Bienen.

Ich habe mich verändert. Etwas lebt jetzt in meinem Inneren. Es beobachtet die Welt durch meine Augen. Als ich die Bienen sehe, sehe ich die schimmernden Bahnen, auf denen sie gleiten. Wie geisterhafte Fäden aus Sternenlicht.

Die Mädchen helfen mir auf. Zum ersten Mal, seit ich in der Kirche aufgewacht bin, kann ich mich eigenständig bewegen. Ich stelle fest, dass ich ein schweres Kleid aus einem transparenten weißen Stoff trage. Ausladend und unpraktisch breitet er sich überall um mich aus. Im zarten Morgenlicht glitzern die goldenen Stickereien. Ich drehe mich und das Kleid fegt über den moosbewachsenen Altar, auf dem ich gelandet bin. Es ist majestätisch, das perfekte Outfit für die Krönung einer Königin.

»Hilf ihr«, flüstert Kyle und drückt meinen Arm.

Die Mädchen treten von mir zurück und ich stelle mich der Menge, die sich erst noch aus ihrem Knäuel lösen muss. Während ich mich aufrichte, werden die Versammelten ganz hektisch, um ihre Schleier wieder aufzusetzen und dann niederzuknien. Das Licht fällt nach wie vor schräg ein, die Sonne ist gerade erst aufgegangen. Seit ich in das geschmolzene Licht gezogen wurde, kann also erst eine Minute vergangen sein. Was bedeutet, dass die Zeit, die ich mit Caroline in dieser Welt verbracht habe, wo auch immer und was auch immer sie war, nur Sekunden umfasst haben kann.

Es war nicht genug. Ich will wieder in den Himmel sinken und zu ihr zurückkehren, doch die Verbindung ist nahezu verschwunden. Nur noch ein glimmender Faden erstreckt sich in den gleißenden Abgrund, der in meinem Kopf summt. Allerdings kann ich sie spüren. Sie ist nicht verschwunden, sondern überall.

»Der Stock steht über allem«, sagt eine Stimme.

»DER STOCK STEHT ÜBER ALLEM.«

Alle erheben sich. Sie entfernen ihre Schleier nicht. Aber es ist, als könnte ich durch das Gewebe sehen, durch die dünne Haut ihrer Gesichter und ihre zerbrechlichen Schädel in ihren jeweiligen Geist. Es ist ähnlich wie das Gefühl nach dem Essen des Schattenhonigs, als ich den Eindruck hatte, die Welt gleichzeitig durch zu viele Augen und zu viele Leben zu sehen. Der Unterschied besteht darin, dass ich zuvor das Gefühl hatte, alle wären in mir. Nun ist es, als wäre ich im Inneren aller anderen. Als ich in die Köpfe der Versammelten starre, die in stumpfer Verehrung dastehen, sehe ich mich selbst darin.

Der Stock steht über allem. Und jetzt bin ich der Stock.

Ich wende mich den Mädchen um mich herum zu. Sie starren mich mit stummem Drängen an. Sie wollen mir etwas vermitteln. In ihren Köpfen suche ich nach einem Anhaltspunkt dafür. *Hilf ihr*, denken wir alle gemeinsam, aber mir ist etwas Entscheidendes entgangen und ich muss es sehen.

»Willkommen, Marshall Matthias der Dritte.«

Die Stimme meiner Mutter reißt die Versammelten aus ihrer Trance. Sie applaudieren. Nach wie vor verschleiert tritt sie vor, aber ich weiß, dass sie es ist. Obwohl ich in so viele Köpfe blicken kann, bleiben mir die der obersten Mitglieder des Konsortiums verschlossen. Innerhalb des wabernden Netzwerks erscheinen sie mir als graue Flecke. Geschützt. Außerhalb meiner Kontrolle.

Meine Mutter reicht mir einen flachen Metallstreifen. Einen Stockmeißel, viel größer als normal und zu einem tödlichen Säbel geschliffen. Sie tritt zurück und die Versammelten folgen ihrem Beispiel. Sie säumen den Raum und formen so rings um mich eine neue Grenze. Und jetzt sehe ich es: ein Mädchen, das auf dem Boden zusammengebrochen ist.

Hilf ihr.

Es ist Bria.

»Als Königin ist es deine oberste Pflicht, deine Regentschaft vor jeglichen Formen des Aufruhrs zu sichern«, sagt meine Mutter. »Der Einklang des Stocks hängt davon ab. Tu es, dann ist deine Krönung abgeschlossen.«

Sie meint, dass ich Bria töten muss.

Bria weiß das. Sie sieht mich nicht an. Das muss sie auch nicht, denn ich kann die saure Angst schmecken, die durch ihre Adern fließt. Der Tod umgibt uns, so offensichtlich wie das Sonnenlicht. Bria spürt ihn in der Zukunft. Genau wie ich. Wir beide wissen, was getan werden muss.

Ich hebe den Stockmeißel, bis er auf einer Höhe mit Brias Kehle ist. Sie zuckt nicht mal. Sie hat Angst, ist aber zu stolz, um etwas anderes als Stärke zu zeigen. Ich kann die eiserne Autorität ihres Geists spüren, während sie all ihre Fähigkeiten auf die monumentale Aufgabe richtet, ganz still zu halten. Eine solche Autorität darf im Stock nicht geduldet werden. Es gibt nur einen Willen und dieser Wille drückt sich nun durch mich aus. Mehr als eine Stimme und meine

Mutter hat recht: Der Einklang ist dahin, meine Herrschaft wäre gescheitert.

»Tu es«, ruft meine Mutter aus der Menge. »Werde zur Königin.«

Ich ziehe die Klinge zurück. Mit bedrohlicher Leichtigkeit schneidet sie durch die Luft, so scharf, dass schon ein leichter Schnitt Brias Kehle durchtrennen würde. Ich konzentriere mich auf ihren Hals, beobachte ihre Atmung. Jeder einzelne Atemzug ist tief, als wäre sie nicht sicher, welcher ihr letzter ist.

Hilf ihr. Die Mädchen vibrieren vor stillem Protest, der nur mir gilt. Aber es spielt keine Rolle. Ich lebe schon so lange ohne den Rückhalt anderer. Was hat Wyatt in den Wäldern noch zu mir gesagt? *Alles in der Natur will nur überleben. Daran ist nichts Böses.* Das waren seine Worte. Damals habe ich ihm nicht geglaubt, jetzt schon. Ich bin nicht der böse Zwilling. Ich bin überhaupt nicht böse. Ich tue nur, was ich tun muss, oder will, soweit das für eine Königin überhaupt einen Unterschied macht.

Schnell wie der Wind schwinge ich die Klinge. Ein roter Sprühnebel verteilt sich in einem Bogen und glitzert im Morgenlicht, bevor er auf den bemoosten Boden niedergeht.

Dann folgt das Geschrei.

Während die verschleierte Gestalt zu Boden sinkt, schreien die Mädchen hinter mir vor Begeisterung und die Versammelten vor mir vor Entsetzen. Der Schleier löst sich, als sie aufschlägt. Es ist Wendy. Der Stockmeißel ragt aus ihrer Schulter.

Mist, denke ich. *Mir stehen all die mysteriösen Berechnungen der Natur zur Verfügung und trotzdem ziele ich beschissen.*

Während die Erwachsenen zu Wendy stürzen, helfe ich Bria auf. Die Honeys helfen mir, Brias Fesseln zu lösen. Sie ziehen sie hinter mich. Wir stehen in einer dichten Formation auf dem Altar und blicken auf die wütende Versammlung hinab.

»Wie kannst du es wagen?«, brüllt jemand. Die ältere Frau mit den zweifarbigen Augen. Durch die aufgebrachte Menge drängen sich meine Eltern. Sie reißen ihre Schleier herunter. »Matthias Marshall der Dritte, was glaubst du, was du da *tust*?«

»Verschwindet«, entgegne ich.

Mein Vater steigt auf den Altar. Die Honeys weichen zurück, aber ich kann nicht, nicht in diesem Kleid. Er baut sich vor mir auf wie schon zuvor so oft, sodass ich das Weiß seiner hervortretenden, wütenden Augen sehen kann. Darin lodert ein Hass, der immer speziell mir vorbehalten war, doch nun bemüht er sich nicht länger, ihn zu verbergen.

»Ich weiß nicht, was du glaubst, hier zu tun«, sagt er. »Aber das hier ist wichtiger als eine deiner kleinen Rebellionen. Es ist Zeit, erwachsen zu werden. Du bist Teil dieser Familie und es wird Zeit, dass du dich auch so verhältst. Deine Schwester würde wollen, dass du deine Rolle mit Würde und Erhabenheit annimmst.«

»Meine Schwester«, schieße ich zurück, »wollte leben.«

»Oh Schätzchen, natürlich«, gurrt Mom. »Wir alle wollten das. Aber manchmal hat das Leben andere Pläne für uns. Alles passiert aus einem Grund. Das sieht du doch jetzt ein, oder?«

Was ich sehe, sind die diabolischen Machenschaften, die Caroline getötet haben. Eine Kultur toxischen Schweigens. Eine Organisation, die die Leben junger Mädchen ausbeutet. Eltern, die ihre Kinder wie entbehrliche Schachfiguren manipulieren. Und mich. Ein Zwilling, der wusste, dass sie Hilfe brauchte, sie ihr aber verwehrt hat und den sie in der trüben Dämmerung ihrer letzten Augenblicke *dennoch* zu retten versucht hat. Den sie versucht hat festzuhalten und der sie im Gegenzug erschlagen hat.

»Der Grund, aus dem all das passiert ist, sind *wir*«, fauche ich. »Wir alle haben Caroline im Stich gelassen, aber *ihr* habt sie getötet. Und jetzt redet ihr über sie, als hätte sie irgendwas hiervon gewollt. Doch das hat sie nicht! Obwohl sie sich ein Bein ausgerissen hat, um euch zu gefallen, war es nie genug, und jetzt ist sie tot und *trotzdem* könnt ihr nicht aufhören, sie zu benutzen.«

»Mars, deine Schwester hatte ernste Probleme«, sagt Dad. »Ich weiß nicht, was du zu wissen glaubst, aber sie wollte immer nur das Beste für den Stock. Sie hätte gewollt, dass wir …«

»Hör auf!«, brülle ich. »Lass. Sie. *IN RUHE.*«

Eine Hitzewelle fegt durch die eingestürzte Kirche, das Sonnenlicht verblasst, da Millionen winzige Punkte aus dem Himmel schießen. Sie umkreisen die Kirche wie ein lebendiger Kosmos.

»Verschwindet«, sage ich erneut.

Mein Vater wendet sich meiner Mutter zu. Sie betrachten den Himmel, als würden sie die Wahrscheinlichkeit eines Sonnenregens berechnen. Die Drohung, die ich meine auszustrahlen, nehmen sie gar nicht wahr. Andere Mitglieder der Versammlung schleichen sich davon und nehmen Wendy mit sich. Ich halte sie nicht auf.

»Das reicht«, befiehlt mein Vater.

Ich lasse den Schwarm tiefer sinken. Verstärke seinen Wirbelsturm.

Mein Vater packt mich vorn am Kleid und schüttelt mich.

»Das reicht, Mars«, zischt er. Seine Hand legt sich um meine Kehle. Sanft. Ein Versprechen. Es erinnert mich an das trübe Nichts, dem ich mich fast hingegeben hätte, als Wyatt mich im Teich unter Wasser gedrückt hat. Wie bei allem anderen kann ich die Fäden zurückverfolgen – von Wyatts fremdgesteuerter Gewalt über Mimis verbitterten Verrat, Wendys Hass auf meine Familie, den Machtkämpfen innerhalb des Konsortiums und meine erzwungene Krönung bis hin zu dieser Hand um meine Kehle.

Alles, was ich erlitten habe, geht von diesem Moment aus, von diesem Ding, das die Haut meines Vaters trägt. Gier. Der unbändige Hunger, der alles verschlingen will. Menschen, Leben, Liebe. Alles ist nur Honig, existiert nur, um genommen zu werden.

Das ist keine Frage des Überlebens. Kein anderes Tier auf Erden gibt sich einer solch brutalen Völlerei hin. Es ist ein menschliches Laster. Und nun, da meine eigene Menschlichkeit zerstört wurde, kann ich es nicht ertragen.

Eine Biene landet auf dem Daumen meines Vaters, eine andere auf seinem Handgelenk. Er lässt mich los, schlägt nach ihnen, springt vom Altar. Weitere Bienen stoßen herab und umkreisen meine Eltern in einem schwindelerregenden Wirbel.

Nein, nicht meine Eltern, Carolines Mörder.

»Mädchen«, kreischt meine Mutter. »Kontrolliert eure Königin.«

Die Honeys und ich antworten aus einem Mund.

»WIR SIND NICHT EURE MÄDCHEN.«

Mit zitternden Händen raffe ich mein Kleid und gemeinsam steigen wir vom Altar. Der Schwarm teilt sich wie ein Vorhang, um uns in den Espenwald zu entlassen. Vielleicht liegt es am Morgennebel oder am zitternden Tau, der alles benetzt, aber in den Augen der Espen scheint Verstehen zu lodern. Dann schwanken die silbrigen Bäume unter der Wucht eines implodierenden Sturms, die gesamte Hitze des Sommers wird in einem einzigen großen Atemzug an uns vorbei- und in den brennenden Bauch der Kirche hineingesogen.

Falls Schreie ertönen, werden sie vom Dröhnen eines neuen Schwarms verschlungen, der in die Luft aufsteigt – eine neue Kolonie, die sich erhebt.

KAPITEL 36

In den Wäldern gibt es einen See. Jenseits des Sees liegt eine Wiese. Auf dieser Wiese steht eine Hütte und in der Hütte herrscht ein seliger Frieden. Es ist diese erleichterte Leere, die sich über einen Ort legt, der plötzlich verlassen wurde. Überall zeigen sich Spuren von Menschen – Wasser tropft in die Spüle, die Tür steht offen, eine Sommerbrise dringt ein, um sich mit einem verlassenen Brettspiel zu vergnügen –, aber es ist niemand da.

Unten auf der Wiese erklingt Lachen. Die Mädchen springen über funkelnde Pfützen, die das kürzliche Gewitter hinterlassen hat, und drängen sich in ein wackeliges Kanu, das nur knapp über dem Mosaik der Seerosenblätter schaukelt. Sie stoßen sich ab – immer noch lachend – und paddeln auf die Mitte des Sees hinaus, wo wir das schwimmende Holzdeck hingezogen haben.

»Gott sei Dank«, sagt Kyle auf dem Deck und beugt sich über das Kanu, um uns die mit Stoff ausgekleideten Körbe abzunehmen, die wir ihr entgegenstrecken. Äußerst behutsam laden Bria und ich all die Dinge aus, um die die Mädchen gebeten haben. Wir sind die Einzigen, die das Kanu nicht sofort zum Kentern bringen, sodass die Lieferungen an uns hängen bleiben, aber das hat auch sein Gutes. Bria hasst unser nachmittägliches Ritual, einfach nur herumzuliegen.

»Wie Idioten«, fügt sie hinzu.

»*Gelangweilte* Idioten«, ergänze ich.

Wir machen das Kanu fest und klettern aufs Deck. Die anderen Mädchen machen uns in ihrem losen Kreis Platz, während wir die Sachen verteilen. Wir haben Wassermelone und Erdbeeren mitgebracht, aber auch Cracker und einen festen Block stinkenden Käse. Wir konnten die Plastikbecher nicht finden, falls es so was in Hütte H je gegeben hat, also habe ich ein paar Kristallgläser aus dem Regal eingepackt. Bria füllt sie mit Lavendellimonade aus einer eiskalten Glaskaraffe.

»Einfach göttlich«, schwärmt CJ nach einem Schluck. PJ nimmt sich ihr Glas, um zu probieren, findet sie aber, wie ich mir schon dachte, zu sauer. Ich präsentiere das kleine Glas Honig, das ich am Grund des Korbs versteckt hatte.

»Oh, perfekt«, sagt PJ und schnappt es sich.

Ich lege mich hin und stelle mir das Glas auf die Brust. Kondenswasser bildet sich und sickert in mein bauchfreies Shirt. Mit einem in strahlendem, überirdischem Blau lackierten Nagel fange ich die Tropfen ab.

»Sie sind da«, sagt Bria kurze Zeit später.

»Ich weiß«, erwidere ich. Ich habe gespürt, wie sie am Begrüßungszentrum angekommen sind. Donovan war da, um sie in Empfang zu nehmen. Nach Wendys Sturz – in eine Mistgabel, ist das zu glauben? – hat er für sie übernommen und jeden Tag beim Mittagessen gibt er Aspen ein Update über ihre Genesung. Die letzten Nachrichten lauteten allesamt: Sie ist auf dem Weg der Besserung und kann es nicht *erwarten*, nach Hause zu kommen!

Ich vermute eher, dass Wendy sehr wohl erwarten kann, nach Hause zu kommen. Ich wäre sogar nicht überrascht, wenn sie nie wieder zurückkäme, da sie weiß, dass wir hier auf sie warten.

»Sie kommt wieder«, beantwortet Kyle meinen Gedanken.

Kyle hat recht. Ich bin nur melodramatisch.

»Achtung«, raunt Marisol.

Wir bleiben ganz still, vollkommen unbeeindruckt, bis die Stille über dem See von Donovan unterbrochen wird, der meinen Namen ruft. Er winkt mir vom Ufer aus zu, hinter ihm stehen zwei unbekannte Erwachsene. Sie wirken unsicher und in ihren dunklen Anzügen fehl am Platz.

»Willst du das Kanu nehmen?«, fragt Bria.

»Nee«, erwidere ich. Ich reiche ihr mein Glas und springe ins Wasser. Es ist wärmer als früher. So wie die Sonne strahlender, der Himmel blauer und die Bäume grüner sind. Ich habe mich noch nicht an die Hypersensitivität gewöhnt, genauso wenig wie daran, dass meine Gedanken in die Natur ausstrahlen und zurückgeworfen werden. Irgendwie hoffe ich, das werde ich auch nie, weil es allem, selbst dem langsamen Kraulen zum Ufer, eine tiefere Bedeutung verleiht.

Ich erreiche den Steg und ziehe mich aus dem Wasser. Ich winke Sylv zu, die gerade zwei Banditen dabei hilft, ein Zweierkajak aus dem Schuppen zu ziehen. Ein paar Jungs der Bärenhütte spielen am Strand Volleyball. Sie rufen Hallo und ich erwidere es, indem ich zackig salutiere. Ich gehe über das Gras und erklimme den Hügel zur Pergola, unter der Donovan wartet.

Er nickt mir traurig zu und tritt dann zur Seite, um unsere Gäste zu offenbaren. Ein Mann und eine Frau. Ich erkenne ihre Gesichter nicht. Sie tragen trotz der Hitze steife Anzüge und haben offiziell wirkende Marken angeheftet. Letzte Nacht haben wir überlegt, wann und wer auftauchen würde. Ich habe richtig geraten, dass es heute wäre und dass es Detectives sein würden.

Ich setze mich mit ihnen an den Picknicktisch.

»Marshall.« Sie spricht den Namen wie eine Entschuldigung aus.

»Mars.«

»Mars«, korrigiert sie sich. »Wir haben Neuigkeiten, die wahrscheinlich nur schwer zu verkraften sind. Willst du dich erst abtrocknen und umziehen?«

»Nein danke. Geht schon. Was ist los?«

Die Detectives wechseln einen Blick. Ich atme tief durch. Es ist Zeit, meine Rolle zu spielen.

»Mars, es gab ein Feuer«, sagt sie.

Die meisten Details stimmen. Sie haben noch nicht ganz rausgefunden, wo das Feuer ausgebrochen ist (eine fehlerhafte Verkabelung in einem verborgenen Zimmer im Keller, das ganze Ding war mit Holz verkleidet, ist hochgegangen wie Zunder!), aber mit dieser poetischen Ungerechtigkeit kann ich gut leben. Alles andere – alles, was wichtig ist – wurde bestätigt. Ein Feuer bei einem Gewitter, ein umgestürzter Baum auf einer Zufahrtsstraße, ein Feuerwehrauto, das nicht rechtzeitig durchkam und von dem Pärchen im Inneren nur noch Asche fand. Nicht mal Knochen.

Als wir fertig sind und ich meine Fassung wiedererlangt habe, beugt sich die Frau vor und ergreift meine Hand. Sie hat eine professionelle stoische Maske aufgesetzt, doch dahinter kann ich ihr Mitgefühl erkennen. Ich fühle mich schlecht, sie so hinters Licht zu führen, bin aber stolz, dass meine Darbietung so überzeugend war.

»Hast du Familie, bei der du bleiben kannst?«, fragt sie.

Ich denke an meine Tanten, die ich zuletzt in der Küche bei Carolines Feier des Lebens gesehen habe. Ich habe auch noch eine Großmutter. Wendys geheimen Akten zufolge sind auch sie Kinder Aspens. Ich habe Fragen an sie. Jede Menge Fragen. Aber vorerst habe ich genug Antworten. Bis zum Ende des Sommers will ich keine Fragen mehr stellen.

Bloß dauert der Sommer nicht ewig. Er wird enden und dem Konsortium wird ein neuer Kopf wachsen. Und wenn schon nicht der Honig, wird Blut fließen.

Die Mädchen und ich sind bereit für diesen Kampf. Wir allein sind der Stock und wir werden uns nicht länger gefangen halten lassen.

Ich greife in die Gedanken der Detectives und verwische ihre Zweifel, sodass sie, sogar als ich den Kopf hebe und ihnen mitteile: »Ich werde hierbleiben«, einfach nur »Ja, natürlich« sagen.

Ich trotte wieder hinunter zum See, aber ehe ich reinspringe, spüre ich eine vertraute Präsenz, die mich beobachtet. Ich drehe mich zum Bootshaus um und da ist er, im Schatten des Anlegers. Wyatt.

Ich winke.

Er winkt nicht zurück.

Ich kann es ihm nicht verdenken. Wyatt erinnert sich an alles.

»Wie geht's dir?«, frage ich. Ich frage immer wieder. Bisher habe ich keine Antwort erhalten. Aber sonst ist er immer geflüchtet. Diesmal bleibt er und endlich hat er auch etwas zu sagen.

»Ich hab versucht, ihn zu reparieren.«

Ich erkenne nicht, was er hochhält. Es ist ein anorganisches, klobiges Teil, um das Klebeband gewickelt ist. Es sieht schwer aus, selbst in Wyatts großen Händen.

»Deinen Taschenrechner«, ergänzt er traurig.

»Oh«, sage ich.

Was für ein seltsames, dämliches Ding. Es gab eine Zeit, in der ich mich selbst in diesem Taschenrechner gesehen habe, bloß warum? Was könnte eine einfache Maschine wissen? Sie ist nichts im Vergleich zu dem unermesslichen Verständnis, das in meinem Kopf summt. Der Vergleich fühlt sich geradezu beleidigend ein.

Aber Caroline hat ihn aufgehoben. Sie hat ihn unter all den Dingen in meinem Zimmer ausgewählt und ich verstehe immer noch nicht, warum. Trotz all der Rätsel, die ich aufklären konnte, bleibt dieses unergründlich. Vielleicht steckt keine tiefere Bedeutung dahinter. Doch nun fühlt sich alles bedeutungsvoll an. Zusammengenommen scheinen Carolines Taten keinen Weg nach Aspen zu bilden, sondern einen Pfad, der darüber hinausführt. Hierher. Zu dieser fantastischen Gegenwart.

Trotzdem verwirrt mich der Taschenrechner. Ich mag ihn nicht ansehen.

»Behalt ihn«, sage ich zu Wyatt. »Ich brauch ihn nicht mehr.«

Wyatts Miene verdüstert sich weiter. Vom schwimmenden Holzdeck aus rufen mich die Mädchen. Ich winke ihnen zu, springe aber noch nicht ins Wasser. Ich bleibe, beobachte Wyatt und warte auf den Moment, in dem er wegrennt.

Indessen überrascht er mich, denn er platzt heraus: »Wirst du alles löschen? Das kannst du doch, oder, jetzt, wo du eine von ihnen bist?«

Die Honeys können unglaubliche Dinge vollbringen. Verblüffende, wunderschöne Manipulationen der Natur und all ihrer Kinder. Aber manche Dinge sind selbst für ihre Skalpelle zu tief verwurzelt, um sie zu zerpflücken, ohne jemanden grundlegend zu verändern. Wie meine Erinnerungen an Caroline. Wie der dunkle Fleck, den Sierra hinterlassen hat. Traumata, die ein Teil von uns werden, die ordentlichen Muster unserer Wabe verzerren. Aus Anstand tasten wir sie normalerweise nicht an.

»Willst du das denn?«, biete ich an.

Daraufhin weicht Wyatt zurück, als hätte ich die Zähne gebleckt.

Mein Instinkt sagt mir, es hier und jetzt zu tun, doch die Scham hält mich zurück. Ich *könnte* diesen schrecklichen Sommer aus Wyatts Bewusstsein brennen. Ich *könnte* wieder etwas Wunderschönes für ihn werden. Mir stehen alle verbotenen

Möglichkeiten offen und bei der Vorstellung, diese losen Enden zu vernichten, vibriert der Stock mit einem angenehmen Druck.

Allerdings denke ich dann an den Taschenrechner, der zertrümmert und hässlich in Wyatts Händen ruht, und halte inne. Ich ignoriere den Instinkt des Stocks. Es ist leicht, mich zu widersetzen, nur ein kleiner Stich in meinem Geist, auch wenn ich mich frage, ob der Anfang vom Ende für Caroline auch so war.

»Ich sag's niemandem«, versichere ich Wyatt. »Versprochen.«

Vor langer Zeit in einer verfallenen Scheune unter den Sternen hat Wyatt mich angesehen, als würde er tatsächlich mich sehen. Nicht die Abstraktion, nicht die Rolle, sondern mich, Mars. Den Menschen. Wenn er mich jetzt anschaut, ist es, als wäre er nicht sicher, was er sieht.

Ich kenne diesen Blick nur zu gut. So hat mich die Welt mein ganzes Leben lang angesehen und ich kann es ertragen. Ich wünschte nur, ich müsste es nicht von ihm ertragen.

Ich wende mich von Wyatt ab, springe ins Wasser und tauche, so tief ich kann, hinab, wo das trübe Wasser das Licht verschluckt und ich in der kalten Schwerelosigkeit der Dunkelheit treiben kann. Wo sich das permanente Summen in meinem Kopf zu einem trägen Donnern verlangsamt und ich allein sein kann mit den Gedanken, von denen ich weiß, dass es meine eigenen sind.

Ich gestatte mir die Frage, was Wyatt sieht. Ich weiß, er sieht nicht mich. Ich weiß es, weil ich es auch nicht tue, wenn ich im Schminkspiegel einen Blick auf mich erhasche oder beim Abwaschen am Wasserhahn mein verzerrtes Spiegelbild erblicke. Aber wen auch immer ich sehe, dieser Mensch wirkt glücklich. Sogar angekommen. Indessen ist er nicht ich.

Wo endet der Stock? Und wo beginne ich?

Was habe ich aufgegeben, um zu werden, was ich bin?

Es spielt keine Rolle, rede ich mir ein, weil ich jetzt glücklich bin.

Meine Lunge schreit nach Luft.

Ich lasse mich nach oben treiben, dem Licht entgegen.

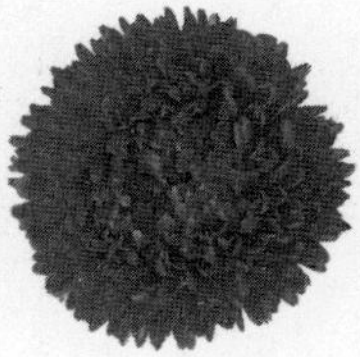

DANKSAGUNGEN

Ich schwöre, ich werde auf einer fröhlichen Note enden, aber bevor ich all die herrlichen Danksagungen loswerde, muss ich noch was sagen.

Ich wollte dieses Buch nie schreiben. Ich musste es tun. Ich musste einen Weg finden, um meine eigenen Albträume festzunageln und sie zu sezieren, nachdem ich 2018 ganz plötzlich meine Schwester Julia verloren hatte. Der Tod meiner Schwester war zwar sicher eine wichtige Grundlage für dieses Buch, doch es wäre einfach nicht richtig, ihr hier zu »danken«. Nicht dafür. Ihr Tod war kein Beitrag. Sie hat ihn sich nicht ausgesucht, ihn gewollt oder verdient. Sie war so viel mehr und ich weigere mich, sie nur aus dem Blickwinkel dieser Tragödie zu sehen. Stattdessen will ich Folgendes sagen: Nach ihrem Tod wurde mir in meinem eigenen Leben so viel Liebe zuteil. Güte und Mitgefühl und Raum, wenn ich ihn brauchte. Ich war außerstande, den Leuten auch nur für einen Bruchteil davon ordentlich zu danken, aber seither lebe ich in Dankbarkeit und habe mich bemüht, mit diesem Gedanken im Hinterkopf zu schreiben. Ich erkenne jetzt – in diesem Moment, da ich diese Danksagungen schreibe –, dass ich dieses Buch nicht als Reaktion auf den Tod meiner Schwester geschrieben habe, sondern als Hommage an all die Liebe, die mir durch die schlimmste Trauer geholfen hat.

Und wisst ihr was? Meine Schwester ist Teil dieser Liebe. Wenn in diesen Seiten eine Hommage an sie steckt, dann an die Version von ihr, die sich für mich für immer wie pure Liebe anfühlen wird. Die Version, die ich in jeder atemberaubenden

Aussicht eines jeden Berges entdecke, den ich im Gedenken an sie besteige. Diesem neuen Bewusstsein dafür, was das Leben ausmacht und wer ich bin, möchte ich danken.

Also gut. Okay. Danke, dass ich mir das von der Seele reden durfte. Dann wollen wir die Stimmung mal etwas heben, was? Also!

DANKE:

An meine Eltern, die mir in meiner Kindheit nicht nur eine Liebe für große Abenteuer auf großen Bergen mitgegeben haben, sondern auch für das stille Studium der Pflanzen und Blumen und all der kleinen Dinge, die unter den Steinen unserer Terrasse wuseln. Ich schwöre, ich schreibe nur über fiese Eltern, weil ihr mich mit genug Liebe großgezogen habt, um zu beweisen, dass queere Kids es so viel besser haben können.

An Blase, David und Shoko. Und an die kleine Phoebe, die noch zu klein ist, um dieses Buch zu lesen, aber gerade noch klein genug, um sich nicht gegen das unausweichliche Bienenkostüm zu wehren, das ich ihr nähen werde. Und an Colin, der immer Teil der Familie sein wird.

An meine Agentin Veronica Park, die, glaube ich, schon Lektoren angeschrieben hat, bevor ich ihr meine Idee für dieses Buch überhaupt zu Ende erzählt hatte, und an Gordon, der mich durch einen Buchvertrag gelotst hat, während ich buchstäblich ein Messer auf der Brust hatte (na ja, oder an der Kehle, ich war beim Rasieren).

An meinen Lektor Zachary Clark. Zack, oh mein Gott. Danke. Dafür, dass du für dieses Buch gekämpft hast, ihm mit mir den Feinschliff verpasst hast und meine vielen Tiraden über Bienen, Dahlien und pseudowissenschaftliche hypothetische dimensionale Physik hast über dich ergehen lassen. Und an David Levithan! Es ist eine Freude, dir nach all deinen Inspirationen, deiner Förderung und deiner Freundschaft auf dem Papier danken zu können.

An den fantastischen Bienenstock von Scholastic! An jene, die verantwortlich sind für die großartige, verschrobene Schönheit des Buchdesigns: die Grafikdesignerin Maeve Norton, den Künstler Shane Rebenschied und die Art-Direktorin Elizabeth Parisi. An mein PR- und Marketingteam, die keine Ahnung haben, was sie erwartet, sich aber trotzdem mit Eifer hineinstürzen: PR-Manager Alex Kelleher-Nagorski und die Marketingleute Rachel Feld und Shannon Pender. An meine großartige Produktionsleiterin Janell Harriss. An meine Erstleserschaft, die mir unschätzbares Feedback gegeben und mich zu Mars' Geschichte ermutigt hat: Melanie Wann, Carlee Maurier, Caroline Noll, Savannah D'Amico, Elizabeth Whiting, Roz Hilden, Jody Stigliano und Nikki Mutch. Und an ALL die restlichen emsigen Bienen bei Scholastic, die ihr euer jeweiliges Genie einbringt, um Menschen Bücher zu bringen: DANKE! Und nur, um das klarzustellen: Ich weiß, dass ihr keine echten Bienen seid. Zumindest nicht alle. Zumindest *noch* nicht.

An meinen gesamten Freundeskreis! Und insbesondere: die Frals. Bisher hätte ich behauptet, dass ihr nie verstehen werdet, wie viel mir eure Freundschaft bedeutet. Aber jetzt könnt ihr es, weil ihr über Mars und die Honeys und ihre Hütte voller extravaganter Mahlzeiten und Spiele lesen und erkennen könnt, was eure Liebe bei mir bewirkt hat. Danke für alles. Und übrigens, ich habe immer noch keine Ahnung, wie man Azul spielt. Und außerdem, Leah, du *bist* hingefallen.

Und an meinen Freundeskreis (den schreibenden diesmal), angefangen natürlich bei den WAPera. Claribel, dich mitten in der Pandemie zu sehen und mit dir zu schluchzen und zu tanzen war im wahrsten Sinne des Wortes lebensrettend. Phil, ich kann's nicht erwarten, dir dieses Buch zu schicken, damit du so tun kannst, als würdest du es wegwerfen. Ich danke euch beiden, weil ihr so verdammt heiß seid.

An Zoraida und Victoria, meine persönlichen Honeys. Unser Trip in die Hütte in den Catskills hat meine Gedanken geklärt und mich inspiriert und es tut mir leid, dass ich euch Puppenköpfe auf die Kissen gelegt habe, aber ganz ehrlich, es war zu lustig. Victoria, du hast mir außerdem genau zur rechten Zeit und ironischerweise in einem Co-Working-Space wertvolles Feedback zu Mars und den Honeys gegeben.

An meine schwule Chatgruppe, die bis vor Kurzem noch ein Foto eines sexy Quasimodo als Gruppenbild hatte. Das fehlt mir! Können wir es wieder nehmen? Und an John Fram, den ich als »Assistent« getarnt mit auf eine Rechercherreise genommen habe, was, wenn ihr John kennt, echt lächerlich ist. An die vielen, vielen Schreibenden, die mich angefeuert, sich nach diesem Buch erkundigt und über meine Antwort die Stirn gerunzelt haben.

Das mag seltsam klingen, aber: an meine Sommercamps? Ja. Ich werde keine Namen nennen, doch die meisten habe ich wirklich geliebt. Obwohl, Camp Jewell nenne ich schon. Ich habe meine Zeit in Camp Jewell geliebt – es ist das *genaue* Gegenteil von Aspen, die beiden haben etwa denselben Grundriss, das ist aber auch alles – und es hat mir enorm geholfen, meiner Identität zu vertrauen. Dustin, danke, dass du mir mit den Details der Abläufe geholfen hast. Du bist der Beste!

An Brian Moon von Moon's Gold Apriary in den Catskills, der mich in einen Imkeranzug gesteckt und mir erlaubt hat, seinen erstaunlichen Bienen Hi zu sagen. Die Kerzen, die ich von dort mitgebracht habe, haben beim Schreiben dieses Buchs wunderschön neben mir gebrannt.

An Dr. David T. Peck, Leiter der Forschung bei Betterbee, für eine total faszinierende Unterhaltung über Bienen, Bienenzucht und die überragende Intelligenz von Superorganismen. Für den Fall, dass dieses Buch so wissenschaftlich ungenau wie *Bee Movie* wird, habe ich versprochen, Sie nicht zu erwähnen.

Aber Sie waren so hilfreich und ich … hoffe, dass dieses Buch nicht der nächste *Bee Movie* ist, also bitte erlauben Sie mir, meine Dankbarkeit auszudrücken.

An Andrew Coté, Autor von *Honey and Venom* und genialer urbaner Bienenzüchter. Es war toll, dich auf dem Markt kennenzulernen, aber ganz ehrlich, an dieser Stelle will ich dir für echt leckeren Honig danken. Gibt's den auch als Schattenhonig?

And an euch, die ihr dieses Buch gelesen habt. Ich weiß, ich habe es euch nicht leicht gemacht, indem ich euch von Träumen zu Dragqueens und von Cons und Kostümen zu … Bienen? *Bienen?* geschleift habe. Und doch seid ihr noch hier! Ich liebe euch alle. Jeden Tag freue ich mich auf eure Witze und herzlichen Nachrichten. Aber vor allem freue ich mich darauf zu sehen, wie ihr euch vielleicht durch mich inspiriert fühlt.

Zu guter Letzt will ich den Bienen danken. Jeder einzelnen. Persönlich. Bloß gibt es so viele von euch! Und – oh nein – ich hab keine Zeit mehr! Also bitte, wenn ihr mir draußen in der Natur begegnet, zeigt euch und ich werde euch danken, ohne dass ihr darum bitten müsst.

– Ryan
6. Oktober 2021